EN ATTENDANT LE VOTE
DES BÊTES SAUVAGES

Le président Koyaga est un maître chasseur... et un dictateur de la pire espèce. Au cours d'une cérémonie purificatoire en six veillées, un griot des chasseurs et son répondeur lui racontent sa propre vie, toute sa vie, sans omettre les parts d'ombre et de sang. Koyaga est né dans la tribu des hommes nus. Il a fait la guerre d'Indochine. Puis il a pris la tête de la République du Golfe en usant de la sorcellerie et de l'assassinat. Accompagné de son âme damnée Maclédio, qui a vu en lui son homme de destin, il a parcouru l'Afrique de la guerre froide, prenant des leçons auprès de ses collègues en despotisme. On n'aura guère de peine à reconnaître au passage Houphouët-Boigny, Sékou Touré, Bokassa, Mobutu... pour ne parler que des non-vivants. De retour chez lui, grâce aux pouvoirs merveilleux que lui confèrent la météorite de sa maman et le Coran de son marabout, il triomphe de tous ses ennemis, déjoue tous les complots. Jusqu'au jour de la dernière conjuration où, s'étant fait passer pour mort, il perd la trace de sa maman et du marabout...

Avec un humour ravageur et une singulière puissance d'évocation, le récit mêle hommes et bêtes sauvages dans une lutte féroce, allie le conte à la chronique historique et renverse nombre d'idées reçues sur les relations étroites qu'entretiennent la magie et la politique mondiale.

Ahmadou Kourouma est né en 1927 en Côte-d'Ivoire Après avoir vécu et travaillé au Togo, il vit actuellement dans son pays natal. Avec son premier livre, Les Soleils des indépendances *(Seuil, 1976) il fut reconnu comme l'un des écrivains les plus importants du continent africain. Il a également publié,* Monnè, outrages et défis *(Seuil, 1990) et* Allah n'est pas obligé *(Seuil, 2000), roman pour lequel il a reçu notamment le prix Renaudot. Le prix Jean Giono 2000 lui a été attribué pour l'ensemble de son œuvre.*

Les Soleils des indépendances
roman
Seuil, 1976
et « Points », n° P 166
prix de la Francité
prix de la Tour-Landry de l'Académie française
prix de l'Académie royale de Belgique

Monnè, outrages et défis
roman
Seuil, 1990
et « Points », n° P 556
prix des Nouveaux Droits de l'Homme
prix CIRTEF
grand prix de l'Afrique noire

Le Diseur de vérité
théâtre
Acoria, 1998

Yacouba, le chasseur africain
roman
Gallimard-Jeunesse, 1998

Le Chasseur, héros africain
Grandir, 1999

Le Griot, homme de paroles
Grandir, 1999

Allah n'est pas obligé
roman
prix Renaudot 2000
prix Goncourt des lycéens 2000
prix Amerigo Vespucci, St-Dié-des-Vosges
Seuil, 2000

Ahmadou Kourouma

EN ATTENDANT
LE VOTE DES
BÊTES SAUVAGES

ROMAN

Éditions du Seuil

TEXTE INTÉGRAL

ISBN 2-02-041637-9
(ISBN 2-02-033142-X, 1re publication)

© Éditions du Seuil, septembre 1998

À toi, regretté tonton *Niankoro Fondio,*
saluts et respects !
À toi, regretté papa *Moriba Kourouma,*
saluts et respects !
À vous,
deux émérites maîtres chasseurs à jamais disparus !
Votre neveu et fils dédie ces veillées
et sollicite encore, encore,
votre protection, vos bénédictions.

VEILLÉE I

Votre nom : Koyaga ! Votre totem : faucon ! Vous êtes soldat et président. Vous resterez le président et le plus grand général de la République du Golfe tant qu'Allah ne reprendra pas (que des années et années encore il nous en préserve !) le souffle qui vous anime. Vous êtes chasseur ! Vous resterez avec Ramsès II et Soundiata l'un des trois plus grands chasseurs de l'humanité. Retenez le nom de Koyaga, le chasseur et président-dictateur de la République du Golfe.

Voilà que le soleil à présent commence à disparaître derrière les montagnes. C'est bientôt la nuit. Vous avez convoqué les sept plus prestigieux maîtres parmi la foule des chasseurs accourus. Ils sont là assis en rond et en tailleur, autour de vous. Ils ont tous leur tenue de chasse : les bonnets phrygiens, les cottes auxquelles sont accrochés de multiples grigris, petits miroirs et amulettes. Ils portent tous en bandoulière le long fusil de traite et arborent tous dans la main droite le chasse-mouches de maître. Vous, Koyaga, trônez dans le fauteuil au centre du cercle. Maclédio, votre ministre de l'Orientation, est installé à votre droite. Moi, Bingo, je suis le *sora* ; je louange, chante et joue de la cora. Un sora est un chantre, un aède qui dit les exploits des chasseurs et encense les héros chasseurs. Retenez mon nom de Bingo, je suis le griot musicien de la confrérie des chasseurs.

9

L'homme à ma droite, le saltimbanque accoutré dans ce costume effarant, avec la flûte, s'appelle Tiécoura. Tiécoura est mon répondeur. Un sora se fait toujours accompagner par un apprenti appelé répondeur. Retenez le nom de Tiécoura, mon apprenti répondeur, un initié en phase purificatoire, un fou du roi.

Nous voilà donc tous sous l'apatame du jardin de votre résidence. Tout est donc prêt, tout le monde est en place. Je dirai le récit purificatoire de votre vie de maître chasseur et de dictateur. Le récit purificatoire est appelé en malinké un *donsomana*. C'est une geste. Il est dit par un sora accompagné par un répondeur *cordoua*. Un cordoua est un initié en phase purificatoire, en phase cathartique. Tiécoura est un cordoua et comme tout cordoua il fait le bouffon, le pitre, le fou. Il se permet tout et il n'y a rien qu'on ne lui pardonne pas.

Tiécoura, tout le monde est réuni, tout est dit. Ajoute votre grain de sel.

Le répondeur joue de la flûte, gigote, danse. Brusquement s'arrête et interpelle le président Koyaga.

– Président, général et dictateur Koyaga, nous chanterons et danserons votre donsomana en cinq veillées. Nous dirons la vérité. La vérité sur votre dictature. La vérité sur vos parents, vos collaborateurs. Toute la vérité sur vos saloperies, vos conneries ; nous dénoncerons vos mensonges, vos nombreux crimes et assassinats…

– Arrête d'injurier un grand homme d'honneur et de bien comme notre père de la nation Koyaga. Sinon la malédiction et le malheur te poursuivront et te détruiront. Arrête donc ! Arrête !

Une veillée ne se dit pas sans qu'en sourdine au récit ronronne un thème. La vénération de la tradition est une bonne chose. Ce sera le thème dont sortiront les proverbes qui seront évoqués au cours des intermèdes de cette première veillée. La tradition doit être respectée parce que :

10

Si la perdrix s'envole son enfant ne reste pas à terre.

Malgré le séjour prolongé d'un oiseau perché sur un baobab, il n'oublie pas que le nid dans lequel il a été couvé est dans l'arbuste.

Et quand on ne sait où l'on va, qu'on sache d'où l'on vient.

1

Ah ! Tiécoura. Au cours de la réunion des Européens sur le partage de l'Afrique en 1884 à Berlin, le golfe du Bénin et les Côtes des Esclaves sont dévolus aux Français et aux Allemands. Les colonisateurs tentent une expérience originale de civilisation de Nègres dans la zone appelée Golfe. Ils s'en vont racheter des esclaves en Amérique, les affranchissent et les installent sur les terres.

Ce fut peine perdue, un échec total. Ces affranchis ne connaissent qu'une seule occupation rentable : le trafic des esclaves noirs. Ils recommencent la chasse aux captifs et le négoce des Nègres. C'est un commerce révolu et interdit par les conventions internationales depuis la rencontre de Berlin. Les colonisateurs sont contraints de se passer des affranchis.

Ils recrutent des guerriers dans les tribus africaines locales et se lancent dans la subjugation de tous les recoins de leurs concessions avec des canons. Les conquêtes meurtrières avancent normalement jusqu'au jour où les Européens se trouvent dans les montagnes dorsales de l'Afrique face à de l'insolite, à de l'inattendu qui n'est pas consigné dans les traités des africanistes servant de bréviaires à l'explorateur.

Ils se trouvent face aux hommes nus. Des hommes totalement nus. Sans organisation sociale. Sans chef. Chaque chef de famille vit dans son fortin et l'autorité du chef ne va pas au-delà de la portée de sa flèche. Des sauvages parmi les sauvages avec lesquels on ne trouve pas de langage de politesse ou violence pour communiquer. Et, de plus, des sauvages qui sont de farouches archers. Il faut les subjuguer fortin par fortin. Les territoires sont vastes, montagneux et inhospitaliers. Tâche impossible, irréalisable avec de maigres colonnes. Les conquérants font appel aux ethnologues. Les ethnologues les nomment les hommes nus. Ils les appellent les paléonigritiques – le mot est trop long contentons-nous de l'abréviation « paléos ».

Les ethnologues recommandent aux militaires de contourner les montagnes et de poursuivre leurs conquêtes victorieuses et sanguinaires dans les savanes parmi les Nègres habillés, les Nègres organisés, hiérarchisés.

Les paléos sont provisoirement dispensés du portage et des travaux forcés. (Les travaux forcés étaient les prestations obligatoires et gratuites que les autres indigènes accomplissaient chaque année pour les colons blancs.) Les paléos en sont exemptés et sont confiés aux seuls curés. Aux curés d'inventer les artifices, de communiquer avec les hommes nus, de les évangéliser, de les christianiser, de les civiliser. De les rendre colonisables, administrables, exploitables.

Chez chaque peuple, chaque communauté, chaque village, il y a un héros, l'homme le plus connu, le plus admiré, la coqueluche. Il peut être un chanteur, un danseur. Dans une tribu du Sénégal c'est le plus gros fabulateur, le plus gros menteur. Chez les Konaté de Katiola (les frères de plaisanterie des Kourouma), la coqueluche est le plus gros péteur. Chez les paléos, les hommes nus

12

qui furent abandonnés aux curés et aux ethnologues, l'homme le plus admiré est l'*évélema*, le champion de luttes initiatiques.

En effet, une cérémonie chez les paléos réunit tous les ans tous les jeunes montagnards de tous les fortins. Ce sont les luttes initiatiques appelées *évélas*. Le paléo connu et admiré dans tous les fortins par tous les peuples nus est cet évélema.

Au début de ce siècle, quand les montagnes du nord du Golfe étaient sous l'autorité des seuls curés, un montagnard nu du nom de Tchao de la montagne de Tchaotchi – votre père à vous, Koyaga – devint le plus prodigieux évélema (le champion de lutte) de toute la longue histoire des hommes nus.

Tchao, votre père, lutta dans toutes les montagnes, derrière tous les fortins, des saisons et saisons sans qu'une fois un autre lutteur parvînt à mettre sa nuque au sol. Manquant d'égal dans les montagnes, il descendit dans les plaines, défia les Peuls, les Mossis, les Malinkés… Chez aucune race de cette terre africaine il ne rencontra non plus de challenger. Les griots le louèrent, le célébrèrent et lui apprirent que les Français cherchaient et payaient les héros lutteurs.

Ce fut un regrettable quiproquo sémantique ; ce n'était pas vrai. Les Français et Blaise Diagne, le premier député nègre du Sénégal chargé du recrutement des Noirs, ne cherchaient pas de lutteurs. (Ce qui les préoccupait était plus chaud que la cause qui amène le caïman à fuir le marigot.) Ils réclamaient et appelaient des guerriers nègres pour l'au-delà des mers. La guerre désolait les terres et villages de France. Explique le ministre de l'Orientation, Maclédio, assis à la droite du général, maître chasseur.

Malheureusement, dans le langage des montagnards, c'est le même vocable qui dit bagarre, lutte et guerre. Et

Tchao se présenta au commandant du cercle administratif colonial pour aller participer à un vaste championnat du monde de lutte qui se déroulait au-delà des mers. Les Français l'accueillirent, le félicitèrent de son patriotisme :

– Il était le premier homme nu à répondre à l'appel pathétique de la mère patrie, la France en danger.

Ils l'engagèrent et l'expédièrent à Dakar dans un régiment de tirailleurs sénégalais en partance pour Verdun en 1917. Tchao sut la différence entre guerre et lutte quand, dans les tranchées, son régiment fut soumis à un brutal et assourdissant pilonnage de l'artillerie allemande. Durant trois lunes entières, les fracassants pilonnages se poursuivirent avec la même intensité. Tchao en authentique homme nu, en authentique montagnard, ne pouvait pas attendre en résigné la mort dans la boue et le froid des boyaux, explique Tiécoura.

Un matin, Tchao se fâcha et, en dépit des ordres du sergent, escalada, se précipita dans les tranchées d'en face, surprit les Allemands, en tua cinq à la baïonnette ; le sixième lui arriva dans le dos, l'assomma à coups de crosse, happa son corps à la baïonnette et le jeta sur le terre-plein. Les Français rampèrent, le récupérèrent et constatèrent qu'il restait quelque part dans un des orteils du montagnard un petit bout de vie. Ils s'acharnèrent sur lui et parvinrent à le ranimer et à le soigner. C'était un exemple, un héros. Ils le citèrent à l'ordre de l'armée et le décorèrent des quatre plus prestigieuses distinctions militaires françaises : la médaille militaire, les croix de guerre et de la Légion d'honneur, et la médaille coloniale.

Le convalescent Tchao regagna les montagnes sans force mais chamarré de ces médailles. Dans les montagnes, les efficaces praticiens accoururent. Et, en y allant des feuilles, des racines et de la magie, parvinrent à lui faire retrouver tous ses moyens, même son adresse et son courage d'antan de champion de lutte.

C'est quand, totalement rétabli, l'ancien combattant voulut sortir qu'il se rendit compte du dilemme qu'il lui fallait nécessairement trancher. Il pouvait bien se débarrasser des habits, retourner à la nudité originelle, mais, dans ce cas, il serait contraint de sortir sans les médailles. Les médailles ne tenaient pas dans les cheveux, ne se pendaient pas au cou, ne s'attachaient pas à l'étui pénien : on ne pouvait pas exhiber les médailles sans nécessairement porter la vareuse que l'armée française lui avait laissée. Tchao hésita. Un matin, il se rebiffa, osa sortir de son fortin serré dans sa vareuse chamarrée de médailles au vu et su de tout le village de Tchaotchi.

Les anciens se réunirent dans les bois sacrés, prodiguèrent des conseils d'abord et puis brandirent des menaces. Rien n'y fit.

Tchao continua, serré dans sa vareuse chamarrée de médailles, à se pavaner matin et soir par tous les chemins des montagnes.

C'était une transgression. Transgression pernicieuse pour la communauté des hommes nus parce qu'elle était perpétrée par le plus prestigieux champion de lutte du pays.

Dans son histoire millénaire, le monde des nus n'avait jamais eu à faire face jusque-là qu'à des attaques venant de l'extérieur. Pour la première fois, elle se trouvait contestée en son sein par un élément de l'intérieur, explique Maclédio. Le feu de brousse qui s'allume aux lisières de la savane se circonscrit, celui qui prend au milieu de la brousse ne peut être éteint. On peut survivre à la balle qui vous pénètre dans les pieds, jamais à celle qui vous frappe dans le cœur.

La transgression d'une tradition aussi ancienne et respectée que la nudité chez les paléos ne pouvait pas rester impunie par Allah et les mânes des ancêtres. Tchao paya très cher sa faute, il la paya d'une affreuse fin, la mort dans des conditions abominables.

La transgression de Tchao combla les vœux des colonisateurs, confirma leurs observations et les amena à prendre des décisions capitales.

Les Français avaient observé, avec leur perspicacité de civilisés, tous les gestes et comportements du tirailleur Tchao à Dakar et à Verdun et même les avaient étudiés au moyen de statistiques. Des états et graphiques, il ressortait des remarques et certitudes. Comme les autres tirailleurs, et même souvent mieux que les ressortissants de certaines ethnies des plaines, Tchao le montagnard avait su porter la chéchia rouge, se bander le ventre avec la flanelle rouge, enrouler autour de la jambe la bande molletière et chausser la godasse. Il était parvenu sans grand effort à manger à la cuiller, à fumer la Gauloise. C'est donc avec plaisir que, de retour dans les montagnes, les autorités françaises constatèrent qu'il refusait de revenir à la nudité originelle. Les administrateurs reprirent les fiches contradictoires des ethnologues qui, tout en demandant le maintien du régime de faveur consenti aux paléonigritiques, montraient que les montagnards nus avaient des besoins comme tous les humains.

Le ministère des Colonies conclut souverainement que les hommes nus pouvaient être civilisés, christianisés, envoyés aux travaux forcés. C'est-à-dire travailler obligatoirement et gratuitement trois mois par an pour les colons blancs. On pouvait exiger d'eux l'impôt de capitation. Ils étaient économiquement exploitables. Les civiliser était rentable, jouable. Le coût de la conquête des montagnes serait rapidement amorti.

On peut tout prendre à défaut chez les Français mais jamais la grande expérience de colonisateurs consciencieux et humains. Quand, après étude, une conquête apparaît amortissable et rentable, ils ne tergiversent plus, se souviennent de leurs missions d'instruire, de soigner, de christianiser. Ils les proclament haut et passent immédiatement à l'action.

Ils attaquèrent aussitôt. Sans attendre d'en finir totalement avec les Allemands, les Français encerclèrent les montagnards, avec des régiments suffisamment aguerris, équipés d'armes modernes. Tchao, le champion de lutte, était de droit le généralissime des armées de toutes les montagnes. Il rassembla les archers, les forma à la guérilla des djebels, les disciplina. Fortin par fortin, les montagnards résistèrent. Tout l'hivernage, des embuscades meurtrières maintinrent les troupes françaises dans les ravins, très loin des fortins. Les Français n'allèrent pas comme des Nègres consulter les devins ; ils allèrent voir les ethnologues.

On n'est trahi que par ses proches amis. Les ethnologues, les amis des paléonigritiques conseillèrent au commandement français d'arrêter les combats de front. Parce que les combats de front dans les montagnes contre les hommes nus ne se gagnaient pas. Il fallait user de la patience. Les ethnologues citèrent aux militaires un proverbe paléo qui dit que l'homme patient parvient à faire cuire une pierre jusqu'à ce qu'il la boive en bouillon. Ils suggérèrent aux militaires de tranquillement et simplement bivouaquer et d'attendre l'harmattan. Ils affirmèrent que rien au monde ne parvenait à faire renoncer les montagnards aux luttes initiatiques des bonnes saisons. Le commandement de l'armée coloniale eut raison d'écouter les ethnologues.

Dès que les premiers matins brumeux de l'harmattan apparurent et qu'arrivèrent les premiers oiseaux annonçant la bonne saison, on vit les guerriers sortir un à un des refuges des montagnes et des tranchées des fortins.

– Et, le plus tranquillement du monde, ils se dirigèrent vers les aires à l'orée des forêts sacrées, précise Tiécoura.

Avec l'impassibilité de civilisés et de chrétiens, les Français les laissèrent se rassembler. Sans broncher ! Ils laissèrent les guerriers se débarrasser des flèches empoisonnées avant d'entrer dans l'aire de lutte comme leur code d'honneur l'impose. Sans cligner ! Sans se signer ! La première force du Blanc, du civilisé, n'est pas son fusil à plusieurs coups, mais sa patience. Les conquérants français poussèrent la patience jusqu'à laisser les luttes débuter et s'animer. L'invincible évéléma que restait Tchao pénétra dans le cercle, les chants retentirent et les tam-tams crépitèrent.

– Assurément, les hommes nus qui sont les pères de tous les Nègres de l'univers et qui, comme tous les Nègres, sont façonnés de musique et de danse, avaient oublié, dans l'ivresse du jeu, qu'ils étaient en guerre, affirme Tiécoura.

Les Français ne se donnèrent pas la peine de tirer un seul coup de fusil. C'était futile ; on ne tire pas sur les pintades qu'on a dans son filet. Les troupes françaises n'eurent qu'à surgir, à encercler et à cueillir les guerriers désarmés et leur généralissime Tchao.

Tchao refusa de suivre, opposa une résistance de fauve aux tirailleurs. Les Français qui avaient à venger tous leurs compatriotes que le guerrier avait fait passer de vie à trépas ne lésinèrent pas sur les moyens de le torturer. Ils l'attachèrent avec des cordes de bœuf et les chaînes d'esclave et le traînèrent jusqu'à la prison centrale du cercle administratif de la région des Montagnes, à Ramaka.

Tchao, dans la prison, cassa les cordes, brisa les chaînes, sema la panique parmi les détenus et les gardiens. Il obligea les geôliers français à faire venir de la capitale de la colonie des chaînes spécialement forgées à Paris pour le rebelle. Ils l'attachèrent avec ces chaînes qu'ils scellèrent au ciment dans le sol et les murs.

– Tchao rivé au fer dans le fond d'une cellule, dans ses urines et ses excréments, mit trois mois à crever dans la faim et la soif. Il mourut sous les coups de la torture des Blancs. Les Blancs pour lesquels il avait été un héros, un modèle.

Koyaga ! C'est par ces souffrances physiques et peine morale de l'ingratitude qu'Allah et les mânes des ancêtres sanctionnèrent la grande transgression de votre père.

Tchao, mon père, aurait dû crever dans un délai de trois semaines. Il survécut trois mois... grâce à ma mère, ajoute Koyaga.

Nadjouma, votre mère, s'installa à la porte de la prison où son mari était aux fers. Elle sut cuire les racines, les décoctions valables, user des sortilèges puissants et ourdir des amitiés solides.

Nadjouma votre mère était généreuse et bonne.

Avec la complicité des gardiens et de l'infirmier, et surtout grâce aux prodiges dont elle seule connaissait les secrets, toutes les œuvres traversèrent les infranchissables murs de la prison. Multiples actions de l'épouse qui permirent à Tchao de résister, de survivre trois mois.

Votre père, avant d'expirer, de rendre l'une après l'autre ses nombreuses âmes de paléonigritique, chanta et prophétisa. À l'endroit des Français, il formula des maléfices plus gros que le Fouta-Djalon.

Il vous convoqua, vous, son unique fils, vous aviez alors sept ans. Et tête à tête il vous parla. Que vous a-t-il dit, expliqué ?

– La fin atroce que je connais est un châtiment ; elle a pour cause la malédiction, le courroux des mânes des ancêtres, commença-t-il par me dire. Répondit Koyaga.

Puis il prit le temps de se surpasser – il était épuisé, vivait ses dernières heures. Et, comme inspiré, il me parla doucement, avec ces envolées oratoires des personnes qui énoncent leurs dernières paroles. Ma fin abominable est le châtiment qui m'est appliqué pour avoir violé le tabou de l'habillement. Les mânes des ancêtres considèrent que ma faute n'est expiable que par la mort, la mort dans les conditions les plus inhumaines. Je le savais ; je savais ce qui m'attendait. Je le mérite ; je l'ai cherché. Je me suis sacrifié pour toi d'abord, ensuite pour toute la jeunesse de toutes les tribus paléos. Mon voyage à Dakar, en France et à Verdun m'a appris que l'univers est un monde d'habillés. Nous ne pouvons pas entrer dans ce monde sans nous vêtir, sans abandonner notre nudité.

C'est vrai que je suis le premier champion de lutte à avoir honte de la nudité, à avoir osé m'habiller. Il est vrai que c'est la nudité et rien d'autre qui, des millénaires durant, nous a protégés contre les Mandingues, les Haoussas, les Peuls, les Mossis, les Songhaïs, les Berbères, les Arabes… C'est à cause de notre nudité que tous les envahisseurs, bâtisseurs d'empires, prosélytes de croyances étrangères nous ont méprisés et jugés trop sauvages pour être des coreligionnaires, des exploitables. Peut-être les colonisateurs français auraient-ils eu le même mépris. Peut-être, si je n'avais pas eu la folie, la stupidité, de me mesurer en lutte à l'univers entier et, surtout, de m'habiller, les Français n'auraient-ils pas violé les refuges, ne nous auraient-ils pas christianisés. Mais on n'aurait retardé notre habillement que de quelques années. On n'aurait fait que différer notre entrée dans le monde, repousser notre descente dans les plaines pour cultiver des terres plus généreuses, remettre l'envoi de nos enfants à l'école… On n'aurait fait qu'ajourner… que reporter… sursis…

Mon père ne termina pas ; il tomba en syncope sur sa chaîne, dans ses excréments et ses urines. Il mourut le lendemain.

L'image de mon père en agonie, en chaînes, au fond

d'un cachot, restera l'image de ma vie. Sans cesse, elle hantera mes rêves. Quand je l'évoquerai ou qu'elle m'apparaîtra dans les épreuves ou la défaite, elle décuplera ma force ; quand elle me viendra dans la victoire, je deviendrai cruel, sans humanité ni concession quelconque. Termine Koyaga.

Il faut, dans tout récit, de temps en temps souffler. Nous allons marquer une pause, énonce le sora. Il interprète alors une chanson avec la cora, pendant que le répondeur exécute une danse débridée cinq longues minutes, puis il s'interrompt. Il reprend le même air avec la flûte. Le sora lui demande d'arrêter de jouer et énonce quelques proverbes sur la tradition :

C'est au bout de la vieille corde qu'on tisse la nouvelle.
Tu cultives un jour chômé mais la foudre conserve la parole dans le ventre.
La rosée ne vous mouille pas si vous marchez derrière un éléphant.

2

Ah ! Tiécoura. Les Français, après s'être débarrassés de Tchao, une fois maîtres des réservoirs de montagnards, ne se contentèrent pas du prélèvement de l'impôt de capitation, du recrutement des tirailleurs, des travailleurs forcés, des catéchumènes : ils réclamèrent des écoliers. Ils exigèrent pour leur école les fils des traditionalistes, des anciens combattants, des anciens champions de lutte, des héros chasseurs, des *simbos,* des griots.

Koyaga fut du lot des premiers recrutés et envoyés à l'école de Ramaka. Il avait alors dix ans.

Avant de parler de Koyaga à l'école, il faut évoquer sa naissance. Le donsomana, le genre littéraire donsomana exige qu'on parle du héros dès l'instant où son germe a été placé dans le sein de sa maman. Nous raconterons plus tard comment le germe de Koyaga fut logé dans Nadjouma. Pour le moment, arrêtons-nous à la gestation.

Tiécoura, mon cher élève, cordoua et accompagnateur, écoute bien. Le lendemain de vendredi se dit samedi. Koyaga naquit un samedi. La gestation d'un bébé dure neuf mois ; Nadjouma porta son bébé douze mois entiers. Une femme souffre du mal d'enfant au plus deux jours ; la maman de Koyaga peina en gésine pendant une semaine entière. Le bébé des humains ne se présente pas plus fort qu'un bébé panthère ; l'enfant de Nadjouma eut le poids d'un lionceau.

Quelles étaient l'humanité, la vérité, la nature de cet enfant ?

Tout le monde le sut quand la maman put s'en libérer et que l'enfant tomba sur le sol à l'aurore.

Les animaux aussi surent que celui qui venait de voir le jour était prédestiné à être le plus grand tueur de gibier parmi les chasseurs. Des mouches tsé-tsé partirent des lointaines brousses et des montagnes et foncèrent sur le bébé. Par poignées, Koyaga, vous avez écrasé les glossines dans vos mains. À quatre pattes, vous n'avez laissé vie sauve à aucun des poussins et margouillats qui picorèrent dans vos plats de bébé. Quand vous avez eu cinq ans, les rats perdirent la sécurité et la tranquillité dans leurs trous ; vous fûtes un grand et habile attrapeur de rats. Les tourterelles ne jouirent plus de repos sur les branches des arbres ; vous fûtes un adroit manipulateur du lance-pierres.

À neuf ans, les lointaines brousses et montagnes retentirent des cris de détresse des bêtes qui passaient de la vie au néant, les animaux virent leurs rangs s'éclaircir irrémédiablement ; nombreux parmi eux devinrent orphelins.

Déjà, Koyaga, vous aviez fléché et tué une panthère et, les nuits de veillées, vous dansiez dans les rangs des maîtres chasseurs lorsque les Blancs vinrent vous chercher pour leur école. Des fauves ne se domestiquent pas ; les vrais fauves ne se domestiqueront jamais. Vous étiez, Koyaga, ardent, impétueux ; vous étouffiez entre les quatre murs. Il vous fallait pour respirer des espaces, des rivières, des montagnes, du défi et du danger permanents. Vous abhorriez l'école, l'école vous écœurait. Vous désiriez continuer votre vie de héros chasseur et de champion de lutte. Vous étiez déjà le meilleur lutteur de tous les fortins des montagnes natales. L'école était ennuyeuse ; l'instituteur fouettait, fustigeait.

Quelques lunes après la rentrée, les vents tournèrent et apportèrent les matins brumeux. Dans les journées implacables de soleil, des tourbillons de vent grondèrent dans les lointaines et vastes brousses. Les feuilles jaunirent et les branches nues des arbres parurent crier leur détresse à un ciel sans pitié. Dans les nuits, les horizons s'éclairèrent des lueurs de lointains feux de brousse.

Une autre saison venait de succéder à l'hivernage et cette nouvelle saison était l'harmattan. L'harmattan des luttes, des danses, des chasses dans les montagnes. Un vrai homme nu ne peut accepter de vivre l'harmattan loin des montagnes.

Vous avez ameuté les enfants de l'école rurale de Ramaka originaires des montagnes comme vous. Dès le coucher de la lune, vous avez déserté en masse et êtes arrivés avant l'aurore au pied des montagnes de Tchaotchi. En chantant, vous vous êtes débarrassés des chemises, des culottes, des slips. Vous avez introduit vos sexes dans les étuis. Vous vous êtes armés de flèches. Vous avez retrouvé vos place et rang dans les diverses associations. Vous vous êtes jetés dans les danses, les cérémonies, les chasses. L'ivresse des fêtes de l'harmattan dans les montagnes emballe, fait tout oublier.

Koyaga et ses collègues ne se souvinrent de leur statut d'écoliers qu'une douzaine de semaines après, après que la mauvaise saison avait bouché l'horizon et que les montagnes s'étaient couvertes de verdure. Malheureusement c'était trop tard !

Votre instituteur s'appelait de Souza, un descendant des affranchis brésiliens. De Souza avait, dès le constat de la fugue, pris la décision de se débarrasser de tous les turbulents et indisciplinés sauvageons de montagnards. À votre retour, il ne vous autorise pas à entrer dans la salle de classe. Il monte au bureau du commandant et propose à la signature de l'administrateur blanc les bulletins de votre renvoi.

Le Blanc refuse, refuse net et donne ses raisons.

Il aime les paléos montagnards, les étudie, les comprend. Dans ses rapports au ministre des Colonies, il se vante d'être le seul administrateur colonial à alphabétiser de jeunes paléos montagnards dans son école, le seul à être en train de façonner les premiers lettrés d'hommes nus.

L'instituteur, contraint de supporter les frasques de Koyaga et de ses collègues, appliqua sur leurs fesses nues – avant qu'ils s'habillent – les trente coups de chicote réglementaires qui punissaient les fugues des écoliers indigènes. Trente coups sur des fesses de montagnards nus parurent de fines caresses aux récalcitrants. Cela ne les dissuada pas : ils recommencèrent, répétèrent plusieurs fois.

Six ans durant, au début de chaque harmattan, Koyaga entraîna les autres sauvageons de montagnards à déserter l'internat et les bancs pour retrouver les ivresses des saisons sèches dans les montagnes. Ils réintégraient chaque fois l'école dès que les premiers nuages obstruaient le ciel.

Et, chaque fois, avant de retrouver leur place sur les bancs, ils montaient à tour de rôle sur l'estrade, offraient leurs fesses nues que M. de Souza cinglait de trente coups. Le toubab resta ferme. Jamais il n'accepta de signer le renvoi du futur Guide suprême ni de ses compagnons.

À la fin du septième hivernage d'école, Koyaga réussit le certificat d'études et l'écrit du concours d'entrée à l'école primaire supérieure. Malheureusement, les oraux se tinrent en plein harmattan. En bon maître chasseur, il fut absent, appelé dans les montagnes par les fêtes et les luttes rituelles et initiatiques de l'harmattan. Quand le ciel se boucha, les pistes disparurent et les ravins se remplirent de torrents boueux, quand les montagnes redevinrent verdoyantes et mystérieuses, Koyaga retourna en classe où, sans saluer, il se débarrassa des flèches et de l'étui pénien.

L'instituteur appliqua aux fesses du montagnard, avec son habituel sérieux, les trente coups de fouet réglementaires mais il ne lui fit pas gagner sa place sur les bancs. Koyaga avait terminé ses études primaires élémentaires de l'école rurale et n'avait donc plus de place sur les bancs. M. de Souza monta au bureau pour signifier au commandant le renvoi de Koyaga dans les montagnes.

Le Blanc lui commanda de le garder à l'internat ; Koyaga ne devait pas retourner définitivement dans les montagnes. La France avait une dette à l'endroit du fils de Tchao. Elle avait mis aux fers le père, le tirailleur Tchao. Le tirailleur Tchao avait tué cinq Allemands pendant la Grande Guerre et avait été le premier homme nu à introduire l'habillement. En conséquence, le premier à introduire les débuts de la civilisation dans les montagnes. Le commandant estimait qu'il avait le devoir de placer le fils de Tchao. Il écrivit, télégraphia aux autres commandants des autres cercles, à l'inspecteur général, au gouverneur des colonies, au gouverneur général de la

Fédération et même au ministre des Colonies. Il alla même à cheval au chef-lieu, se remua avec tant de conviction qu'il obtint pour le premier paléo montagnard nu certifié du cercle administratif des Montagnes – que vous étiez – une place à l'école des enfants de troupe de Kati du Soudan français.

Quand on arrive à Bamako, on est à Kati, Kati n'est pas loin de Bamako. À Kati, on se souvient encore de Koyaga. À Kati, il se trouva mieux que Koyaga dans la lecture et le calcul, il se trouva des égaux à Koyaga dans le parcours du combattant et le tir, mais personne ne surpassa Koyaga dans la bagarre et l'indiscipline.

Avec l'harmattan, remontait en Koyaga sa nature de lutteur et de déjà héros chasseur montagnard. La seule occupation qu'il suivait avec sérieux et assiduité était sa formation de chasseur. À Kati, il s'était trouvé un grand maître chasseur dont il était devenu le disciple, le compagnon, l'apprenti le plus fidèle. Quand il n'était pas avec son maître chasseur, quand il revenait à l'école, il devenait un agitateur insupportable.

Au dortoir, au réfectoire, sur les terrains, en classe, c'était toujours vous qui blasphémiez, injuriez, cassiez, frappiez, boxiez, terrassiez. Le lieutenant commandant l'école en eut rapidement assez de votre sauvagerie et vous envoya à l'école des enfants de troupe de Saint-Louis.

Saint-Louis est au bout du Sénégal, à l'embouchure du fleuve Sénégal ; elle était alors la capitale de la colonie du Sénégal. À Saint-Louis, résidait le colonel supervisant toutes les écoles des enfants de troupe de l'Afrique occidentale française. Le colonel publiquement reçut Koyaga. À haute voix fit connaître son admiration pour les tirailleurs qui ont des testicules solides entre les jambes, les tirailleurs qui aiment se bagarrer, se battre.

26

Les combats de Koyaga avec ses collègues l'amusèrent jusqu'à ce matin d'harmattan où deux camarades le provoquèrent alors que la nostalgie des montagnes tenaillait le fils de l'homme et de la femme nus. Les provocateurs furent terrassés ; chacun se releva avec un membre fracturé et le surveillant général qui avait tenté de s'interposer s'éloigna avec la mâchoire abîmée. Tout en continuant à rire, le colonel estima que Koyaga avait déjà acquis l'âme et le physique d'un guerrier. Il était le prototype du bon guerrier qui perdait son temps sur des bancs. Il l'embastilla pendant un mois (comme l'exigeait le règlement). À l'élargissement, l'expulsa de l'école, le fit recruter comme tirailleur sénégalais de deuxième classe

Salut mon répondeur cordoua ! Salut monsieur le ministre Maclédio ! Salut à vous, maîtres chasseurs, monsieur le Guide suprême !

La transgression se comporte comme une petite braise jetée dans la grande savane au gros de la saison sèche. On voit où la flamme prend mais nul ne sait où elle s'arrêtera. La transgression de Tchao ne déclencha pas la seule scolarisation des jeunes montagnards : elle entraîna le recrutement massif des montagnards comme tirailleurs. Elle fit des Montagnes un réservoir de tirailleurs dans lequel les Français puisèrent abondamment pour toutes les guerres.

La rapide adaptation de Tchao aux conditions de la vie des tirailleurs, aux subtilités de la civilisation et, surtout, son mépris pour le danger incitèrent les colonisateurs à poursuivre l'expérience ; ils recrutèrent une centaine de montagnards qu'ils envoyèrent aussi au-delà des mers. À leur retour, ces anciens combattants se comportèrent comme le grand lutteur Tchao ; ils se permirent de parader de fortin en fortin accoutrés dans des costumes. Ils se pavanaient dans des costumes, attifés de la flanelle rouge sur le ventre et de la chéchia rouge sur la tête. Qui connaît le goût immodéré de la parure et de la couleur du montagnard imagine que les anciens combattants ou tirailleurs furent tout de suite admirés et aimés dans toutes les montagnes et isolats des hommes nus de l'Afrique continentale. Il comprend aussi que les femmes montagnardes voulurent les posséder, les servir. Des mères abandonnèrent époux et enfants et se firent enlever dans les bonnes traditions des hommes nus du mariage-rapt par les hommes coiffés et ceinturés de rouge.

Ah! mon répondeur Tiécoura! ce qui arrive quand des montagnards dérobent les femmes n'a d'égal en fébrilité que les rondes sans fin des éperviers dont les béjaunes ont été enlevés. Les maris trompés et bafoués décidèrent eux aussi d'aller se procurer la godasse, la chéchia et la flanelle rouge du Blanc colonisateur. Ils descendirent des montagnes de Tchaotchi et se présentèrent au chef-lieu du cercle de Ramaka avec, comme seuls habits, l'étui pénien, le chapeau, l'arc et le fourreau. Le commandant comprenait qu'ils venaient s'engager et leur conseillait d'attendre la conscription.

Au bout d'un certain temps, tous les maris trompés montagnards finirent par arriver, tombèrent comme du sel dans une sauce de gombo. Le Blanc ne se contenta pas de les comprendre, il les félicita. L'armée française par brassées recrutait des Nègres pour l'Indochine. Les hommes nus étaient particulièrement recherchés. Leur mépris pour le danger faisait d'eux d'excellents éléments pour le combat des rizières. Depuis des mois, des régiments dont la quasi-totalité était constituée de tirailleurs montagnards se formaient et embarquaient pour l'Extrême-Orient. Un dernier régiment à qui il ne manquait qu'un montagnard parlant français pour servir d'interprète attendait depuis des semaines le prochain bateau sur le quai de Dakar. Le

colonel commandant l'école des enfants de troupe
de Saint-Louis avait été informé de l'ajournement de
l'embarquement de ce régiment. On vous y affecta, vous,
Koyaga, le plus lettré des paléos, des hommes nus de nos
montagnes.

C'est à Haiphong que le régiment débarqua. Il prit
position au poste PK204 non loin de Cao Bang à la frontière tonkino-chinoise.

Disons-le tout de suite. Jamais l'eau ne manque l'ancien chemin de son cours ; l'antilope cob ne bondit pas
pour que son petit traîne. Koyaga, à sa manière propre,
obtint dans les rizières la même distinction qui avait
honoré son père Tchao dans les tranchées de Verdun.
Comme son père, il sera décoré et rapatrié sanitaire.

L'adjudant-chef du régiment des hommes nus dans le
poste PK204 de Cao Bang était d'ethnie koto, une ethnie
des plaines, traditionnellement ennemie des montagnards
nus. Les fiers montagnards méprisaient les Kotos. Ils
les appelaient les impurs, les inférieurs. Et c'est un inférieur, un impur de Koto, l'adjudant-chef Koto, qui eut
à commander aux tirailleurs montagnards de donner du
sang quand arriva dans le régiment paléo de Cao Bang
l'équipe chargée de la collecte du sang dans les armées.
À des blessés de quelle race le sang sera-t-il destiné ?,
demandèrent les montagnards à l'infirmier major. À des
hommes de toutes les races, de toutes les couleurs, de
toutes les nationalités, répondit l'infirmier. C'étaient
des propos maladroits, des propos provocateurs. C'était
méconnaître les coutumes, la magie, la logique des
hommes nus. Pour les montagnards, pour tous les Nègres
animistes, donner son sang à un autre, c'est lui céder une
de leurs âmes, en faire un double, un autre soi-même.
Toute transgression de tabou perpétrée par ce double

nous est préjudiciable et sa mort peut entraîner la nôtre. C'était donc une aventure, un danger pour tout montagnard que de donner son sang à des inconnus. L'adjudant-chef aurait dû le savoir. Il aurait dû savoir aussi que l'ordre d'offrir son sang, lorsqu'il serait commandé par un Koto, serait considéré par les montagnards comme une provocation, une injure.

Il y avait danger et vous, Koyaga, l'avez compris tout de suite. Vous avez donné de longues et très longues explications aux montagnards. Mais vous n'êtes pas parvenu à les convaincre.

En bloc, ils refusèrent de s'aligner. L'adjudant-chef, blessé dans son amour-propre, se fâcha et sévit. Sévèrement il sanctionna. Les deux meneurs furent capturés et enfermés en attendant la comparution devant le conseil de guerre. Dans l'humanisme, la mentalité de montagnard, l'adjudant venait d'aggraver une injure par une injustice.

– Il vaut mieux enlever le lionceau à la lionne que d'être injuste à l'endroit d'un homme nu. Il vaut mieux marcher sur la queue d'une vipère des déserts que de tenter d'être injuste à l'égard d'un montagnard, ajoute Tiécoura.

L'injustice unit les montagnards et, quand les montagnards sont unis contre l'étranger, ils sont capables de toutes les inhumanités, de toutes les sauvageries. Tous les tirailleurs montagnards estimèrent que leur devoir était de secourir les emprisonnés et ils les aidèrent à s'échapper. Les deux évadés, en silence, investirent une casemate et attendirent que le régiment soit au complet pour le rapport sur la place d'armes. L'adjudant-chef arriva. L'impur, le provocateur adjudant-chef arriva. Les embusqués l'exécutent. Ils l'abattent à la mitraillette et, avec lui, fauchent trente-cinq militaires parmi lesquels (malheureusement! très malheureusement!) un jumeau montagnard. On ne tue pas un jumeau devant son frère, jamais on ne tue un jumeau montagnard devant son frère.

Le frère du tué entre en transe, hurle vengeance, appelle au secours ceux de son clan. Trois tirailleurs se joignent à lui et, à quatre, ils s'emparent de la casemate d'en face. À l'arme lourde, casemate investie contre casemate investie, les montagnards se bombardent ; les tirs croisés de mitraillettes balaient tout le camp. Les échanges entre les montagnards firent de nombreuses victimes innocentes ; la place d'armes fut jonchée de morts et les tirs ne s'arrêtaient pas.

L'état-major décide de sauver les survivants qui, planqués dans des angles morts, ont échappé à la sauvagerie sanguinaire des hommes nus. Deux régiments dépêchés sur les lieux pour mater la mutinerie encerclent le poste PK204, exécutent la mission au lance-flammes, au gaz et au napalm. Une autre bonne cinquantaine de montagnards périssent grillés dans les flammes. Mais rien, rien parmi les armes les plus meurtrières ne parvient à déloger cinq montagnards des casemates. Pendant trois nuits et trois jours ils résistent, tiennent jusqu'à l'arrivée de l'officier des affaires indigènes de l'état-major.

L'officier propose et applique une autre méthode : la palabre, la palabre africaine. Il mande Koyaga et lui laisse le haut-parleur. En montagnard, vous fredonnez la complainte du héros chasseur qui est exécutée en votre honneur quand vous dansez dans le cercle des héros chasseurs. La complainte est suivie d'un cantique des bois sacrés ; vous récitez des sonnets et haranguez. Le miracle se produit.

Les montagnards qui ont les doigts sur les gâchettes comprennent que celui qui les interpelle est le fils du plus prestigieux champion de lutte de toutes les montagnes et plaines d'Afrique et un déjà héros chasseur célébré dans les veillées.

Vous leur demandez de déposer les armes, de sortir des casemates, de capituler. Vous les convainquez que c'est le seul moyen, la seule attitude. Les corps des tués pourront être ensevelis et leurs âmes pourront retourner dans les montagnes natales pour se fondre dans les dieux ancestraux. Et c'est la merveille ! Devant les officiers français ébahis, les mutins, les mains en l'air, sortent en fredonnant les mêmes cantiques que vous aviez psalmodiés.

Les Français mesurent l'ascendant que vous, le fils de Tchao, le déjà maître chasseur, avez sur vos compatriotes. Ils décident de vous honorer : ils vous citent à l'ordre de l'armée et vous nomment caporal.

Ah ! Tiécoura. L'oiseau qui n'a jamais quitté son tronc d'arbre ne peut savoir qu'ailleurs il y a du millet. Arrêtons un instant de parler de la sauvagerie, des imbécillités des hommes nus et du Guide suprême Koyaga pour dire le panégyrique des guerriers vietnamiens. Le donsomana est une parole, un genre littéraire dont le but est de célébrer les gestes des héros chasseurs et de toutes sortes de héros. Avant d'introduire un héros dans un donsomana, le genre exige qu'on dise au préalable son panégyrique. Le héros est une haute montagne et le sora qui conte est un voyageur. De très loin, avant de s'en approcher, de la côtoyer, de la fréquenter, le voyageur aperçoit la montagne. Les guerriers vietnamiens sont des héros ; ils sont comme autant de très hautes montagnes. Leur nom vient de tomber dans notre récit. Il nous faut nous arrêter un instant pour réciter leur panégyrique.

Ah ! Tiécoura, les Vietnamiens sont les Pygmées d'Asie, de frêles Pygmées. Ils ont chassé de leurs terres tous les grands peuples de l'univers. Peuples grands par le nombre de leurs habitants comme les Chinois ; peuples grands par les moyens techniques de leur armée comme les Américains ; peuples grands par leur culture et leur histoire comme les Français. Il est à parier que, si l'univers entier s'alliait pour occuper le sol vietnamien, les Viets vaincraient et jetteraient les soldats du monde entier à la mer.

Des Viets se sont sacrifiés dans la boue, dans les canaux, dans les montagnes, dans les rizières et dans les prisons pour rendre une certaine forme de la colonisation impossible sur cette terre. Les Vietnamiens ont adressé par leur combat des paroles, des vérités très fortes à tous les peuples colonisés, des paroles qui ont été entendues.

Un grand pays ne peut subjuguer que le petit peuple qui ne sait pas se rassembler pour faire avec tous ses moyens face à l'agression. Un peuple riche ne s'impose qu'au pays pauvre dont les habitants ne savent pas faire don de leur personne. Un pays maître de la technologie ne vainc que le peuple sous-développé qui manque de ruse et de courage. Après la guerre du Viêt-nam, il se trouve encore sur la planète des peuples qui se complaisent dans la colonisation mais aucun peuple qui ne puisse recouvrer sa liberté. Inclinons-nous tous devant les Viets.

« Les Viets » fut le nom méprisant que les soldats français donnèrent aux maquisards indochinois. Mépriser son adversaire même petit et frêle est toujours une faute stratégique dans un combat ; très souvent, d'un insignifiant bosquet peut sortir une liane suffisante pour nous attacher, explique le Guide suprême.

Les Viets étaient maigres comme des lianes grimpantes – mais petits et inventifs, courageux et malins comme de petits ouistitis. Les Français commenceront par les mépriser – et ce sont les Viets qui finiront par avoir le dessus. Dans le combat entre les volées de mouches et le troupeau d'éléphants, ce ne sont pas les gros qui toujours l'emportent. Les Français les chasseront des villes ; les Viets les attaqueront sur les routes et les décimeront dans des embuscades meurtrières. Les Français se rendront maîtres des axes avec les chars, l'incendie et la destruction des villages, le massacre des habitants; les Viets se réfugieront dans les rizières. Les Français les poursuivront dans les marais pour les tirer des canaux comme des silures et les zigouiller; les Viets monteront dans les branches des arbres comme des singes. Les Français, avec le napalm, le feu, la mort et les avions, détruiront les forêts et toutes les caches humaines; les Viets déguerpiront dans les terriers, les repaires et les tanières des montagnes. Les Français, confiants en leur technicité, s'installeront au large dans une cuvette au pied des montagnes afin de couper toutes les pistes que les Viets utilisent pour aller à la moisson des rizières. Les Viets, avec la patience et la persévérance que leur donne leur religion, attendront de longues nuits et journées que les Français accumulent tous leurs hommes, avions et matériels compliqués de la guerre moderne dans la cuvette de Diên Biên Phu. Une nuit, au coucher de la lune, les Viets sortiront des flancs des montagnes comme d'innombrables fourmis de multiples fourmilières, encercleront les Français et les détruiront, eux et tous les tirailleurs arabes, Nègres de plaine et des montagnes, les canons, les avions et les équipements.

C'est honteusement que les lions de Français embarqueront dans les nuits. Les invincibles guerriers indochinois ajouteront à leur tableau de chasse, après les Français et les Américains, les Chinois! Depuis, aucun autre envahisseur n'a tenté d'occuper les terres vietnamiennes.

Ah! Tiécoura. Ce sont ces Viets, ces héros, ces rusés qui assistent inquiets et perplexes aux massacres interclaniques auxquels se livrent les hommes nus des jours et des nuits. Le poste est endommagé par la mutinerie. Les Viets aux aguets n'attendent pas que toutes les défenses soient reconstruites pour frapper. Une nuit, au coucher de la lune, ils assaillent avec des moyens puissants. Et, avant l'aube, tout est submergé, investi et brûlé.

Les reconnaissances aériennes concluent que, dans les décombres qui n'en finissent pas de se consumer, il n'y a pas de survivants. Nous sommes tous, commente Koyaga, nous tous du poste, considérés comme morts pour la patrie, pour la France, tous morts au champ d'honneur.

L'information est câblée aux commandants blancs des pays des hommes nus. Les commandants blancs annoncent les décès aux familles. Les montagnards pleurent, adorent les dieux et les âmes des ancêtres, chantent et dansent leurs interminables funérailles.

Les paléos, les montagnards sont des hommes à part. Chez tout autre peuple que les paléos, après l'annonce de tant de décès, les bureaux de recrutement auraient été désertés, il n'y aurait plus eu de volontaires. C'est l'inverse qu'on constata. Malgré l'annonce de nombreux décès paléos les volontaires affluèrent dans les bureaux de recrutement. Dans les centres de recrutement, ces volontaires se déclarèrent toujours impatients d'aller à la guerre, toujours impatients d'aller revêtir la flanelle et la chéchia rouges qu'exigent les femmes paléos pour demeurer fidèles à leurs époux.

Il existe un de vos grands amours de jeunesse qu'évoquent très peu, général Koyaga, vos biographies officielles. C'est la grande passion que vous avez eue pour Fatima, une prostituée marocaine en Indochine. Vos encenseurs passent cette aventure sous silence. Dans ce donsomana purificatoire, nous l'exposerons amplement.

L'armée coloniale considérait le tirailleur nègre d'Extrême-Orient, le tirailleur sénégalais, comme un grand enfant, un gros niais et le prenait totalement en charge comme un inepte. L'armée se souciait de sa correspondance avec sa femme, ses parents et ses enfants restés en

Afrique. Elle se chargeait du placement de ses économies. Elle s'occupait du choix de ses loisirs (des films de dessins animés pour enfants), de son pèlerinage à La Mecque s'il était musulman. Et surtout, et avant tout, l'armée coloniale se préoccupait de l'assouvissement des fureurs sexuelles du tirailleur. Les officiers de la coloniale prétendaient qu'un tirailleur gavé de riz n'était qu'à moitié utilisable tant qu'il n'avait pas fait la virée au bordel.

Des officiers des services sociaux et médicaux de l'armée d'Indochine avaient été envoyés à Casablanca, au Maroc. Ils étaient descendus dans les bas-fonds, les quartiers chauds de la ville où ils avaient recruté les prostituées les plus performantes, les cheftaines. À ces cheftaines prostituées avaient été donnés les grades et les statuts de militaires. Elles avaient embarqué pour l'Indochine où elles avaient été affectées dans des camps et des postes le long des axes. Les patrouilles militaires avaient organisé des battues de proximité dans la jungle indochinoise et avaient capturé des jeunes filles vietnamiennes. Ces jeunes Vietnamiennes avaient été mises sous les ordres des cheftaines prostituées qui avaient réalisé, organisé des bordels militaires de campagne, des BMC, dans chaque camp ou poste.

Dans le bordel militaire du poste PK204, officiaient deux cheftaines marocaines et une demi-douzaine de jeunes filles vietnamiennes. Les Marocaines étaient trop loin de Casa ; elles évoquaient le Haut Atlas avec des chants nostalgiques. La voix de rossignol de la cheftaine Fatima, la plus plantureuse, vous avait touché, avait fini par vous conquérir, vous, le montagnard, le plus lettré du régiment et le déjà héros chasseur. Avec votre humanisme (que dis-je ?), votre pitié, votre assiduité et votre puissance, vous étiez parvenu à la consoler, à arracher et posséder le cœur de Fatima. Elle vous avait accordé l'inestimable privilège, après son travail quotidien (satisfaire une trentaine de tirailleurs chaque nuit) et sa petite et grande toilette, de vous accueillir dans son lit jusqu'au matin. Fatima était bonne de cœur et très généreuse ; elle avait pour vous un sentiment à la fois maternel et d'ardente amoureuse. Vous pouviez comme vous le désiriez puiser sans compter dans sa grande valise de piastres. L'attaque surprise des Viets s'est produite alors que vous étiez dans les bras de votre dulcinée. Vous vous êtes rapidement habillé et avez rejoint votre poste de combat. Vous vous êtes battu comme un fauve. Quand le poste a commencé à céder sous le déluge de feu vous avez accouru vers Fatima pour la secourir.

Après la chute du poste PK204, l'état-major de Hanoi procéda à de nombreuses reconnaissances aériennes sur le site qui ne finissait pas de se consumer, de fumer. Les photos prises avaient été développées, agrandies, minutieusement examinées. Il en était résulté que toutes les installations avaient été écrasées, que tout avait brûlé, qu'il n'y avait pas de survivants, qu'il ne pouvait pas y avoir de sauvés, de rescapés. Comme l'exige le règlement, sans grande conviction, l'état-major avait dépêché quand même aux lisières de la jungle des patrouilles de proximité. Ces patrouilles ne s'étaient pas contentées d'opérer aux lisières, elles s'étaient aventurées sur les pistes et les rivières au cœur de la jungle. Elles avaient consciencieusement et activement surveillé, guetté et écouté pendant quatre semaines entières. Au-delà de quatre semaines, l'état-major de Hanoi avait mis fin aux missions des patrouilles. Il avait estimé que des rescapés, s'il y en avait eu, n'auraient pas pu survivre dans la jungle, infestée de bêtes et de combattants viets, plus de quatre semaines.

L'état-major s'était trompé, lourdement mépris. Ce qui sortait de l'analyse des photos aériennes était vrai, il ne pouvait pas se trouver d'humain capable de sortir vivant d'une telle dévastation, d'un tel fouillis, d'un tel feu. Mais Koyaga était plus qu'un homme – c'était un héros chasseur, fils d'une femme nue sorcière –, il en était sorti vivant. En effet, il n'était pas possible à un tirailleur, à des soldats, de survivre plus de quatre semaines dans une jungle inhospitalière infestée de bêtes et de combattants viets. Mais Koyaga était plus qu'un tirailleur quelconque – il était le fils d'un homme et d'une femme paléos, le fils de Nadjouma et de Tchao –, il avait flâné plus de six semaines.

Le caporal Koyaga, le héros chasseur, surprit tout le monde en surgissant de la jungle huit semaines après la destruction du poste, en tête de sa section, à une cinquantaine de kilomètres de Cao Bang. La section rentrait avec son équipement, ses armes (les 36, la mitraillette, les munitions, le bazooka), mais aussi deux pensionnaires du bordel militaire (la cheftaine Fatima et son adjointe).

Traîner deux dondons de pouffiasses marocaines dans la jungle fut un exploit qui d'abord fit rire dans les mess. Mais quand on sut que le caporal avait accompli la prouesse avec une balle dans l'omoplate, des « merde » d'admiration et d'étonnement succédèrent aux sourires narquois.

L'état-major vous attribua des médailles et vous nomma sergent à votre embarquement sur le s/s *Pasteur* comme rapatrié sanitaire.

Dans les rencontres des anciens combattants d'Indochine, on se conte les grands exploits réalisés par des soldats dans les rizières. On raconte toujours le fait d'armes du caporal qui, blessé en tête de sa section et avec deux prostituées, guerroya pendant huit semaines entières contre des régiments de Viets et les défit. Il s'agit de votre exploit, Koyaga.

Ainsi vous resterez un héros de légende de l'armée

française aussi célèbre que votre père. Votre père Tchao l'est pour avoir bondi seul, sans l'ordre de son caporal, de son terrier de Verdun, et avoir enfourché dans la tranchée d'en face, avec la baïonnette, cinq guerriers allemands. Et vous le demeurerez jusqu'à la fin de l'univers pour avoir sauvé dans la jungle deux plantureuses péripatéticiennes.

Même en plein harmattan, le soleil de temps en temps s'arrête en demandant aux nuages de le voiler. Interrompons-nous, nous aussi, un court instant pour marquer une pause. Annonce le sora. Bingo et son répondeur exécutent le second intermède musical. Tiécoura danse. Le sora termine l'intermède par des réflexions et proverbes sur le respect de la tradition :

Le veau ne perd pas sa mère même dans l'obscurité.
L'éléphant meurt, mais ses défenses demeurent.
Le petit de la scolopendre s'enroule comme sa maman.

3

Ah ! Tiécoura. Il faut respecter sa mère. Notre tradition en Afrique veut que le respect de la mère dépasse celui du père. Ce que l'enfant obtient physiquement, il le doit à son père ; à sa mère il doit ce qu'il acquiert moralement. Les paléos montagnards – qui sont les tenants de la première civilisation authentique africaine – préfèrent toujours leur mère à leur père. La tradition nègre pose que toutes les peines que la mère accepte de supporter dans le mariage se transforment en force vitale, en valeur, en réussite pour le fils. Le fils d'un homme riche n'est pas forcément riche. Le fils d'un homme exceptionnel dans le savoir peut être un imbécile. Alors que l'enfant devient toujours ce qu'est sa mère, possède toujours ce qui appartient à sa mère. Chez les Blancs, le respect et l'amour de la mère ne dépassent pas toujours la vénération du père. Le corps expéditionnaire d'Extrême-Orient ne sut pas que la maman de Koyaga, Nadjouma, avait été l'artisan de son exploit. Dans les montagnes à Tchaotchi, tout le monde le savait, le disait ; personne n'en doutait. En tête de ceux qui accueillirent Koyaga à sa descente du courrier postal dans les montagnes, se tenait sa mère. Elle fut plus félicitée que son fils pour l'exploit. C'était grâce à la magie de sa mère, une partie de la magie léguée par la mère au fils, que Koyaga avait pu sauver sa section et les prostituées casablancaises.

Quand les Viets investirent le PK204, Koyaga avec toute la magie enseignée par sa mère se transforma en un puissant hibou nocturne. Sur l'aile gauche, il embarque les prostituées. Sur l'aile droite, il accepte une cinquantaine de tirailleurs montagnards avec leur armement. Les Viets n'y voient que de la fumée. Près de l'aéroport de Hanoi, il débarque tout son monde qui n'a qu'à déboucher sur la piste pour se faire accueillir par l'état-major.

C'est votre maman que vous avez, vous Koyaga, toujours admirée et aimée. Tant qu'elle vivra, le monde restera à votre portée...

Ah ! Tiécoura, il y a beaucoup de femmes qui croient que leur devoir de mère s'achève avec l'accouchement.

— Non, le devoir de la mère ne s'arrête pas là, ajoute l'accompagnateur. D'autres pensent que leur devoir de mère est terminé avec l'allaitement et le port de l'enfant au dos pendant vingt-quatre mois.

— Non, cela ne suffit pas.

— D'autres croient que leur obligation à l'endroit de leur enfant s'arrête au mariage.

— Non, non. Une mère toute sa vie en apporte et en

apprend à son enfant. L'obligation d'une vraie mère
continue tant qu'elle est vivante, complète Tiécoura.

Ah! Tiécoura, une mère est tout dans la vie; les malheurs de notre jeunesse proviennent du peu de vénération
qu'elle voue à la mère. Ce n'est pas facile de porter dans
son sein un enfant pendant neuf lunes entières!

Parlons de la maman de Koyaga. Glorifions la femme
qui, à Ramaka, dans les montagnes en République du
Golfe, attendait l'arrivée de son fils par le courrier postal.

Vous dites beaucoup de bien de votre mère. Vous avez
raison. Jamais plus les montagnards ne connaîtront une
femme qui égale Nadjouma. Elle était belle – elle reste
belle. Elle était courageuse – elle reste courageuse. Elle
est intelligente. Dire… Dire! Nous, soras, n'avons que
des mots et aucun mot n'arrive à dire les totalités de Nadjouma. Elle restera pour toutes les femmes africaines un
modèle, une perpétuelle source d'inspiration. Vous
devez, vous Koyaga, à votre mère tout ce que vous avez,
tout ce que vous êtes. Elle fut la championne de lutte
des filles des montagnes et elle mourra sans qu'aucune
femme réussisse à mettre sa nuque par terre. Les hommes
nus pratiquent deux sortes de mariage: le mariage-
fiançailles et le mariage-rapt. Se satisfont du mariage-
fiançailles les maigrichons, les dérisoires. Des hommes
et des femmes de l'étoffe et du sang de vos parents,
Koyaga, appliquent le mariage-rapt.

Tchao du fortin de Sola de Tchaotchi, le champion
inégalé décida d'enlever Nadjouma la fille du fortin
Kaloa, la championne des filles. Les deux fiancés se
rencontrèrent sous le baobab à la croisée des chemins, à
quelque distance de la rivière. Évidemment, comme
la règle l'exige, pour sa sécurité, Tchao s'était fait
accompagner d'une dizaine d'archers de son clan armés
de flèches empoisonnées. Les archers du clan de Nadjouma avaient tendu une embuscade. Mais il n'y eut pas

de guerre tribale; les parents de la fille avaient déjà accepté la dot de deux colas et de deux chèvres. Pour suivre la scène, chaque groupe d'archers s'était dissimulé à une bonne distance du baobab. Nadjouma surgit de la brousse, Tchao se débarrasse des flèches et du carquois et, comme un fauve, fonce sur l'aimée, la soulève, la hisse sur ses épaules. La fille se débat et injurie le garçon, lance le défi. Elle est vierge. Elle a donc son honneur à défendre et ne peut pas se laisser emporter comme une biche morte. Son amoureux la pose à terre et l'homme et la femme aussitôt engagent la lutte, une vraie lutte. Une lutte qui dure tout un après-midi. Tchao le champion des hommes contre Nadjouma l'invaincue des femmes. Il ne suffit pas de terrasser Nadjouma, il faut la violer – quand la fille est vierge, le rapt-mariage se consomme par le viol. Le viol, généralement, se limite à une résistance symbolique de la fille. La championne Nadjouma refuse de se prêter à un simulacre. Elle se défend avec tous ses muscles, toute sa technique. Tchao, les derniers jours de sa vie dans sa prison, redira encore que la lutte qu'il avait menée pour posséder Nadjouma fut la plus rude de sa carrière. Lutte de géants, lutte de professionnels. Sous les pieds des champions toutes les herbes sont mises en pièces, la terre est profondément labourée.

Ce lieu, depuis ce jour, est devenu une clairière.

– Jamais, jusqu'au dernier jour du monde, aucune herbe ne repoussera dans le cercle où fut perpétré le viol par lequel vous, Koyaga, avez été engendré, poursuit Tiécoura en souriant.

Tiécoura! Le proverbe est le cheval de la parole; quand la parole se perd, c'est grâce au proverbe qu'on la retrouve. Il faut se réveiller de bonne heure quand on doit dans sa journée marcher une longue piste.

La maman de Koyaga a lutté et peiné pour concevoir

son fils ; elle a lutté et peiné encore plus pour l'enfanter
Les cris de douleur qu'elle poussa quand elle fut en
gésine continuent encore à hanter les cimes des montagnes des pays des hommes nus quand soufflent les
grands vents de l'est. Vous avez été, Koyaga, gigantesque comme bébé. Votre mère jura qu'après vous elle
n'engendrerait plus. Comme écho à ses cris de douleur,
les magiciens prédirent qu'elle succomberait à un second
enfantement. Il n'y a pas de crête sans vent. Si, à notre
piège pour animaux terrestres, on prend un poisson-
chien, on a eu trop de chance. On arrête, on n'a aucune
raison de continuer à chasser.

Nadjouma était comblée avec Koyaga ; elle ne chercha
plus d'enfant ; elle n'eut qu'un seul fils.

Vous, Koyaga, aviez sept ans quand votre père Tchao
fut capturé, enchaîné, conduit et embastillé dans la prison de Ramaka, chef-lieu de la subdivision des Montagnes. Votre maman le rejoignit. À Ramaka, elle posa
ses maigres ballots dans le creux des racines d'un fromager jouxtant les murs de la prison et commença à aména-
ger le lieu en abri de fortune. Le mariage est sacré. Qui
accomplit la totalité des obligations que le mariage lui
impose et espère n'attend jamais en vain. Dans le malheur, les mânes des ancêtres et Allah viennent toujours
au secours de ceux qui sont unis par le lien sacré du
mariage.

Une inconnue s'approcha et, à la surprise de la désespé-
rée, salua dans un pur langage des montagnards du terroir.
L'inconnue était, comme la mère de Koyaga, d'ethnie des
hommes nus, originaire d'un fortin à portée de flèche de
l'habitation familiale de Nadjouma. Elle appartenait à la
seule famille de montagnards de la ville. Elle était une des
cinq sœurs paléos mariées à un infirmier-major mossi. Cet
infirmier répondait au bon nom de Kaboré.

Ah ! Tiécoura. Les montagnards sont endogames et restent les hommes les plus fermés et les plus jaloux du monde. Leurs femmes ne descendent pas des montagnes, ne se marient pas à un étranger à leur ethnie, à leur région. Il faut donc un instant arrêter le cours de cette geste pour expliquer comment il advint que des montagnardes fussent les épouses d'un Mossi, un homme des plaines, un étranger vivant à Ramaka, chef-lieu du cercle.

Kaboré fut le premier infirmier que les Blancs affectèrent au centre de soins de Tchaotchi dans les montagnes où il put, par des miracles plusieurs fois répétés, guérir de nombreux malades et blessés. Le père des cinq sœurs – les cinq sœurs qui allaient être par la suite les cinq épouses de l'infirmier – avait été abîmé par des hommes-panthères et abandonné pour mort dans un fourré.

Hommes-panthères ! Hommes-panthères ! Que furent dans l'Afrique traditionnelle les redoutables associations des hommes-panthères ? Les Noirs actuels des villes ignorent qu'il exista jadis, sur les pistes des brousses, des hommes-panthères. De nos jours, les jeunes des villages ignorent qu'il exista jadis aux abords des cases des hommes-panthères.

Comme dans beaucoup d'autres terroirs africains, les associations criminelles d'hommes-panthères sévirent sur les pistes dans les montagnes. À l'origine, l'institution des hommes-panthères servait pour des rites religieux et des sacrifices humains destinés à attirer la bienveillance des dieux et des mânes des ancêtres. Le meurtre d'un frère de clan étant un crime affreux, ceux qui étaient chargés de l'accomplir (légalement ou non) abandonnaient en quelque sorte leur appartenance au clan, à la tribu, voire à la race des hommes et se transformaient en animal. Ils y parvenaient en se couvrant de peaux de panthères et en s'armant de griffes acérées. Le meurtre com-

mis dans cet accoutrement devenait alors licite. Avec
la colonisation, la société des hommes-panthères avait
perdu son rôle social et agissait d'une façon ambiguë
et ambivalente, tantôt comme redresseurs de torts, le plus
souvent pour assouvir des haines et des rancunes privées,
à titre de tueurs rémunérés.

Les hommes-panthères des montagnes avaient frappé
le père des cinq sœurs pour des motifs qu'elles ont toujours ignorés. Leur père blessé avait été trouvé agonisant
dans un fourré. Pour des raisons rituelles et magiques,
et aussi par crainte des hommes-panthères, aucun guérisseur des montagnes n'avait osé le secourir et le soigner.
Les parents du blessé l'avaient transporté au centre de
soins de Tchaotchi des montagnes. L'infirmier-major qui
tenait cet établissement du Blanc avait été obligé de l'accueillir et, en y allant des médications européenne et
mossi, l'avait miraculeusement sauvé. Le guéri avait, en
signe de reconnaissance, proposé à l'infirmier-guérisseur
(c'était la règle dans les montagnes) de choisir entre
un cochon et sa première fille. L'infirmier avait préféré
épouser la fille. Il s'était comporté en bon mari, avait
bien nourri, habillé son épouse, souvent avait offert des
cadeaux à ses beaux-parents. Chez les montagnards,
lorsque les beaux-parents sont satisfaits du gendre, ils ne
se contentent pas de s'en féliciter. Ils le manifestent ; ils
lui offrent comme cadeau une autre épouse. Les beaux-
parents de l'infirmier par quatre fois lui proclamèrent
leur reconnaissance. Chaque fois que l'une des femmes
mariées retournait en congé dans le fortin familial elle
rejoignait le foyer conjugal avec une de ses sœurs
comme cadeau de ses parents à son mari. C'est de cette
manière que l'infirmier cumula cinq sœurs. Les cinq
coépouses s'accordaient ; la famille ne vivait pas les
interminables querelles qui harassent tout le monde dans
les foyers polygames. L'infirmier mossi était heureux,

mais pas fier. Kaboré ne pouvait pas être fier de la façon dont il avait marié ses cinq femmes. Les montagnards nus, les paléos, ne respectent pas les mâles qui achètent toutes leurs épouses par des mariages-fiançailles. Kaboré devait et voulut acquérir une femme, au moins une femme, par l'épreuve de mariage-rapt. Et c'est en le tentant qu'il fut obligé de quitter Tchaotchi des montagnes de la colonie du Golfe.

L'infirmier avait jeté son dévolu sur une rondelette, une vraie tourterelle, toujours luisante, parce que toujours enduite d'huile de karité. Moderne, elle portait, au lieu des touffes de feuilles des montagnardes, les pagnes des élégantes des plaines. La femme et l'homme s'accordèrent sur le lieu de la rencontre. L'infirmier aurait dû se méfier ; il n'avait pas pu engager une équipe d'archers pour sa protection de voleur d'épouse. Tout le monde s'était excusé, esquivé. Le prétexte était léger – les coutumes interdisaient de protéger le mariage-rapt d'un étranger à son propre clan.

Ce fut donc seul que l'infirmier arriva sur le lieu. Il est le premier et attend. Dès que la femme débouche des herbes, il se précipite sur elle, la soulève, la hisse sur son épaule, se fraie un chemin parmi les ronces et disparaît avec sa conquête. Le mari comme un fauve d'un bond et quelques enjambées (c'était un chasseur et un lutteur) les rattrape et tire sa femme par le pied. Le ravisseur lâche la prise et détale mais ne peut aller loin ; il est en quelques pas rejoint par le mari jaloux. Le mari soulève, terrasse et maîtrise l'infirmier mais s'abstient de lui enfoncer une flèche empoisonnée dans la gorge parce qu'il est au service des Blancs (il est fonctionnaire de l'administration coloniale). L'infirmier mossi tremblant de peur pleure et demande pardon de la manière indigne, comme jamais un montagnard ne l'eût accompli. Le mari chasseur lui crache au visage, se dresse et commande au

46

pauvre infirmier de fuir comme un chien battu la queue entre les fesses. L'infirmier s'exécute de la façon dont aucun montagnard pour sa dignité ne l'eût accepté. Il est déshonoré, devient la risée de toutes les montagnes.

Chez les hommes nus, la mort seule ne tue pas – un certain déshonneur est plus mortel que le trépas. La condition d'homme déshonoré de l'infirmier lui interdit de se trouver face à face avec son vainqueur, d'assister parmi les hommes à certaines cérémonies et lui commande de rester dehors quand certains masques sortent. Il ne lui est plus possible de vivre dans les montagnes de Tchaotchi. Il demande et obtient une affectation dans le chef-lieu de la subdivision à Ramaka.

Il descendit de Tchaotchi pour Ramaka un après-midi d'orage en tête de sa smala : les cinq femmes qui étaient des sœurs et les vingt-deux enfants qui étaient des frères, sœurs, cousins et cousines.

Ce furent ces cinq sœurs qui accueillirent Nadjouma en hôte de marque. Elles nourrissaient comme tous les montagnards de l'univers admiration et respect pour Tchao et sa femme. À tour de rôle, chacune voulut l'accueillir dans sa case ; elles rivalisèrent en amabilité pour la grande championne épouse de l'inégalé lutteur Tchao. Quand Tchao creva sous la torture, dans ses excréments et ses urines, les cinq sœurs pleurèrent avec l'épouse et commencèrent le soir même les rites funéraires réservés aux champions de lutte. Des rites qui se compliquèrent, s'amplifièrent pendant six mois dans les montagnes.

Les coutumes des hommes nus commandent à la veuve éplorée de passer la nuit de l'enterrement de son époux dans les bras d'un homme, d'un consolateur. Généreusement les cinq sœurs prêtèrent leur époux à leur hôtesse pour satisfaire l'obligation. C'était aussi manifester à Nadjouma le suprême des honneurs que des femmes montagnardes réservent à une grande amie : la glisser dans le lit de leur époux.

Mais il ne faut jamais verser du jus de viande dans la gorge d'une hyène et lui demander de le recracher, objecte le répondeur cordoua. Kaboré, en goûtant à Nadjouma, l'aima et ne voulut plus s'en séparer.

Nadjouma, votre mère, Koyaga, n'était pas seulement dans la jeunesse une grande championne ; elle était aussi une tourterelle de femme qui se présentait moins haute qu'un poinsettia et paraissait rivée au sol comme une souche de palmier. Ses seins et ses fesses étaient encore fermes comme des éboulis des montagnes. Elle tressait ses cheveux en queue de varan et ceignait sa tête nuit et jour d'une bande de tissu blanc. Elle parut à l'infirmier, lors de leur rencontre (et elle l'était), l'envers de ses cinq épouses.

Les cinq sœurs se ressemblaient comme les tiges de mil. Toutes grandes et légèrement voûtées et maigres comme des lianes *wapiwapo*. En toutes saisons ou elles attendaient ou elles allaitaient un bébé et donc puaient nuit et jour la même odeur persistante, mélange de vomi et de pipi de nourrisson. Ce dont souffrait l'infirmier était le pire des désagréments que puisse rencontrer un mari polygame : vivre chacune de ses épouses comme le même lit, le même corps, le même piment, la même bière de mil. Il ne rencontrait en tournant les nuits l'une ou l'autre des cinq sœurs qu'ennui. L'ennui contre lequel la polygamie a été instituée.

Votre mère apporta une autre santé, une différente vitalité, une fraîche senteur, une nouvelle ivresse à l'infirmier mossi. Pour celui qui aime, qui vraiment aime, les nuits ne se terminent jamais avec le lever du jour. La journée entière, l'infirmier pensait à ses soirées en sifflotant des airs de son lointain pays. En catimini, il comblait de présents l'épouse légitime qui volontairement acceptait de renoncer à ses droits de nuitées et se faisait remplacer par Nadjouma.

Des semaines de nuits successives dans le lit ne comblèrent pas l'infirmier. Un matin il rassembla tous ses courages et carrément s'ouvrit à Nadjouma : « Je veux te marier. » C'étaient quatre mots de trop.

Il y a dans la vie de chacun de nous des mots qu'on regrettera toujours d'avoir prononcés, des mots qu'on n'aurait jamais dû sortir, des mots qu'on aurait dû avaler : les mots qui changèrent notre destin.

La déclaration d'amour de l'infirmier déclenche l'orage dans la forêt. Les yeux de la mère de Koyaga sortent des orbites. Comme piquée par une abeille folle, elle crie, bondit du lit, se précipite de la case dans la nuit. Dans la cour elle hurle, se jette à terre. Avec des flambeaux de paille, des cases environnantes sortent les voisins. Ils l'entourent. À la lueur elle se débat dans la poussière comme bat des ailes le poulet sacrifié, égorgé, refusant la mort. Les cris decrescendo baissent, se réduisent à de brefs piaulements. En elle entre le silence, et presque la mort. Les regards hagards, le corps pétrifié ; la langue bouffie remplit la bouche d'où s'écoule une bave gluante et laiteuse. Elle est possédée. Tout de suite, l'infirmier le comprend. Aucune médicamentation européenne moderne ne peut être efficace, ne peut la réveiller. À l'aurore, Kaboré fait transporter la malheureuse chez le marabout-guérisseur Bokano Yacouba. Yacouba était aussi un fabricant d'amulettes, un inspiré créateur de paroles de prière de protection.

Il n'y a pas d'oiseau qui chante toute une journée sans s'arrêter ; marquons nous aussi une autre pause. Annonce Bingo. Le sora et son répondeur se livrent à un intermède musical endiablé que le maître clôt par les réflexions sur la vénération de la tradition :

Le vieil œil finit, la vieille oreille ne finit pas.
Le singe n'abandonne pas sa queue, qu'il tient soit de
son père soit de sa mère.
Le léopard est tacheté, sa queue l'est aussi.

4

Ah ! Tiécoura. Comme marabout, Bokano Yacouba
était aussi entier qu'un tronc de baobab et plein comme
le djoliba au fort de l'hivernage. La musique, la danse,
la sagesse, la longévité sont comme la divination des
dons, des vocations, des grâces. Le chômage conduit
actuellement dans nos villes beaucoup d'astucieux, de
nombreux menteurs aux langues mielleuses à exercer la
divination sans en avoir le don. La rapidité de la langue
est une demi-faveur d'Allah ; elle n'est pas la divination.
Le don de la divination est un plein privilège que l'omniprésent réserve à quelques élus. Bokano Yacouba était
de ceux-là. Allah l'avait gratifié, comblé des grandes
et pleines générosités que lui seul possède. Cela est ma
première assertion, Tiécoura. Ma seconde, Tiécoura, est
celle-ci. Quand on ne veut pas être touché par les queues
des singes on s'éloigne de leurs bandes. Celui qui ne veut
pas être mêlé à nos nombreuses mesquineries s'éloigne
des villages et de toutes communautés humaines. Bokano
vivait dans un campement à une demi-heure à cheval de
Ramaka, chef-lieu du cercle.

C'est raide et à la lueur des flambeaux que Nadjouma
arriva sur une civière dans le campement du guérisseur
des possédés, des fous... des incurables. Le guérisseur des
possédés, le réalisateur des choses impossibles étaient
quelques-uns des innombrables surnoms de Bokano.
Dans toutes les montagnes et très loin dans les plaines on
célébrait son érudition dans le maraboutage, le Coran

et les arts divinatoires. Il manipulait avec bonheur et réussite les prophéties de Mahomet qu'il tirait du Coran. Les djinns et les âmes des ancêtres ne lui taisaient aucun de leurs secrets quand ses doigts les interrogeaient par le sable de la géomancie.

D'où venait donc Bokano ?

Le jour précédant samedi s'appelle vendredi. Vendredi est le jour saint de la semaine. Un vendredi, il y a une dizaine d'années, les habitants alignés sur le parvis de la mosquée de Ramaka attendaient l'appel de leur muezzin. Brusquement de la brousse surgirent des hautes herbes un marabout suivi d'une vingtaine de disciples talibets. C'étaient Bokano et ses suivants. À leurs pieds poussiéreux, aux barbes abondantes, aux habits tailladés par les ronces, les habitants comprirent que les étrangers venaient de loin et qu'ils avaient longtemps marché. À leur *salamalekoun* les habitants avec empressement répondirent par les saluts pieux de musulmans. Les étrangers descendirent des têtes leurs maigres bagages ; les entassèrent dans une encoignure de la mosquée. Ils ne demandèrent à personne l'autorisation d'investir l'enclos de toilette. Ils en sortirent après les ablutions, se groupèrent, chantèrent des sourates tout en regardant avec condescendance, une certaine hauteur les habitants qui se pressaient autour d'eux. Ils contournèrent la cohue et pénétrèrent dans la mosquée, la traversèrent de la porte à la nef, se portèrent aux premiers rangs et s'installèrent sur les tapis que ceux de Ramaka réservaient à leurs notabilités. Leur arrogance ne s'arrêta pas là ; elle alla plus loin. Leur chef se permit de lancer l'appel à la prière, privilège que depuis cinquante ans les musulmans du lieu avaient attribué à leur vieux muezzin Bakarycourini, explique le répondeur. Le marabout et ses disciples courbèrent les prières d'une manière différente des pratiques de la région.

Après le djouma, les musulmans de Ramaka voulurent connaître le nom du marabout. Il n'avait pas de nom. Ceux qui se trouveraient dans l'obligation de le nommer pourraient l'appeler Allama (par la volonté d'Allah). C'est plus tard que les gens lui attribueront le surnom de Bokano (le chanceux). D'autres habitants lui demandèrent d'où il venait et où il allait. Bokano débita des sourates et répondit par une énigme. Il ne venait d'aucun endroit, n'allait nulle part, n'était dans aucun endroit. Parce que la terre qu'il a quittée, celle qui le porte, celle qu'il rejoindra constituent la même terre, et la terre est un don d'Allah. La communauté musulmane de la ville, les Dioulas de Ramaka, reconnurent la vérité des assertions du marabout et lui proposèrent leur hospitalité. Il la rejeta avec un hautain mépris. Bokano et ses compagnons partout avaient le même hôte : le Tout-Puissant. Partout ils gîtaient chez le Tout-Puissant, aux abords de sa maison qui est la mosquée et jamais ailleurs.

Le marabout ne connaissait plus les noms de son père et de sa mère, il ne se réclamait que d'un seul homme, son maître, un grand uléma ; ne voyait et ne suivait qu'une seule lueur, la splendeur de l'infinie bonté.

Il y avait parmi les musulmans assemblés l'interprète et le cuisinier du commandant blanc de l'administration coloniale. Ils renseignaient les autorités. Les propos de Bokano les intriguèrent et leur firent dresser les oreilles comme des chiens à l'affût. Ce jour-là ils ne murmurèrent pas, ne grognèrent pas.

Bokano et ses disciples purent paisiblement passer deux nuits sous les préaux de la mosquée. Le troisième jour, après la troisième prière, comme un seul homme, ils se dressèrent. Le marabout, le chapelet toujours au cou et le Coran ouvert à la main, avança, s'éloigna. Ses disciples, avec sur les épaules les haches et les pioches que les habitants leur avaient prêtées, lui emboîtèrent le pas.

Ils marchèrent jusqu'à une colline après une rivière où ils s'arrêtèrent et prièrent tout le reste de la journée et la nuit entière. Le matin à l'aube ils commencèrent à abattre les arbres, à défricher, à creuser… à bâtir enfin. En moins d'un mois ceux de Ramaka virent sortir de la terre un village avec sa mosquée, ses rues et surtout ses champs. De vastes champs s'étendaient autour de la colline et le long de la rivière. De tous les villages des environs accoururent des paysans pour s'extasier devant la ferme modèle qui avait été réalisée en si peu de jours. L'exploitation fut nommée Hairaidougou (le village du bonheur) par son créateur.

Un des dogmes de Bokano aussi dur que les séants du vieux cynocéphale était que les implorations de tout individu ne pouvaient atteindre Allah. On ne s'élevait et parvenait à se faire entendre par Allah sans se présenter dans un minimum de propreté corporelle, de probité morale. Accéder au Tout-Puissant avec ses prières relevait d'une profession d'expérience et d'intelligence. Une profession qui avait ses exigences. Bokano perpétuellement était en ablutions ; il n'usait, ne consommait que le propre, le probe ; éloignait de lui tout ce qui pouvait être entaché d'un soupçon de péché, une ombre de dol, une pointe de mensonge. Il ne se nourrissait que de ce qu'il avait lui-même semé et récolté. Ne buvait que l'eau qu'il avait lui-même tirée des entrailles de la terre. Ne se couvrait, ne s'habillait et ne se chaussait qu'avec ce qu'il avait tissé, confectionné, tanné et cousu.

Les disciples de Bokano priaient peu ou prou. Ils atteignaient Allah *(la lueur)* par le travail ; ils besognaient pour Allah. C'étaient de talentueux artisans, agriculteurs et éleveurs qui ne recevaient le moindre grain, pas un seul piquini. Le maître les nourrissait, les habillait, assumait tous leurs besoins matériels et aussi… spirituels. Oui, surtout spirituels ! Bokano accomplissait les prières que les disciples devaient à Allah. Il ne se contentait pas de prier pour ses disciples ; il priait à leur place. Prier était à la fois pour lui une fonction et un devoir.

S'adresser à Allah pour un nombre aussi important de musulmans avec d'aussi grosses requêtes était une œuvre immense et harassante. Bokano œuvrait les nuits et les jours dans la peau de prière avec le chapelet. Il disait des sourates pour les disciples, pour leurs parents et amis. Les talibets disciples libérés de la sujétion du minimum de cinq prières journalières disposaient de tout leur temps pour besogner. Ils ne s'interrompaient que pour accompagner le maître à la prière de 4 heures du matin, aux grandes prières des fêtes musulmanes, à la grande messe de vendredi.

Il apparut – tout le monde le constata et de loin en loin on se le dit – qu'Allah accordait ce que Bokano sollicitait avec ses chapelets. De partout arrivèrent des pèlerins. Certains se présentaient les bras chargés de présents et avec de l'argent. Le maître écoutait leurs suppliques, priait pour eux et les libérait après de courts séjours. D'autres arrivaient les mains vides, des jeunes en rupture de ban avec leurs tribus ; ils fuyaient les initiations barbares, se mettaient au service de Bokano et devenaient des talibets disciples. Le maître libérait le talibet quand il le désirait. Mais jamais il ne le faisait sans que le disciple soit suffisamment ouvert à Dieu, instruit dans le Coran, la divination et la pratique d'un métier. Pendant la prière de séparation, le maître bénissait le disciple émancipé, le dotait de ce qu'il appelait modestement le maigre viatique : un Coran, de l'argent et même parfois une épouse. L'ancien talibet restait un disciple qui ne rompait jamais avec Bokano.

La renommée de Bokano rapidement dépasse les limites du cercle et de la colonie. Le flot et l'incessant

va-et-vient des pèlerins finirent par inquiéter le commandant blanc de Ramaka. Le commandant le convoque pour
enregistrer sa filiation, ses lieu et date de naissance.

Le marabout récite une histoire que le commandant
écoute avec le scepticisme du civilisé. Bokano prétend,
explique venir d'un pays serré, perdu entre l'immensité
d'un lac, l'incommensurabilité du désert et l'infini
du bleu du ciel. Un très lointain et beau pays ! Il eut pour
maître un saint uléma, un élu d'Allah connu et respecté
dans toute l'Afrique sahélienne. Un homme à qui Allah
dans son infinie bonté avait tout donné et qui pouvait
tout. Mais il ne se souvient plus ni du nom du pays ni
de celui du saint homme. Il les a oubliés le jour que la
révélation l'a frappé. Au cours d'une des très longues
séances de prière nocturnes qu'il accomplissait avec le
saint uléma, Bokano s'était endormi dans la natte. Il avait
été saisi d'un rêve que tout musulman souhaiterait vivre.
Sur un coursier blanc, le chapelet à la main, dans le rêve
il s'était vu foncer vers l'est, monter dans le ciel. Dans le
blanc laiteux du soleil, la sainte Kaaba s'était dessinée
et il s'était senti léger et ailé. Il se baignait, naviguait
dans un monde de délectation, un monde d'infinies jouis-
sances et de plaisir. Il fut brutalement secoué, réveillé par
l'uléma :

– Bokano réveille-toi ! Réveille-toi, Bokano. Redis
après moi dix fois Allakoubarou ! Allakoubarou ! (Allah
est grand !)

Bokano par dix fois répète.

– Tu es un élu. Tu es élu pour me succéder. Me succéder dans mes biens, ma fortune, mon rôle, ma dignité, ma
prestance, mes amitiés, mes pouvoirs. Redis après moi
dix fois la sourate Kouhouha.

Bokano par dix fois récite cette sourate.

Bokano essaie de raconter son rêve au saint homme. Le
maître l'arrête dans ses explications. Il était déjà informé

du songe. Il révèle l'importance et la signification du songe à Bokano. Il signifiait que Bokano venait de mourir pour renaître. Il était un nouvel homme. Le nouvel homme qui devait s'affranchir de l'uléma, quitter le pays et s'en aller, partir la nuit même, avant le lever du jour. Marcher dans la même direction, ne jamais s'arrêter, poursuivre la marche jusqu'à la prochaine manifestation du Tout-Puissant. Son maître, l'uléma, réveilla vingt de ses élèves et leur présenta leur nouveau maître. C'était lui, Bokano. Ils avaient à le suivre, le suivre nuit et jour. Le seul lieu où Bokano pouvait les amener sur cette terre était La Mecque, le seul endroit où il pouvait les conduire au-delà de ce monde était le paradis. Le saint homme a béni Bokano et ses disciples et a offert à Bokano comme viatique deux biens. Deux trésors qui valaient plus que toutes les fortunes de l'univers. Les deux objets devaient rester en permanence sur Bokano, l'accompagner partout où il vivrait jusqu'à la mort.

Le premier était un ancien Saint Coran. Le saint homme l'avait hérité de la lignée paternelle. Ses aïeux l'avaient acquis lors de l'islamisation du Sahel et l'avaient toujours porté sur eux. Qui a ce Coran sur lui bénéficie de la protection divine contre les invocations, évocations et conjurations. Celui que le porteur met sous la protection de ce Coran acquiert l'invincibilité contre tous les maraboutages.

Le second trésor est un aérolite hérité de sa lignée maternelle. Sa maman était d'une grande famille de féticheurs de Wagadou (l'ancien Ghana). Les chefs d'une famille qui depuis les époques pharaoniques gardent sur eux cette pierre aérolitique.

Qui a cet aérolite avec lui est protégé contre tous les sortilèges, maléfices et sorts. Celui que le porteur met sous la protection de l'aérolite se trouve protégé contre toutes les sorcelleries, tous les envoûtements.

Tous les mystiques et savants du Sahel depuis des siècles connaissent l'existence de ce Coran et de cet aérolite. Tous souhaitent les posséder.

Mais il y avait un mystère, une énigme, une difficulté. Le Coran et l'aérolite ne se transfèrent pas par acquisition ou par don. Ce sont ces objets eux-mêmes qui indiquent à la personne qui les porte l'être humain auquel ils souhaitent être cédés. Ils le font par rêve. La nuit où les deux à la fois décident d'abandonner leur propriétaire – ce qu'ils venaient de faire – est d'abord la sommité du bonheur. Allah dans son infinie bonté a jugé que le compte du porteur est complet et l'a trouvé digne de se l'approcher ; il lui ouvre son jardin.

Nous avons quitté l'uléma dans une atmosphère de tristesse. Personne ne l'avait annoncé, pourtant nul ne l'ignorait, c'était une évidence : le saint homme vivait ses derniers moments. Il devait avant la fin du jour dormir du doux sommeil des élus.

À quelque distance du village, l'arbre sous lequel Bokano et ses suivants s'étaient assoupis fut frappé par la foudre. Le fracas les assourdit et ils plongèrent dans un profond sommeil. Ils se réveillèrent avec le lever du jour, tous atteints d'amnésie, tous métamorphosés. Aucun parmi eux ne se souvenait d'où ils venaient, où ils allaient, de son propre nom, de sa propre filiation. Ils reprirent la marche dans la seule direction qu'ils distinguaient : le soleil levant. Ils marchèrent, en évitant les villages, les hameaux, en consommant des racines et des fruits sauvages, en dormant dans les branches des arbres pour échapper aux fauves.

Un vendredi, après les ablutions, ils allaient s'aligner pour prier le *djouma*, brusquement Bokano se redressa, et cria quatre-vingt-dix-neuf fois Allakoubarou. Dans les nuages, il avait lu, distinctement écrit, le nom du prophète. C'était assurément le signe, la manifestation qu'ils attendaient. Ils le comprirent : ils étaient arrivés, n'hésitèrent pas un instant. Ils sortirent de la brousse et débouchèrent sur une mosquée où tous les habitants d'une ville les attendaient pour la prière. C'était la mosquée de la ville de Ramaka, Ramaka (le chef-lieu de la subdivision du pays des hommes nus des montagnes) était l'étape où ils devaient attendre un autre signe du Tout-Puissant.

Le commandant blanc, malgré les longues explications de tous les agents noirs musulmans, ne fut pas convaincu. Il ne crut pas. Il n'était pas musulman mais nazaréen, et il ne crut pas qu'une amnésie totale ait frappé Bokano et ses compagnons au lever du jour. Il ordonna une enquête. Confidentiellement le commandant apprit que Bokano pouvait faire partie d'une secte de musulmans intégristes ; des intégristes qui, au Soudan français et en Haute-Volta, avaient massacré des Européens. La secte de Bobo-Dioulasso en Haute-Volta était dirigée par un marabout que l'administration coloniale avait arrêté une nuit et fusillé à l'aurore avec un certain nombre de ses disciples. N'était-ce pas cet agitateur fusillé que Bokano appelait Saint Homme ? Un groupe des disciples du marabout avait eu le temps de disparaître dans la brousse et d'échapper à la poursuite des tirailleurs ; ils n'avaient jamais été appréhendés. Bokano et ses disciples pouvaient faire partie des fugitifs. L'enquête se poursuivait.

En attendant, le commandant signifia à Bokano qu'il était en résidence surveillée à Ramaka. Il ne devait pas se déplacer sans l'autorisation préalable des autorités coloniales. Les pèlerins et tous ses visiteurs devaient solliciter des laissez-passer. Bokano était tenu de se présenter chaque vendredi au bureau du commandant et de donner un compte rendu verbal de ses activités hebdomadaires.

Les restrictions aux déplacements de Bokano et le

contrôle tracassier n'eurent d'autre effet que de drainer plus de jeunes et de malades vers le campement. La réputation du marabout comme exorciseur des fous et des possédés s'étendit à toute l'Afrique de l'Ouest.

C'est pourquoi l'infirmier transporta la possédée à l'aurore devant le préau du campement de Bokano, le seul maître du lieu (après Allah).

Ce préau servait à la fois de salle de lecture, d'école, de lieu de palabre et de mosquée. Nadjouma était toujours inconsciente, restait toujours possédée par les esprits.

La thérapeutique simple, rapide et efficace du marabout exorciseur ne variait guère : la bastonnade, les volées, la fustigation quel que soit le patient. Il murmura des versets du Coran, se leva et voulut s'approcher de la patiente mais s'arrêta. Au nom d'Allah, la maman de Koyaga était belle. Une très belle femme ! Elle avait préservé la corpulence de jeune fille : ses seins pointaient comme les mangues crues des premiers jours d'avril ; ses muscles saillaient durs et ses fesses avaient la rondeur et la consistance d'une marmite de fonte. Le pagne était négligemment noué ; le marabout exorciseur s'embrouilla dans les sourates, toussa et se reprit plusieurs fois pour dénombrer les *Allakoubarou* et aligner les bonnes incantations. Il y parvint et résolument s'approcha de la civière, appliqua avec toute sa force quatre gifles bien sonnantes à la patiente. La femme, comme aiguillonnée par une avette, se redressa, mais toujours demi-inconsciente. Le marabout fit signe à un de ses talibets qui récita des incantations et crachota sur le long nerf de bœuf qu'il arborait, s'approcha et de toute sa force cingla la possédée. La patiente glapit et détala. Elle courut si vite que le pagne tomba ; le marabout eut encore le loisir d'apprécier le corps de la jeune femme. Dans un réflexe aussi inattendu que tardif, il fit porter le pagne et la fit revenir. Elle se présenta décemment vêtue devant le préau, aussi saine d'esprit que de corps. Exorcisée.

Habituellement le marabout ne s'intéressait plus aux fous et possédés exorcisés sous les coups. Tout le monde remarqua qu'exceptionnellement il traita Nadjouma avec beaucoup de révérence et de paternité. Trois ou quatre fois, il massa la tête de la patiente qui toujours continuait de se tordre bien des minutes après les coups que l'énergumène talibet lui avait assénés, poursuit Tiécoura. Pour confirmer son exceptionnel intérêt pour la malade, le marabout commanda qu'une des cases réservées aux hôtes de marque soit attribuée à Nadjouma.

Le marabout, de retour sous le préau, justifia tant de soins et de traitements de faveur. À certains signes, le marabout s'était aperçu que la patiente était une bienheureuse, une élue. Elle était née avec les dons de la divination, était possédée par le génie de la divination, le *Fa*. Le marabout allait la retenir quelques mois dans sa ferme pour l'instruire dans la divination de la géomancie. Il énonça les nombreux interdits que la possédée, l'épouse du génie de la divination, devait observer. Elle devait rester chaste. Ses partenaires risqueraient à chaque instant la colère vengeresse du génie et elle-même pourrait tomber dans une transe dont elle ne se relèverait pas si elle ne s'abstenait pas de toute relation sexuelle.

L'infirmier trembla en apprenant qu'il avait aimé la femme du génie Fa. Il sacrifia un mouton et deux poulets pour éteindre la colère du génie.

Après les révélations du marabout, Nadjouma se sentit soulagée. Tout parut s'expliquer ; elle comprit, devint heureuse. La peur qui l'étreignait dès l'approche des hommes depuis le décès de son mari, c'était la possession. C'était le génie qui l'avait rendue frigide après la difficile maternité qu'elle avait endurée pour mettre Koyaga au monde. Elle décida de se consacrer à la voyance, à la géomancie.

Le marabout Bokano était un savant dans la divination. Il connaissait et utilisait dix arts divinatoires : le *Yi-king*, la géomancie, la cartomancie, les runes, la cafédomancie, l'encromancie, l'acutomancie, la grammatomancie, la cristallomancie et la radiesthésie. Il appelait la géomancie la connaissance du savoir et la plaçait au-dessus des neuf autres arts.

La géomancie était descendue du ciel aussitôt après la création de l'univers. Allah, le Tout-Puissant, après avoir façonné le monde, décida de partir se reposer, très loin de la portée des sens des hommes. Le créateur de toute chose ici-bas l'avait bien mérité, l'œuvre accomplie était unique et incomparable. Dans un dernier mouvement, Allah se retourna dans l'intention de parfaire le parfait. Quelle ne fut pas sa surprise de constater qu'alors qu'il était occupé à agencer l'univers, les menteurs, les hypocrites, les jaloux avaient dévoyé la liberté qui avait été octroyée aux hommes. Ils s'étaient rendus maîtres de la société humaine. Les communautés animales étaient supérieures aux sociétés des hommes. Les bêtes ne tuaient et ne se détruisaient que pour survivre, se défendre ; les hommes très souvent anéantissaient sans nécessité, par méchanceté, par jalousie, poursuivit le répondeur. Fallait-il reprendre, recommencer le monde qui par beaucoup d'aspects était si parfaitement agencé, mais qui par d'autres se présentait injuste, permettait aux méchants de triompher ? Allah hésita une nuit.

La réussite d'un autre monde totalement juste serait longue et ne paraissait pas garantie. Il était pressé (on l'attendait ailleurs). Mais fallait-il se résoudre à laisser tous les hommes, même les sages, à la discrétion des méchants ? Le miséricordieux ne le put. Aussi décida-t-il de mettre à la disposition des élus, des prudents, des sages, la géomancie pour se protéger contre les sorts injustes et les méchants.

Le résultat est qu'il existe deux sortes de cécité sur cette terre. Il y a d'abord ceux qui irrémédiablement ont perdu la vue et qui parviennent avec une canne blanche à éviter les obstacles. Ce sont les aveugles de la vue. Et ceux qui ne croient pas, n'utilisent pas la voyance, les sacrifices. Ce sont les aveugles de la vie. Ils entrent de front dans tous les obstacles, tous les malheurs qui empêchent leur destin de se réaliser pleinement. Qu'Allah nous préserve de demeurer, de continuer perpétuellement à vivre parmi les aveugles de la vie !

Plusieurs mois après leur séparation, le marabout continua à penser à la jeune femme. Elle l'empêchait, quand il le voulait, d'entrer en entier, corps et âme dans Allah, le Tout-Puissant. Le marabout avait l'habitude, entre 2 heures et 3 heures du matin, après les intenses prières de *rhirib* de *icha*, de sortir de sa case, de rester sur le seuil pour scruter le ciel. Il trouvait dans les nuages entre les étoiles des signes de l'indéfinissable et de l'ineffable. Cette quête par plusieurs fois avait été gâtée par l'irruption inopportune, blasphématoire, des images de la jeune femme. Il retrouvait dans le ciel le regard de la jeune femme, ses muscles, son pagne à moitié dénoué et même... Le marabout arrêtait sa quête, disait quatre-vingt-dix-neuf fois *sarafoulahi* (le pardon d'Allah), s'imposait quelques jours supplémentaires de sévères jeûnes comme pénitence.

Un matin au réveil il eut un regard, des mots et des sourates graves. Il dépêcha un de ses élèves qui revint avec Nadjouma et avec vous, Koyaga, son unique fils. Il vous reçut sous le préau, en grande pompe, religieusement. Il récita plusieurs versets du Coran et, mot par mot et laissant le temps au griot de redire chaque mot après lui, il vous annonça l'incroyable nouvelle. La nuit, l'aérolite que la lignée maternelle de son maître durant des

millénaires avait possédé lui avait paru en rêve. L'aérolite qui avait fait de cette famille de Cissé une des
plus puissantes du Sahel lui avait parlé dans le rêve. Il
lui avait appris qu'il déménageait. L'aérolite lui avait
annoncé qu'il avait choisi Nadjouma comme porteuse,
comme femme possesseur. Qu'à jamais la volonté du
Tout-Puissant soit faite sur terre et dans le ciel. Amen !

Le maître traça dans le sable des signes pour percer
l'avenir de Koyaga et demanda à sa mère d'interpréter ce
que disaient les figures géomantiques. Le visage de la
mère s'éclaira. Elle était heureuse de savoir que son fils
allait être plus grand que son père. Il allait venger son
père. Le maître félicita la géomancienne pour ses talents.
Il compléta les analyses.

Il y a dans la vie deux sortes de destins. Ceux qui
ouvrent les pistes dans la grande brousse de la vie et ceux
qui suivent ces pistes ouvertes de la vie. Les premiers
affrontent les obstacles, l'inconnu. Ils sont toujours le
matin trempés par la rosée parce qu'ils sont les premiers
à écarter les herbes qui étaient entremêlées.

Les seconds suivent des pistes tracées, suivent des
pistes banalisées, suivent des initiateurs, des maîtres. Ils
ne connaissent pas les rosées matinales qui trempent, les
obstacles qui défient, l'inconnu des nuits noires, l'inconnu des espaces infinis. Leur problème dans la vie
c'est de trouver leur homme de destin. Leur homme de
destin est celui qu'ils doivent suivre pour se réaliser
pleinement, pour être définitivement heureux. Ce n'est
jamais facile de trouver son homme de destin, on n'est
jamais sûr de l'avoir rencontré.

Les premiers, les fendeurs de la brousse matinale, les
ouvreurs de routes, les pionniers ont aussi leur problème,
leur difficulté : savoir s'arrêter juste, connaître sa limite ;
ne pas aller au-delà ni rester en deçà de ce qui est son

point d'équilibre. Dans leur point d'équilibre ils sont heureux, ils ont juste ce qu'il leur faut ni plus ni moins. Ils se réalisent totalement. En deçà ils sont malades de jalousie, malheureux d'avoir de l'énergie à revendre, malheureux d'être constamment sous-employés. Au-delà ils souffrent d'être insuffisants, d'être incapables, d'être surmenés.

Il n'est jamais facile de trouver son point d'arrêt ; on n'est jamais sûr de l'avoir trouvé.

Ton fils, ajouta le marabout, est de la race des hommes qui ouvrent, des hommes qui se font suivre, des maîtres, de ceux qui doivent savoir s'arrêter à temps, de ceux qui ne doivent par rester en deçà ni aller au-delà.

Malheureusement, d'après les diverses positions des figures géomantiques, ton fils ira loin, terminera au-delà. Il terminera trop grand, donc petit ; trop heureux, donc malheureux. Il sera notre élève et notre maître, notre richesse et notre pauvreté, notre bonheur et notre malheur… Énorme ! Tout ce qu'il y a de sublime, de beau, de bien et leurs contraires seront dans ce petit.

Pour qu'Allah le gratifie d'une longue vie, nous allons le mettre, toi sous la protection de la pierre aérolitique et moi sous celle du Coran.

Les hommes de la race de votre fils ne peuvent pas être toujours justes et humains ; alors que ni la pierre aérolitique ni le Coran ne tolèrent l'iniquité et la férocité. Il pourrait nous perdre très souvent. Enseignez-lui que si d'aventure nous lui échappons il ne s'affole pas. Tranquillement, qu'il fasse dire sa geste purificatoire, son donsomana cathartique par un sora (un chantre des chasseurs) accompagné d'un répondeur cordoua. Un cordoua est un initié de bois sacré en phase cathartique, un fou de village. Quand il aura tout avoué, reconnu, quand il se sera purifié, quand il n'existera plus aucune ombre dans sa vie, la pierre aérolitique et le Coran révéleront où ils se sont cachés. Il n'aura qu'à les récupérer et poursuivre sa vie de guide et de chef.

Arrêtons là cette veillée, il n'y a pas de longue journée qui ne se termine par une nuit. Annonce Bingo. Le sora reprend sa cora, exécute la partie musicale finale de la veillée. Tiécoura, le cordoua, commence par l'accompagner. Brusquement, comme piqué par une abeille, il hurle, profère des grossièretés, se livre tour à tour à des danses de chasse et des gestes lubriques. Le sora Bingo place ses derniers proverbes et adages sur la tradition, la vénération de la tradition :

Si la petite souris abandonne le sentier de ses pères, les pointes de chiendent lui crèvent les yeux.

Sur quelque arbre que ton père soit monté, si tu ne peux grimper, mets au moins la main sur le tronc.

Qui se soustrait à la vue des gens rase le pubis de sa mère.

VEILLÉE II

Le sora exécute le prélude musical. Le cordoua se perd dans des lazzis grotesques et lubriques.

– Arrête, Tiécoura, ces gestes honteux et retiens le thème que je développerai dans les arrêts de cette deuxième veillée du donsomana. Il portera sur la mort. Parce que :

Quand on voit les souris s'amuser sur la peau du chat, on mesure le défi que la mort peut nous infliger.

La mort est l'aînée, la vie sa cadette. Nous, humains avons tort d'opposer la mort à la vie.

On dit que la mort est préférable à la honte, mais il faut rapidement ajouter que la honte porte des fruits, la mort n'en porte pas.

5

Ah ! maître chasseur Koyaga. Vous êtes de la race des bien nés que l'épervier pond et que le corbeau couve. Vous êtes de la race de ceux qui fendent la grande brousse le matin, de ceux qui sont toujours trempés par la rosée.

Votre mère experte dans la géomancie (elle est détentrice d'une météorite) a pour confident, maître et ami un marabout qui n'eut ni père ni mère et qui possède un

Coran multicentenaire. Pas de jour qui ne se lève et ne se couche sans qu'elle expose pour vous et à votre nom, vous son unique fils, de chauds sacrifices. Le destin n'a jamais surpris ceux qui en permanence sont dans les sacrifices sanglants. Le malheur les évite. Sur leur chemin, ce ne sont pas sur les cailloux de la déveine qu'ils buttent mais sur ceux de l'avantageuse chance, poursuit le répondeur Tiécoura.

Au débarquement, comme rapatrié sanitaire vous fûtes évacué sur l'hôpital militaire. On vous examina. Vous étiez entier comme une carpe de fin des saisons de pluie, sain comme la gousse d'un baobab de cimetière. Vous pouviez réengager si vous le désiriez, continuer à acquérir des grades dans les tirailleurs. Il vous fut expliqué qu'on ne demandait plus de paléos pour l'Extrême-Orient, mais pour l'Afrique du Nord, l'Algérie où les Français avaient ouvert un nouveau chantier de guerre coloniale. Au bureau du capitaine, on vous détailla les nombreux avantages attribués aux réengagés pour l'Algérie et vous paya comptant le pécule d'ancien combattant d'Indochine. Plus de cent mille francs CFA ! C'était à l'époque trop d'argent pour le jeune montagnard que vous étiez, un peu plus que ce que vous pouviez rêver et que ce dont vous aviez besoin. Trop riche, vous avez tout négligé et oublié, et tout de suite du bureau vous avez couru pour vous procurer un fusil, le mettre en bandoulière et attraper le premier taxi-brousse en partance pour les montagnes, complète le répondeur.

Nous lui avons organisé un accueil – comme sora j'étais de la partie parce que Koyaga était déjà un maître chasseur. Nous lui avons monté un accueil à la hauteur de sa gloire, de sa fortune et de sa chance. De la petite colline surplombant Ramaka au fromager du bureau postal, des chasseurs furent alignés. Leurs fusils de traite tonnèrent des salves d'accueil dès que le postal se dégagea du nuage de poussière. Les vautours et les chauves-souris géantes s'échappèrent des touffes des manguiers et des tamariniers et se mêlèrent à la fumée des fantasias.

– C'est sous un ciel plombé que vous avez eu le privilège d'accueillir Koyaga. Vous étiez, Maître, à côté de la mère du héros, la voyante Nadjouma. Vous aviez été invités à accueillir un chasseur exceptionnel. Le chasseur était un héros de guerre. Le héros, un homme riche. Ce fut votre première rencontre avec Koyaga, explique Maclédio.

Ah ! Tiécoura, la première rencontre avec un bienheureux est toujours différente du contact avec un miséreux. Le premier harmattan avec le fils de l'homme et de la femme nus, le futur Guide suprême, n'égalera aucun autre harmattan de votre vie, poursuit le répondeur. Jamais les montagnes paléos n'engendreront de plus féroce tueur de bêtes que vous, Koyaga.

Il y avait après les montagnes, dans un vallon et au bord d'une rivière, une panthère solitaire.

– Une panthère qui ne vivait que de la chair humaine, ajoute le répondeur. Ses yeux avaient les lueurs des phares des camions dans les nuits. Ses crocs claquaient comme l'entrechoquement des branches du fromager dans l'orage. Sa langue léchait ses barbiches comme la flamme des incendies de brousse brûle et nettoie le sol. Depuis des lustres, tous les chasseurs adoraient des fétiches, exposaient des sacrifices sanglants pour ne pas la rencontrer sur leur chemin.

– Ceux qui par malchance la croisaient dans la grande brousse sans pitié s'éloignaient à pas feutrés, la bouche du canon du fusil de traite tournée vers le sol. Ils récitaient des paroles sacramentelles et usaient de leurs meilleurs avatars pour échapper au puissant flair du monstre, ajoute Tiécoura.

La panthère ne craignait plus les hommes, ne les évitait plus et, par orgueil, ne se protégeait plus avec aucun des nombreux sortilèges qu'elle pouvait utiliser contre les chasseurs. Boum ! le coup de Koyaga partit et la panthère s'affala. Le monstre gorgé de sang humain venait de passer de vie à trépas.

– Pour annihiler, éteindre tous ses puissants *nyamas* de monstre, Koyaga trancha sa queue et l'enfonça dans sa gueule, précise Tiécoura.

– En plantant la fin de la bête (sa queue) dans son commencement (sa gueule), tous les nyamas étaient condamnés à rester, à continuer à tourner en circuit fermé dans les restes de la bête, explique Maclédio.

Merci, encore merci, toujours merci, Koyaga, d'avoir vengé les centaines d'humains que la panthère sans pitié avait égorgés.

Il y avait aussi, à la lisière d'une forêt après les montagnes, un buffle noir solitaire, le plus âgé des buffles de l'univers. Entre ses cornes nichaient des colonies d'hirondelles et de gendarmes. Au-dessus de la bête planaient sans cesse des centaines d'éperviers et autres oiseaux de proie. Sa présence se reconnaissait à des kilomètres de distance aux nuées et volées d'oiseaux qui obstruaient l'horizon. Ce buffle solitaire ne craignait ni les hommes ni les chasseurs. Il ne respectait ni les plantations ni les villages. Les chasseurs, avant de pénétrer dans la brousse, tuaient des sacrifices de poulets blancs pour ne pas le rencontrer sur leur chemin. Les populations, dès qu'elles flairaient sa présence, se terraient. Ce buffle constituait pour tous les peuples paléos, tous les hommes de la région, une véritable calamité.

Goum ! Le coup de la carabine du fils de la voyante éclata et partit. Le buffle ne s'écroula pas. Il savait la mésaventure qui avait amené la panthère de vie à trépas et il s'était préparé. Il avait ajusté ses terribles sortilèges quand les passereaux éclaireurs l'avaient informé de l'entrée du chasseur Koyaga dans la brousse. Avant que la balle l'atteignît, les nombreux nids juchés entre ses cornes se transmuèrent en autant de touffes de flammes et les oiseaux qui s'envolèrent des nids devenus des gerbes de feu tombèrent dans les herbes. Koyaga, encerclé par un très haut incendie de brousse, ne dut sa survie qu'au sortilège qui lui permit de se liquéfier, se transformer en un torrent qui étouffa les flammes. Boum ! le second coup partit du torrent, frappa le monstre qui s'agenouilla avant de s'affaler. Le buffle venait de périr.

– Pour éteindre, annihiler ses terribles nyamas, Koyaga coupa sa queue et l'enfonça dans sa gueule haletante.

Merci, encore merci Koyaga, toujours merci.

Il y avait encore dans une forêt et les montagnes du pays paléo un éléphant solitaire. Ses défenses avaient le poids et la hauteur du tronc d'un jeune fromager. Ses oreilles avaient l'étendue du cercle du toit d'un grenier du village. Dans la grande et haute forêt sans pitié, la transhumance d'un troupeau d'éléphants est un cataclysme. Je m'arrêterai, m'appesantirai un instant sur cette calamité de transhumance.

La transhumance des gros provoque d'abord un reflux et ensuite un flux des bêtes et oiseaux de toutes les espèces. Les centaines de pachydermes arrachent et défont les lianes, renversent les arbres, créent un couloir et avancent. Dans le silence de la grande forêt tropicale, le vacarme est plus assourdissant que les orages du mois d'avril. Les singes, les antilopes, les serpents et les oiseaux effrayés abandonnent les gîtes, débandent, détalent ou volent vers des refuges plus cléments. C'est le reflux.

Mais, sous les pattes des pachydermes, le sol se tapisse de glands, de fleurs et des fruits frais, fins et sains des sommets. Ce sont les victuailles recherchées par des rongeurs qui, appâtés, par colonies se précipitent sous les pattes des éléphants. Et par milliers se font écraser. Leurs restes attirent les carnivores et les rapaces. La bouse fumante qui couvre le couloir ouvert par le troupeau affriande des nuées d'insectes que des milliers de passereaux chassent et gobent. Les passereaux sont à leur tour pourchassés par des centaines d'oiseaux de proie. C'est donc des troupeaux de rongeurs et de carnivores, des nuages d'insectes et volées d'oiseaux qui s'enfoncent, s'engouffrent dans le couloir ouvert par le troupeau de pachydermes, le survolent et le suivent. C'est le flux.

Le solitaire de la petite forêt des pays paléos parvenait à lui seul à créer les reflux et flux des bêtes et des oiseaux qu'engendrent les grands troupeaux de pachydermes de la profonde forêt tropicale. Il détruisait les récoltes et lâchait sur les plantations des monts de crottes. Parfois, toujours accompagné de son cortège habituel de bêtes et d'oiseaux, il continuait jusque dans les villages, y décoiffait les greniers et se servait impunément en moissons. Depuis des lustres, les chasseurs se terraient quand ils entendaient son approche. L'éléphant solitaire sut l'aventure qui était arrivée à ses confrères panthère et buffle et lui qu'on rencontrait partout, lui qui nous empêchait de voir nos montagnes disparut, ajoute le répondeur.

Toujours armé de votre carabine 350 Remington magnum, Koyaga, vous vous lancez à sa recherche dans la forêt sans pitié un jeudi matin à l'aurore. Vous marchez un jour et une nuit. Le lendemain de jeudi est vendredi. Vendredi à midi, gbaka! le coup part. Le solitaire n'est pas atteint; lui, la plus grosse bête sur terre, s'était transformé en une aiguille, le plus petit outil des hommes. Grâce à un sortilège hérité de votre mère, vous vous faites fil. Le fil soulève l'aiguille. Gbaka ! Le coup pour une deuxième fois retentit. Le solitaire est toujours sur pied. Il s'est fait flamme et la flamme menace le fil. Vous vous muez en vent et le vent éteint la flamme. Gbaka ! le coup de la 350 Remington magnum part pour la troisième fois. Boum ! pour la quatrième fois le coup éclate. L'éléphant n'a pas eu le temps de se muer en montagne pour résister au vent. Le monstre s'agenouille. Boum ! le fusil retentit pour la cinquième fois. L'éléphant s'affale. Il périt. Vous n'avez plus qu'à annihiler les nyamas de l'éléphant en enfonçant sa queue dans sa gueule, remettre la carabine en bandoulière et vous éloigner.

De toutes les montagnes, de tous les villages et fortins, les habitants sortirent ou descendirent avec de longs couteaux pour se ravitailler en viande. Il y en eut pour tout le monde : les hommes, les hyènes et les vautours.

Merci Koyaga, encore merci, toujours merci.

Au pied des montagnes, au nord des pays paléos, coule un fleuve. Dans une des boucles du fleuve, en amont de la cascade, existe un bief aux eaux limpides. Dans le passé, dans les arbres surplombant le bief, nichaient de nombreux passereaux qui veillaient à la limpidité de l'onde, la débarrassaient de la moindre brindille ou feuille morte qui la polluait. Ces oiseaux rendaient constamment ainsi hommage au monstre des eaux, au saurien millénaire, le caïman de Gbéglérini qui vivait dans le bief. La bête mesurait de la queue au museau plus de dix pas et un bœuf entier tenait sur ses épaules.

– C'était un caïman sacré qui chaque année happait une lavandière si on ne lui offrait pas avant la montée des nouvelles eaux un taurillon, une chèvre et un mouton. Explique Maclédio. C'était une terrible sujétion, un lourd tribut ; il fallait débarrasser le pays de cette bête homicide.

Dès que vous avez pris la décision d'accomplir ce devoir salutaire, le caïman a encombré vos sommeils de rêves par lesquels il tentait de vous mettre en garde, de vous dissuader. Soigneusement vous avez rapporté tous les rêves à votre mère, au marabout Bokano et à d'autres vieux du pays. Et, aussi soigneusement, vous avez égorgé et exposé tous les sacrifices qui vous avaient été recommandés par les uns et les autres.

Ah! Tiécoura, le premier matin que Koyaga se leva pour aller engager le combat contre le caïman sacré, il n'arriva pas loin. Le saurien sacré, homicide et sorcier lui avait brouillé le chemin. À quelque distance du village, il se perdit, ne reconnut plus la piste conduisant au bief. Le lendemain matin, il se dirigea vers le sud alors que le fleuve et le caïman existaient au nord. Il parvint par cette feinte à mettre en défaut la vigilance de la bête qui, alors qu'elle prenait son bain de soleil sur un monticule, à sa surprise aperçut l'ombre du chasseur se refléter dans les eaux de son bief. Face à face, le caïman et le fils de l'homme et de la femme nus se lancent des défis.

— Je viens pour te tuer, annonce Koyaga sans détours.

— Je suis éternel comme ce pays, impénétrable par les balles comme ces montagnes et immortel comme le fleuve dans lequel tu te mires. C'est toi, chasseur présomptueux, que je tuerai ce matin. Je ferai de toi mon déjeuner de ce matin.

Koyaga n'attend pas que la bête achève son discours prétentieux pour la viser et décharger son arme. La balle ricoche sur le plan d'eau, se transforme en boule de feu et se retourne contre Koyaga qui ne l'évite qu'en se muant en crabe enfoui dans le sable. Le feu allume un incendie de brousse sur la rive. Koyaga sort de son avatar et, une seconde fois, tire sur la bête. Cette fois la balle jaillit de l'eau en serpent volant et fonce sur Koyaga qui l'esquive en se muant en ver de terre. Le serpent continue sa lancée et s'anéantit dans les flammes du feu de brousse qui fait rage sur la rive. La bête, confiante en ses sorti-lèges, émerge des eaux, se montre sur la grève dans toute sa monstruosité et défie encore Koyaga :

— Je te mangerai ! hurle-t-elle en claquant ses crocs.

Ce fut une faute fatale ; elle exposait son flanc. Le chasseur paléo s'extrait de son avatar, vise le bas du ventre non couvert par les carapaces et fait feu. La bête veut regagner les eaux. En se retournant, elle découvre sa gorge non protégée par des carapaces, autre partie molle dans laquelle le chasseur, fils de la femme nue, décharge son arme. Le monstre mortellement touché voltige et cul-bute sur le dos dans les eaux les pattes en l'air. Le héros d'Indochine, le tireur d'élite, par trois fois encore vise et fait feu dans les côtes, dans le sternum. Il remet son fusil en bandoulière, s'accroupit derrière un tronc pour assister à l'agonie du géant.

Le monstre toute la demi-journée se bat contre la mort dans les flots. Il beugle des hurlements terrifiants qui, mul-tipliés par les échos, atteignent les vacarmes des ouragans. Toutes les bêtes qui habituellement viennent avant le cou-cher du jour s'abreuver dans le fleuve arrivent et assistent en silence à la mort du géant. C'est dans un lac écumant de sang que le caïman expire au coucher du soleil. Avant que la nuit s'empare définitivement de la brousse, Koyaga quitte sa cachette, se jette à l'eau rouge de sang, nage jusqu'à la dépouille du monstre, coupe la queue et l'en-fonce dans la gueule.

Les habitants étaient déjà couchés quand vous avez, vous Koyaga, regagné le village de Tchaotchi.

Avec votre Remington magnum, monsieur le Président et Guide suprême, vous ne vous êtes pas contenté de faire passer de vie à trépas les quatre monstres qui terrorisaient tous les pays paléos. Vous avez tué, rendu orphelins et veufs un lot d'antilopes, de singes, de sangliers… Il est

75

impossible de citer tous les exploits du simbo-né que vous êtes, ajoute Maclédio.

Tous les soirs, nous avons organisé des veillées, des danses, des fêtes de chasseurs. Koyaga, vous étiez le seul chasseur à alimenter les danses, fêtes, veillées en gibier. Vous étiez le seul à pouvoir le faire parce que vous étiez le plus adroit et possédiez seul une arme moderne qu'aucun autre chasseur des montagnes n'avait utilisée avant vous. Vous n'alimentiez pas seulement les fêtes, veillées et danses en gibier, vous les financiez aussi. Vous étiez le seul à pouvoir payer le riz, le mil, le dolo, le vin, la bière parce qu'on vous avait payé une partie de votre pécule d'ancien combattant d'Indochine. Vous étiez le paléo le plus riche des montagnes. Vous étiez riche, très riche pour un paléo. Mais aucune fortune n'est inépuisable. Sept nuits successives constituent une semaine. Trente nuits successives une lune. Pendant de nombreuses semaines, près de quatre lunes, la fête, la danse, les beuveries se poursuivirent sans interruption. Un harmattan ne dure guère plus de quatre lunes dans nos montagnes. La mauvaise saison tomba.

Il n'y a pas de fortune qui puisse résister à quatre longues lunes de générosité et de dilapidation, de financement de fêtes, de danses, de beuveries : les manifestations ont fini par vous ruiner. Désargenté et endetté, vous avez fait interrompre puis arrêter ces manifestations. Vous avez, les mains et les poches vides, attrapé, dans la nuit, le premier taxi-brousse en partance pour la capitale.

— C'est toujours dans la nuit et en catimini qu'on quitte le pays dans lequel on a été accueilli en richissime quand la pauvreté et l'endettement vous assaillent. Conclut le répondeur.

Il vous fallait de l'argent, absolument de l'argent.

Le chasseur à l'affût du gibier de temps en temps s'arrête pour écouter le vent. Imitons-le nous aussi, soufflons un peu. Annonce le sora qui donne un intermède musical. Le cordoua Tiécoura exécute des gestes lubriques. Bingo dit des proverbes sur la mort :

On tarde à grandir, on ne tarde pas à mourir.
Le lieu où l'on attend la mort n'a pas besoin d'être vaste.
Si Dieu tue un riche, il tue un ami ; s'il tue un pauvre, il tue une canaille.

6

Heureusement que Koyaga avait signé son engagement avant de monter dans son village natal de Tchaotchi. Les nombreux créanciers qui le harcelaient descendirent par un train du Nord et arrivèrent très tard dans la capitale. Koyaga avait déjà embarqué pour l'Algérie où les Français commençaient à s'enliser dans le nouveau chantier de guerre coloniale qu'ils avaient ouvert après l'Indochine. Koyaga fut affecté dans l'Oranais, dans l'Ouest de l'Algérie où il s'illustra par des actes de courage. Des actes d'intrépidité qui lui valurent la nomination au grade de sergent.

Un dimanche matin, le sergent Koyaga arriva heureux, très jovial. Il sifflotait et chantait à haute voix l'air d'une chanson d'initié de son village. Au mess, il paya le pot à tous les sous-officiers du régiment. C'était pour arroser l'événement. La République du Golfe, son pays natal, venait d'accéder à l'indépendance. Le président Fricassa Santos, après vingt ans de lutte, avait arraché l'indépendance pour le territoire du Golfe. Il fêtait l'événement parce que, dans deux ans, à l'issue de son engagement, il allait quitter l'armée française, en finir avec les guerres coloniales, les opérations extérieures loin de l'Afrique et intégrer la jeune armée nationale de son pays. Et sûrement réengager dans l'armée de son pays avec rang d'officier. Il mettrait ses expériences au service de son pays dans deux ans. Cela se fêtait, s'arrosait. C'est chez soi qu'on est toujours le mieux. On n'est jamais, on ne vous prendra jamais, on ne vous acceptera jamais comme grand guérisseur de lèpre si votre mère est couverte de pustules.

Le séjour et la guerre d'Algérie durèrent moins de deux années. Le général de Gaulle, de sa retraite de Colombey-les-Deux-Églises, comme un vieux caïman les yeux demi-ouverts, suivait de loin les événements d'Algérie. Un matin il se fâcha. Le grand soldat qu'il était ne pouvait pas supporter l'inefficacité et l'enlisement de l'armée française en Algérie. Sans hésiter il s'empara du pouvoir en France. Et une fois à l'Élysée arrêta la guerre, fit embarquer les colons d'Algérie (les pieds-noirs) et les soldats français pour Marseille. Les tirailleurs africains, les tirailleurs sénégalais furent tous renvoyés chez eux pour être démobilisés – la France venait de renoncer définitivement aux guerres coloniales. Koyaga se trouva dans la capitale de la République du Golfe.

Il sollicita, comme ses camarades rapatriés d'Algérie des autres pays africains, son intégration dans la jeune armée nationale en constitution. Il fut surpris, très surpris de savoir que sa demande, leur demande n'avait pas été agréée. Le président de la République ne voulait pas des paléos mercenaires qui avaient passé toute leur vie de soldats de fortune à guerroyer contre la liberté des peuples colonisés.

Koyaga et ses collègues postulèrent pour des emplois réservés. Ces emplois étaient attribués à ceux qui avaient participé à la résistance, ceux qui avaient lutté contre le colonisateur mais non à des mercenaires paléos. Les rapatriés d'Algérie devaient retourner à la terre au village ou vivre comme chômeurs dans les villes.

Les autorités françaises payaient des indemnités de démobilisation et des pensions militaires aux rapatriés d'Algérie. Koyaga et ses tirailleurs paléos se présentèrent à l'ambassade de France pour percevoir ces pécules. Il leur fut expliqué qu'à la demande du président de la République, père de la nation et de l'indépendance, les indemnités de démobilisation et les pensions militaires étaient reversées au trésor national de la République du Golfe. Le trésorier national chargé du règlement quand il en aura le temps convoquera un à un les bénéficiaires.

Devant tant de refus et d'intransigeance Koyaga retourna au village et consulta les géomanciens, la maman Nadjouma et le marabout Bokano. Ils lui apprirent ce qu'était le président Fricassa Santos. Il avait pour totem le serpent boa et pour surnom l'élégant gentleman, le *yowo*. L'élégant gentleman au totem boa était un grand initié, un puissant sorcier qui craignait la fin tragique que des devins lui avaient prédite. Il avait été prévenu contre les anciens combattants. Il avait été conseillé au chef de l'État par les devins de la présidence de ne jamais accepter, tolérer dans l'armée nationale des anciens combattants d'Indochine. Parce qu'il existait parmi les anciens combattants paléos un homme dont la sorcellerie était très forte et qui pourrait l'assassiner malgré tous les talismans qu'il portait et les lavements mystiques qui le protégeaient.

Koyaga et les demi-solde avaient compris et trouvé justifiable l'ostracisme que le Président leur opposait. Ils avaient décidé de renoncer à leur intégration dans l'armée nationale mais pas à leurs pécules. Ils continuaient à solliciter une rencontre avec le chef de l'État et à réclamer leurs pécules.

Ils finirent par obtenir un rendez-vous du ministre d'État, ministre de l'Intérieur, ce jeudi à 15 heures. Ils arrivèrent au ministère à 14 heures. À 19 heures, le ministre n'était toujours pas disponible. À 19 h 30, ils étaient tous rendus fous de rage par la longue attente et le mépris avec lequel on les traitait. C'est alors qu'ils furent invités à entrer dans le bureau du directeur de cabinet.

Le ministre s'excusait ; tout l'après-midi, il avait eu une rencontre non prévue avec le président de la République. Il regrettait de ne pouvoir écouter la délégation. Il chargeait son directeur de cabinet de leur expliquer, répéter la décision du président de la République. La décision était définitivement arrêtée, le dossier définitivement traité et fermé.

– Nous savons pourquoi il ne veut pas de nous dans l'armée nationale. Ce sont des sorciers qui lui ont menti et l'ont mis en garde contre nous. Nous avons compris, lui pardonnons son attitude et avons décidé de renoncer à l'intégration. Nous ne demandons plus que nos pensions, nos indemnités de démobilisation, nos pécules, annonça Koyaga.

– Ils vous seront payés plus tard. Mais pour le moment ils sont au Trésor : ils soulagent les caisses de l'État.

Koyaga se fâche ; fou de rage il bondit de sa chaise, se jette au cou du directeur de cabinet, l'étreint. Il est sur le point de l'étrangler. Les autres tirailleurs s'interposent, les séparent, le tirent. Le directeur de cabinet tombe de la chaise à demi inconscient. Koyaga, tenu par ses collègues, bave de colère, continue à vociférer.

– Laissez-moi faire ! Laissez-moi faire ! Je le tuerai, je vais le tuer. Après, j'irai à la Présidence. J'irai réclamer au Président l'argent que nous avons gagné avec notre sang.

Les forces de l'ordre accourent, maîtrisent Koyaga et l'arrêtent. On l'enferme quelques semaines dans la prison centrale de la capitale. Enchaîné, il est évacué sur la prison de Ramaka. Avec l'instruction, l'ordre de le séquestrer dans la cellule, la sinistre cellule dans laquelle mourut son père.

Le président Fricassa Santos qui refusait l'intégration des mercenaires paléos dans la jeune armée nationale de la République du Golfe différait des autres chefs d'État francophones. Il constituait une exception. Son parcours était autre. Les autres pères de la nation et de l'indépendance avaient été inventés et fabriqués par le général de Gaulle. Fricassa Santos était un père de la nation et de l'indépendance qui s'était autofabriqué, avait autoprospéré. Il avait lutté pour l'indépendance et avait été chef de l'État en triomphant du candidat du général de Gaulle au cours d'une consultation supervisée par l'ONU. Il n'était pas un père de la nation et de l'indépendance inventé et fabriqué par la France et le général de Gaulle.

Après la défaite indochinoise et la guerre d'Algérie, le général de Gaulle et la France décidèrent de décoloniser les possessions françaises de l'Afrique noire. Pour des motifs évidents, il avait paru impossible d'intégrer dans l'ensemble français un sous-continent habité par près de cinquante millions de Nègres sauvages, en majorité primitifs et parfois anthropophages sans risquer de faire coloniser à long ou moyen terme la France par ses colonies. Il n'était pas possible non plus de laisser ces vastes et riches territoires et les importants investissements et intérêts français qu'ils renfermaient à la merci de leaders africains démagogues inexpérimentés, prévaricateurs et inconscients. Le génie politique du général de Gaulle lui permit de trouver une solution satisfaisante au problème. De Gaulle parvint à octroyer l'indépendance sans décoloniser. Il y réussit en inventant et en entretenant des présidents de la République qui se faisaient appeler pères de la nation et de l'indépendance de leur pays, alors qu'ils n'avaient rien fait pour l'indépendance de leur République et n'étaient pas les vrais maîtres, les vrais chefs de leurs peuples.

Le général de Gaulle a mené à bien facilement son projet en raison des libéralisations antérieures déjà accordées aux indigènes des colonies par la France des Droits de l'homme. La France avait supprimé les travaux forcés auxquels les autochtones avaient été soumis lors de la conquête. Elle avait octroyé l'égalité sans modifier d'un cauri les autres règles et pratiques de la discrimination et du racisme. D'une façon formelle, elle avait accordé la citoyenneté française à tous les Nègres, même aux hommes nus, aux paléos. Elle avait attribué des sièges au sein de ses assemblées à tous les agitateurs nègres sortis de l'école William-Ponty de Gorée et qui, en tête des syndicats, avaient barré des routes et mis le feu à quelques cases. La bonne trouvaille du général de Gaulle avait été cette création de la Communauté française avec ces meneurs nègres lorsqu'ils furent acclimatés aux bords de la Seine et redoutaient le retour immédiat et définitif dans leur brousse natale. Complète le répondeur.

Et la communauté avait réussi partout, sauf en République des Monts où régnait l'homme en blanc au totem lièvre qui ne s'était pas encore remplumé en dictateur sanguinaire. La Communauté était parvenue, dans les autres territoires, à faire plébisciter comme chef de gouvernement, par des élections législatives et des référendums qu'elle avait réussi à truquer, l'élu de la colonie que le général de Gaulle avait préféré et dont les paroles ne juraient pas trop avec la thèse colonialiste de l'infériorité du Nègre voleur et paresseux. Le nouveau chef de gouvernement choisi par le général avait été forcé – parfois en dépit de sa propre réticence, comme en République des Ébènes, insinue le répondeur – de proclamer l'indépendance de la colonie dans l'interdépendance et en toute amitié avec la France. La proclamation solennelle achevée, il avait présenté le drapeau qu'on lui avait conseillé comme emblème de la nation, avait chanté l'hymne national qu'on lui avait composé, s'était décoré du grand cordon de l'Ordre qu'il venait d'instituer et s'était proclamé Président rédempteur, Père de la nation et de l'indépendance de sa nouvelle République.

De Gaulle dépêchait aussitôt un avion Caravelle cueillir le récent chef d'État : celui-ci, la préférée de ses épouses et ses valets. La Caravelle les débarquait à Nice où, une semaine durant, des maîtres de cérémonie enseignaient au nouveau Président et surtout à la Présidente les indispensables rudiments de règles du savoir-vivre qu'il fallait posséder pour évoluer dans la cour élyséenne du général de Gaulle.

La Caravelle et des Mercedes les rembarquaient et les transportaient jusqu'à Paris, jusqu'au perron de l'Élysée. Au nez et à la face de l'univers médusé, le général de Gaulle en personne confirmait le plébiscité dans sa nouvelle charge de magistrat suprême en l'interpellant « Excellence monsieur le Président ». Il le félicitait pour son anticommunisme vigilant. La reine d'Angleterre et le président des USA – la guerre froide obligeait – recevaient le nouveau président avec le protocole d'État.

À New York, le nouveau président lisait devant l'Assemblée générale des Nations unies un discours préparé par l'ambassadeur de France à l'ONU. Les représentants des deux mondes unanimes – le monde communiste et le monde capitaliste – applaudissaient et votaient l'admission du nouvel État à l'ONU.

Avec le certificat pour son pays d'une nation libre, indépendante et égale en droit à toutes les nations de l'univers, le Président rentrait dans son pays, réintégrait le palais du gouverneur de la colonie et proclamait le parti unique.

Des intellectuels de la nouvelle République en quête de charges d'ambassades s'affairaient pour donner une légitimité historique au Président. Ils composaient des hagiographies, écrivaient des poèmes que les enfants des écoles chantaient. Les vedettes, les stars du pays confectionnaient et produisaient des airs sur les mille exploits du Père de la nation et de l'indépendance, le prométhéen, le héros qui arracha des griffes des monstrueux colonisateurs la souveraineté de la terre des aïeux.

Et, à partir de ce jour, commençait le titanesque combat du Père de la nation et de l'indépendance contre le sous-développement. Combat dont chacun connaît aujourd'hui les résultats, c'est-à-dire les tragédies dans lesquelles les ineffables aberrations ont plongé le continent africain. Conclut Tiécoura.

Non ! le président Fricassa Santos était différent, très différent des autres pères de la nation et de l'indépendance des républiques africaines francophones.

D'abord, comme son nom le laisse deviner, il descendait d'un des esclaves achetés, affranchis et rapatriés de l'Amérique par les organisations philanthropiques. Son père, dès qu'il foula le sol de ses ancêtres, se rua dans le commerce des esclaves et fit rapidement fortune. Avec l'or, il se constitua un arsenal. Avec les armes, se tailla une petite chefferie. Dans la chefferie, il institua la terreur. Et il pilla, extorqua, devint prophète chrétien et ami respecté des Occidentaux qui hantaient les côtes des esclaves et des mâles gens comme les vautours les abords des charognes.

Le petit Fricassa Santos eut une enfance heureuse. Il ne marcha pas nu-pieds, ne porta pas de cache-sexe, ne dormit pas sur une natte étendue sur la terre battue d'une case, ne courut pas sur les pistes des lougans dès sept ans.

Il commença par vivre le parcours de fils de grand bourgeois européen. Il maîtrisait parfaitement l'anglais et le français lorsque son père lui paya les cours d'une université européenne où il accomplit de brillantes études économiques. Il paracheva sa formation par une licence de droit international et un périple et des stages à travers toute l'Europe d'avant la Seconde Guerre mondiale. C'était une Europe colonialiste et raciste dans laquelle vivaient très peu de Nègres.

De retour d'Europe le jeune Fricassa Santos travailla comme grand commis dans maints pays africains : la Côte-de-l'Or, la Côte-d'Ivoire, le Nigeria, le Togo, le Dahomey et dans son pays, la colonie du Golfe. Il gagna beaucoup d'argent ; parce qu'il était citoyen français, avait les salaires d'un Blanc et non ceux d'un indigène.

Il employa cet argent à s'initier aux connaissances traditionnelles, à combattre le colonialisme et à lutter pour l'indépendance de son pays. Il s'initia au Nigeria aux magies yoruba et ibo, au Dahomey à celle des Fond, au Togo à Notsé à celle des Ewé, en Côte-de-l'Or aux mystères des peuples akans.

Pendant la guerre de 39-45, les pétainistes l'internèrent comme gaulliste. Bien sûr ce n'était pas lui qu'ils tenaient sous le verrou mais un de ses nombreux avatars. Alors que le gouverneur de l'Afrique-Occidentale française croyait l'avoir emprisonné, Fricassa Santos continuait à approfondir ses connaissances de la tradition en s'initiant aux bois sacrés chez les Sénoufos de Boundiali et aux danses des Dogons au Soudan français. Quand les gaullistes vainquirent les pétainistes d'Afrique, ils le libérèrent et le décorèrent de la médaille de compagnon de la Libération.

Le compagnon de la Libération Fricassa Santos n'arrêta pas son combat contre le colonialisme français, sa lutte

pour l'indépendance de la colonie du Golfe. L'administration coloniale gaulliste le considéra comme un rebelle,
un agitateur, et à son tour l'emprisonna. Pendant qu'il
croupissait en prison, la France décida d'organiser dans le
territoire de la colonie du Golfe un référendum pour ou
contre l'indépendance sous l'égide de l'ONU. Le parti de
Fricassa Santos demandait de voter oui à l'indépendance.
Tous les participants du nationaliste Fricassa Santos sur
tout le territoire furent arrêtés, torturés et emprisonnés
le jour de la consultation. Les Français, une fois encore,
ignoraient qu'ils n'avaient que des avatars sous les verrous. Fricassa Santos et ses partisans invisibles pour des
non-initiés étaient partout présents dans le pays, dans
chaque bureau de vote. Les partisans indépendantistes
purent suivre les administrateurs coloniaux bourrer à
loisir les urnes de bulletins de non, rien que des bulletins
de non.

C'est devant les observateurs internationaux dépêchés
par l'ONU qu'eurent lieu l'ouverture des urnes, le
dépouillement du scrutin. Les administrateurs coloniaux
n'en crurent pas leurs propres yeux, leur étonnement fut
semblable à celui du mari qui, dans la nuit voulant tourner dans le lit son épouse, se surprend dans les bras d'une
lionne. Tous les bulletins, la totalité des bulletins de non
s'étaient transformés en bulletins de oui. Ce prodige,
le grand initié Fricassa Santos l'avait réussi grâce aux
magies que les maîtres du vaudou de Notsé du Togo et
les marabouts de Tombouctou lui avaient enseignées au
cours de ses initiations. Et l'indépendance de la République du Golfe fut proclamée. Une indépendance reconnue *de facto* par l'ONU dont les observateurs avaient
assisté au dépouillement du scrutin. Le président Fricassa
Santos ne fut pas tenu de faire le pèlerinage à la cour élyséenne du général de Gaulle pour faire reconnaître inter-
nationalement la souveraineté de la République du Golfe.

C'est cet homme qui restait inflexible. Il ne voulait pas de paléos sauvages ignares, formés par la colonisation pour piller et réprimer, dans la jeune armée nationale de son pays. Des tirailleurs parmi lesquels – au dire des devins – pouvait se trouver son assassin.

Le chasseur à l'affût de temps en temps interrompt la poursuite pour chiquer son tabac. Imitons-le nous aussi. Suspendons notre récit. Annonce le sora, et il joue de sa cora. Le cordoua danse et blasphème. Bingo proclame :

La mort engloutit l'homme, elle n'engloutit pas son nom et sa réputation.
La mort est un vêtement que tout le monde portera.
Parfois la mort est faussement accusée quand elle achève des vieillards qui par l'âge étaient déjà finis, déjà bien morts avant l'avènement de la mort.

7

Ah ! Tiécoura, personne ici-bas n'échappe à son destin ; le destin est une volonté d'Allah que personne ne peut contrecarrer.

Le directeur du cabinet qui avait fait emprisonner Koyaga manqua d'en informer dans la journée même son ministre ; il ne le fit qu'une semaine après. Et le ministre ne parla de l'incident et de l'arrestation du sergent au président Fricassa Santos qu'une autre semaine plus tard.

– Quoi ! s'écria le Président, votre directeur de cabinet a fait emprisonner un certain sergent ancien combattant d'Indochine depuis deux semaines et c'est seulement maintenant que vous m'en informez ?

– Oui, monsieur le Président.

– C'est grave, une faute grave, une coupable négligence. Ne vous avais-je pas plusieurs fois recommandé de me mettre au courant de tous les moindres faits et paroles des anciens d'Indochine ?

Le Président anxieux se leva, entra dans un vestibule. Ce fut pour se livrer à des sortilèges. Il en revint beaucoup plus anxieux et demanda à brûle-pourpoint :

– Comment s'appelle-t-il ?

– Koyaga.

– Koyaga ! Koyaga est bien ce tirailleur qui a une sorcellerie plus puissante que la mienne. Koyaga est le tirailleur qui a décidé de m'assassiner. Mes devins viennent encore de me le confirmer.

– Je cours mobiliser tout ce que nous avons comme moyens pour faire descendre Koyaga dans la capitale.

– Ramenez immédiatement Koyaga dans la prison centrale. Je veux qu'il soit aux fers dans la prison centrale avant le coucher du soleil. Sinon, Koyaga et ses camarades cette nuit tenteront un coup. Cette nuit est une nuit fatale. Il me tuera ou je le tuerai avant le coucher du jour. C'est écrit dans nos deux destins. Ramenez-le dans la capitale. Amenez-le-moi ici dans mon palais.

Ah ! Tiécoura, hélas ! c'était tard, trop tard. Les instructions du directeur de cabinet n'avaient pas été appliquées. Koyaga n'avait pas eu les mains dans les menottes ni les pieds aux fers dans la cellule où son père avait péri. Le régisseur de la prison où Koyaga avait été envoyé s'appelait Sama. Sama était un ancien combattant ami de Koyaga et il avait laissé Koyaga aller et venir. Pendant deux semaines, Koyaga avait pu rencontrer et discuter avec la maman, la magicienne, et le marabout Bokano. Koyaga avait pu tranquillement faire part au marabout et à la magicienne de sa décision d'assassiner le Président. Le marabout et la maman avaient pu tout tranquillement lui fabriquer tous les talismans, lui apprendre les paroles des prières magiques qui pouvaient lui permettre de réussir son forfait. Ils avaient pu lui indiquer tous les sacrifices qu'il fallait exposer, tous les sortilèges qu'il fallait manipuler pour briser les puissantes protections magiques du Président. Koyaga avait eu le temps de se couvrir de tous les talismans. En bref, Koyaga avait pu se préparer, bien préparer magiquement.

Koyaga avait pu également, pendant deux semaines entières, se promener dans la capitale, rencontrer ses anciens camarades d'Indochine, discuter avec eux, comploter, acquérir des armes, se faire des complices, acheter des silences, préparer des cachettes, distribuer des rôles. En bref, Koyaga avait pu se préparer matériellement.

Quand les policiers du ministère de l'Intérieur arrivèrent dans la prison où Koyaga était détenu, ils trouvèrent la cellule vide. Koyaga était déjà parti, il était déjà sur la route de la capitale, sur le chemin de son destin. C'était le soir. Le sergent Koyaga et le président Fricassa Santos, en des lieux différents, chacun de son côté, regardaient le soleil de samedi se coucher à l'ouest dans un barbouillage de rouge. Chacun savait qu'avant le lever de dimanche matin à l'est un des deux serait mort. Un des deux ne se trouverait plus sur cette terre.

Par ses devins, le président Fricassa Santos apprend que le sergent Koyaga arrive dans la capitale ce samedi soir par le train de 18 heures. Des policiers en civil sont réquisitionnés ; ils occupent les quais, se postent à toutes les sorties de la gare. De la fenêtre de la voiture, Koyaga les distingue, les reconnaît facilement. Tranquillement, il regarde autour de lui dans la voiture et remarque sur le banc d'en face un Haoussa marchand de volaille, encombré de trois paniers dans lesquels caquettent des poules.

Koyaga récite une des prières magiques que le marabout lui a apprises : il se transforme en un coq blanc. Le Haoussa voit le coq sous son banc ; il le croit échappé d'un de ses paniers. Vigoureusement le marchand se saisit du coq, l'enfouit et l'enferme dans le panier. Il descend sur le quai avec ses paniers, sort de la gare devant les policiers en civil avec toute sa volaille. La version des faits qui veut que Koyaga soit descendu du train travesti en marchand haoussa de poulets n'est pas crédible ; il y avait trop de policiers perspicaces à l'arrivée du train. Le chasseur n'aurait pas pu leur échapper s'il était passé sous un simple déguisement.

Dès 20 heures, Koyaga retrouve les autres conjurés. 21 h 30, tous les dix-neuf conjurés sont présents à la dernière réunion organisée au bas de la colline occupée par la caserne de la ville haute au pied d'un arbre. L'arbre sous lequel les armes ont été enterrées.

Avant que la réunion commence, les conjurés aperçoivent deux camions tous phares allumés, bourrés de gendarmes s'arrêter à leur hauteur. Les gendarmes ont été bien renseignés par les devins du grand initié Fricassa Santos. Lourdement armés, ils sautent précipitamment des camions et foncent sur les conjurés. Ceux-ci se dispersent et détalent ; les agents les poursuivent dans la nuit jusqu'à la lagune où des conjurés jettent leurs armes et plongent dans les eaux saumâtres. D'autres disparaissent sous le pont ou dans les trous de repli qui avaient été prévus et aménagés. Koyaga récite quelques-unes des prières magiques enseignées par le marabout ; elles ont pour effet d'aveugler les gendarmes. Les gendarmes ne voient plus rien ; ils n'aperçoivent même pas les conjurés blottis sous leurs pieds. Des non-initiés contesteront cette version et expliqueront que, pour échapper aux gendarmes, les conjurés se sont cachés dans les eaux saumâtres de la lagune en retenant leur souffle comme les Viêt-minh le faisaient dans les rizières de l'Indochine. Cette interprétation de toute évidence est fausse.

Toujours est-il que l'échec total de l'opération, le retour des gendarmes bredouilles surprennent le ministre de l'Intérieur Lyma et l'inquiètent. Il comptait sur la réussite de l'opération, il n'en doutait pas et n'avait pas prévu d'opérations de substitution en cas d'échec. Confusément il sent la situation lui échapper, il est pris de panique. Il court à l'état-major de la gendarmerie de la ville basse et, malgré la réticence des chefs de la caserne, les officiers français de l'encadrement, il fait sonner l'alarme. Il monte à la résidence présidentielle, le chef de l'État est à table. Les traits défaits, décomposés du ministre, sa fébrilité et le chevrotement de sa voix troublent le Président qui le reçoit immédiatement dans le petit salon.

– Monsieur le Président, il me faut tout de suite tout faire, tout entreprendre pour votre sécurité. La situation est extrêmement grave. Le coup de force des anciens de la coloniale aura lieu cette nuit. Je croyais pouvoir me saisir de tous les conjurés au cours de leur dernière réunion. Ils m'ont échappé ; ils sont dans la nature. Tout est possible d'un instant à l'autre.

Le président Fricassa Santos calmement commence par reprocher au ministre son excitation, son manque de sang-froid et lui répond :

– Pas de panique ! Surtout pas de panique ! Nous finirons par gagner, nous finirons par mettre la main cette nuit sur Koyaga, tous ses acolytes et tous ses commanditaires. Nous sommes les plus compétents en magie. Aucun initié n'a dans toute l'Afrique autant que moi appris les mystères de l'Afrique. Je suis allé partout : chez les Dogons de Bandiagarra, les Sénoufos de Boundiali, les marabouts de Tombouctou, les grands maîtres du vaudou de Notsé et du Bénin, etc. Je te dis partout, même chez les Pygmées. Si un tirailleur comme Koyaga parvenait à me tuer cette nuit, cela signifierait que tout ce que j'ai appris est faux, que tous mes maîtres m'ont menti. C'est-à-dire que l'Afrique entière est fausse, est mensonge, que tous les talismans, tous les sacrifices n'ont aucun effet. Cela n'est pas pensable, n'est pas possible. Cela ne peut pas être vrai. Renforcez bien ma garde, doublez, triplez, quadruplez les effectifs. Quand les putschistes arriveront là, nous nous saisirons d'eux comme on prend les rats dans une souricière. Il est superflu d'informer les autres ministres et personnalités du pays, d'alerter l'opinion, de semer une panique inutile dans la capitale. Rentrez tranquillement chez vous, c'est nous qui finirons par vaincre. Et j'ai de plus comme bouclier tout le peuple. Dès que les premiers coups de fusil retentiront, le peuple interviendra et mettra les mutins dans l'impossibilité de réussir. Il leur faudra monter sur le corps de tous les habitants. Ce complot, comme tous les autres ourdis ces derniers mois, sera encore déjoué par le peuple.

Le Président congédie son ministre et reprend tranquillement son repas.

Les comploteurs plongés dans les eaux saumâtres furent les premiers surpris par le rapide décrochage des gendarmes. Ils se regroupèrent aussitôt après leur départ. Ils étaient en train de se remettre de leur frayeur et de féliciter Koyaga pour l'efficacité de ses sortilèges lorsque le clairon de la gendarmerie sonna l'alarme. Cela signifiait que le grand initié Fricassa Santos venait de voir de son palais leur regroupement. Cela signifiait aussi qu'aucun de leur mouvement n'échappait à sa vigilance de grand sorcier. C'est la panique ; beaucoup de conjurés demandent l'abandon des armes dans la lagune et la suspension pure et simple de l'opération. Koyaga se rit de ceux qui se sont dégonflés et rassure tout le monde en disant :

– À l'affût, le chasseur décharge son arme dès qu'il s'aperçoit que le gibier qu'il guette l'a vu. C'est tout de suite et immédiatement, sans perdre une minute, qu'il faut engager les opérations.

Les commandos aussitôt partent dans les directions qui leur avaient été assignées et, en moins d'une demi-heure, la main est mise sur les magasins d'armes et de munitions. Des sergents complices avaient soûlé et retenu chez eux le gardien du dépôt d'armes et le détenteur des clés des soutes de munitions.

Les comploteurs se répartissent en deux groupes. Ces groupes, avec la complicité d'éléments à l'intérieur des régiments et de la magie, investissent simultanément les deux casernes de la capitale, le camp militaire dans la ville haute et le camp de gendarmerie dans la ville basse. Tous les officiers et sous-officiers loyalistes africains sont arrêtés et emprisonnés.

Les soldats des deux casernes de gré ou de force se rallient au mouvement et se mettent à la disposition des comploteurs triomphants.

Les conjurés s'organisent et occupent les installations de l'état-major du camp militaire de la ville haute. Des bureaux de l'état-major, par téléphone, les personnalités sont convoquées à un prétendu Conseil des ministres extraordinaire au domicile du chef de l'État. Des soldats se sont camouflés aux portes et aux environs de leurs résidences. Les ministres l'un après l'autre à la sortie de leur domicile tombent dans la trappe. Ils sont cueillis par des sections qui les maîtrisent aussitôt et les amènent au camp de la ville haute.

Les conjurés disposent maintenant, grâce au ralliement de nombreux éléments, de plusieurs sous-officiers et de centaines de soldats. Ils créent des commandos et les envoient dans les principales artères et les quartiers. Les commandos sillonnent la ville pour arrêter les autres responsables gouvernementaux, les autres dirigeants des partis politiques. Dans la nuit, les commandos tirent et sèment la terreur dans la ville. Des crépitements d'armes automatiques se font écho dans tous les quartiers de la ville. Les habitants anxieux et troublés s'enferment à double tour dans leurs maisons.

Les chefs militaires, les ministres, les responsables gouvernementaux et des partis politiques sont tous arrêtés et parqués dans les bureaux de la caserne de la ville haute.

Toute résistance ou contre-offensive paraissant impossible, les rares responsables qui sont de vrais initiés, qui n'ont pas été appréhendés et qui ont compris ce qui se passe parviennent par magie à franchir les frontières et à quitter le pays. Pour certains, ce sera pour toujours.

Il est maintenant 1 heure du matin, ce dimanche. Toute la capitale – c'est-à-dire toute la République du Golfe – est sous l'autorité, à la merci des sous-officiers conjurés. Sauf… Sauf la Présidence ! Tous les responsables politiques, militaires de la capitale – c'est-à-dire de tout le pays – sont arrêtés. Sauf… Sauf la personne du président Fricassa Santos ! Et tant que le président Fricassa Santos est vivant et libre, rien, absolument rien n'est encore fait. Le Président est l'essentiel, arrêter tout le monde sans le Président dans un complot revient à celui qui doit manger un rat à n'avoir consommé que la queue quand le gros du rat reste à croquer.

Les conjurés confient les hautes missions d'investissement de la Présidence et de l'arrestation du président Fricassa Santos au plus intrépide et téméraire, au plus adroit, au plus thaumaturge des sous-officiers, le maître chasseur Koyaga. L'intrépide soldat qui s'est illustré en Indochine et en Algérie accepte l'honneur d'effectuer les missions. Tous ses collègues bruyamment l'applaudissent et le félicitent.

Koyaga convoque les soldats, les aligne et sélectionne vingt tirailleurs paléos parmi ceux qu'il a connus ou qui se sont illustrés en Algérie ou en Indochine.

– Vous êtes ma meute de vingt lycaons, leur annonce-t-il.

À un tirailleur qui demande ce qu'était une meute de lycaons et pourquoi une meute de lycaons, Koyaga répond avec le sourire. Les lycaons encore appelés chiens sauvages sont les fauves les plus méchants et féroces de la terre, si féroces et méchants qu'après le partage d'une victime chaque lycaon se retire loin des autres dans un fourré pour se lécher soigneusement, faire disparaître de la pelure la moindre trace de sang. La meute dévore sur place tous les membres de la bande négligemment nettoyés les croyant blessés, explique-t-il. Nous tuerons sans hésiter celui qui parmi nous paraîtra flotter, douter ou reculer. Conclut-il. Et publiquement Koyaga attribue fusils et talismans à chaque lycaon. Il s'attache au cou et se bourre les poches de puissants grigris et sortilèges. Et, curieusement, ne s'arme que d'un arc et de son carquois chargé de flèches en bambou.

Koyaga et ses hommes sont totalement maîtres de la concession présidentielle. En tête de six lycaons, le maître chasseur pénètre par le portail. Les autres membres du commando sautent les murs. Tout le monde se trouve dans le jardin et sous les ordres du sergent-chef Koyaga et de ses adjoints. Ils assignent des postes à chaque mutin comme ils ont eu à installer les embuscades en Indochine et au djebel. Ils courent courbés pour se poster, se camoufler.

Les cris des chefs, les bruits des bottes, les cliquetis des armes réveillent le président Fricassa Santos et son épouse.

Les mutins à coups de crosse, de balles et de godasses cassent, fracturent et forcent la porte principale du rez-de-chaussée. Ils entrent. Mais, dès leurs premiers pas dans le vestibule, ils doivent faire face à la première et infranchissable embûche. Le grand initié Fricassa Santos les paralyse en provoquant une panne générale d'électricité. Toute la ville se trouve plongée dans une obscurité opaque, semblable à celle qui se rencontre les pleines nuits de grands orages. Koyaga pousse un puissant « Houm ! ». Il s'attendait à des sortilèges de la part du Président lavé et blindé par tous les grands maîtres de l'Afrique des Côtes, des forêts et des savanes, mais il n'avait pas prévu que, dès les premiers instants de leur confrontation, Fricassa Santos allait user d'un ensorcellement aussi puissant et radical que la panne générale d'électricité dans tout le pays. Koyaga demeure silencieux et interdit pendant une bonne dizaine de minutes sur le seuil. Les compagnons maintiennent leur souffle, interprètent le silence et l'immobilité de leur chef. Ils croient et se murmurent que le maître chasseur qu'est Koyaga s'est dans l'obscurité transformé en oiseau nocturne de proie et qu'il est occupé à chercher le chef d'État thaumaturge dans toutes les pièces de la Résidence.

C'est Koyaga qui, d'une voix martiale, rompt le silence, l'attente. Il commande à un caporal de courir à la caserne et de revenir avec une lampe non envoûtable, une lampe lavée.

À la caserne de la ville haute, le chef des mutins sur place réquisitionne un grand maître vaudou du quartier et lui présente une lampe. Le maître, de quelques gestes et paroles incantatoires, rend la lampe non ensorcelable.

Avec cette lampe, les mutins fouillent pièce par pièce

la Résidence pendant plus d'une demi-heure pour dénicher le chef d'État. En vain. Nulle part la présence du
Président ne se sent, ne se révèle.

Koyaga en personne laisse les assiégeants autour de la
Résidence, monte au camp et rend compte au maître
du vaudou. Celui-ci interroge, interpelle ses fétiches pendant dix minutes. Se relève avec le sourire aux lèvres et
avec assurance déclare :

— Fricassa Santos est pourtant dans la Résidence. Il est
là-bas et non nulle part. Il a été lavé par trop de maîtres.
Il connaît trop de formules magiques ; il a sur lui trop
de puissants grigris et talismans. C'est pourquoi vous ne
parvenez pas à le voir. Tiens cela et ceci.

Le maître offre deux sortilèges de son invention à
Koyaga.

Le sergent-chef, de retour dans la villa assiégée, se
retire dans une pièce, officie et murmure des incantations. Ses hommes interdits l'observent avec respect
et admiration. Ils croient et se murmurent que leur chef,
avec le premier sortilège, est en train, métamorphosé
en fourmi, de parcourir page par page tous les livres de la
bibliothèque pour débusquer le Président. Avec le second
sortilège, il s'est transmué en aiguille, en train de passer
dans chaque fil de tous les habits de toutes les garde-
robes pour dénicher le Président. Toutes les recherches
et investigations mystiques s'avèrent vaines.

— Ce n'est pas possible ! s'écrie Koyaga fâché. Le
cache-cache a trop duré ; il ne peut plus continuer.

Il donne des ordres. Les tirailleurs courent dans les
chambres, se saisissent de la Présidente et de ses domes-
tiques. Ils les amènent, malmenées et terrorisées dans le
salon. Koyaga les menace et en désignant du doigt la
photo du Président vocifère :

— Où est-il ? Où se cache-t-il ? En quoi s'est-il métamorphosé ?

La Présidente tremblante répond sans cesse « je ne sais pas, je n'en sais rien ». Koyaga tire sur la photo accrochée au mur. Les bonnes hurlent de peur. Les tirailleurs mettent les mains sur leurs bouches, étouffent leurs cris. Les tirailleurs tirent dans la bibliothèque, renversent les armoires, éparpillent les livres dans le salon, les arrosent de balles. La Présidente et ses bonnes sont bousculées et amenées dans la chambre présidentielle. Les garde-robes sont criblées de balles, puis renversées. Les vestes et les chemises sont déballées, décrochées et éparpillées sur le plancher. Elles sont arrosées de balles à leur tour.

Toutes ces opérations se révèlent inopérantes, inefficaces.

Koyaga laisse la Présidente et ses bonnes sous la surveillance des soldats et retourne à la caserne où siège le comité insurrectionnel. Il rend compte de la vanité et de l'inefficacité de tous les moyens mis en œuvre. Les membres du comité et le maître du vaudou sont tous inquiets, très inquiets. Il est 5 heures du matin, les coqs ont déjà chanté et le Président n'est pas encore appréhendé. Il est évident que tant que le Président ne sera pas sous les verrous le complot n'aura pas réussi. Le chef du comité le dit vertement à Koyaga et lui reproche la vanité de ses actions. Le maître du vaudou reçoit Koyaga et officie. Il se relève, rassurant :

– Le Président est toujours là-bas, dans sa concession ou dans les environs. Il s'est métamorphosé en un objet qu'il faut connaître et toucher pour le débusquer. Mais c'est bientôt le jour ; il ne peut pas plus d'une nuit continuer à vivre sous sa forme métamorphosée sans risquer de se figer, de ne pouvoir plus redevenir un homme. Attendez donc autour de la Résidence. Soyez vigilant, il finira par réapparaître avec le lever du jour.

Koyaga revient à la Résidence, son cœur ne cesse de battre. Il est découragé, démoralisé en dépit des paroles d'assurance du maître du vaudou. On l'avait prévenu ; le Président est invincible dans la sorcellerie. Le soleil au-dessus de la mer continue de monter. Les soldats se pré-cipitent à la rencontre de Koyaga. La fatigue et l'anxiété se lisent dans leurs gestes et sur leurs visages. Koyaga les rassemble, les tranquillise avec les prévisions du maître du vaudou.

– Soyez vigilants, nous n'avons à attendre que quelques minutes. Le Président est obligé d'apparaître sous une forme humaine dans moins d'une demi-heure. Sinon… Sinon…

Il les déploie autour des deux concessions se jouxtant, constituant un carré, un bloc. La résidence présidentielle et l'ambassade des États-Unis. C'est à ce moment qu'ar-rive le premier conseiller d'ambassade. Il ouvre la grille. Tous les soldats ont les yeux rivés sur le conseiller : ils suivent tous ses gestes.

Mystérieusement et brusquement un tourbillon de vent se déclenche, naît au milieu du jardin de la Résidence. Le tourbillon soulève feuilles et poussière, parcourt le jardin de la Résidence d'ouest en est et poursuit sa folle course dans la cour voisine, dans l'enceinte de l'ambassade des USA. Koyaga comprend tout de suite que le grand initié Fricassa Santos s'est transformé en vent pour se réfugier dans l'ambassade. Du balcon du premier étage Koyaga suit le mouvement du tourbillon qui, brusquement, auprès d'une vieille voiture garée dans le jardin, s'évanouit, se dissipe. Le grand initié Fricassa Santos sort du vent et se découvre, déguisé en jardinier.

Les non-initiés, par ignorance, douteront de cette ver-sion des faits. Ils prétendront qu'un passage existait entre la résidence du Président et l'enceinte de l'ambassade. Le Président aurait, déguisé en jardinier, emprunté ce pas-sage dans l'obscurité et se serait recroquevillé sur la banquette arrière de la voiture toute la nuit. Il serait sorti de la voiture Buick quand les grilles de l'ambassade se sont ouvertes. C'est évidemment une explication enfantine de Blanc qui a besoin de rationalité pour comprendre.

Dès que le Président apparaît en entier, en totalité, les tirailleurs, sans respect des conventions diplomatiques, pénètrent dans l'enceinte de l'ambassade, s'emparent du Président, le rudoient, le bousculent, l'entraînent dans la rue.

Dès que le Président passe la grille et se trouve hors de l'enceinte, un tirailleur fait feu et, curieusement, manque le Président. Il ne l'a pas manqué (on ne rate pas à bout portant), mais les objets en métal ne pénètrent pas dans la chair d'un grand initié. Les soldats le savaient ; on le leur avait plusieurs fois répété. Ils sont décontenancés, dépassés, terrorisés. Ils jettent leurs armes et détalent. Le Président seul dans la rue se dirige tranquillement vers l'ambassade. Koyaga accourt et, avant que le Président atteigne la grille, il décoche de son arc une flèche de bambou agencée au bout d'un ergot de coq empoisonné. Les devins avaient révélé au chasseur que seule une flèche dotée d'un ergot de coq empoisonné pouvait annihiler le blindage magique du super-initié qu'était le Président, pouvait rendre sa peau et sa chair pénétrables par du métal. La flèche se fixe dans l'épaule droite. Le Président saigne, chancelle et s'assied dans le sable. Koyaga fait signe aux soldats. Ils comprennent et reviennent, récupèrent leurs armes et les déchargent sur le malheureux Président. Le grand initié Fricassa Santos s'écroule et râle. Un soldat l'achève d'une rafale. Deux autres se penchent sur le corps. Ils déboutonnent le Président, l'émasculent, enfoncent le sexe ensanglanté entre les dents. C'est l'émasculation rituelle. Toute vie humaine porte une force immanente. Une force immanente qui venge le mort en s'attaquant à son tueur. Le tueur peut neutraliser la force immanente en émasculant la victime.

Un dernier soldat avec une dague tranche les tendons, ampute les bras du mort. C'est la mutilation rituelle qui empêche un grand initié de la trempe du président Fricassa Santos de ressusciter.

C'est sur un mari, un homme affreusement mutilé, que la Présidente s'est penchée, a prié et pleuré. L'homme au totem boa, l'élégant gentleman, le yowo était dans le sable sans vie et en pièces.

Le soleil était bien au-dessus des premiers toits, il n'y avait aucun vent et seuls les soupirs de la Présidente troublaient le lourd silence qui régnait sur la ville.

Le chasseur à l'affût s'immobilise parfois pour s'orienter. Imitons-le nous aussi. Bingo exécute un intermède. Tiécoura crie des insanités et danse des lazzis grossiers. Son maître l'arrête et annonce :

Une pirogue n'est jamais trop grande pour chavirer.
Ce sont ceux qui ont peu de larmes qui pleurent vite le défunt.
La chèvre morte est un malheur pour le propriétaire de la chèvre ; mais que la tête de la chèvre soit mise dans la marmite n'est un malheur que pour la chèvre elle-même.

8

Ah ! Maclédio, une semaine après l'assassinat de Fricassa Santos, quatre chefs se partagèrent le pouvoir. Chacun eut une part ; chacun convoitait la totalité et croyait à sa chance de l'acquérir ; à chacun les devins et les marabouts avaient fait croire qu'il était prédestiné à devenir président à vie de la République.

Il y avait d'abord le capitaine Koyaga (le sergent s'était fait conférer le grade de capitaine après l'assassinat). Le maître chasseur, l'émasculateur pouvait prétendre le premier au pouvoir. Mais tout le monde disait qu'il n'avait pas le physique, la culture et l'aura pour succéder au président Fricassa Santos. Tout le monde pensait que la seule chose que le maître chasseur avait apprise et savait faire et bien faire était tuer. Il était embarrassé par des bras trop longs. Se débattre avec les bras trop longs dans la vie engendre la timidité : il était timide. Il parlait peu, parlait mal, bégayait. Il était mauvais, très mauvais orateur. Ses joues étaient labourées par des scarifications rituelles et tribales. Présenter des scarifications dans l'Afrique moderne attire les regards, suscite un complexe. Il était un gros complexé. Il lisait péniblement, écrivait difficilement ; il restait un gros primaire. Un primaire, complexé, mauvais orateur, timide ne peut faire un chef d'État. Koyaga le savait, en convenait. Ce qu'il réclamait, c'était le ministère de la Défense. La France de De Gaulle, de la guerre froide et de l'Union française, les autres conjurés, les chefs des États voisins convinrent de le lui attribuer. Dans le partage, Koyaga eut le ministère de la Défense.

Et la vice-présidence du comité de salut public.

Il y avait en second lieu le colonel Ledjo, le chef des mutins. Dès que l'adjudant apprit l'assassinat de Fricassa Santos il se conféra le grade de colonel, colonel de l'infanterie. Le colonel Ledjo, qui était le plus fin parleur et magouilleur des mutins, s'était naturellement imposé comme président du comité insurrectionnel. Ledjo était le plus instruit parce que ancien séminariste. Il avait accompli de solides études théologiques, philosophiques, littéraires et avait manqué de très peu, à cause d'un banal incident d'adultère, d'être le premier prêtre de son ethnie et de sa région. On l'avait surpris, la veille de son ordination, avec une femme mariée dans le chœur de l'église où devait se dérouler la cérémonie. La hiérarchie catholique, toujours compréhensive à l'égard du Noir colonisé, était prête à pardonner, mais le mari, le chef de village, un chasseur irascible, monta au presbytère dans la nuit même avec ses flèches empoisonnées et Ledjo n'échappa à la mort qu'en traversant la frontière déguisé en femme. Il se réfugia dans une colonie voisine où l'armée française recrutait les tout premiers tirailleurs paléos pour les guerres coloniales. Il s'engagea sous le nom de Ledjo (son premier et véritable nom était Bodjo). Il combattit les nationalistes malgaches, marocains, vietnamiens (il fit deux séjours en Indochine) et algériens. Partout il se montra grand meneur d'hommes et cruel envers les peuples colonisés se battant pour leur liberté. Dans sa pérégrination, il obtint le grade prestigieux d'adjudant et acquit la conviction que, dans la vie, seules la trahison et la magouille gagnent sûrement et paient toujours. Il fit de ce credo une règle de conduite et, de retour dans son pays, il joua de l'intrigue. Il obtint son engagement dans l'armée nationale le jour même qu'il quittait les troupes coloniales. Dans l'armée nationale, il parvint à se faire le conseiller, l'agent de renseignement du ministre de l'Intérieur et aussi un des principaux instigateurs de l'insurrection des démobilisés. Il resta agent double, joua sur les deux tableaux et ne prit carrément parti qu'au moment où la victoire des démobilisés parut acquise. Il organisa toutes les actions des insurgés, manœuvra de sorte qu'il apparut naturellement comme le président du comité. Ce qui en définitive présentait un certain avantage.

À son honneur et à l'opposé de ses autres collègues inconscients de la coloniale, Ledjo pensait nationaliste et un peu socialiste. Il disait que le Nègre n'était pas originellement maudit et que la domination des Blancs n'était pas éternelle. Cela donnait un peu de cohérence et de hauteur à ses actions. La France, au nom de la guerre froide et du principe du respect de sa zone d'influence, ne voulut pas de Ledjo comme président de la République. Ses collègues conjurés et les chefs des pays voisins n'acceptèrent pas non plus de lui attribuer le pouvoir suprême. Le comité insurrectionnel créé pendant le complot devint le comité de salut public. Le comité de salut public était au-dessus du gouvernement et de l'Assemblée nationale. On fit de Ledjo le président du comité de salut public.

Il y avait Tima. Qui était ce Tima ? Son père fut un chef, un grand chef du Nord. Mais ce ne furent point la fortune et la puissance du père qui payèrent les études agricoles du petit Tima en France. Le chef avait acheté ou enlevé trop de femmes qui avaient procréé trop d'enfants. Le chef n'eut jamais le temps ni le souci de compter le nombre de ses progénitures, à plus forte raison de se consacrer à leur éducation. À sept ans, le petit Tima était mignon comme un jeune margouillat lisse, et l'instituteur pédophile qui l'accueillit en fit à la fois un fils, un petit boy et un amant. Les premières sociétés coloniales étaient trop viriles et simples pour comprendre les nuances, accepter des particularités, tolérer des vices comme celui de l'instituteur. Elles excluaient toutes les choses et tous les gens compliqués. L'instituteur fut obligé vite fait de regagner la France avec son petit Nègre mignon.

En France, Tima effectua au lycée et à l'université toutes les études interdites aux Noirs colonisés de statut indigène. Il termina comme ingénieur, ingénieur agricole, le premier ingénieur de toutes les ethnies sauvages du Nord. Son maître et tuteur pédophile était communiste. Il était même conseiller municipal de sa commune natale de la banlieue grenobloise où il se retira. Sans cesse, il avait demandé au jeune Tima de faire de la politique, de lutter contre le capitalisme et le colonialisme, de libérer son pays natal. Tima avait fini par croire qu'il était chargé d'une mission.

Avec les débuts de la décolonisation et l'extension du droit de vote à tous les Nègres, même aux montagnards nus, Tima put retourner en Afrique. Il s'était mépris en pensant que tout serait facile, voire acquis d'avance. Il avait cru qu'il lui suffirait, une fois débarqué de la nacelle sur le wharf, de tirer de la cantine les originaux de tous ses diplômes et de se faire reconnaître comme un des fils du grand chef des hommes nus pour obtenir les suffrages de tous ses compatriotes nordistes et se faire élire député de sa région et de son ethnie. Il se heurta à l'ostracisme des métis brésiliens et à la défiance, à la jalousie du grand frère qui avait succédé à leur père. Il voulut réaliser une exploitation agricole, mettre sa science au service des peuples nus et de leurs terres arides ; on lui en refusa les moyens. Il se lança dans la politique, créa la ligue du Nord. Le parti fut combattu par les pouvoirs locaux et l'administration coloniale française parce qu'il se prétendait socialiste et réclamait la collectivisation des biens de production. Quand la colonie du Golfe eut son indépendance, le gouvernement du président Fricassa Santos l'accusa de complot et le mit aux fers. Il s'échappa et se réfugia dans un pays voisin où, tous les soirs à la radio, il vilipendait le dictateur au pouvoir dans son pays et dénonçait la politique néocolonialiste de l'Union française, du général de Gaulle et de l'Occident de la liberté. L'Occident de la guerre froide, la France et l'Union française, cinq fois non, ne voulurent pas de Tima comme chef d'État. C'était un refus définitif et formel. Ils tolérèrent que Tima soit le président de l'Assemblée nationale provisoire. Tima obtint la présidence de l'Assemblée dans le partage.

Il y avait enfin le métis Crunet. Ah ! Tiécoura, quand tu rencontres un mulâtre, tu es en face d'un homme malheureux de ne pas être un Blanc, mais heureux de ne pas être un Noir. La vie est toujours douloureuse pour les gens qui aiment ceux qui les excluent et méprisent ceux qui les acceptent. J.-L. Crunet était un mulâtre. Mais un mulâtre chanceux qui vécut sa prime jeunesse dans la malchance et la damnation du colonisé et la presque totalité de sa vie dans l'opulence et l'arrogance du Blanc colonisateur.

Un jour, un garde-cercle vigilant vit arriver des garnements au bord du marigot. Ils étaient quatre. Tous les quatre pieds nus et morveux. Tous les quatre également noirs de crasse comme des mouches. Ils se jetèrent à l'eau. Le garde-cercle avec surprise constata que le quatrième garçonnet devenait blanc quand il plongeait et se lavait, de plus en plus blanc au fur et à mesure qu'il replongeait et se relavait. Il s'en approcha et vérifia que le garnement n'était ni albinos ni maure ou peul, mais un Blanc, un vrai Blanc. Le consciencieux garde-cercle ne put se contenir, courut jusqu'à la résidence du commandant blanc, appliqua un parfait salut militaire et bien qu'essoufflé informa le chef de la subdivision de sa découverte. Le commandant sur-le-champ manda le chef du village, l'interprète, la jeune femme et son galopin. Il fut demandé à la mère de relever devant toutes les notabilités de la ville le nom du pays lointain où elle s'était dévoyée jusqu'à porter au dos un petit métis.

La mère tremblant de peur expliqua qu'elle n'avait jamais quitté les collines mais rappela que, lors de la dernière rébellion des montagnards nus du Nord, un détachement de passage commandé par un lieutenant blanc avait bivouaqué des semaines dans le pays. En raison de sa beauté et de sa virginité, elle avait été chargée de pré-

106

parer l'eau chaude pour le lieutenant blanc et de savonner le dos de l'officier au cours de ses bains de nuit et de lever. Elle lava et relava nuit et jour le dos de son Blanc et ne se limita qu'à cette tâche. Quelle ne fut pas sa surprise de constater quelques semaines seulement après le départ du détachement qu'elle portait bel et bien une grossesse. Tout le monde convint de la vérité historique du séjour dans le pays d'une compagnie de tirailleurs commandée par un lieutenant blanc.

L'administrateur blanc du cercle des collines se fâcha, réprimanda et menaça tout le monde : l'interprète, les chefs de canton, du village, de la tribu et la jeune mère. Les indigènes n'avaient pas le droit de dissimuler et d'élever un mulâtre dans leurs insalubres cases. Il le leur avait plusieurs fois expliqué. Un mulâtre est un demi-Blanc donc pas un Nègre. Dès le lendemain, l'enfant fut arraché à sa mère et sous bonne escorte envoyé au foyer de métis de la capitale de la colonie où on le savonna plusieurs fois, le chaussa, l'habilla, le coiffa et l'envoya sur un banc. Il fut heureux et se révéla intelligent, travailleur et encore chanceux. Très chanceux.

Un matin, pendant la récréation, toute l'école se mit à l'appeler, à le rechercher. Il se rendit accompagné d'une foule de camarades au bureau du directeur du foyer. Le directeur le félicita et lui annonça son départ pour la métropole par le prochain bateau, poursuivit Tiécoura.

Sa grand-mère de France, une vieille rombière, avait découvert en relisant les carnets de route de son fils éliminé par la fièvre jaune qu'elle avait un petit-enfant parmi les sauvages dans la brousse africaine. Il me faut vite le récupérer pour que les cannibales ne me le dévorent pas, s'écria-t-elle en pleurant. Elle était riche, puissante financièrement et politiquement. Sans perdre une minute, elle s'en alla successivement aux ministères de la Guerre et des Colonies. Les gouverneurs et tous les administrateurs des colonies furent mobilisés, tout fut mis en œuvre ; le petit métis fut déniché. La vieille l'aimait avant de l'avoir vu ; elle l'aima quand elle l'accueillit et le pratiqua. C'était un mignon de garçon à qui on fit perdre immédiatement ses noms imprononçables nègres de Dahonton N'kongloberi et qu'on baptisa de ceux civilisés et catholiques de Jean-Louis Crunet.

J.-L. Crunet ne se révéla pas seulement un bon catholique croyant et pratiquant, mais aussi un authentique Crunet. Un Crunet dans les veines duquel n'aurait jamais coulé la moindre goutte de sang colonisé. Il franchit comme un plaisir tous les obstacles qui sont proposés, pour les éprouver, aux futurs dirigeants de la France éternelle. Brillamment il réussit aux concours communs aux grandes écoles et entre toutes, comme tout bon Crunet, il préféra l'École polytechnique. Et après sa classe dans la cavalerie entra à l'École des ponts et chaussées. En France métropolitaine, il se comporta socialement et moralement comme un Crunet jusqu'à quarante ans. Au-delà de la quarantaine, ce furent les séquelles de ses ascendances nègres qui surgirent et eurent le dessus. L'appel du sang est assurément irrésistible, on ne fait jamais d'une hyène un mouton. À la surprise de tous les Crunet, Jean-Louis commença à s'adonner aux jeux, à tromper sa femme qu'il aimait pourtant. Celle-ci obtint la séparation. Pour noyer son dépit amoureux, il fréquenta Pigalle où il s'enticha d'une Négresse aussi sensuelle, aguicheuse et sex-appeal que Joséphine Baker. Il se perdit dans l'alcool et les stupéfiants. D'un tournemain, il dilapida la grosse fortune que lui avait léguée sa grand-mère. Rejeté par sa race et son milieu, il se souvint de son ascendance nègre, se présenta au ministère des Colonies publiquement et à haute voix déclara assumer pleinement sa négritude. Le ministre l'affecta dans son pays natal. À son débarquement, tous les Noirs de la colonie, fiers de posséder un polytechnicien au sein de leur race, l'accueillirent avec des tam-tams et des danses lubriques. La fête fut si spontanée, colorée, enthousiaste, grandiose et belle qu'elle donna une idée au gouverneur de la colonie. Le gouverneur depuis trois mois cherchait sans résultat un cadre, un responsable crédible parmi les intellectuels et personnalités nègres qui ne serait ni révolutionnaire ni anticolonialiste. Il lui fallait cet indigène instruit pour les prochaines législatives. Il voulait en faire le candidat pour lequel l'administration coloniale pourrait truquer les élections et faire échouer le favori nationaliste se prévalant sans cesse de ses diplômes.

Le gouverneur reçut le métis et lui demanda de prendre ses responsabilités. J.-L. Crunet s'abstint pendant deux jours de s'enivrer, se mit à réfléchir, hésita. En définitive, pour éviter à son pays natal les affres du communisme et des guerres coloniales, il accepta les propositions du gouverneur des Colonies. Il décida de se donner la carapace d'un leader politique en arrêtant définitivement de boire et de se droguer. Il se rangea ; même se maria à Lucie, la plus ravissante métisse du golfe de Guinée.

Sincèrement, Crunet pensait qu'il existait une voie moyenne entre l'Est et l'Ouest, que son pays natal devait maintenir des relations privilégiées avec la France pour réussir dans l'harmonie son développement. Systématiquement, durant quinze ans et au cours de toutes les consultations, l'administration coloniale parvint à donner la victoire au parti de J.-L. Crunet en truquant les élections. Le métis Crunet resta le député de son pays à l'Assemblée nationale française pendant dix ans et devint le Premier ministre du territoire quand l'autonomie de la colonie fut proclamée. Jusqu'au référendum pour l'indépendance, c'est son parti qui invariablement eut la faveur des électeurs. Le référendum de l'indépendance, malheureusement pour lui et ses amis, fut supervisé par les observateurs de l'ONU et l'administration coloniale ne put établir et redresser des mensongers procès-verbaux et faire triompher le parti. Il ne resta que l'exil à J.-L. Crunet. Il se réfugia, pour fuir l'autoritarisme du président Fricassa Santos, dans un pays voisin.

L'Union française et l'Occident de la guerre froide allèrent le dénicher dans son exil pour en faire le chef d'État. Les conjurés et les chefs des États voisins n'en voulurent pas ; ils dirent cinq fois non. Après d'interminables discussions, ceux-ci tolérèrent qu'on le nomme président d'un gouvernement provisoire, un gouvernement au pouvoir très limité. Un gouvernement dont les actions étaient supervisées par un comité de salut public. Dans le partage, il avait eu le poste suprême, mais un poste suprême vidé de tout contenu.

Ah ! Tiécoura, je redis qu'après l'assassinat du président Fricassa Santos le pouvoir en République du Golfe fut attribué à quatre chefs. J.-L. Crunet, Koyaga, Ledjo et Tima. Le pouvoir est une femme qui ne se partage pas. Dans un bief il ne peut exister qu'un hippopotame mâle. Que dire, prédire, penser d'un gouvernement dirigé par quatre chefs ? À quatre il y a plus d'un ; il y a trois chefs de trop !

Des alliances se nouèrent ; des clans se créèrent. Sous l'impulsion de la France et de l'Occident de la guerre froide, Koyaga et J.-L. Crunet s'allièrent, se déclarèrent, se voulurent conservateurs et libéraux ; ils constituèrent le camp libéral, les partisans de l'Occident. En revanche, Tima et Ledjo se prétendirent nationalistes et progressistes (vraisemblablement guidés par des agents de l'Est). Ils constituèrent le clan, le camp progressiste, les partisans du communisme international. Les repères des points de départ de chaque concurrent étaient marqués. La course pouvait partir ; la lutte sans merci pour accéder au pouvoir suprême débuta.

Le maître chasseur Koyaga, plus que les trois autres partants, avait l'expérience des combats solitaires, était rompu aux confrontations sans merci avec les plus féroces fauves dans l'impitoyable et lointaine brousse.

Les clans s'entre-accusaient de complots, de prévarications, de népotisme, de démagogie.

Cet hivernage-là, la pluie tomba insuffisamment, le soleil et la sécheresse brûlèrent les montagnes et les plaines : la famine et la détresse réapparurent dans les montagnes. Elles désolèrent toute la partie septentrionale du pays. Les partisans du communisme, le camp progressiste s'investirent dans la distribution des dons.

Mais malheureusement si les sacs envoyés par les donateurs abondèrent sur les marchés des villes ils ne parvinrent pas dans les montagnes où les populations continuèrent à mourir de faim. La presse internationale s'en émut et dénonça les responsables et bénéficiaires des détournements.

Des manifestations encouragées en sous-main par le clan libéral se répandirent dans les rues de la capitale, des militaires dans les casernes se mutinèrent. Manifestants et mutins montèrent du marché à la Présidence avec des banderoles réclamant l'arrestation, le jugement et le châtiment des corrompus, des voleurs et des affameurs du peuple. C'est-à-dire l'arrestation et le jugement de Tima et de Ledjo.

Les manifestants et mutins se trouvèrent réunis dans le jardin de la Présidence, le président Crunet et le vice-président Koyaga sortirent sur le balcon. Ils croyaient avoir triomphé et s'apprêtaient à haranguer la foule quand, brusquement, la manifestation dégénéra. Des cris fusèrent, d'autres banderoles surgirent de la foule ; des banderoles avec des inscriptions, des slogans très différents. Cris et slogans demandaient la démission du président Crunet, l'arrestation et la pendaison des assassins de Fricassa Santos. Ce fut la confusion, la lutte entre manifestants contre manifestants et mutins contre mutins. Le président Crunet et Koyaga précipitamment se réfugièrent dans le bureau. Le mouvement qu'ils avaient suscité se retournait contre eux ; ils avaient été trahis.

Les partisans de Koyaga avec, en tête, les lycaons réprimèrent avec férocité la manifestation en tirant dans la foule, en poignardant et égorgeant. On releva dix-sept tués, tous sauvagement émasculés. Tous émasculés pour annihiler les forces vengeresses que lancent contre les tueurs les âmes, les forces vitales des personnes brutalement et injustement assassinées.

Après cette tuerie, chaque camp se replia sur ses acquisitions. Il n'exista plus que la méfiance entre gouvernants.

Le pays était devenu une peau tiraillée par les quatre bouts. Le pays était partagé entre quatre fauves, chacun conservait pour soi, chacun gérait pour soi le morceau qu'il avait dans la gueule.

L'administration du pays fut bloquée. Il fallait faire quelque chose.

Pour s'en sortir, la tenue d'une conférence de la table ronde de la réconciliation et de la fraternité fut décidée. Elle le fut à l'initiative commune de Ledjo et du président J.-L. Crunet et avait pour but la réconciliation des deux camps. Il fallait rétablir la confiance, faire revenir la fraternité, arrêter les guerres intestines et ensemble oublier le passé, se tourner vers l'avenir et se consacrer au développement du pays.

C'était en quelque sorte un Conseil des ministres étendu à des officiers et quelques personnalités politiques. C'était la conférence de l'espoir, tout le monde en attendait un changement important dans la conduite des affaires de l'État.

Le marabout Bokano et la sorcière Nadjouma préparèrent sérieusement le maître chasseur Koyaga à la rencontre.

Il arriva dans la capitale au jour et à l'heure que le marabout lui avait prescrits. Il s'arrêta à l'entrée de la ville pour exécuter les sacrifices et sortilèges que sa maman, la sorcière Nadjouma, lui avait recommandés. Il passa deux nuits dans la capitale avant l'ouverture de la conférence, deux nuits qui furent totalement consacrées aux conciliabules.

L'ouverture de la conférence fut fixée à 10 heures le samedi matin. Avant l'ouverture, deux nouvelles tombèrent et semèrent dans la ville la consternation que propagent parmi un troupeau de chèvres les cris de l'hyène dans les nuits noires. Les syndicats avaient décrété une grève générale d'un jour et Tima, le président de l'Assemblée, avait décidé de ne pas participer à la réunion.

Imitons le chasseur à l'affût qui parfois interrompt son action pour avaler une gorgée d'eau. Proclame le sora avant de jouer. Son répondeur bouffon danse. Sur un signe du sora, le cordoua se calme et ces proverbes sont énoncés :

La mort moud sans faire bouillir l'eau.
On n'étend pas un tamis devant la mort.
Le cadavre d'un oiseau ne pourrit pas en l'air, mais à terre.

9

Ah ! Tiécoura. Ce n'est pas toujours vrai que tous les grands événements se lisent dans les aurores des jours qui les porteront… Le matin du jour où se tint la conférence de la table ronde de la réconciliation fut aussi plat que le dos d'une épouse qu'on a cessé d'aimer. Précise le répondeur.

Ce fut sous la présidence du chef de l'État, dans l'ancienne maison du parti qui, après avoir été l'Assemblée nationale, était occupée en partie par le comité insurrectionnel, que la conférence se tint. Dans une salle attenante au bureau du nouveau général Ledjo. J.-L. Crunet, le chef de l'État, dès les premiers mots insista sur l'importance de la rencontre et expliqua les motifs de l'absence du vice-président. Tima reviendrait sur sa démission, reprendrait son fauteuil dès que se dessinerait un petit bout du chemin menant à la réconciliation de tous les enfants du pays. Pour marquer la solennité de la rencontre et s'assurer de la sincérité de tous, les participants prêtèrent serment. Les uns le firent sur les mânes des ancêtres et les autres sur le Coran ou la Bible. Koyaga prêta serment sur les mânes des ancêtres, le Coran et la Bible... On est toujours plus sincère quand on prend à témoin plusieurs au lieu d'un seul dieu. Explique l'élève du sora.

Koyaga alla s'installer à un bout d'une rangée, dans un angle, loin des autres participants et observa un mutisme de serpent boa se chauffant aux premiers rayons de soleil d'un matin d'harmattan... Ce ne sont pas par ses discours et ses gesticulations, mais par le silence et le sérieux que le sage se distingue dans une assemblée. Poursuivit le répondeur.

Les propositions du président de la République furent présentées. Elles soulevèrent dans la salle l'orage dans la grande forêt : des hurlements, des injures et de nombreuses contre-propositions inconciliables. Toujours les mêmes clivages : s'opposèrent libéraux et socialisants, nordistes et sudistes, catholiques et musulmans.

Les échos des cris des syndicalistes défilant dans les rues de la capitale parvenaient dans la salle. On savait que des mouvements similaires se déroulaient dans d'autres villes de l'intérieur.

Quand à satiété on se fut injuriés, menacés, tout le monde se fatigua et se tut. Les portes de la salle de réunion restaient closes, gardées par des parachutistes. Chacun savait qu'elles le resteraient tant que l'indispensable minimum de réconciliation n'aurait pas été réalisé. Le nouveau général Ledjo, maître des lieux, l'avait dit et redit, précise Tiécoura. Il ne restait donc que le silence, le silence de l'impasse, le lourd silence qui enveloppe les cases du village la nuit de l'ensevelissement de la vieille sorcière. On se regardait fixement et même se souriait.

La soudaine sonnerie du téléphone dans le bureau du président du comité interrompit le silence. À haute voix l'ordonnance dit que le général était demandé au téléphone. Poliment, Ledjo, l'ancien séminariste s'excusa, confia la présidence de la réunion au doyen d'âge et se leva. Koyaga le regarda partir. En maître chasseur, vous vous êtes dit intérieurement : « C'est l'idiot qui ne connaît pas la vipère des pyramides qui prend ce petit reptile par la queue. »

Dès que le général disparut, les portes et les volets de la salle claquèrent, des hommes armés sautèrent dans la salle en hurlant des slogans : « Notre peuple en a marre ! À mort le Président ! À mort les assassins ! » Ils tirèrent sur les participants… Les mitraillettes plus de dix minutes durant crépitèrent. Des hurlements, des cris et du sang ; des jets de sang, des mares de sang. Puis ce furent les derniers soupirs, les ultimes râles et le silence des morts.

Le président du comité insurrectionnel revint et inspecta la tâche accomplie par le commando. Il constata que tous les participants – Président, ministres, officiers, dirigeants de parti –, tous étaient fauchés, abattus. Parfait ! murmura-t-il à basse voix, à très basse voix au chef du commando. Il s'assura d'une façon négligente, sûr de sa manigance, que Koyaga avait été expédié, abattu. L'ancien sous-officier d'Indochine gisait inanimé dans le sang, à demi couvert par deux cadavres… La petite vieille qui n'est pas méticuleuse ramasse dans ses haillons la cendre contenant la braise. Précise le répondeur. Le président du comité insurrectionnel, toujours à basse voix, dans la barbe remercia les membres du commando. Il retourna dans son bureau et engagea une longue conversation téléphonique avec le vice-président Tima. Il parla à très haute voix. Il n'avait pas fermé la porte : de la salle de la réunion on pouvait suivre l'entretien. Il raccrocha. En inspectant les cadavres, Ledjo s'était légèrement taché de sang. Il lui fallait se nettoyer. Il déboucla le ceinturon, le déposa négligemment avec le pistolet sur son bureau et s'enferma dans la salle de toilette…

À sa sortie il se trouva, comme dans un mauvais cauchemar, face à Koyaga. Il se crut dans un premier temps devant un fantôme. Poursuit Tiécoura. Non, c'était bien l'ancien combattant d'Indochine ruisselant de sang qui le braquait avec une arme, le propre pistolet du général président du comité. Le nouveau général, ancien séminariste, comme un fauve traqué hurla, fit demi-tour pour repartir sur ses pas. Toujours comme dans un terrifiant cauchemar, il se trouva face à un autre tirailleur paléo, un lycaon qui lui coupait la retraite. Il poussa un autre cri et se dirigea vers la fenêtre de gauche. Là aussi un lycaon le braquait. Il sauta par la seule issue qu'il croyait dégagée, la fenêtre de droite. Quatre tirailleurs paléos, des lycaons calmement l'accueillirent, le maîtrisèrent, le déculottèrent. Koyaga flegmatiquement sauta par la fenêtre avec une dague. Malgré les cris du nouveau général, le maître chasseur l'émascula – un incirconcis doit être émasculé vif, ajoute le répondeur. Les tirailleurs, à trois, écartèrent les mâchoires du président du comité. Vous, Koyaga, l'ancien combattant, vous avez enfoncé le pénis et les bourses ensanglantés dans la gorge béante et vous êtes reparti en murmurant : « Ledjo aussi réclamait la pendaison de l'assassin de Fricassa Santos. »

Le chef du comité était mort, avait échoué dans sa tentative de vous tuer, vous Koyaga, pour avoir oublié un précepte. On ne charge pas des tirailleurs paléos d'exécuter un maître chasseur bardé de grigris, précise le répondeur. Les tirailleurs évitent de le pointer, redoutant que les balles ricochent sur la carapace magique du chasseur et reviennent les transpercer.

Sous certains arbres, le chasseur s'immobilise. Imitons-le, faisons une pause et disons ces trois vérités :

Où un homme doit mourir, il se rend tôt le matin.
Quand le nerf vital est coupé, la poule tue le chat sauvage.
Si un canari se casse sur ta tête, lave-toi de cette eau.

10

Depuis le matin, avec la peur au ventre, Tima le président de l'Assemblée attendait. L'arrivée de l'escorte présidentielle devant les grilles de la propriété le libéra. Tout s'était donc déroulé comme convenu et même beaucoup plus rapidement qu'espéré. Quoi ? Bravo ! c'est déjà fini, réglé, réussi, cria-t-il, libéré de sa frayeur. Il se leva, monta au premier étage, sortit du coffre sa déclaration, rapidement la parcourut. Elle était parfaite. Devant le miroir, avec une certaine fierté et une certaine sérénité retrouvée, il ajusta sa cravate, se coiffa de son chapeau melon, se parfuma, enfila ses gants. En descendant les escaliers, il se saisit de sa canne d'ivoire. Les motocyclistes en livrée encadraient la Mercedes 600 présidentielle devant le perron. On le guida jusqu'à la grosse voiture noire et lui ouvrit la porte ; il s'enfonça dans le siège arrière gauche. Après la grille, deux patrouilles militaires, l'une devant, l'autre derrière se joignirent à l'escorte. Le cortège monta la rue principale conduisant du Palais à la maison du Congrès. Des parachutistes en armes, placés tous les cinquante mètres des deux côtés de l'avenue, contenaient des manifestants qui arboraient des banderoles affichant des slogans hostiles au gouvernement : demandant la démission de J.-L. Crunet. Hostiles à Koyaga : réclamant la pendaison des assassins. Tout le monde était dans la rue. La grève générale décidée par la centrale intersyndicale était largement suivie… Dans les regards des manifestants se lisait l'angoisse. Les coups de feu tantôt entendus du côté de la maison du Congrès avaient semé une légère panique et augmenté leur perplexité. Les nouvelles les plus invraisemblables circulaient de bouche à oreille.

À la maison du Congrès, le cortège présidentiel fut guidé vers la cafétéria située à l'opposé du bureau du président du comité. Le président Tima descendit de la voiture et fut installé dans un fauteuil. Un sous-officier entra avec le magnétophone. Il enregistra sa déclaration. C'est quand le journaliste s'éclipsa que Tima fut pris d'un malaise, d'un doute. Il n'avait pas vu les corps des membres du comité, des ministres, du président de la République. Il avait réclamé le général président du comité et ne le voyait pas venir. Il avait voulu le contacter par téléphone et la communication tardait à s'établir. Il se leva, pénétra dans le bureau du gestionnaire de la cafétéria, surprit un tirailleur en arme assis à côté du téléphone. Que fais-tu là ? Laisse-moi le téléphone, je vais essayer moi-même d'appeler le général. Le soldat refusa et le Président étonné voulut revenir sur ses pas pour appeler le chef du protocole. Il se trouva face à deux soldats, deux lycaons en armes, de vrais chiens de garde qui lui interdirent le passage. Il se précipita vers la seule porte qui existait, c'était celle de la salle de toilette, il l'ouvrit et se trouva face à Koyaga. Le paléo, fils de paléo, le maître chasseur n'était pas mort. Il était là devant le Président avec une dague. Poursuit le répondeur. Tima cria de grands « Au secours ! Au secours ! ». Une demi-douzaine de tirailleurs accoururent, le cernèrent et lui commandèrent de fermer la bouche. En pleurant il se tut. Ses lèvres tremblaient comme le fondement d'une chèvre qui attend le bouc. Tranquillement les tirailleurs déshabillèrent le Président ; l'homme était lui aussi un incirconcis. Les incirconcis se traitent de la même manière. C'est sur le vif que Koyaga procéda à l'ablation du sexe et à l'introduction du pénis et des bourses ensanglantés entre les dents, dans une bouche tenue ouverte par les bras de fer de deux tirailleurs hilares. « Lui aussi réclamait la pendaison des assassins », murmura-t-il. Un homme émasculé cesse d'être un mâle ; il devient de la charogne d'homme, de la proie pour vautours. Un maître chasseur ne s'abaisse pas jusqu'à s'intéresser à de la charogne. Koyaga abandonna le président de l'Assemblée hurlant de douleur à ses lycaons et s'en alla.

C'est à pied que Koyaga se rendit à la maison de la radio. Il était délirant, fumant, soûl de colère et de sang, murmurant sans cesse : « Ils réclamaient tous la pendaison des assassins. Ma pendaison. C'étaient eux ou moi. » Koyaga avait changé de veste et de chemise mais le pantalon et les souliers qu'il portait restaient tachés de sang. Les mains l'étaient aussi, elles avaient été sommairement essuyées. Autour de Koyaga, ivres également du fumet de sang, frétillait une meute de lycaons. Lycaon signifie chien sauvage. Ils étaient aussi assassins, criminels que leur chef. Koyaga les exhortait :

– Allons sans défaillance, sans pitié. C'étaient eux ou nous.

Les bâtiments et les studios étaient occupés par un détachement de tirailleurs lycaons d'égales cruauté et barbarie que les arrivants, précise le répondeur. Ils saluèrent Koyaga, leur chef, et, comme dans les postes du Tonkin ou du djebel algérien, lui présentèrent leur compte rendu. Ils avaient rigoureusement suivi les consignes, n'avaient abattu personne mais n'avaient autorisé personne à pénétrer dans l'enceinte. Aucun speaker, aucun technicien n'avait franchi le portail. Même pas les balayeurs, même pas un planton. Ils n'avaient pas trouvé à domicile le directeur de la station et n'avaient pas pu le faire venir comme les consignes le leur demandaient. Ils signalèrent cependant qu'il leur avait fallu beaucoup de patience pour supporter Maclédio.

C'est en effet à cette occasion et ce jour-là, à 16 heures, que votre première rencontre va se réaliser, vous, Koyaga et vous, Maclédio. Les tirailleurs qui tenaient la radio-diffusion vous expliquèrent à vous, Koyaga, qui était Maclédio : un célèbre speaker de la radio nationale. Il animait, une fois par semaine avec passion, érudition et une voix vibrante, une rubrique qu'il avait dénommée : « Mémoire de la terre des aïeux. »

Les tirailleurs vous signalèrent que Maclédio s'était présenté à la grille de la radio par trois fois. Ils l'avaient par trois fois refoulé. Mais il ne s'était éloigné chaque fois qu'après avoir en langage paléo proféré des injures et des propos antimilitaristes. Les lycaons paléos l'attendaient. Ils lui réservaient une balle. Ils l'abattraient malgré les consignes s'il revenait une quatrième fois. Maclédio ne devait pas être loin. Sûrement il continuait à maugréer du côté du stade où tous les dimanches il arbitrait des matchs de football.

Vous avez proposé que, à défaut du directeur, Maclédio fût recherché. Ils furent amenés sous bonne escorte, lui et son technicien. Devant vous, Koyaga, Maclédio exprima son hostilité à l'armée, aux militaires, à la guerre. Son mépris pour les tirailleurs nègres, des mercenaires employés par le colonialisme français aux besognes viles et criminelles. Les invectives de Maclédio ne réussirent qu'à vous amuser, qu'à vous faire sourire. Maintenant que vous teniez votre victoire, vous étiez détendu ; vous vous étiez adouci. Comme tous les habitants de la République, vous connaissiez Maclédio sans jamais l'avoir rencontré. Maclédio était une vedette. On ne se fâchait pas contre le célèbre conférencier. Explique le répondeur. Vous, Koyaga, vous avez attendu tranquillement que Maclédio se calme. Vous avez serré le visage et tranquillement, en maître chasseur, vous avez sorti de votre poche une proclamation que vous avez tendue. Vous avez d'une voix ferme crié :

– Entre dans la régie et tout de suite, sinon je te trancherai le…

Maclédio ne prit pas d'abord au sérieux votre menace. Il se contenta de sourire mais, quand il voulut faire un pas en arrière, les regards farouches des lycaons l'en dissuadèrent. Il revint sur ses pas avec une certaine hauteur, vous arracha de la main la proclamation. Il la parcourut avec une bonhomie simulée, biffa fiévreusement quelques lignes, en ricanant remplit la marge de fines écritures. Il parla comme un maître à son élève. Dans une proclamation, un pronunciamiento, le style est l'essentiel, estimait-il. Le style doit rester continuellement soutenu, noble et élevé. Des phrases plates comme « Pendant que nous nous occupions de la famine et du peuple, eux, ils s'en mettaient plein les poches » sont familières et populaires : elles n'ont pas de place dans une proclamation, ajouta-t-il. Dans un excellent pronunciamiento, on n'affirme pas sans prouver. Sans suffisantes explications préalables, il ne faut pas alléguer que « seuls trois membres du comité boulottaient ». Maclédio continua, toujours en persiflant, à relever plusieurs fautes ou maladresses sur le fond et sur la forme. Le papier finit par avoir la forme et la consistance d'une vraie proclamation. Dédaigneusement il vous a tendu votre papier en disant :

– Ne comptez pas sur moi. Jamais je ne vous aiderai à prendre le pouvoir en enregistrant un papier aussi criminel.

C'est ainsi qu'à vous, Koyaga, Maclédio parla. Vous avez estimé que Maclédio avait dépassé le tolérable. À aller trop loin dans le jeu avec l'enfant, il finit par vous demander de vous déculotter pour jouer avec le pénis et les bourses. Ni les anciens combattants ni leur chef ne pouvaient tolérer ce suprême affront. Précise le répondeur.

Les tirailleurs armés en colère se précipitent sur Maclédio. Un premier le gifle, le second fonce avec sa baïonnette et, sans votre rapide interposition, il lui aurait sûrement versé les tripes. Prestement, Maclédio court se réfugier dans la régie. Il accepte d'aider à l'enregistrement du papier, mais il exige que vous, Koyaga, signiez.

– Signer quoi ? avez-vous demandé.

– Une attestation qui me laverait devant l'histoire. Un certificat indiquant clairement que c'est sous la menace des armes de tirailleurs assassins que j'ai collaboré, vous avait répondu Maclédio.

Vous avez avec condescendance regardé longuement Maclédio. Quel genre de personne pouvait être un tel énergumène qui attachait tant d'importance à des choses aussi futiles que le jugement de l'histoire ? Vous avez souri, avez retrouvé votre bonne humeur et, gaillardement, vous avez tapé son épaule et apposé votre signature en bas de page, sans même lire le papier qu'il vous présentait.

Vous, Koyaga, avez lu votre proclamation. Vous l'avez

fait avec une telle candeur, une si bonne volonté, une telle application que Maclédio fut subjugué. L'intellectuel Maclédio se mit à se poser sa sempiternelle question.

– Oui, moi, Maclédio, je me suis mis à me poser ma sempiternelle question. Et si ce militaire qui me paraissait si rustre était mon homme de destin ? Pourquoi ne serait-il pas l'homme que je cherchais depuis quarante ans ? Après ma décevante expérience de la capitale de la République des Monts, j'étais revenu de mes illusions et désespérais. Celui que je recherchais devait ne pas exister. Je me disais que persévérer dans mon investigation serait une folie. Une folie qui, plus de trois fois, a failli me coûter la vie : je ne voulais pas recommencer. Pourtant !… Je ne pus m'empêcher d'examiner du pied à la tête le rustre de militaire que vous étiez pour moi…

Ah ! Koyaga. Depuis ce jour, Maclédio est devenu votre pou à vous, Koyaga, perpétuellement collé à vous. Il reste votre caleçon œuvrant partout où vous êtes pour cacher vos parties honteuses. Cacher votre honte et votre déshonneur. Il ne vous a jamais plus quitté. Vous ne vous déplacerez jamais plus sans lui.

Avec ces mots finit cette veillée, dit le sora. Il joue de la cora pendant que Tiécoura hurle, danse, se livre à mille excentricités. Bingo calmement aligne ces proverbes :

Que personne ne se hâte de voir le jour où tous ses parents et leurs familles feront son éloge.

Les condoléances ne ressuscitent pas le défunt mais elles entretiennent la confiance entre ceux qui restent.

Si l'on voit le porteur de condoléances sortir par un trou d'égout, c'est qu'il ne s'est pas borné à la formule « Que Dieu ait pitié du défunt ».

VEILLÉE III

Le sora, accompagné par le répondeur, exécute le prélude musical. Le sora annonce : le thème qui sera développé au cours des refrains et pauses portera sur la prédestination. L'homme ne peut échapper à son destin :

La plume de l'oiseau s'envole en l'air mais elle termine à terre.
Le sang qui doit couler ne passe pas la nuit dans les veines.
Où un homme doit mourir, il se rend tôt le matin.

11

Ah ! Tiécoura. Le parcours, la vie de Maclédio avant la rencontre avec Koyaga n'est pas une courte parole. C'est une montagne qu'il nous faut contourner pour que le donsomana que nous disons se libère. C'est un fleuve qu'il nous faut traverser pour retrouver la route du dit de la geste que nous parcourons. C'est un orage qu'il faut entendre avant de dire nos paroles, de faire écouter nos chants. On ne peut pas réciter la geste de Koyaga sans au préalable s'appesantir pendant une veillée entière sur le parcours de Maclédio.

Ah ! Tiécoura. Le *nõrô* est une croyance et un mot de la

125

civilisation paléo et malinké que l'Afrique et le monde
actuels ont oubliés et ne reconnaissent pas. Cet oubli
et cette ignorance sont les motifs de beaucoup de nos malheurs actuels, de maintes catastrophes qui nous bloquent
et retardent. Le nõrô détermine et explique le devenir et la
prédestination de chacun de nous. L'homme porteur d'un
funeste nõrô est un malchanceux qui crée son propre malheur et celui de tout son environnement par sa seule présence, sa seule existence... En revanche, tout réussit au
bénéficiaire d'un heureux nõrô, tout devient facile avec
lui, tout se réalise aisément dans son environnement,
complète Tiécoura. Le porteur du funeste nõrô se débattra
en vain dans sa misère et sa déveine tant qu'il ne rencon-
trera pas le détenteur du nõrô contraire, le nõrô neutralisateur. La rencontre, la vie avec le bénéficiaire du nõrô
opposé annihilent la damnation, la déveine du porteur du
funeste. Le détenteur du nõrô contraire constitue l'homme
de destin du malchanceux possesseur du funeste. Tout
porteur de funeste nõrô devrait rechercher son homme ou
sa femme de destin et ne devrait jamais se lasser dans
cette quête. Rarement il le trouve dans son entourage
immédiat, mais son homme de destin n'est pas forcément
à l'autre bout de l'univers. Les porteurs des funestes nõrô
qui attrapent leur homme de destin deviennent immédiatement des bienheureux, conclut le répondeur.

Maclédio, vous êtes né avec les déformations et signes
évidents d'un porteur de nõrô funeste. On courut chez
le géomancien-sorcier du village qui sans détour exposa
le devenir du malchanceux nourrisson que vous étiez et
les malheurs que vous apporteriez à vos parents. Le bébé
porteur du funeste que vous étiez n'aimait ni son père ni
sa mère. Précisément, votre père n'était pas votre père et
votre mère n'était pas votre mère. Ils étaient des parents
géniteurs qui risquaient de périr tous les deux de subite

et malemort s'ils ne se séparaient pas de l'enfant que vous étiez avant votre huitième anniversaire. Vos parents devaient, le jour de votre naissance, promettre aux âmes des ancêtres qu'ils vous laisseraient partir du village avant votre circoncision. Votre père consterné, avant que la matrone procédât à la tranche du cordon ombilical, vint se prosterner devant la porte de la case dans laquelle votre maman était en travail et s'adressa dans une déclaration pathétique au loupiot que vous étiez.

– Nous ne sommes, dit-il, nous ne sommes que tes géniteurs ; nous ne sommes pas tes parents. Sur les âmes de nos ancêtres, nous te laisserons partir de ce village, de cette cour, de cette famille que tu hais ; nous te laisserons partir à la recherche de ton homme de destin avant ta circoncision.

Ah ! Tiécoura. L'orientation des premiers pas de l'enfant confirma la prédiction du géomancien. Superbement, il s'éloigna de son père et de sa mère mais ne marcha ni dans la direction des fétiches ancestraux ni dans celle des champs familiaux. Chaque fois que sa maman le lâchait, il s'orientait vers le Levant, invariablement vers le Levant. Facilement, on en conclut que l'homme de destin de Maclédio vivait à l'Est.

Au septième anniversaire du garçon, les parents n'attendirent pas qu'on leur rappelât leur engagement. Ils enquêtèrent sur les membres du clan résidant à l'Est. Il n'existait qu'un seul natif du village demeurant à l'Est : Koro, l'infirmier Koro. Il était à coup sûr l'homme de destin de Maclédio. Entre une esclave et une cousine, on fit marcher les cent quatre-vingt-cinq kilomètres à l'enfant pour rejoindre son oncle à Bindji.

L'oncle Koro était l'infirmier, le « docteur », le sorcier-guérisseur du commandant blanc et de tous les administrés de sa subdivision peuplée de près de trente-cinq mille Nègres peureux et exploités, ajoute Tiécoura.

Suprême des honneurs pouvant être faits à un négrillon de l'époque coloniale, Maclédio fut un soir présenté à l'administrateur blanc de Bindji qui commanda à l'instituteur de lui attribuer dès le lendemain une place sur le banc de l'école rurale.

Maclédio se révéla plus intelligent que les autres. Il avait une mémoire phénoménale. Elle avait été développée par son maître de l'école coranique qui avait eu à lui inculquer à coups de bâton les sourates du Coran. Rapidement il sut lire et, avec la lecture… il remarqua et détecta avec regrets que son oncle n'était pas son homme de destin, ajoute Tiécoura.

L'oncle était beau et souple comme un serpent mais, malheureusement, il s'adonnait beaucoup à la bière de mil, chiquait du tabac, adorait les fétiches et les génies des marigots, aimait chasser les panthères et battre ses femmes. Mélange de qualités et de défauts qui ne correspondait pas à ceux de l'homme de destin de Maclédio. Un événement allait le confirmer et précipiter sa séparation avec son oncle. Maclédio, à la naissance, n'était pas seulement un porteur de funeste nõrô mais aussi un sorcier mangeur d'âmes. Il n'était pas seulement à éviter mais aussi à craindre…

L'oncle sut tardivement que son neveu était pernicieux, ajoute le répondeur.

L'ami de lutte et de chasse de Maclédio était un jeune Sénoufo du nom de Noncé. Au cours d'une partie de chasse aux rats, un serpent piqua Noncé qui en mourut le soir même. La maladie ou l'accident qui entraîne la mort d'un enfant est toujours une cause apparente ; le motif réel et le véritable responsable se cherchent toujours ailleurs.

L'après-midi de l'enterrement, toute l'école, tout le village, autour des balafons et des tam-tams, se rassemblèrent sur la place de danse des morts. Elle était située à l'entrée de la plantation de tecks entre le bois sacré et la cour de l'école. Les balafons résonnaient, les tamtameurs frappaient ; des femmes en larmes chantonnaient.

Entre deux fourrés, déboucha le corps ficelé dans le linceul sur une civière de branchages transportée sur la tête par deux gaillards vêtus des seuls cache-sexe aux queues de singe : c'étaient les danseurs de cadavre. Ils arrivent dans le cercle avec la dépouille. Le rythme change. Tamtameurs et balafonnistes frappent avec fureur. L'âme du décédé s'empare des danseurs qui cessent d'entendre autre chose que la voix du défunt, d'exécuter autre chose que sa volonté. Ils incarnent le défunt qui les pilote. À pas saccadés, le corps et ses porteurs font deux tours du cercle de danse. Brusquement, ils s'arrêtent et le corps se met à osciller, à tanguer… Les mouvements alternatifs signifient que l'âme du défunt a été « mangée » par la confrérie des malfaisants sorciers et que le décédé, avant de rejoindre sa dernière demeure, se décide à dénoncer le sorcier qui a offert son âme à la confrérie. Le griot du cadavre récite des incantations et des louanges. Le corps et ses porteurs foncent sur le groupe de femmes qui se dispersent et s'enfuient. Ils reviennent dans le cercle de danse, tournent en rond, une seconde fois s'arrêtent. Le corps pour la seconde fois oscille et tangue. Le griot crie, les tam-tams et les balafons changent de rythme et de tonalité. Le corps et ses porteurs directement chargent les groupes des écoliers et les dispersent. Le cadavre vous poursuit, vous, Maclédio… En dépit des multiples détours que vous esquissez, c'est vous, vous seul que le cadavre pourchasse et accuse. À toutes jambes avec le cadavre aux trousses, vous traversez la plantation de tecks, arrivez à la villa du directeur de l'école, entrez dans la maison, fermez la porte, courez vous réfugier sous un lit de la chambre la plus profonde. Le corps et les porteurs s'arrêtent sur la terrasse du seuil et le cadavre toujours mu par la colère se remet à tanguer et osciller. Le directeur sort, offre deux noix blanches de cola et une libation et demande pardon au corps. L'âme accepte les offrandes, se calme et rejoint tranquillement sa dernière demeure.

La dénonciation avait été publique.

Oui, Maclédio qu'on soupçonnait depuis bébé d'être un sorcier venait d'être reconnu comme le mangeur de l'âme de son défunt ami. Il nia, proclama en pleurant son innocence. Il n'était pas sorcier, n'avait jamais mangé l'âme de personne, aimait Noncé. Noncé était mort de la piqûre d'une vipère. Mais, avec force détails, le féticheur décrivit les avatars que Maclédio avait empruntés pour exécuter son crime, les réunions auxquelles il avait assisté, les personnes avec lesquelles il avait partagé la « chair » de leur malheureuse victime. Maclédio continua de nier. Tout était faux et grotesque… Mais les faits, les détails, les précisions se succédèrent, s'accumulèrent, s'imposèrent. Maclédio commença, d'abord dans une sorte de rêve, à douter de lui-même, de sa conscience, de sa mémoire. Avec l'insistance et la persévérance du sorcier, tout ce dont on l'accusait se dessina, le rêve prit de la consistance. La réalité floue devint du vécu. C'était donc vrai, il était effectivement un sorcier, un mangeur d'âmes. C'était vrai, c'était bien lui, Maclédio, qui avait donné l'âme de son ami. Il s'accusa publiquement et se complut dans cette attitude de coupable. Il était responsable. Il était malheureux de se savoir pernicieux et en avait honte. Sans hésitation, il décida de ne jamais plus revoir son oncle, de ne plus retourner à la maison. D'ailleurs, son oncle ne voulait plus d'un neveu aussi pernicieux…

Quand, au moment de la séparation entre deux individus, personne ne ressent de regret, la séparation est arrivée trop tard. Maclédio rompit trop tard avec son oncle et se plaça comme petit boy chez le directeur de l'école qui l'avait si généreusement accueilli et protégé, ajoute Tiécoura.

Le directeur de l'école était admirable et paraissait tout posséder pour être un homme de destin… L'homme de destin de Maclédio, précise le répondeur. Le directeur était le seul Noir du pays sachant porter élégant et sobre à la fois. Le casque colonial était kaki, le pantalon toujours impeccablement repassé et les souliers en daim. La carnation était latérite délavée, le visage, labouré par des stigmates de varicelle, était éclairé par des yeux d'un feu et d'une tendresse indicibles. Le directeur parlait peu, lisait beaucoup. Il se faisait appeler Dymo Lodia, se laissait tromper par ses femmes, ne crachait jamais et priait très peu.

Ce ne furent pas ces vétilles qui amenèrent Maclédio à rompre avec lui… Car il finit par le quitter, annonce Tiécoura. Le directeur avait une autre déshonnête habitude.

À chaque fin d'année scolaire, après le certificat d'aptitudes, il attirait la nuit une écolière dans la salle de classe, lui récitait des fables de La Fontaine, lui fredonnait des chants de chasseurs et brutalement la violait. Une fois le péché consommé, le repentir lui torturait le ventre, provoquait la diarrhée. Il pleurait autant que sa malheureuse victime qu'il nettoyait délicatement et gavait de bonbons. Il proclamait son indignité et vomissait sa honte. Toujours en pleurs, il chantait et hurlait des poèmes tout le reste de la nuit. Pendant deux semaines entières, il refusait de rejoindre sa villa, ses femmes et ses enfants, dormait sur les bancs de l'école à la belle étoile pour suivre les astres dans le firmament et interpréter les hurlements des hyènes dans la nuit après le coucher de la lune… Sans doute le directeur Dymo était-il un prophète mais il ne pouvait pas être mon homme de destin, mon homme de destin devait être ailleurs, devant moi, ajoute Maclédio.

Oui, Maclédio comprit que le directeur Dymo ne pouvait pas être son homme de destin. Il le laissa tomber et réussit le concours d'entrée à l'École primaire supérieure de la colonie (EPS). Dans cet internat, il eut pour voisin de classe et de dortoir et donc pour ami un garçon remarquable qu'il prit pour son homme de destin. Le garçon s'appelait Bazon, avait un cœur de chien, louchait légèrement et traînait le pied gauche. Bazon disait et croyait qu'aimer c'est servir un autre que soi-même et en faire un maître. Il fit de vous, Maclédio, son maître. Précise le répondeur.

À l'aurore, Bazon achevait les corvées qui incombaient à Maclédio dans la propreté et l'entretien des installations et bâtiments de l'internat, avant de le réveiller avec un gobelet de café chaud. Dans la journée, il lavait ses caleçons et chemises sales avant de traiter ses devoirs (surtout les devoirs de mathématiques). Toute la journée et partout, il menaçait avec des couteaux les camarades collégiens qui méprisaient Maclédio. C'est au dortoir, la nuit après l'extinction du feu, que les choses se gâtaient entre les deux amis. Bazon se mettait à pleurer comme un gosse pour réclamer à Maclédio un peu de chaleur humaine… Il ne supportait pas de dormir seul. Comme tous les soirs, Maclédio une fois encore se fâchait, l'injuriait et même le frappait et lui faisait promettre de ne plus mouiller les draps. Bazon promettait, plongeait dans le lit, prenait son ami dans les bras et se mettait à ronfler… Le matin, au réveil, le drap était toujours mouillé.

Un dimanche, avant la messe, Maclédio considéra son ami ; il n'était pas beau. Un vilain qui, à dix-sept ans, n'était pas propre ne pouvait pas être un homme de destin. Maclédio froidement malgré les pleurs et maladies simulées laissa tomber son ami de collège Bazon. Et malgré la jalousie de celui-ci aima le professeur de français blanc Ricard.

Ce Blanc un matin publiquement avait lâché :

– Maclédio est le seul Nègre qui, en dépit de ses lèvres lippues, sait prononcer un *e* muet. Il sera parmi les premiers Africains à accéder à la civilisation française.

Ce fut un hommage qui toucha Maclédio. Maclédio, par gratitude, accepta de passer les samedis soir et parfois la sieste avec le professeur de français Ricard. Malheureusement, au bout de quelques mois, Maclédio fut dégoûté des touches du Blanc et surtout de ses souffles qui, matin et soir, puaient l'oignon. Il ne pouvait plus le supporter et ne voulait plus le supporter.

Un lundi matin en classe, le Blanc, pour faire plaisir à son protégé, répéta que Maclédio serait le premier de la classe à assimiler la civilisation en raison de la bonne maîtrise de la prononciation de l'*e* muet. Maclédio, au lieu de manifester ses joie et fierté habituelles, répondit publiquement qu'il se foutait des *e* muets du colonisateur et de la civilisation française…

C'était un défi et une injure, explique le répondeur. Le Blanc gifle l'élève qui répond par le mépris en crachant sur le visage du Blanc. L'injure devient un scandale et une subversion. On arrête Maclédio, le torture et l'envoie avec le statut d'indigène dans les régiments des tirailleurs sénégalais, dans la coloniale à Bouaké…

Le règlement de la coloniale distinguait dans l'armée deux races : les soldats français et les tirailleurs indigènes, ajoute Maclédio.

Les soldats français étaient les supérieurs et mille règles avaient été instituées pour que les indigènes restent des inférieurs. Le tirailleur indigène devait en toute saison porter la chéchia et la ceinture de flanelle rouges, le flottant en gonfreville, et aller nu-pieds. Il devait le salut à ses supérieurs noirs et à tout Blanc militaire ou civil… Ce fut ce que la colonisation française réserva aux descendants des tirailleurs indigènes hilares et grands enfants qui avaient combattu en France pendant les deux dernières guerres. Rien de plus qu'un racisme pointilleux et mesquin ! Ajoute Maclédio.

On envoya votre régiment, Maclédio, dans la forêt de la colonie du Bois d'Ébène pour réprimer les Nègres du Rassemblement démocratique africain qui vociféraient des slogans communistes et se révoltaient contre les travaux forcés. Vers Gagnoa, vous avez tué deux Bétés armés de flèches. Après Daloa, le capitaine vous chargea d'incendier les cases des villages. Vous en avez incendié des centaines en courant et en vous éloignant de plus en plus du régiment jusqu'à cet énorme fromager centenaire dont les racines plongeaient dans le sol. Vous vous êtes lové dans les creux des racines et vous avez attendu que les coups de feu s'éloignent et se taisent et… vous vous êtes enfoncé dans la forêt.

Vous veniez de déserter, de déserter l'armée coloniale, explique le répondeur.

Pendant deux semaines, Maclédio erra dans la forêt vierge, vivant de racines sauvages et de maraudes en évitant les villages et les routes. Épuisé, il déboucha sur une clairière et revit le ciel. Des hommes armés se saisirent de lui. Vous veniez, Maclédio, d'échouer sur un des chantiers du colon Reste.

Le colon Reste était propriétaire des cieux, des terres, des eaux et des arbres de vastes espaces dans l'impénétrable forêt de la Côte-d'Ivoire et avait droit de vie et de mort sur près de deux cents travailleurs forcés faméliques, puants et couverts de plaies. Les pauvres diables coupaient et tiraient jusqu'à l'embarcadère les énormes billes de bois. Les gardes traînèrent Maclédio jusqu'à M. Reste en personne lorsqu'ils surent que leur prisonnier écrivait et parlait français.

Maclédio exposa sa situation de déserteur. Il demanda à

être ramené par le maître des lieux au capitaine de son régiment à Bouaké. Il préférait la vie des prisons militaires à celle de Nègre tireur de billes dans les chantiers de coupe de bois de Reste.

Mais Reste avait d'autres préoccupations ; il aimait les Noirs en rupture de ban et cherchait un commis pour un chantier du Cameroun : Maclédio était donc le bienvenu. Le Blanc, en raison de la pureté avec laquelle vous parliez le français, prit la calebassée de vin de palme en votre compagnie et vous embaucha pour un chantier de la forêt camerounaise, ajoute le répondeur.

À pied d'œuvre au Cameroun, Maclédio eut à se choisir un petit boy parmi les travailleurs forcés (il était pointeur et les pointeurs, sur les chantiers de Reste, avaient droit, en plus du crayon et du cahier, à un garçon pour leur blanchissage et leur cuisine). La préférence de Maclédio se porta sur le jeune Gaston d'ethnie bamiléké.

Gaston était plus fidèle qu'un chiot et plus silencieux que le cache-sexe d'une vierge. Il n'ouvrait la bouche que pour louer et vénérer un seul être dans ce vaste monde : le chef de sa tribu, le *fog*, ajoute le répondeur. Il le présentait, le dénommait, le qualifiait de « pluie qui tombe subitement », de « père aux riches vêtements », de « celui dont les yeux sont plantés aux carrefours », de « celui qui partage sans distinction de mains » et même de « celui qui n'a pas de nausée devant des excréments ». Quand Gaston, le petit boy, ajouta à toutes ces qualités que le chef, son fog, était aussi « le père des orphelins », les doutes de Maclédio se dissipèrent. Le chef bamiléké était son homme de destin. Le petit boy n'était qu'un moyen, la voie choisie par le Tout-Puissant pour lui indiquer le chemin le conduisant à son homme de destin. Maclédio déserta le chantier dans la nuit et se trouva le matin au service du fog, le chef bamiléké Foundoing.

Les Bamilékés sont des Bantous. Les Bantous constituent une des ethnies les plus importantes des hommes de la forêt de l'Afrique centrale qui s'attaquèrent au monde des hommes nus par le sud. Explique Maclédio.

Vos premiers jours, Maclédio, dans la cour du chef bamiléké corroborèrent vos pressentiments. Le chef était sûrement l'homme de destin que vous recherchiez sur terre.

Être exceptionnel, il était le seul possesseur de deux cent douze femmes, quatre cent trois cochons, soixante-quatre serviteurs, un grand palais, plus de soixante mille sujets dont trente-six mille quatre-vingt-deux de sexe féminin sur lesquels il exerçait son droit de cuissage. Explique Maclédio. C'était incontestablement une obligation harassante qui, ajoutée à ses autres multiples tâches, épuisait le chef Foundoing. Le chef restait en permanence rompu.

Comme beaucoup de serviteurs du fog, Maclédio eut la bonté de l'aider et de le suppléer dans ses obligations nocturnes. Avec tendresse, il consola et courtisa Hélène, la seule jeune épouse du harem qui savait lire la Bible et écrire le nom de son maître en français. Il y alla si bien avec la conscience et la passion qui le caractérisent que sept mois suffirent à Hélène pour accoucher d'un garçon qui crachait le nez de Maclédio. Le chef le remarqua, en félicita Maclédio, mais tous les sujets félicitèrent le chef, le fog, pour son deux cent trente et unième héritier qu'un curé vint baptiser du bon et délicieux nom d'Augustin.

Maclédio aimait Augustin, il jura de ne jamais se séparer de son premier fils. De ne jamais quitter la chefferie : le fog était et resterait l'homme de son destin. Il pensa même que lui-même, Maclédio, avait été créé par Allah pour servir le chef et jura de demeurer tout le reste de ses jours dans la cour.

Cette bonne résolution fut contrariée par deux fautes que Maclédio commit. Le serviteur devait s'éloigner de toute épouse que le fog dévisageait. Or, pendant deux semaines successives, le fog exigea que la délicieuse Hélène fît partie du contingent de la nuit sans que Maclédio comprît qu'il devait cesser d'expliquer la Bible, d'enseigner l'écriture du français à la jeune femme. Un serviteur ne devait jamais s'attacher à l'enfant dont il n'était que le père géniteur.

Maclédio passait le gros de ses journées à faire sauter le petit Augustin sur ses genoux, à l'embrasser et même à souffler des mots des dialectes de son lointain pays dans les oreilles du bébé.

Le cas de Maclédio fut présenté un vendredi matin à un conseil de la chefferie qui, à l'unanimité, décida d'assassiner le fautif le samedi au premier chant du coq. On ne saura jamais qui vendit la calebasse. Qui trahit ? Dans la nuit, dès que la lune tomba, Maclédio trompa la vigilance des vigiles, glissa sous le secco, sortit, s'introduisit dans la case-sanctuaire et s'empara des paniers sacrés, les *bieris* contenant les crânes des ancêtres du chef.

Les Bamilékés sont des Bantous. Comme tout chef bantou, le Bamiléké Foundoing tenait son pouvoir politique, social et mystique des crânes des ancêtres que ses walis adoraient une fois par semaine par des libations de vin et des onctions d'huile de palme. Explique Maclédio.

C'est avec un seul bagage sur l'épaule, le sac chargé des plus anciens crânes des ancêtres du chef bamiléké, que vous avez disparu dans la nuit.

À l'aube, les sicaires se précipitèrent dans la case du condamné à mort : seule la natte était là, mais vide, sans les moindres effluves ou traces de Maclédio. Ils regardèrent du côté du sanctuaire, constatèrent le dégât ! La profanation ! le sacrilège ! Jamais un Bantou, un Bamiléké ne l'eût osé. Maclédio avait violé le sanctuaire, emporté les crânes des anciens ! Des reliques qu'un étranger ne devrait pas toucher... C'était la pire des catastrophes pour le chef ! pour toute la dynastie ! pour tout le pays ! Le fog et son Premier ministre levèrent le *tso*, la danse du chef et de la puissante société secrète du même nom. Le maître du *ké* convoqua tous les jeunes au bois sacré ; les affiliés au *lila* se regroupèrent sur le plateau avec les armes pour la danse guerrière ; les membres du *mwop* se réunirent au marché et les adhérentes au *maso,* la danse des femmes, s'attroupèrent aux différentes portes de la ville. Tout le pays dansait et devait danser le deuil des crânes jusqu'à ce que les reliques revinssent dans le sanctuaire.

Quatre-vingt-huit intrépides parmi les plus farouches guerriers et chasseurs furent armés et lancés sur les pas du fugitif. Rapidement, ils le rattrapèrent et l'encerclèrent, l'interpellèrent et le menacèrent. Vous, Maclédio, en silence vous avez continué à marcher tranquillement comme si vous ne voyiez pas la meute de tueurs brandissant des haches, fusils, flèches et piques, hurlant et sautant derrière et devant vous sur la piste et à vos droite et gauche dans la forêt. Vous saviez que tant que vous teniez solidement le sac macabre aucun Bamiléké dans ce monde n'oserait vous agresser. De temps en temps, vous faisiez arracher des cris d'horreur à la horde en esquissant les gestes impies de briser les crânes sur un tronc d'arbre. Sur près de cent cinquante kilomètres, une nuit et deux jours, vous avez poursuivi votre route encadré par vos poursuivants assassins.

Ah ! Tiécoura. Le passage de la horde dans le fort de la forêt créait le remue-ménage des gros ouragans et les oiseaux s'envolaient pour des cieux meilleurs. L'arrivée dans les villages faisait croire au retour des guerres tribales et, d'instinct, les habitants s'enfuyaient se réfugier dans la forêt.

À son arrivée à Douala, les riches commerçants d'ethnie bamiléké de la ville vinrent à sa rencontre et lui firent mille propositions. Maclédio n'accepta de les examiner et de les discuter qu'une fois bien installé et calé entre des colis sur le pont d'un bateau. Il échangea son macabre colis contre un attaché-case de billets de banque.

– Pas tant pour me faire de l'argent (je n'ai jamais cherché à faire fortune). Mais pour ne pas passer pour un sot. Je connaissais et admirais les Bamilékés pour leur cupidité et leur affairisme. Les riches commerçants m'auraient considéré comme le plus naïf de l'univers si je n'avais pas cédé les crânes des ancêtres contre des espèces sonnantes. Explique Maclédio. Mais, quoi que puissent en penser leurs compatriotes Beti de Yaoundé qui les détestent, les Bamilékés restent le peuple le plus gentil et indulgent du monde. C'est avec de larges sourires francs que tueurs armés et riches commerçants, spontanément et ensemble, me firent des signes amicaux d'adieu quand le bateau leva l'ancre.

Dès que les terres camerounaises disparurent à l'horizon et qu'il n'y eut plus que la mer et le ciel gris, Maclédio fut pris à l'estomac par les regrets et le mal de mer. Il s'en voulait, se reprochait la stupidité avec laquelle il s'était comporté. Toute sa vie il resterait le lâche ! le veule ! Celui qui abandonna son premier fils ! qui échangea son premier fils contre un attaché-case de billets ! Il en avait honte. Tout autre père, tout autre paléo dans cette situation eût eu un peu de dignité, eût en silence accepté de se faire assassiner ! Pour son fils ! À cause de son fils ! Pour être enterré sous les terres que son premier fils foulerait de ses premiers pas. Père indigne il était ; il le resterait toute sa vie. En titubant, il alla vomir à l'arrière du pont, ouvrit l'attaché-case, sema au vent des liasses de billets. Mais, par manque de courage physique, il ne se balança pas par-dessus le pont dans les écumes pour se faire dévorer par les requins et définitivement rester dans le ventre des chiens de mer des eaux camerounaises, près de son premier fils Augustin ! Cette lâcheté reste, restera un des grands regrets de votre vie, Maclédio. Conclut le répondeur.

Maclédio débarqua avec l'attaché-case à Tokoradi en Côte-de-l'Or. C'était à l'époque où les pays africains étaient plus connus par le nom de leur dictateur que par leur propre nom. Et le dictateur de la Côte-de-l'Or se nommait Kwamé Nkrumah, ajoute le répondeur.

Maclédio avait à éviter les terres françaises de la côte des Esclaves, de la côte des Mâles Gens, de la République des Ébènes (dont le dictateur était Tiékoroni, l'homme au chapeau mou) et de la République des Monts (dont le dictateur était Nkoutigui Fondio), tous États francophones dans lesquels il était toujours recherché comme insoumis, comme déserteur.

Il n'est guère difficile, du côté ouest du port de Tokoradi, de corrompre les douaniers et les policiers (heureusement, quelques billets de banque étaient restés collés au fond de la mallette), de sortir du port et de disparaître dans la forêt insondable. Maclédio marcha tout droit vers le nord-ouest pendant trois jours. Le quatrième matin, il déboucha sur Kouassikro, un village agni perdu dans la forêt.

Les Agnis sont des Akans. Les Akans constituent une des plus importantes ethnies de la forêt de la Bois d'Ébène et de la Côte-de-l'Or. Complète Maclédio.

Tous les habitants de Kouassikro dansaient, chantaient et vous attendaient, vous, Maclédio, comme le Messie. Dès que vous avez surgi de la forêt, les guerriers se saisirent de vous, vous déshabillèrent, vous lavèrent avec des décoctions, vous couvrirent d'habits neufs, d'or et de kaolin. Et débuta aussitôt l'accueil royal qui vous était préparé : le sacrifice d'un poulet, la libation de vin de palme.

Ah ! Tiécoura. Pendant que tous les habitants s'affairent auprès de sa personne, Maclédio cherche à gauche et à droite entre les cases l'issue qui lui permettrait d'échapper aux guerriers et de regagner la forêt. Tout de suite, il a tout compris. Il allait être égorgé, sacrifié et enterré avec un défunt. Chez les Agnis, ethnie du groupe des Akans, un chef ne va jamais seul dans sa tombe. On l'inhume toujours avec ceux qui dans l'au-delà le serviront. Avant la colonisation européenne, le chef était inhumé avec ses captifs. Après la suppression de l'esclavage, les Agnis kidnappent les voyageurs isolés. De nombreux voyageurs qui s'étaient aventurés dans les forêts habitées par les Agnis, les Baoulés ou autres peuples de l'ethnie akan n'avaient jamais été retrouvés. Maclédio vivait ses dernières minutes ; il le savait et se le disait. Il le lisait dans les regards de tous les habitants qui, avec application, suivaient ses gestes. On l'entraîna devant la plus haute et la plus grande case du village et on l'installa sur un trône. C'était une dernière confirmation de ses inquiétudes. Ne disait-on pas que le peuple des Agnis n'égorgeait jamais un étranger sans l'avoir au préalable intronisé roi ? Un long silence suivit le couronnement. En larmes, Maclédio récita ses dernières prières. Le patriarche du village s'approcha et parla.

Il vous souhaite la bienvenue, à vous, Maclédio, étranger. Vous annonce que vous avez de la chance. Beaucoup de chance. Vous étiez un vrai bienheureux. Vous veniez d'être couronné prince consort du village, désigné pour être le compagnon de leur reine. Vous serez le père géniteur du futur roi ou de la future reine du pays. Tout le village vous félicite ; tous les habitants sont à votre disposition. Vous avez beau tendre les oreilles, vous ne parvenez pas à comprendre l'honorable vieillard. Le patriarche patiemment se reprend et s'explique.

Il y a quelques semaines, leur princesse avait eu le

désir de connaître un homme et de devenir mère. Comme l'exigent les coutumes chez les Akans, la princesse avait été lavée. C'est-à-dire que la princesse avait d'abord été initiée. Puis, au cours d'une cérémonie publique, elle avait été déflorée par une matrone avec les doigts et avait pris un bain chaud d'une décoction spéciale. La défloration était essentielle. Tout bébé que la princesse aurait conçu avant cette initiation aurait été impur et étranglé dès le premier vagissement.

Le vieillard ajouta qu'eux, ceux de Kouassikro, appliquaient un matriarcat radical. Pour prévenir toute reconnaissance ou revendication paternelle (toujours source de conflit dans une communauté), ils faisaient toujours aimer leur princesse en âge de procréer par un inconnu, un étranger de passage. Maclédio tombait bien.

Depuis la défloration de la princesse, les habitants dansaient, attendaient et espéraient l'homme providentiel. De nombreux voyageurs étaient arrivés et étaient repartis : Maclédio était le premier que la princesse ait voulu posséder. Elle s'était écriée en le voyant déboucher de la forêt : « Voilà l'homme que je désire avoir en moi ! » Adjoua n'était pas seulement la princesse du village, elle en était aussi la prêtresse, le mage, et Maclédio comme prince consort devenait automatiquement le coadjuteur.

La princesse enfin sort de la case et avance. Elle est séduisante. Des ceintures de perles soulignant des fesses proéminentes tiennent un cache-sexe qui laisse deviner des pulpes généreuses. Des seins, de vraies mangues vertes de mars émergent de nombreux colliers de cauris qui courent du cou au nombril. Elle souhaite avec un sourire de lait la bienvenue à l'étranger.

– Je te désire, je te désire, je te désire ! vous écriez-vous, vous Maclédio, de toute votre force, en appliquant une révérence très respectueuse.

La princesse s'approche de vous, vous prend par la

main et vous disparaissez, tous les deux, dans la case-sanctuaire et palais de la princesse. La cérémonie est terminée. Vous, Maclédio, vous mettez aussitôt à la besogne.

Adjoua était prêtresse et officiait toute la journée. Des consultants venaient de tous les villages environnants. Maclédio le coadjuteur, le prince consort, en tenue de grand féticheur, agitait des clochettes et récitait des incantations. La princesse réagissait aux sollicitations de Maclédio, d'abord par des gémissements, puis entrait en transe. En transe, elle multipliait les gestes lascifs qui excitaient et préparaient psychologiquement le prince consort aux rudes et essentielles obligations nocturnes.

Toute la journée, votre margouillat battait de la tête sous le pantalon, ajoute le répondeur en riant.

Maclédio était entretenu et mis en état physiquement par les bains de décoction de racines aphrodisiaques et la consommation de la viande fraîche aromatisée avec des feuilles aphrodisiaques. La princesse dormait peu la nuit ; il fallait répondre à chaque instant à ses sollicitations. Maclédio se montra à la hauteur de la situation. Mieux, plus il se donnait, plus il aimait la princesse. Cette vie était trop exceptionnelle pour qu'elle ne soit pas l'aboutissement et le couronnement d'une existence.

Ah ! Tiécoura. Assurément, son homme de destin n'était pas un homme…

Oui, j'ai commencé à penser que mon homme de destin n'était pas un homme mais une femme. Mon homme de destin était la princesse Adjoua. Explique Maclédio. C'est fort de cette conviction que je me livre à la princesse avec tant de force et d'acharnement que je lui applique, en moins de huit lunes, pas deux, mais trois jumeaux. Trois adorables garçons !

Des garçons que même la méchanceté et la jalousie auraient aimés, précise Tiécoura.

Avec la naissance des jumeaux, la fonction de géniteur

de Maclédio était terminée. Alors débutèrent ses malheurs. Un des jumeaux devant être roi, les sujets ne devaient pas seulement ignorer le père géniteur du monarque, mais aussi méconnaître jusqu'au lieu où ce père pourrait se trouver. Un vrai roi n'a pas de père chez les Akans, ajoute le répondeur. Maclédio devait partir et ne jamais plus s'approcher du village de Kouassikro. Mais alors jamais plus !

Avant la colonisation, le géniteur était égorgé et sacrifié, ajoute Tiécoura.

Maclédio, sans hésitation, demanda à être égorgé, tué, sacrifié. Il préférait la mort à l'éloignement, au bannissement. Il aimait les jumeaux, il aimait la princesse ; elle était la femme de son destin. Les jumeaux étaient ses deuxième, troisième et quatrième enfants ; la princesse était la première femme qui lui ait été attribuée et qui lui ait appartenu, la première qu'il ait librement aimée de toute son âme, de tout son corps. Il voulait mourir pour eux, rester pour toujours sous la terre qu'ils allaient fouler. Il ne se voyait pas vivre ailleurs, ajoute Tiécoura. Le grand féticheur lui répond que, depuis l'arrivée des Anglais en Côte-de-l'Or, on n'égorge plus le géniteur. On le castre, lui tranche la langue, lui crève les deux yeux, lui perce les tympans. Maclédio était prêt à mourir, mourir immédiatement, mais sans subir des tortures barbares. Il ne voulait pas vivre le reste de sa vie sourd, muet, aveugle et impuissant. Précise le répondeur.

Dans la nuit, Maclédio glisse sous le secco, entre dans la case-sanctuaire, s'empare de sa tenue de clocheteur de fétiches et dérobe une des bourses remplies d'or parmi les nombreuses placées au pied des statues des ancêtres. Habillé en clocheteur de fétiches, il n'a aucune difficulté à traverser les villages de la forêt. Les clocheteurs de fétiches sont craints et respectés chez les Agnis. Précise le répondeur.

En marchant, Maclédio constate que plus il avance plus la forêt s'éclaircit et, quelque distance après, remarque dans la flore les premiers arbres de karité. Il a bien franchi la forêt et a atteint la savane et il se rappelle que les griots disent que font partie de la savane, du Mandingue, toutes les terres sur lesquelles pousse l'arbre de karité.

Dans la savane soudanaise, Maclédio, un instant, s'assit pour réfléchir. La facilité avec laquelle il avait pu quitter Kouassikro lui parut étonnante. Elle ne pouvait pas être fortuite. Car le sanctuaire qui, nuit et jour, restait gardé n'avait pas ses vigiles ! Sa fuite avait été voulue, préparée et organisée. Sûrement par la princesse pour le préserver de la torture. Vous en avez conclu, vous Maclédio, que la princesse vous aimait autant que vous continuiez à la chérir. La princesse que, depuis l'accouchement, vous n'aviez pas revue, que vous ne deviez plus revoir, pensait à vous et souffrait. Atrocement souffrait. Maclédio eut honte d'affliger une si délicieuse femme par sa lâcheté. Complète le répondeur.

Pourquoi courageusement n'est-il pas resté, pour subir les mutilations et demeurer tout le reste de sa vie près de ses enfants, près d'une femme qui l'aimait tant ? Désormais loin de ses enfants et de la princesse, sa vie s'accomplirait inutile, sans plaisir ni dignité. Son lot désormais resterait misère et malchance.

Moi, Maclédio, je me révolte contre une telle prédestination et décide de retourner sur mes pas, pour m'offrir aux tortionnaires, leur demander de s'acquitter de leur devoir, d'accomplir leur pratique barbare. Je regarde autour de moi ; c'est la limite de la savane soudanaise, au loin commence le Sahel. J'ai marché des nuits et des jours sans aucun repère. Il m'est impossible de refaire mon chemin, de retrouver le village de Kouassikro. En pleurs, démoralisé et découragé, je poursuis ma route toujours vers le nord…

Ceux qui, comme Maclédio, toute la vie n'ont eu comme lot que la déveine et qui aspirent au bonheur marchent sans désemparer sur le Nord. Reprend le répondeur.

Imitons le voyageur qui de temps en temps s'arrête pour souffler, annonce le sora pour marquer la pause. Le cordoua se livre à ses habituels lazzis lubriques. Tout le monde éclate de rire. Le sora énonce quelques proverbes :

Quand le nerf vital est coupé, la poule tue le chat sauvage.
L'œil ne voit pas ce qui le crève.
Quand le destin a coupé le lien, aucun parent ne lui cache son enfant.

12

Ah ! Tiécoura. Maclédio pensif poursuivait sa marche solitaire vers le nord, sur la piste. Brusquement, des fourrés de droite et de gauche surgissent en criant cinq cordouas. De vrais cordouas ! Ils avaient les mêmes accoutrements que toi, jouaient des flûtes, dansaient et disaient des insanités comme toi, Tiécoura.

Chaque cordoua était dans son accoutrement effarant de cordoua. Sur la tête, un bonnet ayant comme visière un bec de vieux vautour ; un bec de vautour pour signifier que tout homme est un cupide et un charognard comme le vil vautour. Et rien autre. Au cou, une calebasse pour mendier sa pitance, un gobelet pour boire, une cuillère pour manger et un gros os. Un gros os pour signifier qu'un homme est aussi un chien errant en quête perpétuelle de sa nourriture. Et rien autre. En bandoulière, une besace contenant une flûte pour faire de la musique et un sachet d'antipoison. Un sachet d'antipoison pour ne jamais consommer ce qu'un homme peut t'offrir sans s'assurer qu'il ne t'empoisonne pas. L'homme n'aime pas son prochain et il ne lui offre à manger que pour le supprimer. Et rien autre. À sa ceinture, une peau de singe avec la queue qui bat sur les fesses. La queue de singe sur les fesses pour signifier que tout homme est un péteur. Et pas autre chose. Quand il ne joue pas de sa flûte, des insanités, des balivernes. Des insanités et balivernes pour signifier que l'homme est un mensonger, un arbre de mensonges et de bêtises. Et rien, absolument rien autre.

Maclédio sut qu'il était en pays sénoufo et aux environs d'un village dont les jeunes gens, avant d'entrer dans le bois sacré d'initiation, vivaient la période purificatoire. Après avoir joué de la flûte, chanté et dansé pour Maclédio, les cordouas lui tendirent leurs calebasses : ils mendiaient de la nourriture. Maclédio généreusement tira de sa bourse des pièces d'or et voulut en offrir une à chaque cordoua. Les cinq à la fois poussèrent des cris d'épouvante, jetèrent les pièces d'or et coururent se réfugier dans les fourrés. Tranquillement, Maclédio ramassa les pièces, se releva et poursuivit sa marche vers le village. Dès qu'il fit quelques pas, les cordouas de nouveau resurgirent des fourrés, coururent après lui, lui coupèrent la route, lui interdirent l'entrée du village et lui tinrent fermement ces propos.

— Tu as une bourse d'or. Tu es donc ou un grand bandit ou un riche. Dans l'un ou l'autre cas nous ne te laisserons jamais entrer dans notre village.

Ils encadrèrent Maclédio et, tout en jouant, chantant et dansant, ils lui firent suivre un chemin contournant le village. Ils l'accompagnèrent à bonne distance du village et, avant de le quitter, ils le mirent en garde.

— Ne reviens plus, ne t'approche plus de notre village. Nous ne voulons pas des voleurs ni des riches. Nous les assassinons. Nous te tuerons si nous te revoyons par ici.

Toujours triste, toujours pensif, toujours solitaire, Maclédio poursuivit sa route, toujours vers le nord. À l'entrée d'un village, deux individus ressemblant à des somnambules l'assaillirent. Ils étaient accoutrés de haillons tailladés et avaient la force des taureaux. Leurs yeux rouges étaient exorbités ; les lèvres tremblantes, blanches de bave ; les souffles bruyants, saccadés. Maclédio en vain se débattit avec toute son énergie. Ils le maîtrisèrent et le traînèrent sans ménagement jusqu'à une foule en délire groupée devant la case du prêtre zima autour d'une danse de possession…

Les agresseurs n'étaient pas des forcenés mais des possédés, explique Tiécoura.

Au son des tambours, au milieu du cercle, une dizaine de possédés se roulent, rampent dans la poussière et, comme des automates, labourent rageusement le sol latéritique avec les doigts et les dents.

Brusquement, les tam-tams changent de rythme : la foule s'écarte. Deux possédés entrent avec un jeune chien qu'ils couchent au milieu du cercle et égorgent. Tous les possédés, avec une violence inouïe, se précipitent sur la dépouille, l'écartèlent et enlèvent les pièces. Les faibles n'ont que les tripes, les pattes, la tête ou la queue. Chaque possédé avec fierté en titubant arbore le morceau qu'il a gagné dans la bousculade et le dévore cru. Toutes les parties du chien sont consommées, y compris la peau, les os et même les excréments. Le sol imbibé de sang est léché et ensuite raclé avec des dents d'acier. Rien du chien ne reste sur le sol : pas un bout de poil ni la moindre goutte de sang. Complète le répondeur.

Les possédés, comme dans un mouvement d'ensemble, se retournent. Ils vous lorgnent intensément. Vous, Maclédio, tremblez de peur comme une jeune fille devant des violeurs et vous vous réfugiez derrière le prêtre de la cérémonie. Deux possédés contournent le prêtre, vous poussent au milieu du cercle, vous déshabillent, vous arrachent votre bourse, la projettent par terre. La bourse éclate, les pièces d'or en jaillissent et s'éparpillent. Des cris d'exclamation fusent de la foule. Stupéfiés, tous, prêtres, spectateurs, tambourineurs arrêtent le rituel. Tout le monde se bouscule pour vous voir de plus près. Deux possédés qui entre-temps ont avalé quelques pièces d'or sont désignés du doigt par le prêtre zima. Aussitôt, d'autres possédés se précipitent sur les malheureux, les frappent à mort, les étrillent, les traînent par les pattes jusqu'au milieu du cercle et les plaquent au sol aux pieds de Maclédio.

Les gens chez qui vous veniez d'arriver étaient les Songhaïs. Les Songhaïs habitent le Niger. C'était à l'époque où les États africains étaient connus par leur dictateur plus que par leur propre nom. Les dictateurs du Niger se sont appelés tour à tour Hamani Diori et Kountché.

Les Songhaïs furent un des premiers peuples noirs à se convertir à l'islam. Mais ils ne sont pas plus portés à la grande mystique que les hyènes ne le sont à la grande ablution. Explique Tiécoura. Ils embrassèrent le mahométisme au XIᵉ siècle mais n'acceptèrent jamais d'effacer les croyances anciennes, de renoncer aux danses de possession. Dans les mythes musulmans, ils puisèrent de nouvelles croyances, de nouveaux éléments, les *malaka*, et les ajoutèrent aux cultes des ancêtres et aux génies traditionnels négro-africains de l'eau, du ciel, du vent, de la foudre et de la brousse pour constituer un panthéon cohérent et une mythologie complexe appelée les *holey*. L'essentiel du culte des holey réside dans les danses de possession au cours desquelles le génie s'incarne dans le danseur, le chevauche comme un cavalier sa monture et parle par sa bouche. Complète Maclédio.

Les cérémonies des holey réunissent tout le village

devant la demeure du prêtre zima. Les danseurs sont choisis parmi les habitants qui furent déjà possédés par le génie. Les musiciens et les « femmes tranquilles » auxiliaires surveillent et veillent à la bonne organisation de la cérémonie.

Pendant huit siècles, la mythologie et les génies contentèrent les Songhaïs : les cultes holey restèrent immuables. Avec la colonisation qui les frappa, les réprima et les dispersa à travers toute l'Afrique de l'Ouest, les Songhaïs s'aperçurent qu'il manquait une catégorie à leur univers : la méchanceté ; des dieux à leur panthéon : les méchants. Ils créèrent les hawka. Les hawka sont des génies méchants. L'état-major des génies méchants est calqué sur l'organisation de l'administration coloniale. C'est ainsi que dans cet état-major on trouve le génie méchant Gommo (le gouverneur), le Zeneral Malia (le général des militaires), le King Zuzi (le roi des juges), le Sekter (le secrétaire de l'administration) et le Kaporal Gardi (le caporal des gardes).

L'administrateur colonial Croccichia qui termina gouverneur des colonies voulut par la force interdire les danses de possession. Il n'y parvint pas et y gagna lui-même d'être divinisé sous la forme du plus méchant des méchants génies, le Krosisya ou Kommando Magu (le commandant mauvais). Un demi-siècle après la colonisation, Croccichia continue à s'incarner dans des Songhaïs, à les chevaucher et à parler par leur bouche. Ajoute Maclédio.

Après 1960, avec les indépendances, le parti unique de Diori et la dictature militaire du général Kountché à Niamey, capitale du Niger, les Songhaïs inventèrent les génies menteurs. Les génies menteurs ressemblent à leurs compatriotes politiciens des villes qui chaque dimanche débarquent dans les villages et font des promesses qui ne sont jamais tenues. Comme les autres dieux, les génies menteurs s'incarnent dans le danseur songhaï, le chevau-chent et mentent par la bouche du possédé.

Mais, depuis que l'Afrique et les Songhaïs existaient, jamais au cours d'une danse de possession un homme couvert de kaolin et de pagnes multicolores n'avait surgi de la brousse avec une bourse d'or. Maclédio était et ne pouvait être qu'un génie, le génie de l'or. Le nouveau génie fut appelé Maclésani, complète Tiécoura.

Les possédés qui avaient chapardé des pièces d'or furent traités avec une férocité à faire crever un âne sans parvenir à les anéantir et même simplement saigner. On leur fit ingurgiter de puissants purgatifs, qui parvinrent à leur faire rendre les butins qui furent nettoyés et resti-tués à Maclédio.

Un génie ne s'agresse pas, ne se vole pas (les possédés fautifs l'apprirent dans les affres de la douleur, complète le répondeur). Le génie se soigne, se respecte. Maclédio, dans la meilleure case du prêtre, vécut comme un prince. Il parvint à maintenir son statut, son auréole de dieu, en gratifiant chaque jour un habitant pris au hasard d'une pièce d'or. Il était donc un génie qui chaque jour réussis-sait un miracle. À vue d'œil la bourse de Maclédio s'allé-geait.

Une circonstance aussi heureuse qu'inattendue m'évita de dilapider la totalité de mon or, explique Maclédio. Un matin, je fus réveillé par des gens qui s'empoignaient autour de ma case. Dans le brouhaha de bouche à oreille, les Songhaïs se murmuraient une incroyable information. Le devin du village avait prédit dans la nuit que je réali-serais dans la journée (premier vendredi de la lune du sorgho) mon dernier et ultime miracle avant de dispa-raître et de rejoindre un gîte de génie dans une rivière comme les autres génies. On se battait et se bousculait pour s'approcher de la porte, être du groupe dans lequel serait choisi le dernier bénéficiaire de l'extraordinaire prodigalité du bon génie de l'or, Maclésani… Ma dernière largesse alla à mon hôte le zima et la foule se dispersa. La nuit, dès que la lune tomba, je sortis de sa case. Le village était silencieux, les cases étaient barricadées : il était dangereux d'assister à l'immatérialisation d'un génie. Tranquillement j'ai glissé entre les concessions et ai disparu dans la brousse malgré les aboiements des chiens. Personne ne m'a poursuivi, personne ne m'a recherché.

La moindre des choses que sache réussir un génie est de se dissoudre, s'évaporer, s'évanouir. Ajoute le répondeur.

C'est à Niamey (capitale de l'État du Niger dont le dictateur se nommait Hamani Diori), au bord du fleuve Niger où tous les matins j'allais méditer que j'ai compris que ni l'argent ni la grandeur ne fait le bonheur. J'étais un génie qui, jusqu'à la fin des mondes, s'incarnerait, chevaucherait et prédirait par la bouche des possédés songhaïs… et je restais perpétuellement désespéré. Je croulais sous l'or et j'étais continuellement miséreux. Tous les matins, accroupi sur une pierre dans un petit bosquet près de l'abattoir municipal de Niamey, je pleurais et m'interrogeais. Quelle damnation m'avait fait quitter le zima qui était peut-être mon homme de destin ? Quelles fatalité et indignité m'avaient fait abandonner mon premier fils aux Bamilékés et mes jumeaux aux Agnis ? C'était toujours sur la même pierre et sur le même rivage que tous les matins je pleurais. Le fleuve Niger se desséchait et je risquais de le faire déborder par mes larmes lorsqu'un Touareg aussi miséreux que moi s'approcha, me salua et me parla. Je lui ressassai mon chapelet d'infortunes. La réponse de l'homme bleu fut nette, immédiate et sans ambages. Il connaissait le mal qui me rongeait, il connaissait très bien cette tristesse et ses remèdes. Lui aussi, comme Touareg, en avait souffert.

Après la grande sécheresse qui avait consterné le Sahara et le Sahel, il était descendu, comme beaucoup de ses compatriotes, hommes bleus, au Sud. Avec sa femme et ses trois enfants, ils avaient erré de ville en ville : Cotonou, Lomé, Accra, Abidjan pour demander l'aumône. Mais, partout des « esclaves » (il demanda pardon d'employer le mot *esclaves* pour désigner les Noirs, et expliqua que, dans la langue touareg, le même vocable exprime Nègre et esclave). Donc, partout dans les villes côtières, les Nègres (les esclaves) leur donnèrent à eux, hommes du désert, les moyens de dormir, manger, se vêtir, voyager. Mais jamais ils ne leur firent l'aumône. Offrir et faire l'aumône sont des gestes différents. L'aumône se réalise avec le cœur et offrir s'accomplit par devoir pour se débarrasser d'un mendiant accrocheur. Pour n'avoir vécu que de ce qui avait été abandonné par devoir, pour n'avoir jamais trouvé dans les gestes des donateurs un cœur qui allât à la rencontre d'un autre cœur, il avait été rongé par le mal dont je souffrais, le désespoir, l'« afro-pessimisme ».

Il était remonté dans le Sahel et le Sahara, sa terre natale, et avait recommencé la grande errance tribale. Et il avait été totalement guéri. Il n'y a que le désert qui guérisse les désespoirs. Parce que le désert, c'est les espaces infinis, le silence des dunes, un ciel dans les nuits émaillé de milliers d'étoiles. Un environnement qui sans faute sauve les grands désespérés. Dans le désert, on pouvait pleurer sans crainte de faire déborder un fleuve. Aucune nature n'est autant que le désert propice à la méditation. C'étaient les raisons pour lesquelles tous les grands prophètes étaient nés dans les déserts.

L'homme bleu qui m'a abordé et consolé ainsi avait pour nom Ould (et quelques autres prénoms approchant de Ould). Ould préparait une caravane pour traverser le désert ; aller de Niamey à Alger. Pourquoi, m'a-t-il demandé, n'entrerais-je pas dans la caravane ? Pourquoi n'irais-je pas à Alger ? Alger c'est la porte du monde, affirmait-il. D'Alger, on rejoint facilement La Mecque, Le Caire, Tunis, Casa, Paris, Rome. Le Touareg s'est tu un instant pour écouter le vent s'égayer dans les feuilles et le Niger couler dans son lit – et surtout pour me regarder. J'étais troublé par ses démonstrations et me posais mille questions.

Pourquoi, au fond, n'irais-je pas à Alger ? D'Alger monter à Paris. À Paris, réaliser un de mes importants et secrets projets : reprendre mes études. Bardé de diplômes, je pourrais redescendre au Cameroun, dans le pays bamiléké, en Côte-de-l'Or aussi, dans le village de Kouassikro. Avec sur les lèvres mon français de Paname et mon anglais oxfordien, forcément je pourrais récupérer mes enfants. Avec mon omniscience en psychanalyse, psychologie, sociologie, ethnologie et phraséologie je pourrais chez les Songhaïs, en plus du génie de l'or, réincarner un autre dieu... Assurément, je devais entrer dans la caravane. J'ai décidé sur-le-champ de payer comptant une chamelle pour tenter l'aventure.

Toute la journée, la caravane s'étirait dans l'immensité du désert. Elle ne s'arrêtait que pour les salams. Pour ne pas attirer la convoitise des pillards et cupides Touareg sur son or, comme l'explorateur René Caillié, Maclédio s'était converti en pieux mahométan. Les vertiges du dénuement du désert le soûlaient et lui faisaient clamer de longues sourates. Il comprit pourquoi le Sahara attirait les grands hommes et les transformait en mystiques. Le soir, ils buvaient le thé autour du feu avant de s'endormir à la belle étoile.

Au cinquième matin, Maclédio se sentit heureux... très heureux. Ses quatre fils l'avaient rejoint, il était un grand mystique doublé d'un vrai génie et avait enfin trouvé son homme de destin. Son homme de destin était un homme bleu du désert qui, par l'accoutrement, lui rappelait son ami Ould... Brusquement, un pénible manque le gagna : son homme de destin s'éloignait, le fuyait. Il s'élança à sa poursuite à cheval, à chameau et à la nage. Il avala une gorgée de l'eau boueuse du fleuve Niger, le liquide était amer, étouffant, mortel : il cria... et se réveilla. Ajoute le répondeur.

Il se sentait mal, assommé, rompu de courbatures des orteils au cou, la tête lourde, la bouche pâteuse. Les yeux clos, il tenta de se retrouver, de faire le point. Il se souvint que la veille comme tous les soirs ils avaient partagé le thé avec les autres caravaniers et se reprocha d'en avoir abusé. Mais pourquoi ses compagnons ne l'avaient-ils pas réveillé à l'aube pour le premier salam comme tous les autres matins ? Pourquoi ? Il écarquilla les yeux et... sursauta, cria et se leva ! Il était seul, seul ! Autour de lui, du sable, des dunes, le désert, l'immensité du désert. Toute la caravane avait disparu. Ses compagnons s'étaient évanouis avec son or et son chameau. Pour tout viatique, on lui avait laissé un peu de biscuits secs et une outre d'eau. Maclédio se souvint des conseils que la veille les hommes bleus lui avaient prodigués, les élémentaires précautions et pratiques que jamais un homme perdu dans le désert ne devrait ignorer : se blottir à l'ombre d'une dune tant que le soleil règne et marcher, guidé par les étoiles, dans la nuit, complète le répondeur.

J'ai marché pendant de nombreuses nuits. Un soir de clair de lune, je ne me rappellerai jamais si ce fut un rêve ou un mirage, j'ai humé que je m'approchais d'une oasis. Je me suis réveillé et ai voulu me mouvoir. Ce n'était pas possible...

Parce qu'il était dans les fers sous une tente. Qu'avait-il fait ? Où était-il ? On lui répondit qu'il devait apprendre à être respectueux comme tous les esclaves. Il avait été découvert, vautré dans la mare de l'oasis, près de l'auge des chameaux. On l'avait enchaîné : il appartenait désormais au maître du lieu : le cheikh Mahomet Karami Ould Mayaba, roi des Touareg. Il était le sixième esclave noir du cheikh. On commença à lui faire ingurgiter la décoction qui brise la volonté du Nègre et lui donne l'âme d'esclave : du lait de chameau panaché d'élixirs maraboutiques. En moins de six semaines, Maclédio se résigna et parut soumis. On lui enleva les fers et l'affecta au service de la reine, la princesse Sali, épouse unique du cheikh.

La princesse était éléphantesque ! L'éducation des princesses touareg est assurément la plus soignée et la plus exigeante du monde. On lui apprend à réciter le Coran et à jouer de la harpe. Mais très peu. L'essentiel de l'éducation est assuré par la grand-mère tortionnaire.

La grand-mère prend sa petite-fille de sept ans en charge. Au réveil, chaque matin, l'index, le majeur et l'annulaire de l'enfant sont insérés entre deux rondins de bois. De toutes ses forces, de sa plus grande méchanceté, la grand-mère tortionnaire presse les rondins, écrase les doigts. La petite hurle et pleure de toute son âme d'enfant. Du lait caillé, avec des produits à grande valeur calorique, lui est proposé. Elle les ingurgite pour que la grand-mère relâche l'étreinte, arrête la torture. On la gave comme une oie. Elle est gorgée et dégoûtée. Elle dégurgite le laitage. La grand-mère se fâche et assène des coups, reprend le supplice. La martyrisée se remet à consommer, à déglutir, à se gaver. Elle gonfle, chaque jour s'enfle. Rapidement atteint le cubage de deux éléphantcaux. Elle ne peut plus se laver ni se déplacer sans une esclave, son esclave. La voilà bonne à être mariée alors qu'elle n'a pas encore treize ans, ajoute Tiécoura.

On attend un clair de lune pour lui glisser une nuit sous la tente un homme bleu maigre comme un fil. Elle lui joue de la harpe. Le vrai prince ne s'approche de sa dulcinée que si elle accuse un volume dix fois supérieur au sien.

Mme Sali Karami était une vraie princesse; elle avait quatre esclaves à son service, deux castrés et deux femmes. Maclédio compléta la livrée. Les castrés et les Négresses esclaves s'activaient toute la journée autour de la princesse. La nourrissaient, la tournaient et lavaient. Mais rarement tout le corps; la princesse ne prenait de grand bain qu'une fois par an. Maclédio gardait l'entrée de la tente et intervenait surtout pour faire hisser et descendre – et ce n'était pas facile – la princesse dans sa cage sur le dos du chameau au cours des interminables errances de la tribu dans le désert.

La princesse était admirée comme la plus belle du désert ! Mais il fallait être un homme bleu, maigre et sec comme une tige de riz de montagne trois mois après la moisson, pour s'extasier devant le mollusque géant qu'elle constituait. Ajoute le répondeur.

Moussa (c'est par ce nom qu'invariablement les Touareg appellent le premier castré au service d'une princesse), Moussa, donc, m'a rapporté, à moi Maclédio, qu'une semaine avant mon arrivée, la tente de la princesse avait senti empestée. Pendant trois jours sans succès tout le monde a recherché ce qu'il y avait de putréfié sous la tente ou dans la princesse. Le prince Karim en personne est venu à notre secours, à nous, captifs noirs. Ensemble nous soulevons les bourrelets de la princesse et les nettoyons un à un. Stupeur ! On découvre la charogne en pleine putréfaction d'une petite vipère des pyramides, une échide carénée qui s'était aventurée entre les bourrelets. Elle avait été étouffée avant qu'elle ait pu armer ses puissants crochets et inoculer son venin foudroyant.

La princesse était admirée comme la plus talentueuse musicienne des sables. Mais il fallait être un homme du désert, un homme du silence et des espaces infinis pour apprécier des sonates aussi monotones que les dunes. Elle pinçait de la harpe toute la journée pour son mari, mais surtout pour ses nombreux amants. Car la princesse était très courtisée. Dès que le mari sortait de la tente, un des amants se faufilait et s'attribuait le seuil en y plaçant ses chaussures. Nul autre ne pouvait plus le déloger, les importuner, même pas le mari. Le savoir-vivre touareg interdit à tout mâle, même au mari, de s'introduire dans une tente où une dame est en compagnie.

Quand le prince était absent, il n'était pas rare que la princesse reçoive l'un après l'autre jusqu'à trois amants dans la journée. Maclédio, en impénitent voyeur, finit à force de scruter par toutes les fentes de la tente à apprendre la technique des maigrelets Touareg à tourner la princesse.

Un après-midi (le prince bien sûr est absent et aucune paire de chaussures n'interdit l'entrée de la tente), la princesse me fait mander, moi, Maclédio. Je verrouille l'entrée de la tente en plaçant mes sambaras sur le seuil. Ce que je vois ? Indescriptible, unique ! Les plus bouffies jambes du monde en l'air. Les plus mafflues fesses sur un tapis et, au milieu... une féminité simplement planétaire. La Négresse esclave est en train de nettoyer. Les mouches tournoient. Dans la pénombre j'entends une faible voix, la voix de la princesse me commandant d'opérer et de réaliser immédiatement, de m'exécuter rapidement.

Ce n'est pas une tâche que j'avais prévue ; je ne m'y suis pas préparé ; je mets du temps à comprendre et bafouille. La condition d'esclave ne me laissant pas le choix, j'obtempère et me mets à me mouvoir, à ramper (comme un margouillat sur la coupole de la basilique de Yamoussoukro) sur le plus gros bedon du monde, le planétaire. Je me sens, me trouve insignifiant, dérisoire. Mon zizi ne va pas plus profond qu'une virgule.

Quand je descends, mets le pied à terre, je suis confus, honteux et frustré d'être resté à la surface, d'avoir à peine chatouillé. À ma surprise, la princesse me félicite, m'annonce qu'elle a aimé et vibré. Et la voilà qui, depuis ce jour, prend même la manie de me faire grimper chaque fois que le prince part pour une de ses nombreuses errances à travers le désert. Et moi aussi je prends goût à chasser les mouches et à ramper.

Par jalousie, la servante esclave noire avec laquelle vous folâtriez les nuits derrière la tente informa le mari. Karim, qui était bon prince, ne souffla mot à son épouse. Le savoir-vivre touareg interdit au mari de reprocher à son épouse les tricheries de celle-ci avec un esclave. La Négresse sûrement informa le maître au cours d'un de leurs ébats. Car entre les tentes dans le sable tout homme dans la tribu (les Touareg pratiquent la polyandrie) pouvait se réaliser avec n'importe quelle femme.

Maclédio continua à faire le margouillat sur la coupole et même à désirer, à aimer. Une nuit, il se demanda si la personne qu'il recherchait (son homme ou sa femme de destin) n'était pas en définitive ce mollusque qui le faisait tant vibrer. Il commençait à le croire, même à l'admettre, lorsque la princesse, dans une de ses rares confidences à son amant esclave, annonça qu'elle attendait un enfant. Maclédio sursauta et sauta sur le sable. C'était inquiétant, très grave ! Car si le Touareg reste discret quand son épouse le trompe, il égorge le bébé et l'esclave noir quand elle accouche d'un mulâtre. Maclédio décida de rester, de se faire égorger, de ne point déserter. Il aimait le bedon et l'enfant qu'il renfermait. Il voulait voir cet enfant, son cinquième enfant et mourir dans le désert.

J'estimais que c'était ma prédestination et pensais que personne ne pouvait échapper à son destin, complète Maclédio.

L'oasis dont le prince Karim était le cheikh se situait aux confins de l'Algérie, du Niger et de la Libye. (Dans le continent africain de cette époque-là, les pays étaient plus connus par les désignations de leurs dictateurs que par leurs propres noms. Empressons-nous de rappeler que l'Algérie avait pour dictateur Boumediene, le Niger Kountché ou Hamani Diori, la Libye Kadhafi.) Chacune de ces trois dictatures revendiquait l'oasis et y envoyait de temps en temps ses patrouilles.

Depuis que le ciel a créé le désert, la seule exploitation que les Touareg aient su rentabiliser est la razzia par laquelle ils surgissent dans les villages nègres sahéliens, sèment le feu et le sang, enlèvent femmes, enfants, hommes, bétail et biens et disparaissent dans l'immensité du désert. Avec l'indépendance et le départ de l'armée coloniale, les razzias s'étaient multipliées – les Touareg ne voulaient pas accepter l'autorité des Nègres nigériens et maliens. Les patrouilles nigériennes, de plus en plus nerveuses, étaient de plus en plus fréquentes dans l'oasis. Dès qu'elles étaient annoncées, le cheikh Karim cachait Maclédio. Un matin, elles débarquèrent à l'improviste en l'absence du cheikh. Sans palabrer, elles foncèrent sur les tentes et découvrirent Maclédio toujours occupé à chasser les mouches autour du ventre qu'il admirait et adorait. Sans ménagement, les tirailleurs l'arrachèrent à ses vices, le firent sortir de la tente et lui annoncèrent qu'il était libéré.

– Je ne voulais pas être libre, je n'entendais pas abandonner la bedaine portant mon enfant. Je croyais que l'homme de mon destin était une femme, que c'était la Mauresque. Mon destin était d'être esclave toute ma vie, je voulais l'assumer. Explique Maclédio.

Les tirailleurs furent insensibles à vos raisons, vos lamentations, jérémiades et quérimonies. Ils savaient que vous aviez été enlevé ; des ravisseurs avaient été pris avec vos effets et surtout votre fétiche. Vos effets vous furent restitués et on vous confia *manu militari* à une patrouille en partance pour le Nord, pour Alger la Blanche. (Le dictateur de la République démocratique d'Algérie s'appelait Boumediene.)

Les tirailleurs avaient appelé fétiche – parce que couvert de sang coagulé et de plumes – le sachet, la bourse de Maclédio renfermant de l'or. Ils l'avaient manipulé avec beaucoup de précaution, n'avaient pas osé l'ouvrir et l'avaient restitué avec tout son contenu, toutes les pièces d'or chapardées à Kouassikro.

Maclédio riche à Paris. Riche comme à Niamey. Comme à Niamey il avait la fortune mais pas le moral. Quatre fois il tenta le bac, quatre fois échoua à cause de l'anglais et des mathématiques. Comme il ne pouvait pas retourner en Afrique sans diplôme universitaire, il se présenta à l'école des Langues orientales, se fit recevoir par le directeur et tout de go annonça qu'il parlait kabié, konkomba, daka, kanga, bamiléké, malinké, haoussa, ashanti, kirdi, touareg, berbère, bobo, sénoufo, tshokwé et dix autres langues paléonigritiques qui ne figuraient pas sur le registre des langues humaines de l'école. Le directeur lui accorda sans hésiter le diplôme de son école et l'autorisa à préparer un mémoire sur la civilisation paléonigritique.

Je passai de très longues journées dans les crasseuses bibliothèques françaises et fis d'importantes découvertes. « La civilisation paléonigritique n'est pas seulement la plus ancienne civilisation africaine, elle est aussi la civilisation par excellence. Elle a laissé des traces partout, mais ne s'est conservée que dans des îlots montagneux, dans des régions accidentées du Sénégal, dans les falaises de la boucle du Niger, dans les massifs septentrionaux de la Bois d'Ébène, du Ghana, du Togo, du Bénin, dans le Baoutchi du Nigeria, dans le Kordofan au

Soudan, dans les régions des Grands Lacs. Les paléos se sont réfugiés dans ces gîtes pour échapper à l'emprise des États guerriers. Les paléos de ces régions présentent tous des traits communs, vestiges identifiables d'une seule civilisation homogène, d'une civilisation recouvrant autrefois une grande partie de l'Afrique. Les îlots montagneux et refuges ont été des conservatoires. Car, bien que très divers, chacun des peuples affirme descendre d'un ancêtre commun. Il existait, il existe des ressemblances incontestables entre ces peuples. Dans l'habillement, jusqu'à l'orée de l'indépendance, ils étaient tous nus. Ce n'était pas pour des raisons pudiques mais magiques que les femmes se couvraient de feuilles et que les hommes portaient des étuis péniens en vannerie ou en calebasse. Ils pratiquaient avec des techniques efficaces une agriculture intensive. Ils avaient aussi en commun une remarquable ingéniosité en architecture. Cette civilisation a été détruite par des hordes guerrières de Berbères, de Mandingues, de Bantous, de Chamites, de Nilotes et de Zoulous. »

Le maître de mémoire de Maclédio ne dissimula pas sa déception quand il prit connaissance des premiers éléments de ses investigations. Il vous accusa de vous être contenté de plagier des pages entières. Toutes les idées exprimées dans le mémoire étaient connues depuis le début du siècle. Explique le répondeur. Le professeur vous demanda cependant de poursuivre la rédaction : vous restiez le premier et le seul chercheur capable d'établir des liens entre les multiples dialectes des peuples paléonigritiques.

Maclédio était occupé à la rédaction de sa thèse lorsqu'il constata – lui qui, depuis l'oasis, s'était imposé une sévère abstention coupée par de rares virées du côté de Pigalle – qu'une serveuse de la cité universitaire n'avait d'yeux que pour lui. Elle remplissait ses assiettes très souvent et beaucoup mieux que celles des autres étu-

diants africains. Maclédio décida par reconnaissance
du ventre de rendre visite à la serveuse.

Elle habitait un trois-pièces dans les HLM du côté du
stade Charlety. Maclédio voulait faire pitié et se fit intarissable sur ses malheurs. Des enfants abandonnés au
Cameroun, en Côte-de-l'Or, dans les dunes du Sahara
et l'inconsolable nostalgie des éléphantesques cuisses de
la Mauresque. Il pleura ; elle le consola. Il continua
à pleurer ; les larmes perlèrent sur le visage de la serveuse. Des larmes si abondantes que ce fut Maclédio qui
consola. Elle était vraiment généreuse, trop riche en
larmes, la serveuse. Elle entra dans sa chambre, continua
à pleurer dans son lit. Maclédio la rejoignit sous les draps.
Ils pleurèrent ensemble et se serrèrent si fort qu'il en sortit
inévitablement une quatrième grossesse et un sixième
enfant. Un très beau garçon !

Imitons le voyageur qui lorsqu'il arrive sous un arbre
ombragé s'arrête pour souffler, dit le sora. Et il joue de la
cora. Le cordoua danse quelques minutes. Bingo énonce
ces proverbes :

*Si une mouche est morte dans une plaie, elle est morte
là où elle devait mourir.*
*Un seul chagrin ne déchire pas le ventre en une seule
fois.*
*La chamelle a été longtemps avec sa croupe maigre,
depuis le temps où elle était vierge.*

13

Ah ! Tiécoura. Maclédio un soir dans le trois-pièces
était occupé à langer son enfant et à se demander qui,
de la mère de son sixième fils ou de son maître de thèse,

pourrait être son homme de destin quand, en gros plan sur l'écran, dans une rétrospective historique de la télévision, apparut Nkoutigui se débattant dans son boubou. Nkoutigui Fondio encore appelé l'homme en blanc avait pour totem le lièvre, était le dictateur de la République des Monts. L'homme en blanc avec verve vibra sur la dignité de l'Afrique et de l'homme noir et hurla, devant l'univers et en face du chef général de Gaulle un non catégorique. Non à la communauté ! Non à la France ! Non au néocolonialisme ! L'homme en blanc préférait pour la République des Monts la pauvreté dans la liberté à l'opulence dans la soumission. Il le cria plusieurs fois.

Indiscutablement, Nkoutigui l'homme en blanc avait le timbre, le discours, la taille, la passion, le blanc du boubou et du calot d'un homme de destin. L'homme en blanc termina son discours par un appel grave et pathétique à tous les intellectuels noirs. Ils étaient tous invités à le rejoindre dans la capitale de la République des Monts pour bâtir le premier État africain vraiment indépendant de l'Afrique de l'Ouest et venger l'empereur Samory.

Ah ! Tiécoura. Il arrive à un homme de se tromper dans la vie sur le plat de nourriture qui lui est réservé, mais jamais sur les paroles qui lui sont destinées. C'est à Maclédio que Nkoutigui s'adressait. Maclédio le comprit tout de suite. Il en fut très ému et se mit à pleurer. Il ne pouvait pas ne pas répondre.

Maclédio n'avançait plus dans la rédaction de son mémoire. L'appel de Nkoutigui Fondio constituait une aubaine. Il lui permettait de rentrer en Afrique sans le conclure, le présenter. Il pouvait débarquer à l'aéroport de la capitale de la République des Monts avec ses seuls brouillons, sans démériter. Si ton couscous te plaît, mange-le quand il est chaud. Complète le répondeur.

Maclédio, Marie-Christine (c'était le nom de la serveuse du restaurant universitaire) et leur enfant débar-

quèrent un lundi matin à l'aéroport de la capitale de
la République des Monts. Le soir, Nkoutigui manda
Maclédio et, à la grande surprise de l'appelé, avant même
de répondre aux salutations, tout de go se mit à critiquer
certaines idées du mémoire sur la civilisation nègre originelle. Il connaissait donc tout.

Vous vous êtes extasié devant le dictateur. Quel homme
au physique et au moral ! Quelle éloquence ! Quelle
culture ! Quelle intransigeance ! Vous avez cru et affirmé
que Nkoutigui était votre homme de destin. Vous avez
affirmé et cru que votre homme de destin ne pouvait être
que Nkoutigui.

Courageusement, Maclédio informa le potentat de sa
certitude qu'il était son homme de destin. L'homme en
blanc ne parut pas impressionné par la déclaration de
Maclédio. Le despote recevait chaque jour de similaires
témoignages d'admiration, de sympathie et de soumission. Complète le répondeur.

Le dictateur annonça à Maclédio qu'il était nommé
directeur général adjoint de Radio-Capitale de la République des Monts. Maclédio remercia le Président de sa
bonté et lui jura fidélité jusqu'au sacrifice suprême.
Après la troisième émission radiophonique de Maclédio
comme éditorialiste, il eut encore l'honneur d'être convoqué au palais présidentiel. Il eut droit aux appréciations
élogieuses du dictateur qui cependant lui fit discrètement
remarquer que sa foi de nationaliste, de Nègre, d'ex-
colonisé, jurait avec son mariage avec une Européenne.

Maclédio, sans hésiter, décida, pour l'Afrique et la
dignité de l'homme noir, de se séparer de son épouse.
Marie-Christine n'attendit pas qu'on le lui dise deux fois.
Sans regrets et sans hésitation, elle laissa son petit négrillon
à son père et, le soir même, prit son avion de retour. Elle
préférait de loin rester serveuse dans une cité universitaire
à Paris plutôt que d'être l'épouse d'un haut fonctionnaire

noir dans la capitale de la République des Monts. Elle n'aimait pas l'Afrique, la République des Monts, Nkoutigui, la chaleur ni, tout compte fait, les Nègres, et regrettait d'avoir par pitié fait un enfant avec Maclédio.

L'homme en blanc était un homme passionné et fascinant que Maclédio chaque jour découvrit et à qui il voulut totalement appartenir. Il se convertit à l'islam à la demande de Nkoutigui qui lui attribua comme épouse une de ses propres maîtresses. Maclédio n'aimait pas la femme mais il considérait comme un honneur que d'avoir sous son toit une maîtresse de son homme de destin. Il devint par l'intermédiaire de son épouse un proche, un familier, un parent de Nkoutigui qui le propulsa responsable de l'idéologie à la radio. Poste important qui dans la pratique le mettait au-dessus du ministre de l'Information. Sa tâche était rude. Il ne se passait pas de semestre sans complot dans le régime socialiste de la République des Monts. Certains étaient montés par le dictateur pour se débarrasser d'éventuels et potentiels opposants souvent dénoncés par des devins et des marabouts. La foi en l'islam et au socialisme n'avait pas exclu chez Nkoutigui l'usage quotidien des pratiques traditionnelles africaines (les maraboutages, les sacrifices et les grigris). Le principal de la tâche de Maclédio consistait à inventer les mots, le mensonge, le cynisme et l'éloquence qui apportaient des débuts de justification rationnelle à des actes qui n'en avaient pas parce que sortis des mancies des marabouts-féticheurs.

Maclédio y réussit avec beaucoup d'imagination et de talent. Ce qu'il imaginait de toutes pièces devenait, pour la police, la justice, le Parti et la presse internationale, des faits, les vraies phases d'une vraie conspiration. Complète le répondeur. Les victimes, sous les instruments de torture, répétaient les récits de Maclédio, les agrémentaient de multiples détails et finissaient par les rendre vraisemblables, logiques, incontestables.

Ah ! Tiécoura. La vérité et le mensonge ne sont jamais loin l'un de l'autre et rarement la vérité triomphe. Les mensonges de Maclédio devenaient de solides vérités même pour leur auteur qui finissait toujours par croire qu'il avait plutôt découvert qu'imaginé les trames des complots.

L'homme en blanc ne se contentait pas de tuer les comploteurs, il se couchait avec les veuves des condamnés à mort la nuit même de l'exécution ou de la pendaison de leur époux. La nuit même, pendant qu'elles étaient encore chaudes de la mort de leur mari, pas toujours par plaisir ou sadisme, mais par nécessité, par devoir. Ce rite sacré (se trouver dans le lit d'une femme au moment où on fusillait son mari) permettait à l'homme en blanc totem lièvre de s'approprier la totalité des forces vitales des victimes. Ce n'est donc pas vrai qu'il inventa maints complots pour assassiner les époux des femmes avec lesquelles il désirait se coucher. Non ! La vérité est qu'il a, pour des raisons magiques, désiré ces femmes la nuit de l'exécution de leurs comploteurs de maris pour bénéficier pleinement de leur mort. Explique Tiécoura.

Maclédio partageait avec le Responsable suprême (c'était le surnom que le dictateur de la République des Monts affectionnait entre tous) la même femme, très souvent le même toit et le même repas. Il était un des proches et se croyait suffisamment protégé contre la paranoïa du potentat. Cette erreur lui coûta cher. Un soir, alors que Maclédio avait particulièrement du verbe…

– Un soir, alors que je vilipendais les traîtres, les suppôts de l'impérialisme, que je prédisais les affres de l'enfer d'Allah pour tous ceux qui n'avaient d'autre dessein que d'abattre le seul régime authentiquement africain qu'avait constitué le Responsable suprême, je vis brusquement la porte du studio s'ouvrir… Et c'est le propre frère du dictateur, le ministre Fondio, qui surgit dans le studio. Le ministre m'écarte, occupe ma place.

Et commence à lire une longue liste de nouveaux impliqués dans un nouveau complot ! Il y a soixante-douze noms. Moi, Maclédio, je figure en bonne place. La cinquième !

Le camp Kabako était une gendarmerie à l'est de la capitale de la République des Monts. Tout, sauf la salle de torture, était dans le délabrement de la case d'une lépreuse. La salle de torture que les tortionnaires appelaient la cabine technique bénéficiait d'une installation et d'un équipement ultramodernes.

Comme tous les détenus politiques, Maclédio commença par la cabine technique. Il y subit la flagellation, la brûlure à petit feu des plantes des pieds, les arrachements des ongles et autres épreuves comme celle de l'eau et de l'électricité. Sans faiblir… Sans parler.

Résolument, il continuait à aimer Nkoutigui. Nkoutigui restait son homme de destin. On ne s'accuse pas de participation à un complot contre son homme de destin ! Il refusait de s'imputer une quelconque connivence dans un complot imaginaire contre Nkoutigui. Les tortionnaires y vont de tous les sévices avec tous les raffinements. À la fin, vous, Maclédio, glissez dans l'inconscience sans confirmer aucune de leurs accusations. On vous détache, vous débranche et vous jette dans une cellule. Un médecin et des infirmiers s'acharnent sur vous, parviennent à vous ranimer. En moins d'une semaine, avec beaucoup d'application, des soins intensifs, de la bonne nourriture, vous retrouvez vos moyens, redevenez bon pour un nouvel interrogatoire, de nouvelles tortures.

On vous renvoie dans la cabine technique, vous installe, vous attache et vous branche. Pendant deux jours et deux nuits entiers on vous tourmente… En vain. Vous refusez toujours de parler, de vous accuser de malveillance contre Nkoutigui, contre l'homme en blanc.

Vous préféreriez mourir sous les tortures du Responsable suprême que de vous déclarer publiquement déloyal à son endroit. On vous supplicie jusqu'à ce que vous perdiez une deuxième fois conscience. Une deuxième fois, vous avez les soins des médecins et des infirmiers pour vous remettre sur pied, pour vous préparer à un troisième interrogatoire, à de nouvelles tortures.

Dans la cabine, pour la troisième fois, on vous installe. Les tortionnaires s'apprêtent à brancher le courant quand le téléphone sonne. C'est Nkoutigui en personne qui est à l'appareil. Ensemble, les tortionnaires crient « prêts pour la révolution » et exécutent de parfaits garde-à-vous quand la voix du dictateur est reconnue. Le Responsable suprême veut parler à Maclédio. L'entretien entre le maître absolu du pays et le supplicié que vous étiez se réalise sur un ton familier, amical, affectueux et même banal. Le dictateur vous renouvelle sa confiance, vous encourage. Il vous interpelle. « Chacun à son poste à accomplir tous ses devoirs, tous ses devoirs envers l'Afrique, envers le Noir et le socialisme », affirme-t-il. Il termine ses propos en déclamant ce vers de Senghor :

Savane noire comme moi, feu de la mort qui prépare la re-naissance.

Sans vous en expliquer les raisons, vous êtes effondré, vous vous mettez à pleurer comme un enfant, près d'un quart d'heure durant. Vous demandez aux tortionnaires d'arrêter. Vous réclamez un magnétophone. On enregistre vos déclarations. D'un trait, vous tramez une histoire que la radio nationale, la police, la grande presse internationale reprennent, complètent, agrémentent et finissent par rendre aussi solide que le séant d'un cynocéphale. Le grand tribunal populaire et révolutionnaire utilise la fable échafaudée comme faits indéniables pour vous condamner, vous, Maclédio, et vos quatre-vingt-douze coaccusés à la peine capitale.

Vous n'avez jamais à personne expliqué les raisons pour lesquelles l'audition de ce vers de Senghor vous a fait craquer. Vous vous êtes toujours contenté de révéler en quelle circonstance le vers est devenu un mot de passe entre vous et le dictateur.

Dans sa république socialiste, Nkoutigui était appelé le premier footballeur, le premier médecin, le meilleur agriculteur, le meilleur mari, le plus pieux et plus grand musulman, etc. Il aimait, parmi toutes les adulations, celles qui le qualifiaient de plus talentueux écrivain, de plus grand poète de son pays. Affirme le répondeur.

Avant chaque édition des trois informations de la journée, le speaker de Radio-Capitale de la République des Monts lisait quelques vers du Responsable suprême. C'étaient des vers sans inspiration. L'homme en blanc était un insomniaque et un versificateur médiocre qui pour se relaxer entre deux dossiers griffonnait des lignes sur des pages de cahiers d'écolier que les services de la présidence qualifiaient de poésies ou pensées, assemblaient et éditaient en livres richement cartonnés. Ces livres étaient les seuls à être lus, étudiés et commentés dans les écoles, instituts et universités de la République des Monts. Lors de leur première rencontre, le dictateur avait interrogé Maclédio sur sa préférence en poésie. Maclédio, sans hésitation, avait dit ce vers de Senghor :

Savane noire comme moi, feu de la mort qui prépare la re-naissance.

Ce fut une faute. Maclédio manqua de citer une des pensées du dictateur. Nkoutigui, l'homme en blanc ce jour-là n'avait pas cillé, avait déclaré ne pas apprécier la poésie du réactionnaire sénégalais. Maclédio crut que l'incident était clos et l'avait oublié. Quelle ne fut pas sa surprise, un an après leur rencontre, quand le dictateur une nuit le convoqua, lui récita le vers et le remercia de lui avoir fait connaître le plus beau poème écrit par un Nègre sur les conditions de sa race. Les deux interlocuteurs éteignirent toutes les lampes et, dans les ténèbres, échangèrent des propos qu'aucun des deux ne révéla jamais. Vous, Maclédio, avez juré fidélité au dictateur. C'était le rappel de cette rencontre, des propos échangés, des engagements pris qui vous avait fait craquer et amené à inventer la fiction qui allait permettre au tribunal populaire de vous condamner (vous et vos codétenus) à mort.

C'était d'ailleurs la seule peine que connaissait cette instance. Mais rarement la peine était appliquée. Nkoutigui préférait laisser les détenus politiques crever dans leurs excréments et urines, de faim, de soif, au fond de la cellule. Complète Tiécoura. C'est pourquoi Maclédio et ses codétenus qui avaient survécu aux tortures et aux conditions effroyables de détention des premiers mois continuaient à espérer, à attendre une éventuelle grâce du dictateur. Cet espoir s'envola un lundi matin.

On nous réveille à 4 heures, explique Maclédio. On nous sert des petits déjeuners copieux, nous lie les uns aux autres et nous entasse dans des camions militaires. Nous sommes débarqués au champ de tir. Rapidement, nous sommes attachés aux soixante-treize poteaux qui nous attendent. L'ordre de tirer est sur le point d'être donné au peloton d'exécution. Brusquement un officier surgit dans une Jeep. Il est essoufflé et en sueur. Il interpelle, me demande, m'appelle : « Détachez Maclédio, il est demandé au téléphone », commande l'officier. Je prends le combiné. C'est Nkoutigui, le dictateur, l'homme en blanc en personne qui est à l'autre bout du fil. Il me cause calmement, à moi dont le cœur bat, moi

171

qui attends la mort. Avec une voix sereine, sans la moindre précipitation, il m'annonce qu'il continue, malgré ma trahison, à me considérer comme un ami, un révolutionnaire, un patriote africain. Il continuera toute sa vie à me faire confiance, affirme-t-il sans humour. Il ne me laisse pas placer un mot, récite le beau vers de Senghor :

Savane noire comme moi, feu de la mort...

Je n'ai pas le temps d'entendre tout le vers ; la salve retentit. Mes soixante-douze codétenus viennent d'être fusillés. Je me précipite sur le combiné, vocifère, injurie le dictateur :

– Salaud ! *Favoro !* Mère de chienne ! Je te défie, criminel de menteur ! Commande à tes hommes de m'assassiner comme les autres. Assassin ! Oui, tu es un assassin !

Je me calme, pour écouter sa réaction. Le téléphone sonne occupé. Il ne m'a pas entendu, la communication est rompue, le dictateur a raccroché après avoir énoncé le vers. C'est malheureux, en pleurs et tout seul que je retourne dans l'un des camions vides au camp Kabako.

Ah ! Tiécoura. Pourquoi une telle hécatombe ce lundi matin ? Dis-le, maître, répond le cordoua...

Nkoutigui Fondio ne se connaissait sur tout le vaste continent africain qu'un seul adversaire de taille : Tiékoroni, le rusé petit vieillard au chapeau mou, appelé l'homme au chapeau mou. Il avait pour totem le caïman et était le dictateur de la République des Ébènes et se faisait appeler dans son fief le Bélier de Fasso et le Sage de l'Afrique. En réalité, dans l'Afrique des mille dictatures, Nkoutigui et Tiékoroni, le rusé vieillard, étaient les deux potentats qui, tout en étant différents dans la forme, se ressemblaient le plus dans la façon d'agir.

L'homme en blanc avait la haute stature des Malinkés

de la Savane, Tiékoroni l'homme au chapeau mou la naine mensuration des hommes de la forêt. Cette différence de taille ne se traduisait pas par des caractères opposés. Ils étaient tous les deux des dictateurs orgueilleux et impénitents, ajoute le cordoua.

L'homme en blanc portait en toute saison l'habillement traditionnel de l'Afrique de l'Ouest, le calot et le boubou blancs ; Tiékoroni, le chapeau mou, la cravate et le costume européen trois pièces. La manière différente de s'habiller ne signifiait rien, absolument rien. Ils cachaient toujours tous les deux sous leurs déguisements respectifs les grigris protecteurs des marabouts féticheurs. Explique le répondeur.

L'homme en blanc fut un pieux et pratiquant musulman qui transforma son pays en république islamique ; Tiékoroni un catholique qui bâtit dans les terres ancestrales de son village natal le plus somptueux lieu de culte catholique hors de Rome. Cette opposition dans les croyances religieuses n'était que purement formelle.

Ils étaient tous les deux foncièrement animistes. Ajoute le répondeur.

L'homme en blanc fut socialiste et eut l'encensement, l'admiration et le soutien de l'Est ; Tiékoroni, capitaliste, disposa de ceux de l'Ouest. Cette opposition dans la pensée n'eut aucun effet sur l'organisation politique des deux régimes.

Les peuples des deux pays furent livrés à des dirigeants corrompus des partis uniques liberticides et mensongers. Ajoute Tiécoura.

Qu'est-ce qui, en définitive, distinguait les deux pères de la nation, présidents de partis uniques ? Ce qui différenciait et séparait les deux dictateurs était la foi. Pas la foi religieuse (nous avons dit qu'en dépit de l'apparence ils étaient tous les deux féticheurs), mais la foi en la parole et en l'homme, au Nègre en particulier. L'homme en blanc croyait aux paroles, aux hommes et au Nègre. Et gérer l'indépendance pour Nkoutigui signifiait remplacer, à tous les niveaux, tout Blanc (technicien ou pas) par n'importe quel Nègre.

Le rusé et aristocrate Tiékoroni ne croyait pas aux paroles, à l'homme et surtout pas au Nègre. Et gérer une république indépendante africaine pour lui consistait à confier les responsabilités aux Blancs, tenir le Nègre en laisse pour donner des coups de temps en temps aux compatriotes qui levaient la tête.

Ah! Tiécoura. Sais-tu qui, en définitive, eut raison et gagna? C'est Tiékoroni, le rusé petit vieux au chapeau mou. Dans la vie, quand tu as à choisir entre deux hommes, rallie toujours celui qui ne croit pas à l'homme, celui qui n'a pas de foi. Tous les affamés de la République des Monts, tous les affamés de l'Afrique de l'Ouest se dirigent vers la République des Ébènes de Tiékoroni, terre de paix et d'accueil des réfugiés.

On ne vit aucun homme de la République des Ébènes voulant rallier la République des Monts, le pays de la dignité du Nègre. Complète le répondeur.

En vérité, Tiécoura, c'est toujours le mensonge qui finit par triompher. Tiékoroni, avec la mystification, réussit à paraître l'opposé de ce qu'il fut : le sage, l'incorruptible, l'homme qui jamais ne versa une goutte de sang humain, etc. L'homme en blanc parut dans toute sa nudité de dictateur cruel, mégalomane, exalté, tribaliste, sadique, l'homme qui laissa son pays exsangue.

L'homme en blanc et Tiékoroni se combattirent sur tous les fronts, par tous les moyens : les injures, les armes, les services secrets, le football. Par tous les moyens matériels, visibles et imaginables. Ils ne parvinrent pas à se détruire, il n'y eut ni vaincu ni vainqueur. Alors ils décidèrent de s'affronter dans un domaine supérieur, celui des choses invisibles, de la sorcellerie, de la magie, des sacrifices. Il n'y eut là encore ni vainqueur ni vaincu.

C'est alors qu'un des marabouts-féticheurs de Tiékoroni, au plus fort du combat, déserta le camp capitaliste. Il s'appelait Boukari et se rallia au socialisme scientifique pour la dignité de l'homme noir. Il instruisit Nkoutigui des secrets, des recherches et des travaux que lui Boukari avait réussis pour Tiékoroni et le capitalisme.

Les chances du socialisme étaient annihilées en Afrique et l'avenir de Nkoutigui cadenassé. Tiékoroni avait réussi ses performances à cause des abondants sacrifices de différentes espèces de bêtes qu'il avait exposés. Pour préserver l'Afrique d'un avenir capitaliste, la sauver de l'exploitation de l'homme par l'homme, il fallait mieux faire que Tiékoroni, accomplir des sacrifices humains. Boukari recommanda au leader du socialisme scientifique d'attendre le lever du jour du soixante et onzième anniversaire du Bélier de Fasso pour sacrifier soixante et onze personnes. Le 18 octobre à l'aube, l'homme en blanc fit fusiller les soixante et onze codétenus de Maclédio... C'était pour le triomphe du socialisme rationaliste, ajoute le répondeur.

— J'étais moi, Maclédio, si obnubilé par le verbe de Nkoutigui que, ce jour-là, je lui en voulais un peu de ne m'avoir pas, comme mes soixante et onze autres codétenus, assassiné pour la noble cause.

Vous n'avez jamais su, personne n'a vérifié si le dictateur de la République des Monts, pour s'attribuer les forces vitales des soixante et onze fusillés, courtisa la nuit du 18 octobre les soixante et onze veuves éplorées !

C'est ainsi, Maclédio, que vous vous êtes retrouvé seul dans le camp Kabako. Chaque matin au réveil, vous parcouriez seul le baraquement d'un bout à l'autre ; vous vous prosterniez devant chaque grabat vide, vous annonciez le nom de chaque fusillé, pleuriez et priiez. Vous n'aviez pas la conscience tranquille, vous n'avez jamais la conscience tranquille, vous continuez à vous en vouloir d'avoir inventé les fictions qu'avait utilisées l'accusation pour condamner des innocents. Vous vous jugez aussi coupable que le dictateur mégalomane féticheur dans la tuerie. Vous avez pensé que le dictateur vous avait laissé en vie pour rétribuer vos mensonges. Vous ne vouliez pas d'une telle vie indigne. Vous avez voulu vous suicider, vous attendiez des nouvelles de vos enfants avant de mettre fin à votre vie. Vous attendiez des nouvelles, surtout des nouvelles du benjamin, le petit métis. Mais rien ne filtrait des prisons de Nkoutigui. Le condamné n'avait aucune nouvelle de sa famille et la famille aucune information sur le détenu. Toutes les journées se ressemblaient. L'absence de calendrier et de contact avec l'extérieur finissait par faire perdre le sens du temps au prisonnier du camp Kabako. Le prisonnier finissait par ignorer le nombre de jours, de mois, d'années qu'il mettait à attendre, à espérer la clémence du dictateur mégalomane.

Un matin, vous avez pris votre courage à deux mains et avez demandé à votre geôlier de vous conduire près de l'adjudant-chef responsable de la section. Celui-ci vous a reçu avec une amabilité inhabituelle et, sans que vous l'eussiez sollicité, il vous a tendu le téléphone. Vous n'en aviez pas cru votre oreille ! Vous aviez Nkoutigui, l'homme en blanc, en personne au téléphone. Familièrement, le dictateur vous adresse un « comment vas-tu mon ami ? ». Surpris, vous laissez tomber le combiné et, sans attendre votre geôlier, vous courez comme un fou réintégrer la prison. Entre quatre murs vous avez regretté de n'avoir pas crié :

Savane noire comme moi, feu de la mort qui prépare la re-naissance.

– Quelques jours après, le geôlier vint me chercher, moi, Maclédio. L'officier commandant le camp me convoquait. J'arrive. Le commandant m'ordonne de m'agenouiller pour louer le Responsable suprême pour son humanisme, sa générosité, sa foi en Allah et en la révolution socialiste, sa sagesse et son nationalisme… Et il élève le ton pour déclamer : « Nkoutigui vous libère ! »

Le président de la République du Golfe, le président Fricassa Santos était venu en République des Monts à l'école de la révolution, de la sagesse et du nationalisme africain. Le président Nkoutigui, en plus de ses œuvres complètes, avait offert à son hôte la libération de Maclédio.

Rasé, habillé de neuf, j'arrive par un camion militaire au pied de l'échelle d'un avion sur l'aire d'attente. Je monte, l'avion décolle. À la suite d'un ordre de la tour de contrôle, l'appareil ne perce pas les nuages, tourne plusieurs fois au-dessus de la capitale de la République des Monts. Dans la conversation que le pilote a avec la tour, mon nom est trois fois prononcé. L'avion revient, atterrit et attend en bout de piste. J'ai peur, mon cœur bat. Je connais la cruauté de Nkoutigui. J'imagine qu'il m'a fait espérer par sadisme pour me tuer, m'assassiner. Mais voilà le chef du protocole de la présidence, accompagné d'un gendarme armé, qui monte dans la carlingue. Ils se dirigent vers mon siège, me remettent un gros paquet. Fiévreusement, j'ouvre l'enveloppe jointe au paquet : ce sont les œuvres complètes de Nkoutigui dédicacées par l'auteur. Dans la dédicace, Nkoutigui me remercie pour ma contribution à l'avènement du socialisme scientifique en Afrique et termine par :

Savane noire comme moi, feu de la mort qui prépare la re-naissance.

Et l'homme en blanc me prie humblement de me reporter au dernier paragraphe de la centième page du quatrième volume de ses œuvres. Fiévreusement je déchire le paquet, ouvre le volume à la page indiquée, lis le paragraphe. Comme toute l'œuvre du dictateur, le style du paragraphe est alambiqué et bouffi. Je lis et relis le paragraphe. Le mot LIBERTÉ y figure quatre fois. Je m'amuse à remplacer ce mot tant aimé et abusivement usé par : Savane, Feu, Mort et Re-naissance. Le message apparaît, tout s'éclaire. En raison de croyances religieuses et totémiques, l'homme en blanc n'était pas et ne pouvait pas être le détenteur de mon nõrô contraire, le nõrô neutralisateur. Le dictateur n'était pas mon homme de destin. Je devais poursuivre ma quête. C'était le sens du message du chef de l'État de la République des Monts. C'est avec un certain soulagement que j'en ai eu confirmation. J'ai pu quitter la capitale de la République des Monts sans le moindre regret, sans aucune intention d'y revenir un jour. Les toits de la capitale de Nkoutigui étaient si lépreux qu'on ne connaît pas de personne qui ait quitté la ville avec un quelconque désir d'y retourner.

C'est ainsi que vous êtes, Maclédio, rentré chez vous après tant de pérégrinations. Sans avoir rencontré votre homme de destin dans cette vaste et multiple Afrique. Sans autre bien en plus de votre caleçon que les seules œuvres complètes de Nkoutigui Fondio, l'homme en blanc, le dictateur sanguinaire de la République des Monts.

La connaissance par cœur des quarante volumes des œuvres de l'homme en blanc n'était considérée nulle part en dehors de la République des Monts comme un savoir. Au ministèrc de la Fonction publique de la République du Golfe, les œuvres du dictateur ne valaient aucun des diplômes exigés pour être engagé. Après d'interminables démarches et interventions on vous accepta comme vacataire à la radio. Deux fois par semaine, vous animiez une causerie sur les grandes figures africaines. L'émission avait beaucoup de succès.

C'était sur cet homme que vous, Koyaga, et vos compagnons putschistes les lycaons étiez tombés à la radio, conclut Tiécoura, le répondeur.

Il n'y a pas de marche qui un jour ne finit pas : là s'achève cette veillée. Annonce le sora avant d'exécuter la partie musicale finale. Tiécoura joue de la flûte et danse. Bingo énonce les derniers proverbes sur le destin :

Celui qui doit vivre survit même si tu l'écrases dans un mortier.

Toute flèche dont tu sais qu'elle ne te manquera pas, fais seulement saillir ton ventre pour qu'elle y frappe en plein.

Quand un homme la corde au cou passe près d'un homme tué il change de démarche et rend grâce à Allah du sort que le Tout-Puissant lui a réservé.

VEILLÉE IV

Le sora exécute le prélude musical. Le cordoua se perd dans des lazzis grotesques et lubriques.

Arrête, Tiécoura, et retiens que je dirai des proverbes sur le pouvoir au cours de cette quatrième veillée. Parce que :

C'est celui qui ne l'a jamais exercé qui trouve que le pouvoir n'est pas plaisant.
Quand la force occupe le chemin, le faible entre dans la brousse avec son bon droit.
Le cri de détresse d'un seul gouverné ne vient pas à bout du tambour.

14

Ah ! Tiécoura, nous sommes au lendemain, ou revenons au lendemain du jour de l'assassinat et de l'émasculation de J.-L. Crunet, le président de la République, de Ledjo, le chef du comité de salut public, de Tima, le président de l'Assemblée nationale, de cinq ministres, des quatre secrétaires généraux des partis par les lycaons ivres d'effluves du sang et de l'alcool. Les lycaons restent haletants et déchaînés, toujours avides de sang et d'alcool. Ils courent, parcourent les rues les doigts sur la gâchette. Prêts à assassiner et émasculer tous ceux qui pourraient être tentés de s'opposer à leur loi. Vous, Koyaga, avez la bonne imagination de leur commander de rentrer d'abord dans la caserne et de les calmer avant de discuter avec les partis. On ne reçoit pas dans sa maison avec les chiens de garde en laisse dans sa cour, complète le cordoua.

Puis, Maclédio à votre droite, vous avez discuté avec les responsables de tous les partis, vous avez reçu tout le monde. Vous avez constitué un gouvernement d'unité nationale. Le calme, le silence sont revenus ou la peur a fait revenir le silence et la paix dans le pays. Vous aviez gagné et, avec la victoire, vous avez eu le comportement du chasseur.

Vous êtes un maître chasseur de la race du serpent boa qui ne consomme jamais à chaud la victime qu'il abat. De la race de l'aigle qui ne se régale du coquelet arraché à la basse-cour que dans son nid au faîte du fromager.

C'est au nord, dans les montagnes du pays paléo qui vous virent naître, que vous êtes monté consommer à froid votre victime qui est le pouvoir. Le pouvoir suprême du Golfe que vous veniez d'acquérir par l'assassinat et l'émasculation, reprend Tiécoura.

Dans les montagnes du pays paléo vous étiez dans le sanctuaire. Dans le sanctuaire avec votre maman la magicienne, Bokano le marabout et le conseiller Maclédio. Vous étiez tous quatre en conciliabule, accroupis face à l'autel sur lequel de généreux sacrifices de gratitude immolés aux âmes des ancêtres fumaient. Vous disiez de profondes prières, de pressantes implorations par lesquelles vous demandiez aux âmes des ancêtres de mieux vous inspirer, de vous aider, de vous protéger, de guider vos pas dans la meilleure voie de la bonne administration des hommes et du pays. Vos prières furent exaucées, vos sacrifices acceptés.

Oui, pleinement acceptés, reprend le cordoua. Car brusquement on pousse le volet du sanctuaire. Une vieille sorcière entre, s'agenouille et se présente. Et, sans les saluades et les circonlocutions habituelles, commence à conter l'étrange songe qui coupa sa nuit. Songe dans lequel vous étiez, vous Koyaga, apparu dans tous vos habits et attirail de chasse et en selle sur un coursier harnaché de tous les attributs du pouvoir. Dans le songe, dès vos premiers pas dans la brousse, la sorcière vous avait vu entouré et intercepté par des prédateurs de redoutables et impitoyables espèces. Tour à tour, chaque carnivore vous avait indiqué la ruse et le lieu de surprendre et de piéger le gibier. Nettement, la songeuse avait distingué un chacal du désert, une hyène des savanes, un charognard et une panthère. Et tournoyaient et chantaient dans une ronde saltimbanque, au loin, à une bonne cinquantaine de pas de vous, d'autres dangereuses espèces de bêtes qu'elle eut des difficultés à identifier.

Le marabout connaisseur des sens des rêves, l'oniromancien Bokano, d'un tour de main trace des signes dans le sable dans lesquels transparaît l'interprétation du songe de la vieille.

La politique est comme la chasse, on entre en politique comme on entre dans l'association des chasseurs. La grande brousse où opère le chasseur est vaste, inhumaine et impitoyable comme l'espace, le monde politique. Le chasseur novice avant de fréquenter la brousse va à l'école des maîtres chasseurs pour les écouter, les admirer et se faire initier. Vous ne devez, Koyaga, poser aucun acte de chef d'État sans un voyage initiatique, sans vous enquérir de l'art de la périlleuse science de la dictature auprès des maîtres de l'autocratie. Il vous faut au préalable voyager. Rencontrer et écouter les maîtres de l'absolutisme et du parti unique, les plus prestigieux des chefs d'État des quatre points cardinaux de l'Afrique liberticide.

Le chacal du désert apparu dans le rêve signifiait qu'il vous fallait rendre visite à un souverain des Djebels. Un dictateur qui aurait pour totem le chacal ou serait aussi filou qu'un chacal, complète Tiécoura. La panthère apparue signifiait qu'il vous fallait rencontrer un maître en parti unique du golfe de Guinée, de l'Ouest de l'Afrique. Un potentat de l'Afrique de l'Ouest dont le totem serait la panthère ou qui serait aussi féroce qu'une panthère, ajoute le répondeur. Le charognard, un dictateur de la forêt centrale de l'Afrique. Totem charognard ou aussi glouton qu'un charognard. L'hyène, un maître en parti unique de l'Afrique orientale. Totem hyène ou aussi sot et criminel qu'une hyène, complète le cordoua. Et le léopard, un dictateur de la grande forêt impénétrable cabotant sur un grand fleuve. Totem léopard ou aussi sanguinaire qu'un léopard, reprend Tiécoura.

Sans hésiter vous décidez, vous Koyaga, de commencer votre règne, votre commandement par un voyage initiatique. Vous descendez des montagnes, arrivez dans la capitale où vous faites affréter votre avion de commandement.

Après la revue de la haie d'honneur, vous êtes en train de vous diriger vers la passerelle ; un ambassadeur vous coupe la route et se présente. Il est le plénipotentiaire du dictateur au totem caïman. Il vous informe, vous, le novice chef d'État, des règles et procédures établies, et cela depuis des décennies, entre les dictateurs et maîtres des partis uniques de la vieille Afrique. Le caïman étant appelé et reconnu comme la plus ancienne des bêtes terrestres, toutes les visites d'un apprenti chef d'État à ses pairs africains débutent par le pays du dictateur au totem caïman. Oui, c'était une règle à laquelle vous ne pouviez pas déroger, ajoute Tiécoura.

Vous voulez partir pour votre première visite, la visite au dictateur au totem caïman et vous ne faites pas deux pas qu'un autre ambassadeur se détache de la haie d'honneur. Diplomatiquement, il vous aborde et se présente. Il est le plénipotentiaire du chef au totem serpent boa. Vous ne pouvez pas faire le tour de l'Afrique sans aller vous abreuver à son expérience de rédempteur de l'Afrique.

Vous voulez enfin occuper votre siège de chef d'État dans votre avion de commandement lorsqu'on vous tend un câble venant de la Corne de l'Afrique du dictateur au totem lion. Cet autocrate vous rappelle qu'il est roux et vaincu par l'âge mais n'a pas cessé d'être le roi des dictateurs du continent. Un roi qui ne peut pas être oublié, négligé dans un voyage d'initiation.

Les gestes des trois ambassadeurs balayent les soucis des devins qui vous accompagnent, les devins de la délégation présidentielle. Ils vous entourent, vous expliquent. Les prédateurs que la songeuse n'avait pas su identifier dans son rêve prémonitoire s'appelaient le caïman, le boa et le lion. Le songe est totalement élucidé. Vous pouvez partir. Vous savez par quel pays, quel gouvernement commencer ; par quel pays, quelle dictature achever votre voyage initiatique. L'avion décolle.

Tiékoroni, le maître de la République des Ébènes, avait pour totem le caïman. C'était un petit vieillard rusé qu'on appelait l'homme au chapeau mou et qui se faisait appeler dans son fief le Bélier de Fasso et le Sage de l'Afrique.

Il n'est pas difficile, de l'avion, de distinguer la capitale du dictateur au totem caïman, la capitale de la République des Ébènes. C'est au bout d'un chapelet de lagunes. À votre arrivée, l'aéroport est fourmillant, frénétique et hurlant de Nègres et de Négresses hilares. Pour vous impressionner, vous montrer qu'il est le seul maître de son pays, le seul hippopotame mâle dans le bief, qu'il peut tout se permettre, qu'il peut tout... Même transformer un excrément, un étron bien moulé, en pépite d'or, complète le répondeur... Il a décrété deux jours de congé sur toute

l'étendue du territoire et a mobilisé les danseurs, les écoliers, les organisations de jeunesse et de femmes des vingt-
quatre régions de sa République. La foule était alignée aux
bords de la route dans les villages, à l'entrée et sortie de
chaque village tout le long des trois cents kilomètres qui
séparent la capitale de la ville natale du dictateur. C'est
le long d'une route bordée dans chaque village de deux
haies ininterrompues de danseurs hilares ou de bougres
applaudissant qu'en tête d'un convoi de trois cents grosses
Mercedes vous atteignez Fasso, la ville natale du dictateur.

Fasso est une curieuse ville.

On raconte qu'un jour le dictateur traîna jusqu'à Fasso
l'économiste de France le plus blanchi par sa science,
sa sapience et sa défense de l'environnement :

– Dis-moi, au rythme où nous nous développons, lui
demanda-t-il, dis-moi, dans combien de décennies Fasso,
mon village natal, ressemblera-t-il à un village suisse,
aura-t-il le confort et la propreté d'une agglomération
européenne ?

– Pas avant un siècle, lui répondit l'économiste.

– C'est-à-dire bien après moi.

– Oui, confirma l'économiste.

– Non, je n'accepte pas de mourir sans avoir vu mon
village natal aussi beau que tout village européen, sans
avoir vu mes parents et proches aussi riches que les Européens les plus riches.

L'homme au totem caïman rejeta la pessimiste interprétation du développement, décida de forcer le destin. Il
était le maître du pays et fabriquait des fortunés. Il se rappela les préceptes d'un vieux proverbe de chez lui. Le
proverbe qui conseille à qui parvient à faire la fortune
d'un étranger avec un doigt, de retourner immédiatement
en direction de sa propre personne ses dix doigts pour
se couvrir d'or, de courir pointer ses parents et enfants
avec cinq doigts, ceux de son village et de sa tribu avec

trois doigts, avant d'aller à travers le monde réaliser le bonheur des autres hommes de l'univers.

Le dictateur avait, avec l'argent de l'État, fait de chacun de ses parents, de ses proches et serviteurs des fortunés comme des princes d'un pays pétrolier du golfe d'Arabie. Il avait hissé, toujours avec les moyens de l'État, tous les membres de sa tribu au bonheur et au confort matériel que vivent les citoyens des pays développés les plus riches du monde. À tout habitant des villages environnants de sa case natale, il avait fait octroyer gratuitement une villa par le gouvernement. Personnellement, il avait dirigé les chantiers de construction des larges avenues qui traversent de part en part sa ville natale et se prolongent dans la forêt et la brousse. Dans la brousse et la forêt, loin de toutes activités humaines, où les serpents utilisent les avenues comme clairières pour se réchauffer aux premiers rayons du soleil, les singes comme espaces pour les déjections et les ébats amoureux. Il s'était amusé, pendant ses week-ends et ses nuits, à réaliser, au milieu des pauvres cases basses couvertes de tôle ondulée des habitants, des œuvres splendides et immenses financées par le budget de l'État. Des palais aux frontons dorés, de splendides hôtels en marbre et même une basilique. Des magnificences qui se perdent dans les cieux du village, des magnificences qui ne sont utilisées et ne sont hantées que par les volettements des hirondelles et des gendarmes et les coassements des chauves-souris.

Dans le souci de combler de munificences les animaux de son terroir natal, il s'est montré – comme il se doit pour des totems – particulièrement généreux pour les caïmans. Il a fait pêcher, dans toutes les rivières environnantes de toute la région, tous les sauriens. Il leur a construit un lac de marbre. Dans le lac, ils bénéficient des trois repas quotidiens que beaucoup de citoyens de sa

République ne connaîtront jamais au cours du prochain siècle.

C'est justement face au lac aux caïmans aménagé au pied de sa résidence que votre hôte vous attend. Le dictateur au totem caïman est tranquillement assis, à même le marbre, sur une marche de l'immense perron de son palais. Une chemise en brocatelle à manches courtes moule son frêle corps, le chapeau mou est planté sur la tête et de larges lunettes noires aux montures en or barrent son visage. Le pantalon de flanelle blanc et les chaussures sport achèvent avec une élégance consommée la tenue décontractée dans laquelle le dictateur veut vous accueillir.

Ah ! Tiécoura, disons le parcours, le donsomana, la geste du potentat qui accueille Koyaga.

L'histoire de la vie de l'homme au totem caïman, l'homme au chapeau mou, débute avec l'arrivée des Blancs.

Un chef de tribu du nom de Sika Kourou trahit les nationalistes africains qui combattent et bloquent les conquérants avec des flèches empoisonnées. Les combattants nationalistes assassinent le chef Sika Kourou et jurent de tuer tous les membres de sa famille. Les conquérants français chargent un détachement de tirailleurs sénégalais de protéger la famille du traître chef de tribu. Ce détachement est commandé par un caporal du nom de Samba Cissé.

Samba Cissé est d'une très vieille famille Cissé du Sahel. Une très vieille famille Cissé à qui a été annoncé qu'un homme illustre sortirait de son sein et qui, depuis des siècles, attend cet homme. Toutes les branches de la famille depuis des siècles se livrent à de riches et coûteuses adorations avec des sacrifices sanglants pour hâter la naissance, l'avènement de leur homme illustre. Le caporal

Samba Cissé, chef du détachement chargé de la protection, a une aventure avec la sœur du traître Sika Kourou. De l'aventure sort un fils. Samba Cissé, après quinze ans de loyaux services, quitte l'armée et rentre dans son village natal du Sahel. À Samba Cissé, les devins du Sahel apprennent que le fils qu'il a abandonné au Sud est l'homme que toutes les branches de la famille Cissé attendent depuis des siècles. Samba Cissé précipitamment redescend dans le Sud et réclame son fils, veut à toutes les conditions récupérer son fils.

Dans l'ethnie du chef traître prévaut le matriarcat ; un fils n'appartient pas à son père, le père est un vulgaire géniteur ; l'enfant appartient à sa mère, à la famille de sa mère. Il ne peut avoir son fils ; on ne lui donnera jamais son fils. Le caporal Samba Cissé retourne dans son Sahel natal en pleurant et regrettant son garçon abandonné dans des mains de cafres de la forêt.

C'est ce fils qui s'appellera Tiékoroni, l'homme au totem caïman, l'homme au chapeau mou, et qui deviendra le dictateur de la République des Ébènes.

L'enfant eut droit à l'école. Sur les bancs, il se révéla doué et poursuivit jusqu'à l'école William-Ponty de Gorée qui fabriquait les hauts fonctionnaires de l'administration coloniale. Rien de plus trompeur que le bon cœur de jeunesse.

Le bon cœur du jeune Tiékoroni égara le haut fonctionnaire et l'amena à dénoncer et à combattre les travaux forcés. Une erreur de jeunesse qui lui avait fait penser, croire, écrire et dire – à lui, l'homme au totem caïman – qu'il y avait mieux et plus humain que la trique et les travaux forcés pour faire avancer les Noirs et développer l'Afrique. Une faute qui inutilement cassa l'amitié entre la famille de Sika Kourou et l'administration coloniale française. Une faute dont se souvinrent les colons quand l'homme au caïman, jeune fonctionnaire colonial, solli-

cita leur appui pour se faire élire député. Il eut beau proclamer, dans toutes les affiches, dans tous ses discours
de campagne électorale, ce qu'il était, le neveu de Sika
Kourou, l'héritier du chef qui avait collaboré avec les
conquérants français, donc « un bon sang qui ne pouvait
pas mentir », rien n'y fit. Ces rappels ne parvinrent pas
à fléchir le gouverneur de la colonie. Le gouverneur dans
ses circulaires continua à calomnier. L'homme au totem
caïman s'était aliéné, définitivement aliéné le soutien de
l'administration par ses sensibleries. Il avait perdu ses
attributs de bon colonisé. Tout l'appareil de l'administration coloniale devait se liguer et se ligua contre
l'homme au totem caïman et le combattit. Dans la brousse,
ses partisans furent envoyés en prison. Il ne changea pas :
se déclara nationaliste, anticolonialiste, marxiste et se
lança dans des discours démagogiques. Les paysans
eurent le malheur de le croire, votèrent pour lui et se soulevèrent pour réclamer d'autres libertés après la suppression des travaux forcés. Une vraie jacquerie qui embrasa
tout le territoire.

Les mercenaires des troupes françaises furent lancés
aux trousses du tribun nouveau député. De peu ils le
manquèrent à Gouroflé où ils assassinèrent son disciple
Bika Dabo. L'alerte est chaude, le député détale. Avec
l'entrain et l'allure du singe qui a échappé à une meute
en abandonnant un bon bout de sa queue dans la gueule
d'un chien. Une fuite éperdue qui l'amène à Bamako,
Dakar, Bordeaux, Paris. Nulle part il ne trouve de refuge
ou d'avocat pour le défendre. Encore Bordeaux, Bamako ;
encore Dakar et Paris où ses poursuivants le coincent
dans la salle d'eau d'une chambre d'hôtel. Il est à bout de
souffle. Il n'attend pas qu'on lui pose la question. De sa
propre initiative et dans son bon français, il annonce sa
renonciation à ses illusions, rappelle l'amitié éternelle de
sa famille avec la France, le pays colonisateur. Haut et

fort proclame son choix du libéralisme, du camp de la liberté.

En gage de bonne foi, sur-le-champ, il retourne main dans la main avec ses poursuivants dans son pays. Dans la capitale et les principales villes, organise de grandes manifestations au cours desquelles, publiquement, il informe de sa conversion à l'idéologie libérale, sa reconnaissance aux colonisateurs, son anticommunisme viscéral, son horreur pour les guerres de libération et du droit des peuples à disposer d'eux-mêmes. Son discours et son accent se lèvent si sincères que la France, l'Amérique et tout l'Occident le désignent comme fer de lance de la guerre froide, le leader en Afrique de l'Ouest de la lutte anticommuniste. Son pays coincé entre deux États appelés progressistes occupait une place stratégique dans la lutte contre l'enveloppement du totalitariste communisme international.

Son pays devint le seul de la région à donner à manger à son peuple, à construire des routes, à accueillir ceux que la sécheresse chassait de la savane, du Sahel. Une réussite ! Un miracle ! L'Occident décida d'en faire une vitrine et aida l'homme au totem caïman à acquérir la prestance, la respectabilité. L'Occident lui prêta d'importants moyens financiers pour se développer et payer en sa place les forces qui combattaient pour défendre les positions du camp libéral. Il finança des forces favorables à l'Occident dans tous les conflits : Biafra, Angola, Mozambique, Guinée, République du Grand Fleuve, etc.

À votre surprise, il vous annonça, à vous Koyaga, qu'il avait été informé à l'avance de votre intention de perpétrer votre coup d'État. Vous l'aviez réussi parce que l'Occident – c'est-à-dire un peu lui – ne l'avait pas jugé contraire aux intérêts du camp occidental. Lui, l'homme au totem caïman, était considéré comme un général de la lutte de l'Occident contre l'impérialisme rouge. On ne salit pas un chef de guerre au front. Toutes les critiques qui étaient formulées à son endroit apparaissaient comme des attitudes partisanes ; tous ceux qui dénonçaient son système apparaissaient comme des alliés conscients ou inconscients de la dictature prolétarienne rouge. Sa personne et son système étaient farouchement défendus par les médias occidentaux.

— D'abord tu es un frère, un ami. Je te tutoie. Je t'invite à m'accompagner dans mon habituelle promenade du soir, vous annonça-t-il en guise de salutations.

Avant que vous reveniez de votre surprise, il poursuivit tranquillement :

— Et je te lance un défi. Je te le lance bien que tu sois un colosse, un chasseur, un ancien combattant et moi un paisible paysan, un frêle et petit vieillard. Je lance un défi à relever. Nous allons marcher, visiter mes plantations à pied. Je ne serai certainement pas le premier fatigué, celui qui le premier demandera à souffler.

Avec un sourire condescendant, vous regardez la fourmi de minuscule vieillard prétentieux de la tête aux pieds. Poliment vous le saluez, le remerciez de l'accueil et des soins dont vous avez été entouré et, tranquillement, répliquez :

— Je relève le défi. Tout de suite, sans aller à l'hôtel pour changer d'habillement, de chaussures. Vieux (c'est un des surnoms prisés par le dictateur au totem caïman), je vous accompagne dans votre promenade.

Et sans autre proverbe vous vous êtes engagés sur une route montante conduisant aux plantations d'ananas.

Une prostatite avait été diagnostiquée chez le dictateur au totem caïman. Il refusait de se faire opérer – ses marabouts devins lui avaient vaticiné une mort certaine dans l'année où il accepterait de se faire ouvrir. Les nombreuses assurances des chirurgiens n'étaient pas parve-

nues à lui faire approuver une décision opposée aux prophéties et son urologue s'était limité à lui prescrire des
longues marches. Le dictateur avait pris goût à ce salutaire exercice physique quotidien. Et comme, dans sa
République, tous ses gestes étaient analysés comme des
dons charismatiques, les adulateurs s'étaient empressés
de le surnommer le plus grand marcheur de l'Afrique. Le
dictateur les croyait et s'évertuait à démontrer à chacun
de ses visiteurs que ce titre était mérité, bien mérité. Il ne
manquait jamais d'entraîner ses amis dans de longues
promenades au cours desquelles il disait des confidences
et prodiguait de judicieux conseils de vieux dictateur
roussi par les matoiseries et la corruption.

Dès les premiers pas, le dictateur donna des ordres. Les
hommes chargés de la sécurité devaient être réduits au
strict indispensable et tenus de suivre discrètement et à
bonne distance les deux chefs d'État.

Vous allongez vos enjambées d'échassiers, obligeant le
petit vieillard à multiplier ses minuscules pas de chiot
courant après son maître. Rapidement, vous vous êtes
trouvés seuls. Les vastes plantations d'ananas tout autour
de vous de coteau à coteau s'étendaient jusqu'à l'horizon. Le dictateur au totem caïman poliment s'excuse et
s'explique. La promenade et le défi ne sont que des pré-
textes pour rechercher un tête-à-tête loin de toute oreille
indiscrète. Il vous fait comme à une femme une déclaration d'amour. Il vous aime de tout son cœur et de tout son
corps et il va vous livrer des confidences qui n'ont jamais
été dites à un autre avant vous. Des confidences que vous
devrez retenir comme la première tétée que vous avez
absorbée le jour de votre naissance. Des paroles qui
pour votre carrière de dictateur vous seront plus salu-
taires que ne le sont les bâtons blancs aux non-voyants.

La première méchante bête qui menace un chef d'État
et président d'un parti unique dans l'Afrique indépen-

dante de la guerre froide, dit-il (et il vous apprend que vous deviendrez, que vous le vouliez ou non, un père de la nation), la première méchante bête qui menace au sommet de l'État et en tête d'un parti unique s'appelle la fâcheuse inclination en début de carrière à séparer la caisse de l'État de sa caisse personnelle. Les besoins personnels d'un chef d'État et président d'un parti unique servent toujours son pays et se confondent directement ou indirectement avec les intérêts de sa République et de son peuple. Il doit paraître l'homme le plus fortuné de son pays. Il n'y a pas d'avenir et d'autorité en Afrique indépendante pour celui qui exerce le pouvoir suprême s'il ne s'affiche comme le plus riche et le plus généreux de son pays. Un vrai et grand chef africain, sans cesse et tous les jours, offre. Offre à ceux qui lui rendent visite, offre à ceux qui ne lui rendent pas visite. Offre à ceux qui l'aiment, à ceux qui le détestent, à ceux qui sont pauvres et dans le dénuement, à ceux qui sont riches et dans l'opulence. Ces dons doivent, à l'occasion de toutes les funérailles, de tous les mariages, de toutes les fêtes, avoir les montants les plus élevés et personne dans la République ne doit être autorisé à s'afficher publiquement plus généreux que le chef de l'État.

Il vous conseille d'orienter l'économie, de faire passer dans les caisses de l'État, avant qu'elles atteignent les rudes mains des braves paysans, la totalité des recettes acquises par la vente des produits de rente. Les caisses de stabilisation des produits agricoles se sont avérées d'excellents instruments pour un tel stratagème. Elles permettent le contrôle à la source de la rentrée des devises dans une république. Les ressources des caisses vont au Trésor public. Et le dictateur au totem caïman, avec un sourire malicieux, de préciser qu'il n'a pas besoin de vous apprendre que les ressources du Trésor se mêlent aux recettes du parti unique et donc se confondent avec les caisses privées du président du parti et chef suprême de l'État et des armées. Il ajoute en élevant la voix qu'il n'y a là que justice :

– Dans l'Afrique actuelle, tout le monde le sait et l'admet. Et jamais un Africain ne sera assez mesquin pour chercher à savoir ce qui se trace sur les comptes du chef que le suffrage universel a désigné. On ne regarde pas chez nous dans la bouche de celui qu'on a chargé de décortiquer les arachides de la communauté ou dans la bouche de celui qui fume les agoutis chassés par tout le village. En Afrique, nous faisons confiance à nos chefs.

Il y a près d'une heure que la promenade se poursuit. Le dictateur au totem caïman, pour chaque enjambée de Koyaga, effectue trois pas. Il continue à marcher sans apparemment accuser un trait, une goutte de fatigue. Il continue à parler, à nasiller à son rythme, plaçant les mots les uns après les autres comme si le temps dont il disposait était, à l'instar de ses exploitations, sans limites. Les conseils dans le gouvernement des hommes, dans la gestion d'un État sont parfois entrecoupés de savantes explications techniques sur la culture des ananas.

L'homme au chapeau mou aimait se faire appeler paysan ; il en était un vrai. Il avait les travers du villageois madré, mesquin, rancunier, mais parfois simple et généreux. Il était resté un paysan par l'amour qu'il vouait à la terre, par la connaissance qu'il avait des végétaux et des saisons. Il n'avait jamais oublié qu'il avait acquis le pouvoir suprême et la responsabilité du parti unique par l'association des planteurs. Bien sûr, la plantation familiale par laquelle il avait commencé ne ressemblait pas à l'exploitation moderne qu'il vous faisait visiter. Une exploitation qui ne paraissait pas avoir de limites.

Dès qu'il accéda à la magistrature suprême, l'homme au totem caïman décréta des avantages multiples pour les membres de son syndicat de gros planteurs – des avantages qui allaient d'abord et directement au président-paysan lui-même. Au-delà de mille hectares de surface cultivée, l'agriculteur avait droit à des ingénieurs, à des tracteurs, à des engrais, à des insecticides – le tout à titre gratuit. Les exploitations du dictateur étaient labourées, plantées, entretenues, récoltées aux frais de l'État. Ses récoltes étaient commercialisées par sa propre entreprise et non par la Caisse de stabilisation des produits agricoles – lui seul avait le droit, dans la République, d'utiliser un autre canal que la Caisse pour l'exportation de ses récoltes. La Caisse qui pourtant avait la tâche quotidienne de livrer au Président des sacs de billets pour ses menues dépenses de président de la République et de parti unique. Tous les paysans de la République étaient exemptés d'impôts. Et l'homme au totem de saurien, de loin la première fortune de la République, ne versait pas un seul *gnon* dans les caisses de l'État.

Il y a deux ans, las des pernicieuses critiques de la presse étrangère, le Président décide d'en finir avec toutes les équivoques. Il organise une de ces grandes palabres dont lui seul avait le secret et, au cours de gigantesques cérémonies, il fait don de ses exploitations à son pays et à son peuple. Mais les fêtes sont si belles et les louanges si flagorneuses que l'on oublie l'essentiel au cours des cérémonies : le transfert de propriété n'est jamais établi ni signé. Les plantations, après leur dévolution au peuple, deviennent publiquement et politiquement des biens de l'État tout en restant les propriétés privées du Président qui seul empoche la totalité de l'usufruit exempt de tout impôt. Les cérémonies ne parviennent qu'à épaissir les équivoques, à transformer les équivoques en ambiguïtés.

Le soleil déclinait. L'homme au totem de saurien ne suait pas malgré le sérieux qu'il donnait pour tenir votre allure. Il paraissait avoir la fraîcheur de celui qui vient de sortir d'une case climatisée. Il multipliait les petits pas à son rythme, le même depuis le début de la promenade. Sans faiblir. C'est du bosquet qui nous paraît insignifiant que se tire la liane suffisante à nous attacher. Vous, Koyaga, commenciez à regretter de vous être engagé sans avoir changé de chaussures. Vos orteils cuisaient dans votre paire aux bouts pointus. Vous clopiniez. L'astucieux petit vieillard feignait de ne s'être pas aperçu de vos douleurs. Il tenta même de vous démoraliser. Incidemment, entre les proverbes dont il émaillait ses propos, il annonça que vous approchiez à peine de la moitié du parcours. Et il enchaîna :

La seconde méchante grosse bête qui menaçait un chef d'État novice, dit-il – et même tout homme politique en début de carrière –, était d'instituer une distinction entre vérité et mensonge. La vérité n'est très souvent qu'une seconde manière de redire un mensonge, ajouta-t-il. Un président de la République et président fondateur de parti unique – et Koyaga forcément sera le président fondateur d'un parti unique – ne s'alourdissait pas, ne s'embarrassait pas du respect d'un tel distinguo. Il dit ou fait propager les paroles qui lui permettent d'atteindre une cause, un objectif. D'ailleurs il est rare – aussi rare qu'un poil sur le séant d'un chimpanzé – qu'un citoyen d'une République africaine indépendante se lève pour dire les blasphèmes que constitue l'inverse de ce que soutient son chef d'État. Les peuples écoutent ce qu'on leur dit, ce qu'on leur commande. Ils n'ont pas le temps de tourner, de soupeser, de comparer les actes d'un président. Quel croyant juge-t-il les volontés des divinités avant d'exécuter leurs paroles ? Quels sont les individus que nous appelons les grands hommes ? Ce sont, sans hésitation, ceux qui ont le mieux fabulé. Qui sont les plus beaux oiseaux ? Les oiseaux qui ont les plus belles voix. Les plus grandes œuvres littéraires humaines dans toutes les civilisations resteront toujours des contes, des fictions. Après tout, que sont la Bible, le Coran et les autres textes fondamentaux des civilisations de l'écriture, des grandes civilisations, des civilisations éternelles ? Que sont-ils ? Enfin, que nous apprennent-elles, les grandes histoires religieuses et littéraires ? Une vérité et toujours la même vérité. Un homme se réalise pleinement et devient un thaumaturge dès qu'il se libère du distinguo entre vérité et mensonge. Votre hôte vous apprend, Koyaga, qu'il s'est toujours peu soucié de l'adaptation de ses paroles à ses gestes. Et c'était cette habitude, ce comportement qui était à la base de sa prestance et de sa sagesse universellement connues.

Le soleil tombait derrière les dômes des monuments religieux. Les horizons s'estompèrent ; de brusques envols d'oiseaux de nuit se succédèrent. Vous souffriez des pieds et même des genoux et des mollets ; vous boitiez. Le frêle, curieux et sentencieux petit vieillard, tout en continuant à trottiner à son rythme, manda son officier d'ordonnance. Vous avez cru que c'était pour mettre fin à la promenade, mettre fin à vos affres. À votre désespoir, il lui commanda de faire allumer les phares des voitures : la lumière était indispensable à la poursuite de la promenade dans de bonnes conditions. Incidemment, il annonça que vous aviez encore une petite heure à marcher. Vous alliez vous arrêter, vous arrêter et sans fausse pudeur avouer que vous souffriez, lorsque des officiers de sécurité arrivèrent et s'approchèrent de l'homme au totem caïman. Il y avait un certain danger pour des chefs d'État à circuler de nuit dans les plantations. Il fallait arrêter. Le protocole prévoyait un dîner officiel. Il restait juste le temps de s'y préparer.

Les Mercedes vinrent stopper à votre hauteur.

Le lendemain, l'infatigable vieillard, à 5 heures du matin, se trouva dans les fauteuils du vaste salon du palais des hôtes, le luxueux palais des hôtes, et vous l'avez entendu annoncer à la sentinelle :

– Je viens réveiller mon ami et jeune frère Koyaga pour la marche matinale.

Vous êtes descendu. Pour l'éconduire poliment, vous avez prétendu que vous n'aimiez pas les marches du matin. Il a souri et vous a expliqué que vous n'alliez pas recommencer une promenade dans la plantation mais visiter le jardin de la Résidence. Avec le sourire, vous êtes remonté, vous vous êtes habillé et vous l'avez suivi.

Le palais des hôtes était situé dans la propriété privée de l'homme au totem caïman, la propriété ancestrale de son village natal. Il constituait avec le palais présidentiel et les villas familiales du Président un vaste ensemble entouré par un enclos de deux mètres de haut. Des portes cochères dans le mur s'ouvraient aux quatre points cardinaux, des portes cochères fermées par de lourds portails de fer avec des becs-de-cane en or massif – le petit vieux adorait faire étalage de sa fortune.

Une fois dans les larges allées du jardin du palais des hôtes, l'homme au totem caïman reprit l'entretien au point où vous l'aviez arrêté la veille. Juste à la fin de la deuxième règle qu'un président novice doit connaître, appliquer et retenir pour ne pas être balayé par un coup d'État.

La troisième méchante bête qui menace au sommet de l'État et à la tête d'un parti unique consiste, pour le président, à prendre les hommes et les femmes qui le côtoient, qu'il rencontre, avec lesquels il s'entretient, comme culturellement ceux-ci se présentent. Un chef d'État prend les hommes comme ils existent dans la réalité. Il doit connaître – comme le charmeur connaît les parties du corps des serpents – les sentiments et les moyens par lesquels il faut enjôler les humains :

– Tout homme est un dissimulateur. Les bons sentiments ne sont que des stratagèmes. Le cancrelat nous dévore en soufflant sur notre plaie.

Vous poursuivez votre visite du jardin du côté du lac aux caïmans. Brusquement, vous vous êtes trouvés devant un ensemble insolite – aussi insolite qu'un molosse rouge chevauché par un singe au milieu d'une bande de singes rouges. Cet ensemble insolite était constitué de maisons en tôle entourées d'un haut mur surmonté d'une haie de fils barbelés. Il était surplombé dans les quatre angles de miradors. Des miradors qui vous rappelèrent, à vous, Koyaga, les postes d'Indochine. Vous vous êtes arrêté, vous vouliez poser des questions. Le madré vieillard vous devança par des explications.

– Vous voulez sûrement savoir ce que représente cet enclos au milieu de ce parc. Eh bien ! c'est la prison de Saoubas, la prison où sont détenus mes amis, mes partisans, mes parents et proches, annonça-t-il.

Vous êtes resté ébaubi, vous n'arriviez pas à comprendre. Vous avez cru qu'il plaisantait.

– Non, je ne plaisante pas. Je dis bien la prison de mes vrais amis et de mes vrais proches parents. Je le dis avec le sérieux de celui qui creuse la tombe de sa belle-mère, précisa-t-il.

Un président, chef de parti unique, père de la nation, a beaucoup d'adversaires politiques et très peu de sincères amis. Les adversaires politiques sont des ennemis. Avec eux, les choses sont simples et claires. Ce sont les individus qui se placent en travers du chemin d'un président, les individus qui aspirent au pouvoir suprême – il ne peut exister deux hippopotames mâles dans un seul bief. On leur applique le traitement qu'ils méritent. On les torture, les bannit ou les assassine. Mais comment se comporter avec les amis sincères ou les proches parents ? Comment les traiter ? Ou, encore mieux, comment distinguer les vrais des faux ? C'est une règle universellement connue qu'on ne peut être trahi que par un ami ou un proche. Il faut prévenir la trahison ; débusquer le faux ami, le jaloux parent, le traître avant qu'il inocule son venin. C'est une opération aussi complexe que de nettoyer l'anus d'une hyène.

L'homme au totem caïman vous a exposé sa recette, sa méthode. Il a commencé par vous relater une anecdote édifiante.

Au cours d'une sieste, il fait un rêve. Ses féticheurs, marabouts et sorciers interprètent le songe. Sans donner de signalement précis, ils lui apprennent que certains de ses amis préparent un complot. Quels amis arrêter ? Dans l'embarras, il fait emprisonner son plus sûr et vieil ami et le soumet à la torture. Celui-ci débite jour après jour des fables contradictoires. Sans se décourager ou regretter, le dictateur au totem caïman vérifie et recoupe les détails des élucubrations du torturé et, avec stupeur, découvre l'existence d'un vrai complot en préparation. De cette expérience, il conclut qu'il lui faut périodiquement vérifier la sincérité de l'attachement des amis et des proches qui l'entourent, comme se révise après un certain nombre de kilomètres parcourus une voiture en parfait état de fonctionnement. Il met en place une procédure et des hommes pour opérer ces contrôles, ces révisions périodiques.

Un sorcier, un féticheur, un marabout ou un devin vaticine, présume, révèle qu'un parent ou un ami est sur le point de trahir ou participe à la préparation d'un complot. L'ami ou le parent devient un accusé qui est aussitôt arrêté et emprisonné par le directeur de la Sûreté, le commissaire principal Garbio. Garbio invente le schéma, les faits, crée les preuves. L'accusé enchaîné est envoyé dans la prison de Saoubas et soumis aux soins du député Sambio, le cruel tortionnaire qui, sous la torture, fait reconnaître par l'accusé les faits et les preuves établis par le directeur de la Sûreté. Il n'est pas rare que le Président en personne, à l'issue de son footing matinal, en sueur entre dans la salle de torture et supervise les interrogatoires. Les aveux lui sont soumis. Le Président au totem caïman les analyse, les recoupe, les vérifie avec le soin de celui qui coud le caleçon de sa femme, et décide de faire déférer ou non l'accusé devant la Cour de la sûreté de l'État.

Le secrétaire général du parti unique, le député Philippio Yaco, grand spécialiste de droit criminel, en tant que procureur de la République, au cours d'un procès à huis clos, condamne le prévenu à la peine capitale ou à la détention à perpétuité.

C'était à ces condamnés et aux prévenus qu'était réservée la prison privée. Une prison qui jouxtait le palais de l'homme au totem caïman. Le Président pouvait nuit et jour la visiter. Il contrôlait lui-même les entrées et sorties de la prison.

Vous êtes entré avec l'homme au totem caïman dans la prison de Saoubas, la prison de ses amis et de ses proches. Il vous a fait visiter un certain nombre de cellules. Celle de son vrai neveu Abynn. Celles de son premier compagnon de lutte Yekom et de la maman de ce patriote. Celles de son premier homme de confiance et entremetteur Djibé Lasidi et de l'épouse de cet individu. Les cellules des anciens ministres de la Santé, de l'Éducation, du Travail…

Vous êtes entrés dans la salle de torture, il vous a montré le fauteuil sur lequel il trônait pendant les séances de tortures. Il vous a présenté les divers instruments utilisés. Il a fait sortir de sa cellule un lépreux. Un horrible lépreux libidineux. Quand, avec les tortures physiques, il ne parvenait pas à arracher des aveux à un détenu, il le menaçait. Il le menaçait de faire coucher la mère ou la femme de l'accusé avec ce lépreux. Il menaçait aussi les prévenus de les jeter aux caïmans sacrés avides de chair humaine qu'on apercevait derrière la grille de la prison. Il vous a appris que c'était sa propre sœur – à lui, l'homme au totem caïman – qui cuisinait la nourriture servie aux détenus de la prison de Saoubas, la prison de ses amis. Sa sœur commandait une équipe de sorciers et de marabouts qui inventaient des philtres. Des philtres qu'elle faisait consommer aux détenus pour laver leur cerveau de toute volonté de prendre le pouvoir, pour laver leur cœur de toute haine à l'endroit de l'homme au totem caïman.

De la prison, vous êtes montés vers le parc. Le soleil commençait à poindre. Vous avez voulu savoir comment l'homme au totem caïman était parvenu à dissimuler, faire oublier toutes ses pratiques – tortures, corruptions, emprisonnements arbitraires. Comment avait-il réussi à se faire passer pour le Sage de l'Afrique ? Comment était-il parvenu à préserver une telle respectabilité ? Une respectabilité telle que d'importantes organisations internationales lui avaient attribué des prix, avaient créé un prix portant son nom. Il vous a répondu que c'était parce qu'il était un chef d'État africain. Vous n'avez pas tout de suite compris. Alors, il ajouta :

– Si, au cours d'un concours de beauté, le mouton n'est pas admiré, c'est parce que ne s'y trouve pas le bœuf. Mes pratiques peuvent paraître condamnables dans d'autres milieux, sous d'autres cieux, dans d'autres contextes ; mais pas en Afrique. Tu auras, au cours de ton voyage initiatique, à me comparer à d'autres chefs d'État et tu concluras rapidement que je suis un ange, un sage qui mérite la reconnaissance de l'humanité.

Il vous a alors expliqué ce qu'il appelait la quatrième bête sauvage qui menace le chef d'un parti unique : le mauvais choix. Dans la guerre froide qui régissait l'univers, le choix d'un camp était essentiel, un acte risqué, aussi risqué que prendre une femme pour épouse. Lui, totem caïman, l'homme au chapeau mou, n'avait pas eu à exercer sa préférence. L'histoire lui avait imposé le camp du libéralisme, le meilleur choix. Et cela d'une curieuse façon.

Jeune au moment de son entrée en politique, il crut comme tout adolescent à des balivernes comme la dignité de l'homme noir, la solidarité entre les peuples, entre les colonisés et le communisme, le droit des peuples à disposer d'eux-mêmes, la lutte contre le colonialisme, etc. Il cria ces stupidités à des compatriotes soumis aux travaux forcés, à l'exploitation et souffrant de la faim, du mépris et du racisme. Ceux-ci naturellement se révoltèrent et mirent son pays alors colonie à feu et sang. On sait ce qui advint.

Les jours, les nuits et les instants passés avec Tiékoroni, le petit vieillard, vous apporteront beaucoup dans la science de gouverner les hommes et un pays. Ce furent des instants, des mots, des pensées que jamais vous n'oublieriez.

Le dictateur au totem caïman était un homme entier. Un homme avec, portés jusqu'à l'extrême, toutes les qualités, tous les défauts de l'humain. Un homme extrême dans la vertu et le vice, un sac de contradictions. Un homme à la fois généreux comme le fondement d'une chèvre et rancunier, mesquin, méchant comme un pou, un pian ; menteur et fabulateur comme une femme adultère et véridique et entier comme un chasseur de fauves ; cruel comme un chat rassasié tenant une souris blessée dans les griffes et tendre comme une poule avec les pintadeaux qu'elle a couvés.

Montrons d'abord qu'il était généreux. Il adopta les enfants de tous les chefs d'État africains assassinés ou renversés et prit en charge leurs veuves et maîtresses. Il bâtit des églises et des mosquées. Oui, il était très généreux mais n'était-il pas également rancunier et mesquin ? Il fut mesquin au point d'avoir été capable de confisquer le bâton blanc d'un aveugle, beau-frère du neveu de l'individu qu'il avait fait condamner. Il fut méchant au point d'avoir inventé, comme méthode de torture, la livraison, la soumission de la vieille maman septuagénaire d'un prévenu au viol d'un hideux lépreux libidineux.

Disons qu'il était menteur. Plus que menteur. En fait, il constituait un arbre à mensonges ou encore, il était un marchand en gros de mensonges. Oui, il était mensonger ; mais ne fut-il pas également véridique quand, courageusement et sans démagogie, il fut le seul chef d'État à dire à ses compatriotes qu'ils étaient des voleurs, des paresseux et des sauvages ?

Ajoutons qu'il était cruel. Il torturait d'une façon affreuse des amis et des parents qu'il continuait d'aimer et savait parfaitement innocents. Oui, il était féroce, mais n'était-il pas également humain quand il construisait des hospices pour les mendiants et les handicapés et se montrait le plus hospitalier des dictateurs africains ?

Le dictateur au totem caïman croyait en Dieu, aux fétiches et à la sorcellerie mais pas à l'homme, à la parole de l'homme, à sa foi, à son désintéressement. Partout, il avait à portée de main un sac de billets de banque et aucun visiteur ne sortait de chez lui sans une enveloppe. C'est par la ruse des enveloppes qu'il est parvenu à rendre lourdes les langues et les plumes de tous les journalistes qui devaient parler de lui et de son pays.

Vous, Koyaga, avez voulu savoir parmi ses collaborateurs qui était son adjoint, son éventuel successeur. Il a souri et vous a répondu qu'il ne se choisirait jamais librement et de bon cœur un successeur et il vous a conseillé de ne jamais en désigner un. Parce qu'un successeur, qu'on le veuille ou non, est un concurrent et les peuples arrêtent d'être attachés à un guide dont la disparition cesse d'être une catastrophe pour le pays. Mais, si les circonstances un jour devaient vous obliger à désigner un successeur il vous a indiqué les règles à observer.

Le successeur doit vous ressembler, doit être un autre vous-même dans le caractère et le comportement, mais publiquement connu comme étant inférieur à vous dans la vertu et pire dans le vice. C'est là la précaution qui ôte au successeur les armes de vous critiquer après vous. Si on vous dit trop grand de taille, votre successeur doit être un géant. Si vous êtes jugé petit, il doit être un rabougri. Si vous êtes voleur et menteur, il doit être un kleptomane et un fabulateur éhonté.

De mauvaises langues prétendent qu'à la fin de sa vie le dictateur au totem caïman fut pris de kleptomanie. Comme un rat voleur, un toto, il chapardait son propre argent, dissimulait les billets de banque dans les dossiers, les chaussures et les poches des vestes des garde-robes et les oubliait. Ses valets de chambre, gardes du corps, officiers d'ordonnance responsables de son protocole, tous ceux qui, au quotidien, tournaient autour de lui, récupéraient, se servaient, thésaurisaient, plaçaient. Ce sont eux qui, après sa disparition, sont devenus les richissimes, les maîtres de la République des Ébènes.

Il est probablement vrai qu'il fut pris par une telle manie. C'est un signe chez les grands hommes, à la fin de leur vie, que d'être toujours pris par une folie douce. Et, incontestablement, l'homme au totem caïman fut un grand parmi les grands.

Il a bâti à la lisière de la forêt un monument religieux catholique pour arrêter le déferlement, sur les terres chrétiennes du Sud, des hordes de fanatiques musulmans descendant du Sahel et des Savanes du Nord.

À sa mort, ses funérailles furent conduites par un neveu

qu'il avait calomnié, emprisonné, torturé, condamné à mort. Et puis gracié et comblé de biens et d'honneurs. Les hommes politiques que, comme son neveu, le dictateur avait calomniés, emprisonnés, affreusement torturés, condamnés à mort et graciés, se sont, à sa disparition, déclarés les plus affectés et se sont réunis autour du président de l'Assemblée nationale pour le pleurer et le regretter plus que les autres citoyens de sa République.

Une importante organisation internationale a créé une fondation et un prix humanitaire en son honneur. C'est une consécration que nous autres, qui croyons comme l'homme au totem caïman aux fétiches, aux jugements et condamnations assis sur les divinations des sorciers, comprenons et estimons méritée. Mais que tous les autres, tous les rationalistes qui n'acceptent pas la magie comme vérité jugent aussi incongrue qu'un chapelet de pèlerin mahométan noué au cou d'une hyène.

Ah! Koyaga. Vous avez quitté la République des Ébènes non par l'aéroport de la capitale, mais par celui de Fasso, le village natal du Président au totem caïman. Comme à votre arrivée, les danseurs et tam-tams furent amenés de tous les recoins du pays pour vous saluer à votre embarquement. L'aéroport était frémissant de tamtams, de fêtes, de Nègres demi-nus, hilares, idiots s'essoufflant dans de dangereuses danses acrobatiques de singes. Des femmes, des écoliers, des vieillards en tenues traditionnelles se bousculaient comme des troupeaux le long de la route du palais des hôtes à l'aéroport. Ils applaudissaient sans cesse comme des écervelés et s'égosillaient, hurlaient comme des sourds des slogans imbéciles. Des slogans qui célébraient l'amitié entre la République du Golfe et celle des Ébènes. Des idioties qui célébraient la fraternité entre vous, l'homme au totem faucon, et le dictateur au totem caïman. Conclut le cordoua.

Dans les fauteuils du salon d'honneur de l'aéroport, vous étiez, vous Koyaga et votre hôte, l'homme au chapeau mou, côte à côte. Vous attendiez son arrivée. Il devait débarquer d'un instant à l'autre. Vous conversiez. Le ronflement de l'atterrissage de l'avion interrompit votre entretien. Votre hôte se leva, accompagné de tous ses ministres, se dirigea vers la piste.

C'était trop tard. Bossouma, l'homme au totem hyène, appelé aussi le gros vin rouge, l'Empereur du Pays aux Deux Fleuves, était déjà là sur la terrasse du salon d'honneur. Il n'avait pas attendu que toutes les phases de l'accueil réservé à un chef d'État aient été accomplies. Képi de maréchal, sourire de filou, l'homme au poitrail caparaçonné de décorations, l'empereur Bossouma était dans le salon. Il n'avait pas eu la patience d'attendre que les services du protocole aillent l'accueillir au pied de la passerelle. Il était là face à votre hôte qu'il surnommait poliment son vrai père. Il appliqua, lui, un maréchal, un garde-à-vous impeccable de tirailleur. Même riche, le chien ne cesse pas de manger des excréments, explique le répondeur.

L'Empereur se décoiffa et humblement baisa la main du dictateur au totem caïman. Après ces momeries, il se précipita et vous embrassa chaudement et bruyamment sur la bouche. Sa langue et ses lèvres piquetaient, elles puaient le miasme de l'anus d'une hyène. Il méritait bien son nom de Bossouma (bossouma signifie en langue malinké puanteur de pet).

Vous n'aviez pas eu le temps de placer un salut, un proverbe. Il s'éloignait dans le cliquetis des médailles s'entrechoquant sur son poitrail.

En saisissant son sexe à pleines mains, l'Empereur se dirigea vers l'urinoir et disparut dans le couloir. Vous aviez, votre hôte et vous, éclaté de rire et continuiez à rire. Ce ne fut pas pour longtemps. Il réapparut, tirant par la main une des jeunes femmes chargées de l'entretien du w-c.

Il la trouvait belle, gentille et demanda sa main à votre hôte. La jeune femme criait, mais elle vous parut résister mollement. Elle le parut aussi à votre hôte ; elle se défendait par pruderie. Votre hôte voulut savoir si elle était mariée. Non, elle n'était même pas fiancée, avait-elle répondu. Avec une franche hilarité le dictateur au totem caïman commanda à son chef du protocole d'accompagner la jeune femme en ville. Elle aurait à informer ses parents de ses fiançailles et de son voyage. L'empereur Bossouma venait de contracter ainsi en moins de cinq minutes un des trente mariages qu'il célébrait chaque année.

L'homme au totem hyène vous annonça que, dans tous les cas, il était venu vous chercher et qu'il n'irait pas sans vous. Tout le peuple de l'Empire dansait, chantait, vous attendait depuis une semaine, depuis le jour que vous aviez quitté la capitale de la République du Golfe. Vous ne pouviez pas le décevoir. Vous ne pouviez décevoir tout un pays qui vous aimait. Vous ne pouviez pas prolonger l'attente de tout un pays qui, d'ores et déjà, vous avait adopté, vous considérait comme un père de la nation. Un peuple qui avait tout abandonné pour scruter le ciel. Un peuple qui, nuit et jour, attendait que votre avion débouche des nuages pour vous réserver le plus fantastique accueil de votre vie.

Il était venu pour vous accueillir, vous emmener avec lui et vous ne pouviez pas faire autrement parce que lui, l'Empereur, était votre vrai, votre vrai grand frère de sang.

Quel que soit l'enthousiasme des danseurs, le frappeur de tam-tam de temps en temps arrête la fête pour chauffer son instrument. Imitons-le.

Le sora arrête de conter, donne un intermède musical et récite trois proverbes sur le pouvoir :

Le coassement des grenouilles n'empêche pas l'éléphant de boire.

Si le puissant mange un caméléon, on dit que c'est pour se soigner, c'est un médicament. Si le pauvre en mange, on l'accuse de gourmandise.

Si un petit arbre est sorti de terre sous un baobab, il meurt arbrisseau.

15

Ah ! Koyaga, il devait être vers les 16 heures quand votre avion perça les nuages au-dessus de l'aéroport de la capitale du Pays des Deux Fleuves. Vous vous rappellerez toujours le haut-le-cœur qui vous fit sursauter. Vous n'en avez pas cru vos yeux : l'aéroport était désert, désert sans même le famélique chien à la recherche de sa pitance. Un coup d'État réussi contre l'Empereur vous parut la seule explication possible. Seul un coup d'État avait pu chasser la foule qui devait être là pour vous accueillir. Vous vous êtes précipité sur l'Empereur, vous l'avez secoué sans ménagement. Il dormait, ronflait bruyamment – il avait vidé, au cours du trajet, une bouteille de whisky et deux de gros bordeaux. Il était lourd et sourd comme une pierre, vous l'avez frappé en criant : « Le coup d'État ! » L'Empereur sursaute, hurle un « oh ! », regarde par le hublot. Sa sérénité vous surprend et vous rassure. Il vous explique une des ruses qu'il vous faut retenir si vous voulez un jour parvenir au rang d'empereur. Ne jamais informer de vos heure et date de retour dans votre pays parce que les attentats imparables sont ceux qui se perpétuent à l'atterrissage de l'avion.

Vous avez atterri et êtes entrés en catimini au palais. L'après-midi, les danses, les tam-tams, les délégations de militaires sortirent dans les rues, se dirigèrent vers l'aéroport, envahirent l'aéroport et ses environs. Vous êtes revenus à l'aéroport, votre hôte, vous et tous vos suivants, encadrés d'une escorte armée. Vous êtes remontés dans l'avion du commandement. Vous avez tourné deux fois au-dessus de la ville. Et avez atterri au milieu d'une foule, d'une fête, de délégations, de défilés. Vous avez eu un de ces accueils que seul un empereur africain comme l'homme au poitrail caparaçonné peut offrir à un hôte.

Dans le partage de l'Afrique décidé par les États chrétiens à la conférence de Berlin en 1885, le territoire des Deux Fleuves fut dévolu au Coq gaulois. Le Pays aux Deux Fleuves était saigné par les razzias des sultans esclavagistes arabes. Les Français le conquirent et décidèrent de le mettre en valeur par les travaux forcés, les réquisitions, l'exploitation de la main-d'œuvre indigène. Les colons engagèrent l'opération avec des moyens et des méthodes qui finirent par réduire de près de moitié une population déjà clairsemée. Les rares habitants qui déambulaient dans le pays étaient abrutis par la peur et la maladie du sommeil. En conséquence, des habitants auxquels il était difficile de demander beaucoup d'efforts. Plus la colonisation française (la mise en valeur du pays) perdurait, plus le pays se vidait, s'appauvrissait.

Les Français déçus conclurent à l'impossibilité de rendre le territoire productif et décidèrent de s'en séparer. Ils le proposèrent aux Anglais et aux Allemands. Le marché était sur le point d'être conclu quand éclata la première grande guerre de 14-18.

Après l'armistice de 1918, le contexte international avait changé, la cession ne pouvait plus se réaliser. Le gouvernement français décréta une nouvelle politique de gestion du territoire. La colonie fut répartie entre des colons. Les colons avaient sur les cantons qui leur étaient attribués le monopole de vente et d'achat, allant de pair avec le contrôle des transports. L'exploitation de la Lobaye fut confiée à la puissante Compagnie forestière Sangha-Oubangui. Cette compagnie qui restait la seule à poursuivre la pénible cueillette du caoutchouc réprimait sévèrement les révoltes des indigènes contre les réquisitions et les travaux forcés. À Bobangui, le père de l'homme au totem hyène par trois fois se rebella. La première fois, on lui coupa l'oreille droite, la deuxième fois l'oreille gauche. La troisième fois, il fut exécuté, fusillé.

Le grand-père du futur empereur envoya son petit-fils orphelin à l'école des missionnaires dans la capitale du territoire puis au petit séminaire de la Fédération de l'A-ÉF. L'homme au totem hyène était appelé à devenir prêtre, comme son oncle. Mais le séminariste se révéla indiscipliné. Il sortait la nuit pour se livrer à des orgies, rentrait ivre les dimanches matin à l'heure du saint sacrifice. Les curés le renvoyèrent de leur institution.

On est en 1940, l'Afrique-Équatoriale vient de se rallier aux partisans du général de Gaulle. La France libre recrute pour constituer les forces qui monteront par le désert de Libye. L'homme au totem hyène se présente à la conscription. Il est accueilli à bras ouverts, sur-le-champ engagé et habillé. L'orphelin, à dix-huit ans, trouve dans l'armée une famille, une fraternité. Il fait la campagne de France et d'Allemagne, cumule les grades : caporal, sergent. Il est envoyé en Indochine où il participe aux opérations comme sous-officier des transmissions. Il rentre dans son pays natal avec le grade de lieutenant. Son cousin président de la République le fait capitaine, colonel et chef d'état-major. Il le fait chef d'état-major parce qu'il l'estime trop stupide, trop peu instruit pour tenter et réussir un pronunciamiento. Le chef d'état-major se ramassait le samedi soir dans les rues de la capitale en état d'ébriété.

Un officier, le capitaine Zaban, très intelligent et ambitieux veut faire un coup d'État. Il scelle avec l'homme au totem hyène qui est le chef d'état-major un pacte de sang. Le capitaine Zaban, pendant la nuit de la Saint-Sylvestre, organise, mène et réussit toutes les opérations du coup d'État. L'homme au totem hyène le devance au petit matin à la radio, lit la déclaration, se proclame chef d'État, arrête le président de la République, assassine tous ses complices et même, quelques mois plus tard, l'initiateur et exécuteur du coup d'État.

Chacun de nous a ses préoccupations dont les deux principales sont, en général, la mort et Dieu. Bossouma, l'homme au totem hyène, ne connaissait qu'une préoccupation ici-bas : demeurer toujours le soldat le plus gradé de l'Afrique multiple de la guerre froide.

Il a accédé un lundi au pouvoir avec le grade de colonel. Le mardi matin, il s'attribua le titre et les étoiles de général. Quand on lui fit remarquer que sur le continent quatre autres dictateurs avaient déjà ce titre, il se proclama maréchal le jeudi soir. Quand deux autres généraux le rejoignirent dans le maréchalat, il demanda à la France, à son armée et à son peuple de le couronner empereur. La France, l'armée et le peuple du Pays des Deux Fleuves firent venir des invités et des journalistes du monde entier pour assister à son couronnement. Depuis, aucun autre dictateur n'avait encore obtenu la dignité d'empereur. Bossouma (puanteur de pet), l'homme au poitrail caparaçonné de décorations, restait sans conteste le militaire ayant le grade le plus élevé sur le continent des multiples dictateurs militaires.

C'était déjà le petit matin. Tout le monde avait bu. L'Empereur était soûl. Tout le monde avait suffisamment mangé, chanté et dansé. Tout le monde était rompu de fatigue. L'Empereur seul continuait à danser, chanter, boire et manger. La soirée organisée en votre honneur à vous, Koyaga, se poursuivait. Des diplomates, des personnalités civiles et même des officiers supérieurs avec leurs épouses en catimini s'étaient éclipsés, avaient disparu comme des félins. L'Empereur s'en était aperçu à la multiplication du nombre de chaises vides. Il avait piqué une colère et avait fermé les grilles du palais. C'était lui-même en personne qui les avait cadenassées et avait enfoncé les clés en poche. Personne ne pouvait plus sortir. Les ambassadrices et les épouses des personnalités rompues de sommeil s'étaient étendues sur les pelouses, à même le gazon. L'orchestre militaire continuait à frapper. Les musiciens, aussi soûls que les invités, frappaient, jouaient et chantaient comme des écervelés. L'Empereur continuait à danser. De temps en temps, il quittait la piste, s'aventurait dans le jardin du palais, secouait et réveillait une ambassadrice, la tirait jusque sur la piste, valsait, twistait et jerkait. Les rares officiers, fonctionnaires et ambassadeurs encore réveillés applaudissaient et poussaient des cris admiratifs. Plusieurs fois il vous avait demandé, à vous, Koyaga, de l'accompagner sur la piste. Plusieurs fois il avait poussé l'Impératrice ou une ambassadrice dans vos bras et, par politesse, vous aviez été obligé d'exécuter un cha-cha-cha, une java, un tango ou un twist.

Mais quand vous avez vu le soleil monter, atteindre le sommet des premiers arbres de la forêt, vous avez demandé la route. Vous avez, contre toutes les bonnes règles du savoir-vivre, demandé la route. L'homme au totem hyène vous a rappelé le précepte africain qui veut que l'hôte par trois fois sollicite la route.

– Je demande la route une fois ; je demande la route deux fois ; je demande la route trois fois. Je suis fatigué, je demande la route, avez-vous dit sur un ton nettement agacé.

L'Empereur avait alors fait arrêter les tambours, les trompettes, les guitares et les chants, mais ce fut pour s'égarer dans un discours interminable sur votre fraternité. Vous étiez son vrai frère, son frère de sang et d'armes. Un discours sur l'amitié séculaire entre vos pays. Un discours qui vous faisait dormir, dormir jusqu'à ronfler. Vous étiez deux, vous et l'ambassadrice de France, à ronfler sur la table d'honneur. Ce furent les applaudissements et les hourras des invités à la fin du discours qui vous réveillèrent. Les grilles étaient enfin grandes ouvertes.

Le palais des hôtes où vous résidiez n'était guère éloigné. En moins de cinq minutes, vous l'aviez rejoint. Mais ce fut pour tomber sur une autre surprise. Les huit jeunes filles d'ethnie zendé qui depuis 23 heures vous attendaient sous l'autorité du ministre du Protocole de l'Empire sautèrent des fauteuils, se mirent à danser, à se livrer à des trémoussements obscènes en frappant des mains et en serinant des chansons éhontées.

Les Zendés sont une ethnie du nord-est du Pays aux Deux Fleuves. Un des peuples les plus intelligents et les plus sages du monde parce qu'il était le seul à considérer l'amour à la fois comme un grand art et comme un sport. Aux jeunes enfants, on enseignait l'amour à l'âge auquel, dans les autres pays, les jeunes filles apprenaient la musique. Dans les villages zendés, pendant les chaudes saisons, s'organisaient des joutes d'amour quand, chez les peuples voisins, s'ouvraient des championnats de lutte.

Les femmes se disputaient l'étranger qui s'aventurait dans un village zendé. Et celle qui parvenait à se l'approprier l'entraînait immédiatement dans le lit, le balançait, le manipulait jusqu'à l'épuisement, jusqu'à la détumescence, jusqu'à l'anérection, et le chagrinait jusqu'à ce qu'il reconnaisse sa défaite, jusqu'à ce qu'il demande pardon à haute voix, « de sa pleine bouche ». Alors la femme zendé l'abandonnait vidé, inutile ; précipitamment nouait son pagne, sortait dans la rue, allait de case en case, de commère en commère, le caleçon à la main, et se vantait de son exploit.

Depuis trois semaines, depuis que votre voyage avait été annoncé, des compétitions pour la sélection des expertes en amour avaient été ouvertes dans tous les villages zendés. Les meilleures jeunes filles et femmes avaient d'abord été jugées à la mimique publiquement exécutée au son du tam-tam. Elles avaient été ensuite appréciées dans les épreuves pratiques dans le lit. Avaient été retenues celles qui étaient parvenues à obtenir le pardon, à haute voix et en pleine bouche, des tirailleurs les plus solides et les plus insatiables. Elles étaient une trentaine dont les huit plus belles vous avaient été réservées, les autres étant destinées aux membres de votre délégation.

C'étaient ces huit primées qui dansaient et chantaient dans le petit salon. Leurs mimiques lascives et leurs chants n'amoindrirent pas, ne balayèrent pas la seule envie qui vous tenait, dormir seul, vous disperser seul dans un lit.

Vous avez pris par la main la première, celle qui était la plus proche, et vous êtes entrés dans la chambre. Le chef du protocole éloigna avec rudesse les autres qui, pagnes dénoués, voulaient vous violer. Dans le lit, vous avez capitulé dès les premières escarmouches. Vous avez demandé le pardon qu'une femme zendé exige toujours d'un homme défait. À haute voix et en pleine bouche.

La puanteur – mélange de la mort, de l'infection, de l'urine, des excréments – était intenable. Une vacillante voix, une voix d'agonisant vint du fond du cachot :
– Tue-moi. Pour une fois dans ta vie, sois humain. Pends-moi. Fusille-moi. Tue-moi tout de suite.

– Ferme ta gueule, sale communiste, répliqua l'Empereur en bavant.

– À cause du seigneur Jésus, tue-moi. À cause de ta mère et de ton père, tue-moi, continua d'égrener le prisonnier.

– Koyaga! (c'est à vous à présent que la voix s'adressait) Koyaga! Toi qui es humain et croyant, pardon, demande-lui de m'achever.

– Colonel Otto Sacher, fais taire ce comploteur et criminel communiste, commanda l'Empereur.

Le colonel Otto maître absolu des lieux fonça dans l'ombre et appliqua des volées au prisonnier agonisant. La voix ne se tut pas malgré les corrections méritées.

L'Empereur en colère vous a pris par la main et vous avez continué la visite de la prison de Ngaragla. L'empereur Bossouma bougonnait, ne décolérait pas. Il avait ses raisons. Il n'aimait pas mettre fin aux affres des prisonniers de droit commun en les achevant. Pourquoi accorderait-il cette faveur à un prisonnier politique? À un comploteur communiste, un homme de l'ethnie de Gbaya, et qui avait avoué. À travers les jurons de colère de l'Empereur, vous avez compris que le colonel Zaban était le prisonnier enchaîné à un crochet au fond de la cellule. Vous connaissiez bien le colonel Zaban.

L'Empereur voulait que le colonel ait, avant de crever – c'était la règle –, bu ses urines et mangé ses excréments. Zaban était l'officier qui, à la tête des élèves officiers de l'École nationale de l'administration, avait réussi le putsch qui avait fait de l'homme au totem hyène un chef d'État. C'était donc un grand ami de l'Empereur, son premier compagnon… Il était donc humain qu'il le torturât et le condamnât à mort.

Même chez deux aveugles voleurs de poulets, chacun sait qu'après la réussite d'un coup de maître, on n'est jamais tranquille, rien ne reste acquis tant que le compère est vivant avec vous ici-bas. Ajoute Tiécoura le cordoua.

L'homme au totem hyène, parce qu'il était le seul dictateur à être parvenu à se faire proclamer empereur, était moins menteur et hypocrite que les autres chefs d'État des républiques :

– C'est par perfidie, hypocrisie que les autres présidents africains font commencer la présentation de leur République par l'Assemblée nationale ou une école. La principale institution, dans tout gouvernement avec un parti unique, est la prison. C'est par la prison que je te fais débuter la visite de l'Empire, affirma l'homme au totem hyène.

L'Empereur aimait la France et les Français – il aimait le dire. C'étaient des gens corrects qu'il ne fallait pas critiquer publiquement. Les Français avaient laissé de nombreuses et importantes réalisations dans le Pays aux Deux Fleuves mais ils avaient été nettement insuffisants dans la construction des prisons. Ils n'avaient laissé dans sa capitale qu'une seule et unique prison, la prison de Ngaragla. Une minuscule prison serrée entre le fleuve et la forêt, dans une enceinte de cent mètres sur cent, ne comportant que cinq parties exploitables : les cellules isolement, les cellules Birao, le safari ou antichambre de la mort, la maison blanche et les portes rouges. Isolement et Birao ne comportaient chacun que quatorze cellules et Safari deux. En tout et pour tout trente cellules dont deux pour les condamnés à mort.

Les Français n'avaient rien compris aux Nègres, ils ne savaient pas que, lorsqu'on condamne un Nègre à mort, c'est tout un clan qu'il faut savoir faire disparaître pour avoir la paix dans le pays. Les Noirs sont toujours vindicatifs et ont l'esprit de famille. Les proches du condamné ne pardonnent jamais la pendaison d'un proche. Pour être efficace, ce ne sont pas deux mais douze cellules à mort qu'une bonne prison doit posséder en Afrique. En Afrique, il faut couvrir le pays de prisons ou recruter d'expérimentés régisseurs de prisons. Le recrutement des régisseurs de prisons est une besogne importante, le choix du régisseur de la prison centrale où sont détenus les politiques devrait incomber au seul chef d'État.

La prison de Ngaragla avait pour régisseur le colonel Otto Sacher. Un Tchèque qui croyait avoir trouvé en l'Empereur son homme de destin. À Prague, le jeune Otto avait en vain cherché cet homme de destin dans sa famille, dans les écoles, dans six différents métiers. Il avait poursuivi sa quête dans l'armée tchécoslovaque où il guerroya jusqu'au grade de lieutenant – sans le rencontrer non plus.

Il embarqua pour la France, s'engagea dans la Légion, après la défaite rejoignit le général de Gaulle à Londres, combattit avec le général Leclerc en Égypte, en Libye, notamment à Bir Hakeim, et en Syrie. S'aperçut, après tant de campagnes au service de la France, que ni de Gaulle ni le général Leclerc qui l'avait pourtant décoré n'était son homme de destin.

Il quitta à trente ans l'armée française et participa comme lieutenant-colonel dans les troupes russes à la libération de son pays. Déçu de n'avoir pas rencontré son homme de destin dans l'armée russe et parmi les communistes au pouvoir en Tchécoslovaquie, il dégaina son revolver et, au lieu de se faire sauter la cabosse, tira dans une mappemonde. La balle frappa et traversa juste dans le point indiquant Loko, la ville de Loko dans le Lobaye, au centre de la forêt tropicale.

Otto débarqua en Afrique, s'enfonça dans le plus profond de la forêt, s'installa planteur et forestier à Loko pendant cinq entières années sans croiser cet homme de destin parmi les sauvages et les Pygmées.

Un dimanche, en révolte contre son injuste sort, il se couvrit de toutes ses médailles, et elles étaient nombreuses – médailles de toutes les nations acquises sur tous les champs de bataille d'Europe, de Russie, d'Asie, du Sahara, des rizières d'Indochine, etc. Il s'enfonça dans la forêt, décidé à y dénicher son homme de destin ou à se faire dévorer par des fourmis géantes. Sans répit, six nuits et six jours il marcha. Le septième matin, il déboucha de la forêt et se surprit sur le parvis d'une cathédrale. La cathédrale était bondée de fidèles. Des badauds débordaient du parvis et s'alignaient des deux côtés de l'avenue conduisant de la maison de Dieu à la ville. Le colonel Otto se plaça en tête du rang et attendit tranquillement la fin de la messe.

L'Empereur et l'Impératrice sortirent les premiers de la cathédrale et montèrent dans leur carrosse. À hauteur de l'ancien colonel chamarré de décorations, l'Empereur au totem hyène cria d'admiration, sauta du carrosse impérial, se précipita sur l'officier et l'embrassa sur les lèvres. L'ancien officier des légions tchèque, française, russe ; l'ancien mécanicien de train, chauffeur de poids lourd, pilote d'avion, proxénète, picador, boucher, bûcheron, coquetier, planteur de café… venait à cinquante ans de rencontrer son homme de destin. Les deux hommes se congratulèrent et trinquèrent ensemble. Et l'Empereur sur-le-champ lui confia la charge la plus élevée qui puisse être déléguée à un Blanc, la charge qui, hiérarchiquement – après l'Empereur, l'Impératrice, l'héritier du trône –, était la quatrième charge du pays. Une charge qui passait avant la responsabilité de Premier ministre. La prodigieuse charge de régisseur de la prison de Ngaragla.

Avec un homme de confiance comme Otto pour régisseur, l'Empereur ne se contrôla plus. Il envoya en prison – à la mort – tous ceux qui tombaient sous ses mains. Ses anciens ennemis, les membres de leurs familles et les amis des ennemis. Tous ceux qu'il n'aimait pas, leurs proches et leurs amis. Les anciens comploteurs et les futurs. Les anciens communistes et les futurs communistes. Rapidement, il arriva ce qui, dans une telle situation, se produit toujours : l'inévitable sureffectif.

Il y eut sureffectif dans la petite prison de Ngaragla. Pour réduire ce sureffectif, l'Empereur et le régisseur eurent recours à la technique que tout le monde – même l'aveugle éleveur de poulets du village – sait et pratique. Supprimer, tuer. Ajoute le répondeur.

Pour assassiner, l'Empereur et le régisseur eurent recours à l'enlèvement des prisonniers. C'étaient généralement des prisonniers non déclarés ou non présentés aux tribunaux, les proches et lointains amis des condamnés, des prisonniers personnels à l'Empereur. Dans la nuit, une camionnette bâchée en catimini se glissait dans la prison, des gens en cagoules noires y sautaient, ouvraient les cellules, s'emparaient des prisonniers, les conduisaient au bord du fleuve où ils les exécutaient, les enterraient dans les roseaux ou les jetaient aux caïmans.

Les disparitions de prisonniers dans les nuits sans lune avaient beau se multiplier, elles n'absorbèrent guère le sureffectif, parce que l'Empereur avait chaque matin de nouveaux prisonniers personnels à caser. Pire : un autre inconvénient, en plus du sureffectif, apparut. Le budget pour nourrir les prisonniers devint insuffisant, s'épuisa. « Les prisonniers mangent trop et ne foutent rien ! », s'exclama l'Empereur en colère.

Il décida que les prisonniers devaient pourvoir à leur propre entretien. Il confisqua, au kilomètre 26 de la route de Mbaïki, les plantations des anciens ministres prisonniers. Préleva cent vingt-cinq détenus sur les équipes de prisonniers travaillant dans les champs de la Cour impériale et les envoya dans les plantations spoliées. Il arriva ce qui dans de tels cas advient toujours – les gens ne sont jamais bons : les prisonniers travailleurs et leurs gardiens consommèrent sur place la totalité du fruit de leur besogne. Sans songer aux codétenus, aux enchaînés à des crochets au fond des cachots, sans commisération pour les faiblards traînant des boulets aux pieds. Les oubliés n'eurent plus le moindre morceau de manioc à grignoter et commencèrent à crever un à un et puis par équipe, à la moyenne de douze par jour. Ajoute le cordoua.

Comme il y avait de plus en plus de morts, le colonel Otto fut obligé de renforcer l'équipe de prisonniers fossoyeurs. D'augmenter l'équipe des fossoyeurs en prélevant des prisonniers sur l'équipe des prisonniers laboureurs. À la fin, il n'y eut plus aucun prisonnier dans les champs pour planter du manioc. Tous les prisonniers valides furent affectés dans l'équipe des fossoyeurs, tous les prisonniers valides furent chargés de l'enterrement des détenus morts. Il n'y eut plus de culture de manioc, de récolte de manioc. Aucun prisonnier n'eut plus à manger. On était dans l'impasse...

L'Empereur, en bon papa de tous les habitants de l'Empire, intervint. Il fit arracher les tubercules de manioc de ses exploitations, les vendit à l'État et les offrit aux prisonniers qui arrêtèrent de mourir.

Vous, Koyaga et l'Empereur, vous suiviez toujours le colonel Otto dans la visite de la prison. Vous étiez accompagnés par tous les cortèges qui escortent deux chefs d'État. Au seuil des bâtiments appelés portes rouges, Otto se retourna, s'approcha de l'Empereur et lui murmura dans l'oreille quelques mots en montrant du doigt des prisonniers debout au milieu de la cour centrale. Vous avez vu l'oreille droite de l'Empereur frémir, visiblement battre et trembler. Ses lèvres battre et ses membres trembler. Il était fou de colère. Ceux que le colonel Otto montrait, les arrêtés qui étaient assemblés avaient été pris dans les champs de maïs et de manioc de la Cour impériale en train de marauder. Oui, dans les propriétés de la Cour impériale !

Ce que l'homme au totem hyène appelait sa Cour impériale était un agglomérat constitué – serré n'importe comment autour d'une cour rectangulaire – de vastes exploitations agricoles, d'ateliers de couture, de photographie, d'entrepôts de tissus, de matériaux de construction, d'usines de production, de silos, de moulins, d'écuries, de cinémas, de boucheries, de ranches, de poteaux d'exécution, de terrains de sport, de studios, de briqueteries, de tuileries, etc. Du n'importe quoi ressemblant plutôt à la propriété d'un Malinké illettré et avare, énormément enrichi dans le trafic de diamants, exploitant mille et une choses pour entretenir un harem de vingt épouses et une progéniture d'une centaine d'enfants.

Pour que l'argent du pays n'aille pas aux Libanais, aux hindous, aux Ouest-Africains et Haoussas, l'Empereur avait été obligé de tout entreprendre et de s'attribuer tous les monopoles. Le monopole de la photographie des cérémonies de l'Empire, celui de la gestion des hôtels de passe et des bars des quartiers chauds, celui de la production de la pâte d'arachide, ceux du ravitaillement de l'armée en viande, riz, manioc, de l'administration en papier hygiénique, de la fourniture des tenues des écoliers, des parachutistes et des marins, etc. L'Empereur faisait tout pour tout le pays et, au lieu de l'aider, les habitants allaient marauder dans ses champs.

Il était donc compréhensible que l'Empereur tremblât de colère à la vue des comploteurs communistes qui, jaloux de la réussite de ses exploitations libérales, sabotaient son œuvre. Il ordonna et tous les prisonniers arrêtés pour vol furent enchaînés, couchés et alignés sur des plateaux. Se rappelant les préceptes du Coran, l'Empereur commanda au régiment de battre jusqu'à la mort les enchaînés avant de leur couper les mains, comme les Belges le pratiquaient au Congo, et les oreilles, comme les Français procédaient en Oubangui-Chari.

L'Empereur vous apprit que la priorité pour un chef d'État africain était la lutte contre le vol, le maraudage.

Les Africains étaient par naissance des voleurs. Vous l'avez remercié de ces judicieux conseils.

– Tu comprends, toi mon vrai frère, pourquoi il faut être sans humanisme pour les braconniers, les saboteurs d'une œuvre aussi essentielle pour l'Afrique d'abord et ensuite pour tout l'univers. Ce sera la fin de toutes les guerres sur terre, la fin de toutes les injustices, la fin de toutes les incompréhensions entre les peuples. L'Afrique, par mon initiative, transformera le monde en paradis, l'Afrique sauvera l'homme, toutes les races animales, toutes les plantes, toute la Terre, tout l'Univers.

L'Empereur était enthousiaste, intarissable sur les avantages de ce qu'il appelait le projet de sa vie. Vous étiez tous les deux en tenue de chasseur dans une Jeep, côte à côte. Vous parcouriez le parc impérial d'Awakaba. Depuis le matin, l'Empereur vous donnait les détails sur le gigantesque projet.

Il s'agissait de faire du parc impérial d'Awakaba un lieu de rencontre informel de tous les chefs d'État du monde. Un projet qui portait en lui le transfert de l'ONU à Awakaba, donc en Afrique. Awakaba étant le plus vaste et le plus giboyeux parc de chasse du monde, l'Empereur voulait attribuer à chaque chef d'État une chasse. Chaque chef d'État allait avoir à Awakaba un hôtel particulier. Le financement de cette centaine d'hôtels particuliers était déjà promis par le gouvernement d'Afrique du Sud. Chaque hôtel particulier serait splendidement équipé de tous les meubles et même d'une équipe de femmes de Zendé qui se chargeraient de mettre les chefs d'État en forme après les interminables réunions de l'ONU. Les chefs d'État, à cause de la performance des femmes zendés, s'attacheraient à Awakaba, passeraient leurs vacances dans le parc. Et, un jour, un vote unanime de tous les États consacrerait le transfert de l'ONU à Awakaba.

L'Empereur vous a montré, à vous Koyaga, la chasse

qui vous était attribuée. Grâce à Awakaba, tous les grands problèmes qui divisent le monde actuellement ne dépasseront pas les vétilles des querelles de voisinage.

Vous êtes en train de faire le tour de votre chasse à vous, Koyaga. Au loin, vous apercevez des vautours dessinant dans des coassements d'enfer des arabesques et des rondes dans le ciel. L'Empereur vous demande le silence. Il voulait vous faire chasser le lion, il est donc heureux que l'occasion s'en présente. Il est sûr que les vautours tournent au-dessus d'un couple de fauves qui viennent d'abattre un gros gibier. Vous descendez en silence des Jeep. Vous vous faufilez à travers les arbustes épineux de la brousse. Stupéfaction ! Ce ne sont pas des lions, mais des braconniers avec des sagaies que vous surprenez autour d'un éléphant mort. Les braconniers paniqués lancent leurs sagaies et un garde-chasse impérial est mortellement atteint. Malheureusement, tous les braconniers n'arrivent pas à s'enfuir et disparaître dans les fourrés, l'Empereur a le temps d'ajuster le dernier et de l'abattre. L'Empereur se penche sur le corps du braconnier. C'est encore les habitants du village Demi II. Il donne des ordres aux militaires de raser le village et de conduire ses habitants dans la prison (le mouroir) de Ngaragla.

Brusquement, ce fut le vrombissement d'un avion, de deux... d'une flotte de près d'une dizaine d'avions dans le ciel serein de l'Empire. Vous, Koyaga, vous étiez intrigué. Très intrigué parce que vous saviez que c'était l'Empereur, l'homme au totem hyène qui, à titre personnel, à titre strictement personnel possédait le seul avion de tout l'Empire, une Caravelle. Il la louait de temps en temps (très chèrement) à son armée de l'air et à la Compagnie nationale de transport aérien. Il avait le monopole de la location des aéronefs dans le pays.

Votre hôte l'Empereur a compris votre embarras et

vous a rassuré. Les allers et retours des avions dans le ciel annonçaient l'arrivée de l'homme au totem léopard. L'homme au totem léopard venait passer son week-end dans son chalet d'Awakaba. Il était méfiant, prudent, l'homme au totem léopard. Il ne quittait jamais son pays sans tout le trésor du pays et toutes les personnalités de sa République. C'est une ruse qui s'est révélée efficace et a fait échouer déjà trois complots. Des comploteurs par trois fois ont voulu profiter d'un déplacement du Dinosaure kleptomane (un des surnoms du dictateur au totem léopard) pour tenter leur chance. La perspective de se trouver, en cas de réussite, devant des caisses totalement vides, par trois fois les avait découragés. Ce fut une leçon pour vous, Koyaga, une leçon que vous avez méditée tout un après-midi.

Quel que soit l'entrain du frappeur de tam-tam, le danseur de temps en temps s'interrompt pour souffler. Faisons comme lui et réfléchissons à trois proverbes sur le pouvoir. Le sora joue, le répondeur danse et ces proverbes sont énoncés :

Dans un pouvoir despotique la main lie le pied, dans la démocratie c'est le pied qui lie la main.
On change le rythme du tam-tam pour le roi mais pas les bois du feu qui chauffe la peau du tam-tam.
Mouche du roi est roi.

16

Ah! Tiécoura. L'homme au totem léopard était un potentat. De la criminelle espèce, de la pire. Quand on doit parler d'un dictateur d'une telle étrangeté, avec de telles aspérités dans un récit, il vaut mieux débuter par

les gestes, les donsomanas du pays et du peuple qui ont
engendré un tel dictateur. Ajoute le répondeur.

Le pays du dictateur au totem léopard est le bassin d'un
des plus grands fleuves du monde. Le territoire est appelé
la République du Grand Fleuve.

Le donsomana du bassin du Grand Fleuve commença
en 1870 avec le deuxième roi d'un jeune et minuscule
pays de l'Europe occidentale qui se faisait appeler Paul II.
Paul II était trop grand pour son royaume de trente mille
kilomètres carrés, trop ambitieux, compliqué et retors
pour huit millions d'Européens petits-bourgeois, chrétiens
et pacifiques. Tout ce qu'Allah réalise n'est pas toujours
juste et parfait : parfois, Il vous gratifie d'une grosse tête
sans vous donner les moyens d'acquérir un long turban.
C'était le cas de Paul II. Il était à l'étroit dans ses frocs,
ses idées, ses religions, son pays : il dormait toujours mal.
Le petit roi, les nuits, après les complies, ne s'agenouillait
pas devant la sainte Vierge mais devant une carte de
l'Afrique, ne lisait pas la Bible, mais des livres d'aven-
tures, et rêvait d'espace. Un soir, de ses livres apparut une
évidence et ce fut une vraie découverte. Non ce n'était pas
vrai, ce n'était pas acquis ! Non, les Français, les Anglais
et les Portugais, les grands experts en colonisation de sauvages n'avaient pas jeté leur dévolu sur toutes les terres
vacantes de l'Afrique noire ! Les peuples experts en colonisation s'étaient limités à verrouiller les côtes africaines.
La férocité des anthropophages les avait dissuadés de
s'aventurer à l'intérieur du continent. À l'intérieur du continent, restaient des terres vacantes. Cette évidence, cette
découverte fit pleurer Paul II. Elle allait changer son destin, la fortune de son peuple et l'avenir de l'Afrique centrale. Oui, il restait encore des possibilités en Afrique, des
possibilités pour lui ! Des chances pour la chrétienté ! Des
chances pour son royaume ! Des chances pour les sauvages anthropophages de la grande forêt équatoriale !

Paul II entra dans son oratoire, demanda à son confesseur de prier la sainte Marie pour une œuvre. Il allait consacrer le reste de sa vie à une grosse œuvre chrétienne : sauver de l'esclavage, de l'ignorance et du paganisme les Nègres du vaste bassin du Grand Fleuve. Amen ! Et tout se précipita, comme les chutes du grand fleuve.

Sous l'égide de Paul II, le 12 septembre 1876, s'ouvrit dans la capitale du Royaume la Conférence géographique internationale. La Conférence créa l'Association Internationale Africaine. L'Association décida de planter définitivement l'étendard de la civilisation dans le cœur de la forêt.

Après la Conférence, Paul II fit venir dans son palais l'explorateur Stanley. Stanley rentrait d'un périple de douze mille kilomètres à travers l'Afrique des anthropophages et de la malaria. Il avait perdu tous ses compagnons européens dans le périple. Le monde civilisé l'avait fêté ; les gouvernements et les rois l'avaient félicité ; les académies et les sociétés savantes l'avaient honoré. Mais... mais Stanley n'était pas devenu riche, l'essentiel avait fait défaut. Il était populaire sans cesser d'être un besogneux. Ajoute Tiécoura. Stanley en souffrait, le roi le consola. Il s'en fit un ami, un confident ; lui offrit une pesante bourse de louis d'or. À son nouvel ami, Paul II se confia, dévoila ses projets secrets.

Paul II voulait s'approprier les terres de l'Afrique centrale sans réveiller le soupçon des puissances expertes dans la conquête de l'Afrique. Sans que les puissances qui se targuent d'un droit naturel, d'un droit divin sur toutes les terres africaines s'en doutent. Le roi et l'explorateur en amis créèrent dans le cadre de l'Association Internationale Africaine, l'Association Internationale du Grand Fleuve. Et Stanley entreprit, sous l'altruiste bannière scientifique et humanitaire, une nouvelle expédition financée par le roi. Il ne se contenta pas de nouer des contacts culturels et scientifiques avec les indigènes, il conclut également des traités avec les chefs de village, installa des postes, des comptoirs. Il en conclura plus de cinq cents et pourra signer plus tard un traité de commerce qui accordera à l'Association Internationale du Grand Fleuve de Paul II le monopole absolu des peuples, des richesses naturelles, des savanes, des forêts du bassin du Grand Fleuve, quatre-vingts fois plus vaste que le petit royaume.

Au cours de la conférence du partage de l'Afrique de Berlin de 1876, malicieusement le roi, à la surprise générale, au nom de son association scientifique et humanitaire, exhiba les traités signés avec les indigènes de la République du Grand Fleuve. Le tour était joué. Les Français et les Britanniques, qui s'estimaient revêtus naturellement du droit de coloniser les sauvages, se considérèrent floués et protestèrent. Ils ne pouvaient pas laisser un si gros morceau à une association dirigée par le roi d'un si petit pays, quand même l'association serait-elle scientifique, chrétienne, humanitaire et anti-esclavagiste. Le rusé roi, la main sur la Bible, insista sur les seules préoccupations chrétiennes, humanitaires, scientifiques de son association.

Il calma la fureur des deux puissances en faisant de fausses concessions. Le territoire deviendra l'État indépendant de la République du Grand Fleuve. Le commerce sera ouvert au trafic commercial de toutes les nations et tout Européen pourra s'installer sans autorisation préalable sur les terres vacantes. C'est ce que réclamaient les Anglais. En cas d'échec de son association dans sa mission, le Coq gaulois (la France) aura un droit de préemption sur le bassin de la République du Grand Fleuve. C'est ce que cherchaient les Français.

Reconnu comme seul propriétaire du bassin de la République du Grand Fleuve, le roi, qui était retors et d'une énorme voracité, voulut tout de suite rentabiliser sa conquête. Il attribua à la fondation de la couronne, c'est-à-dire à lui-même, 10 % des terres. Il fit exiger des contributions et des impôts au titre de dédommagement pour les bienfaits de la civilisation apportée par le roi. Les villages fournirent comme contribution des hommes pour les postes ou les missions. Chaque famille indigène de la brousse paya un impôt en nature représentant une quantité d'ivoire et de caoutchouc rouge par habitant. Malheur aux indigènes qui ne parvenaient pas à fournir le poids de caoutchouc ou le volume d'ivoire exigés ! Était coupée puis trempée dans la poix bouillante pour y être cicatrisée la main droite des habitants rebelles ou récalcitrants. C'était cette peine héritée des mahométans qu'appliquaient les ascaris, les soldats indigènes.

Les habitants valides désertèrent en masse, s'enfuirent au plus profond de la brousse. De plus en plus, les villages devinrent des camps de communautés de manchots. Les Britanniques, les missionnaires et surtout les journalistes français – les Français espéraient toujours exercer leur droit de préemption et craignaient d'hériter d'un peuple de manchots – dénoncèrent le scandale des mains coupées et la cupidité du roi Paul II. Le roi, sur le point d'être dépossédé de son bien par les grandes puissances, rapidement se débarrassa de sa propre initiative de son État indépendant de la République du Grand Fleuve et l'offrit au Royaume en 1908.

Le Royaume, dès qu'il prit la relève, mit fin aux abus et confia l'évolution sociale du pays aux missions religieuses. Les missions se fixèrent un terme, un siècle et demi, pour faire des indigènes des hommes comme il faut ; des individus qui cesseraient d'être indolents, d'être portés sur le sexe, qui arrêteraient de voler, qui deviendraient de pieux catholiques. D'ici à l'an 2050, se disaient les bons pères, les indigènes du Grand Fleuve deviendraient des êtres capables d'abstraction, avec des intellectuels qui pourraient gérer leur pays.

À l'occasion de l'Exposition universelle de Bruxelles dans les années cinquante, les missions imperturbables qui croyaient encore avoir un siècle devant elles permirent enfin à des groupes d'indigènes du Grand Fleuve de faire le voyage en Europe. Ces indigènes du Grand Fleuve animaient un pavillon où les religieux avaient reproduit tout leur habitat traditionnel de sauvages, avec forêt et cases... au lieu de leur réserver simplement un hôtel. Les bons pères, humainement et chrétiennement, croyaient avoir ainsi logé leurs Noirs conformément à leurs coutumes. Ils attendaient une chaude reconnaissance lorsque l'incroyable nouvelle éclata. Ces ingrats de sauvages indigènes du Grand Fleuve réclamaient l'indépendance, l'indépendance totale, sur-le-champ et immédiatement! De vrais fous!

Le donsomana proprement dit du dictateur au totem léopard se récite à partir de l'époque du roi très catholique Paul II. Le roi avait alors entrepris d'aggraver la malédiction que les Nègres de la République du Grand Fleuve avaient déjà d'être noirs de l'infirmité supplémentaire d'être un peuple de manchots.

Une certaine année, le grand-père du dictateur n'eut pas le poids de caoutchouc rouge qui lui était imposé et il n'échappa que d'un cheveu aux coupeurs de mains, grâce à ses solides bras de pagayeur qui lui permirent d'atteindre l'autre rive et de s'évanouir dans le profond de la forêt.

C'est dans ce profond de la forêt que naquit la mère du futur dictateur, la belle Momo. Momo, la généreuse de cœur, généreuse en sourires, généreuse de son corps sur laquelle le chef coutumier des Ngakas porta son dévolu de la même façon qu'il s'appropriait tout ce qui était exceptionnel et bien balancé dans sa forêt. Quand vint l'ère de l'administration directe de la République du Grand Fleuve par les religieux, la merveilleuse Momo estima le vieux chef coutumier indigne de son corps et de sa grandeur de cœur et, un dimanche matin, se fâcha. Elle abandonna au vieux chef ses deux enfants légitimes, prit ses deux bâtards (l'un d'eux sera l'homme au totem léopard) par la main, sortit de la forêt, traversa le fleuve et marcha droit devant elle, décidée à arriver jusqu'à la mission, jusqu'aux bons pères. Elle n'y parviendrait jamais.

La première personne qui, au portail de la mission, la vit arriver, l'arrêta net, l'accueillit et sur-le-champ la maria chrétiennement puis reconnut civilement et religieusement les deux bâtards. Celui qui, en un si heureux tournemain, s'était attribué la remuante Momo et l'avait coincée près d'une dizaine d'années, était l'excellent cuisinier des bons pères, Bermani. Alberic Bermani, ainsi il se nommait. Les bons pères n'apprécièrent pas le coup de main (le rapt) de leur cuisinier et le lui reprochèrent. Bermani quitta ses employeurs avec sa petite famille et offrit ses services au plus proche voisin de la mission, le juge colonial, M. Delcourt. Mme Delcourt apprit le français au jeune garçon (le futur dictateur) qui traînait toute la journée dans l'office. Au rapatriement de Delcourt, les prêtres qui n'avaient toujours pas trouvé un cuisinier d'égal talent à celui de Bermani le réembauchèrent et acceptèrent son fils adoptif à l'école de la mission.

Une année, pendant les vacances scolaires, le jeune garçon (le futur maître du pays) retourna au bord du fleuve pour subir les rites d'initiation. Les rites préparent aux qualités que la tribu considère comme essentielles.

Les Ngandis, tribu du futur dictateur, une des branches du peuple bangala, piroguiers et pêcheurs, privilégient le vol, le mensonge et le courage. Lors de son initiation, le jeune garçon vola deux bœufs et enleva deux jeunes filles, d'un coup de sagaie tua un léopard et, avec le poing nu serré sur un vulgaire et petit bâton aux deux bouts aiguisés, vainquit et tira des eaux le plus redoutable homicide caïman du fleuve. Tous les sorciers ngandis prédirent que le jeune initié serait le plus grand de leur race. Ils lui attribuèrent de nombreux talismans et fétiches et lui apprirent les paroles secrètes de beaucoup de prières de protection contre les maléfices.

Maman Momo, les années finirent par l'assagir, la belle Momo. Après la mort de son mari, elle voulut à tout prix maintenir son fils dans les écoles religieuses et pour cela sans cesse proposa ses services de couvent en couvent. Son rêve à elle, Momo, était de voir son fils (ses professeurs le jugeaient intelligent, vorace lecteur et turbulent) devenir un curé, un bon père. Il n'arrivera jamais au séminaire.

Un matin, à l'aurore, au pied du mur qu'il escaladait très souvent pour rentrer à l'internat après ses virées nocturnes dans la perdition de la ville, il trouva un sous-officier et deux hommes de troupe de la Force publique coloniale. Ils l'attendaient et l'enrôlèrent le matin même. C'est l'ingénieuse voie qu'avaient trouvée les bons pères pour se débarrasser du collégien indiscipliné : l'envoyer sous les drapeaux. Explique Maclédio.

Mais à vouloir balancer trop loin le crapaud on finit par le jeter dans le bonheur d'une mare. L'homme au totem léopard était né pour la Force publique, et la Force publique était façonnée pour lui. Dans la Force publique, il apprit la comptabilité, la dactylographie et surtout le journalisme. Il en apprit donc assez pour passer le certificat d'évolué.

Il faut savoir que les missions et l'administration coloniale pensaient avoir réussi dans leur programme de formation bien au-delà de leur propre attente. Elles avaient réussi à former sans s'en rendre compte cinq universitaires en cinquante années. Elles étaient en avance sur le programme prévu. La formation des intellectuels n'était pas prévue avant l'an 2000 ! En avance aussi sur le programme, trop en avance, ce qu'on rencontrait dans les villes du Grand Fleuve. Proliféraient dans les rues des Nègres singeant parfaitement le Blanc dans la démarche, l'accent, le port des vestes, cravates et même des nœuds papillons. Ils avaient vu ou entendu parler les indigènes des possessions françaises. Les indigènes de l'autre rive du fleuve avaient obtenu leur indépendance. Les Français s'étaient débarrassés de leurs possessions, les avaient cochonnées en les laissant à des Nègres démagogues. Il fallait courageusement gérer les nouvelles donnes. Les bons pères et l'administration coloniale de la République du Grand Fleuve chrétiennement le firent en créant le certificat d'évolué ou d'évoluant pour leurs indigènes. Un certificat qui permettait de distinguer les indigènes du Grand Fleuve européanisés (tel l'homme au totem léopard) de leurs compatriotes toujours sauvages.

L'examen était très méticuleux. Il fallait savoir un tas de choses de ce qui était blanc. Boire avec un verre sans aspirer le liquide par le nez. Manger avec des fourchettes sans laisser dégouliner des miettes par les commissures. Se moucher et cracher dans un mouchoir. Viser juste le trou du cabinet à la turque avec un solide étron, un caca bien moulé. Embrasser sa femme avant de la baiser sans caresse vicieuse et ne baiser qu'elle toute l'année. Proclamer sa foi en la Bible qui dit la bénédiction des Blancs (Sem, Japhet) et la malédiction des Noirs (Cham, Canaan). Et reconnaître donc comme loi naturelle et irréversible la prédominance de la lumière (incarnée par le Blanc) sur les ténèbres (le Noir). Ajoute le cordoua.

On n'apprend pas l'eau ni à nager au jeune caïman. L'homme au totem léopard, qui avait appris l'alphabet avec la femme d'un juge blanc, la religion avec les théo-

logiens du petit séminaire, le droit avec les officiers de la
Force publique, ne pouvait pas échouer à un tel examen.
Il obtint son certificat avec 20 sur 20.

En raison des excellentes notes obtenues dans l'examen de son certificat d'évoluant (car c'était bien un certificat d'« évoluant » qui avait été passé, les bons pères ne
prévoyant pas d'attribution de certificat d'évolué avant
l'an 2000, ce sont les vantards et prétentieux indigènes du
Grand Fleuve qui appelèrent certificat d'« évolué » leur
vulgaire certificat d'évoluant), en raison des prodigieuses
notes obtenues à l'examen, le plus important quotidien
du pays, *L'Avenir,* embaucha l'évoluant évolué comme
journaliste. Et put l'envoyer en stage dans la capitale du
Royaume (les évolués ou évoluants avaient entre autres
droits celui de voyager en Europe).

Dans la capitale du Royaume, la bourse de stage se
révéla dérisoire. Il fallait se faire un complément de revenus pour continuer les virées nocturnes dans les boîtes
de nuit. L'homme au totem léopard se procura des revenus en contactant les Renseignements du pays colonisateur qui cherchaient des agents pour pénétrer le milieu
des nationalistes indigènes du Grand Fleuve. Et lorsque
Pace Humba, le grand nationaliste de la République
du Grand Fleuve, voyagea dans la capitale du Royaume,
l'homme au totem léopard, pour renseigner les colonisateurs sur les moindres gestes et paroles de ce bavard
patriote, le suivit nuit et jour dans tous ses déplacements.
Pace Humba, qui était généreux et peu méfiant, prit
cet attachement pour de l'amitié et fit du beau jeune journaliste son homme de confiance. Les Américains de la
CIA en firent un « honorable correspondant » quand l'organisation vit qu'il était une excellente taupe des colonisateurs auprès de Humba. Avec la bienveillance de
Humba, des services secrets colonisateurs et de la CIA,
tout se goupilla pour l'homme au totem léopard.

Quand la Force publique se désagrégea et que les gendarmes africains firent la chasse à leurs officiers coloniaux, il fallut sur-le-champ fabriquer un chef d'état-major indigène. Les services secrets coloniaux et la CIA guidèrent les lumineuses idées de Pace Humba, ses bienveillantes mains qui attribuèrent le grade de général à l'homme au totem léopard – il n'avait été que sous-officier dans la Force publique – et le désignèrent chef d'état-major suprême du pays le plus vaste d'Afrique centrale, le pays au sous-sol le plus riche du monde.

Après ces promotion et désignation, il ne sera plus possible de distinguer, dans la vie du dictateur, l'affabulation de la vérité, l'excrément du singe rouge de celui du singe noir. L'homme au totem léopard est ngandi et les vertus cardinales que cultivent les gens de cette tribu sont le mensonge, le vol et le courage. Avec courage, l'homme au totem léopard saura merveilleusement mentir pour voler et tuer.

C'était l'homme avec lequel vous, Koyaga, aviez fait une heure de vol. À l'aéroport, vous avez reçu l'accueil que le dictateur réserve aux chefs d'État.

– C'est hors de mon pays que je vous ai pris. C'est hors de mon pays que je vous quitterai, vous avait dit le dictateur au totem d'hyène.

– Merci du grand honneur, du beaucoup et du grand que vous m'avez fait. Merci de l'exceptionnel et de l'énorme que vous m'avez appris pendant mon séjour. Mais ce serait trop de vous donner une autre peine, de vous imposer un voyage superfétatoire.

– Je tiens à vous accompagner parce que cela fait partie de nos politesses et de mes habitudes, avait aussitôt répliqué l'homme au totem hyène.

Vous l'avez encore supplié de se ménager, de rester pour se consacrer à ses hautes occupations, de ne plus abandonner son peuple. Vous deviez voyager avec l'homme au totem léopard. Vous ne craigniez donc pas la solitude du voyage. Ce qu'il avait fait était largement suffisant.

L'homme au totem hyène s'était penché et vous avait crachoté quelques mots à l'oreille. Vous aviez souri et aviez tout de suite demandé à l'homme au totem léopard d'autoriser votre hôte à vous accompagner.

Ce qu'il vous avait chuchoté était un secret d'État qui ne fut révélé que plus tard. Il vous avait avoué ses motivations. Sa journée était creuse. Il n'avait qu'une seule obligation dans son agenda. Mais il lui manquait la sérénité que cette audience impliquait. Sa maîtresse zendé insatisfaite, en courroux, l'attendait nue dans le lit de la garçonnière de la Cour impériale… Il lui manquait la force de l'achever, la rassasier et la contenter. Explique le répondeur.

C'est le motif suffisant pour lequel vous vous êtes trouvés à trois à descendre de l'avion, trois chefs d'État dans la capitale de la République du Grand Fleuve. Le totem léopard, le totem hyène et vous-même, le totem faucon.

Des milliers de jeunes filles drapées dans des pagnes imprimés d'effigies des trois chefs d'État dansent et chantent. Les danses sont salaces et les chants disent la gloire des chefs d'État.

– Merde ! Merde ! Toutes plus belles les unes que les autres ! Je n'ai jamais vu tant de beautés réunies.

L'homme au totem hyène hurle son admiration en dévisageant les filles. Il laisse les autres chefs d'État poursuivre la revue de la haie d'honneur. Droit sur les cercles de danse, il se dirige. Des acclamations, des hurlements, des « huhus » fusent. Les tam-tams changent de rythme. L'hymne de l'Empereur est entonné. Devant, en s'approchant, les pagnes à demi dénoués, elles se perdent dans de ces danses ! Vraiment salaces, impudiques des fesses. Impossible de se retenir, de résister à leur provocation, à leur appel. L'homme au totem hyène se lance dans le cercle de danse ; jerke, swingue et twiste. Oui, il n'est pas seulement un cruel dictateur, il sait danser. Ceci largement compense cela. Il est un artiste, un talentueux, grand et gros chorégraphe. Il agite sa canne, la balance. Les nombreuses et lourdes décorations – elles ont été acquises dans toutes les guerres coloniales – battent sa poitrine. Les autres attributs, tous les autres attributs d'un grand Empereur sautent sur les épaules et les fesses. Il fait deux fois le tour du cercle de danse, seul, tout seul. Le troisième tour, il l'effectue en suivant comme un bouc une jeune danseuse. Elle est assurément lubrique. Cinq petits pas, puis elle s'arrête, se livre à une salacité, une salacité à faire bander. Elle invite l'Empereur. L'homme au totem hyène l'imite. En direct devant toutes les télévisions du monde il démontre. Il étale son art. Il en a à revendre.

La honte, sa honte, l'homme au totem léopard la maîtrisait mal. L'Empereur continuait à gigoter. Votre hôte vous tira par le bras, Koyaga, jusqu'au salon d'honneur. En tête à tête – ça devait vraiment le travailler – il se livra à des justifications, à des confessions. Il ne fallait pas croire à ce que l'impérialisme (c'est ainsi qu'il appelait la presse internationale) publiait sur lui, son peuple et son pays. Les difficultés économiques, il y en avait, elles existaient. L'impérialisme les savait provisoires et, cela, il le redoutait. Avec la danse et les chants, l'impérialisme savait que les citoyens bientôt acquerraient le savoir-faire et la conscience de développer le pays. Toute la République du Grand Fleuve, tout le pays deviendrait riche. Les citoyens avaient échoué dans la gestion et l'industrialisation, non dans la danse, non dans le chant, non dans le show-business. Ils transformeraient et développeraient le pays par le show-business. Par le show-business ils atteindraient leurs objectifs. Cela viendrait plus vite que ne le croyaient les pessimistes. Déjà la musique de la République du Grand Fleuve était un des plus importants rythmes du monde contemporain, déjà les chanteurs de son pays étaient parmi les plus populaires du monde. De cet entretien, Koyaga devait retenir que, dans la lutte contre le sous-développement et la famine, le chant, la danse – le chant et la danse à la gloire du chef de l'État – sont aussi des instruments de développement.

L'Empereur s'était arrêté de gigoter, le souffle lui avait manqué. Sur son front perlaient de grosses gouttes de sueur. Il prit la jeune fille par la main et la tira jusqu'au salon d'honneur. Devant les deux autres chefs, la jeune fille fit des révérences et s'engagea dans des gestes impudiques sous les applaudissements et les cris de joie de la foule. L'Empereur présenta la jeune fille et s'expliqua. Elle était la plus belle et la plus talentueuse des animatrices et il se pencha pour souffler à votre oreille : « et certainement la plus vicieuse ». C'est pourquoi il présentait deux requêtes à son frère et ami l'homme au totem léopard… Par la première il demandait la main de la danseuse et par la seconde il demandait la route.

À l'aéroport, l'avion portant les armoiries de l'Empereur s'envola, disparut dans les nuages. Ouf ! ce fut le soulagement général. Tout le monde souffla et le totem léopard allait commencer à médire lorsqu'on vit l'avion déboucher des nuages et demander l'autorisation d'atterrir. L'Empereur en sortit et rassura tout le monde : ce n'était pas à cause d'une panne technique qu'il était revenu. C'était dans les nuages qu'il s'était rappelé qu'il avait oublié la jeune danseuse que son frère et ami lui avait donnée en mariage.

Dans une fête, il n'y a pas que le danseur et le frappeur de tam-tam, il y a aussi la chanteuse. Le danseur de temps en temps s'interrompt pour écouter la chanteuse. Écoutons nous aussi quelques réflexions sur le pouvoir :

Le tambour qui ne punit pas le crime est un cruchon fêlé.

Un roi s'assied sur son trône pendant qu'un autre se fait tailler le sien.

Il n'y a pas de mauvais roi mais de mauvais courtisans.

17

Ah ! Tiécoura, l'homme au totem léopard vivait depuis quelque temps en permanence sur son bateau. Dès que l'hélicoptère vous déposa sur le pont du *M. S. Balola*, le totem léopard se mit à cracher tout le mépris qu'il avait pour le dictateur au totem hyène, le fiel qu'il avait dans le cœur et qui le rongeait :

– Empereur… Empereur ! Une vraie honte pour l'Afrique entière ! Un soudard ! Ses conneries font du tort à la fonction de chef d'État africain ! Un salaud qui prétend être le chef d'État ayant le grade le plus élevé parce qu'il s'est proclamé Empereur. C'est un simple d'esprit.

Et il s'expliqua : l'Empire était une création européenne. L'Empereur avait beaucoup moins de prérogatives qu'un chef africain de l'authenticité. C'étaient les mânes des ancêtres qui l'avaient nommé, lui, l'homme-léopard, le chef de l'authenticité, le Père de la nation. Il disposait de toute la nation et en usait. Les décisions d'un empereur ont besoin d'être confirmées par des élus ; celles d'un chef africain pas. Le chef africain consulte des conseillers qu'il a nommés et n'est pas tenu de suivre leurs avis. Un empereur contient ses dépenses dans un budget ; un vrai chef authentique africain dispose de tout l'argent du Trésor et de la Banque centrale et personne ne compte, ne contrôle ce qu'il dépense. Un empereur est tenu par des lois ; un vrai chef africain use de la clémence et c'est tout. Un chef africain est nettement supérieur à un empereur, conclut l'homme au totem léopard et il vous conseilla d'appliquer, comme système de gouvernement, l'authenticité. C'était le gouvernement qui convenait aux Africains.

Avec l'authenticité, une fête permanente existe partout où se trouve un vrai chef. Le bateau présidentiel était une véritable ruche, une touffe de fromager habitée par une colonie de gendarmes. Les rotations perpétuelles des hélicoptères dans le ciel. Les chants rythmés nuit et jour des animatrices sur le pont. Elles hurlaient sans cesse les mêmes dithyrambes de l'homme-léopard pour l'encourager dans ses actions. Elles se livraient à la danse du ventre et des fesses. En permanence des gestes érotiques pour l'exciter. Un vrai chef africain de l'authenticité a en permanence le courage d'un lion et la sexualité d'un taureau.

L'homme-léopard convoqua ses quatre plus proches collaborateurs et vous les présenta l'un après l'autre.

Le conseiller par lequel le dictateur commença la présentation et qui, dans l'ordre de préséance, occupait le rang de quatrième conseiller s'appelait Sakombi, le citoyen Sakombi Inongo. Il était ministre de la Propagande et de l'Orientation nationale. Sakombi était un ami d'enfance de l'homme au totem léopard. Il avait comme lui passé le diplôme d'évoluant. Il savait et connaissait le dictateur. Il avait compris que l'homme-léopard avait été propulsé de trop bas pour se trouver très haut. Le dictateur avait un vertige permanent. Il avait besoin en permanence qu'on lui hurle où il était pour se voir, se croire et croire les autres.

Au cours de ses voyages en Chine et en Corée du Nord, Mao Tsé-toung et Kim Il-Sung avaient planifié des accueils délirants pour l'homme au totem léopard. Le ministre

Sakombi Inongo avait été très attentif et avait beaucoup noté et beaucoup réfléchi. De retour au pays, Sakombi sut qu'on envisageait de se débarrasser de lui et de le remplacer par un jeune universitaire pour le seul motif que lui, Sakombi, était un primaire.

Avant la confirmation officielle du remaniement ministériel, très tôt un matin, Sakombi se présenta au dictateur et annonça qu'il avait vécu la nuit du destin de son pays et reçu les messages. Les mânes des ancêtres dans la nuit étaient venus le prendre et, dans un demi-sommeil, dans un demi-rêve, l'avaient amené au bord du fleuve, dans un cimetière, au pied d'un fromager centenaire. Il cita des témoins : sa femme, qui avait entendu un vent siffler par la fenêtre et constaté la disparition du lit de son mari tout le reste de la nuit, et son gardien, qui avait vu un spectre sortir à minuit par la grille et entrer au petit matin par les feuilles du filao du jardin. Au cimetière, l'assemblée des mânes l'avait chargé d'un message pour la nation. Les mânes lui avaient demandé de dire que l'homme au totem léopard avait été envoyé pour sauver le peuple de la République du Grand Fleuve. Ils avaient désigné le totem léopard comme le chef, l'unique chef, l'unique intermédiaire entre les vivants et les mânes. Ils avaient fait connaître ses noms : *fouilli tè kèrèmassa mi lalo* (le grand guerrier qui triomphe de tous les obstacles). Ils avaient fait connaître ses pouvoirs : le seul chef qui doit donner des ordres et doit être obéi ; le chef qui véhicule à travers les ordres qu'il donne la sève vitale qui vivifie la République. C'est parce que les ordres qui émanent du chef n'avaient pas été scrupuleusement respectés dans le passé qu'on avait constaté un affaiblissement de la force vitale de la collectivité. Les habitants du pays étaient devenus des peuples d'incapables, de voleurs, de menteurs, de paresseux et d'inconscients. C'était là la source du mal du pays. Les mânes chargeaient le chef de conduire son peuple dans la voie que les anciens avaient tracée, la voie de l'authenticité.

Sakombi s'était présenté de blanc vêtu dans une tenue Mao (il avait remisé ses costume et cravate) : c'était le vêtement recommandé par les mânes. Il annonça qu'il avait renoncé à son nom chrétien (il ne s'appellerait plus qu'Inongo). L'homme au totem léopard ne devait plus sortir sans ses attributs de chef : la peau de léopard et la canne d'ivoire au pommeau en or massif. Il annonça les divers noms par lesquels les habitants de la République du Grand Fleuve étaient autorisés à appeler leur chef : le Président-soleil, le Génie du Grand Fleuve, le Stratège, le Sauveur, le Père de la nation, l'Unificateur, le Pacificateur…

Le remaniement eut lieu. Le ministre Sakombi fut maintenu à son poste pour continuer à appliquer les instructions des mânes des ancêtres.

Le ministre disposait d'une partie du bateau présidentiel pour caser les animatrices, les journalistes et le personnel de propagande.

– Bonjour, monsieur le conseiller. Bonjour, monsieur le ministre Sakombi.

– Mes respects, Excellence Koyaga. Nous sommes heureux de vous accueillir et de vous souhaiter un heureux séjour parmi nous en République du Grand Fleuve

Le deuxième personnage que l'homme au totem léopard vous présenta était l'architecte sénégalais Tapa Gaby. L'architecte occupait dans l'ordre de préséance des conseillers le troisième rang.

Les Sénégalais, par leur longue fréquentation des Blancs, avaient, aux yeux de l'homme au totem léopard, perdu certaines des tares congénitales des Nègres. C'est donc avec une certaine considération que l'architecte Gaby avait été introduit pour la première fois dans le bureau du Président. L'architecte était sénégalais et un

Sénégalais qui avait en main une lettre de recommandation du président du Sénégal. Le président du Sénégal avait été obligé d'intervenir pour que son compatriote puisse avoir accès directement à l'homme au totem léopard. Y avoir accès afin de lui présenter directement un projet pour la réalisation de l'immeuble de la Radio et de la Télévision. L'architecte, malgré le nombre de barbes copieusement mouillées dans l'entourage du dictateur, n'avait jamais réussi à gagner de marché dans le pays. Ses concurrents s'étaient toujours trouvés plus généreux dans la manière « de parler français », dans « le geste national ». Explique le répondeur.

Au cours de cette première rencontre, le projet de l'architecte n'enthousiasme pas l'homme au totem léopard. L'architecte croit aux marabouts, aux fétiches et sait que le dictateur plus que lui les pratique, les suit. Avant de sortir bredouille, ses dossiers sous le bras, Gaby s'arrête, murmure, invente un mensonge. Un marabout l'avait rencontré la veille de son voyage et l'avait chargé d'un message. C'est une divination importante. Un complot est en train de s'ourdir contre l'homme au totem léopard. Les conspirateurs l'ont attaché, ensorcelé et risquent de réussir. Le marabout lui recommande, avant vendredi, d'immoler aux mânes des ancêtres deux taureaux par nuit noire sur une tombe fraîche dans un cimetière et un poulet noir au fond d'un puits. Le dictateur a toujours pour règle d'immoler tous les sacrifices qu'on lui conseille. Par routine, il fait l'offrande des deux bœufs et du poulet noir puis oublie.

Mais voilà que, cinq jours après la rencontre, justement le vendredi, par extraordinaire, d'un cheveu le dictateur échappe à un attentat. Un attentat perpétré dans les conditions décrites par le marabout.

Un avion s'envole le soir de la capitale et revient dans la nuit même de Dakar avec à son bord l'architecte Gaby

et le marabout Kaba. Kaba comblé d'argent est embau-
ché tout de suite comme le chef des marabouts du dictateur. Et Gaby comme patenté fournisseur émérite du
chef de l'État en marabouts, sorciers et autres experts en
affaires occultes. Accessoirement, son projet est retenu.

De là partent une profonde amitié et une confiante col-
laboration entre le dictateur de la République du Grand
Fleuve et l'astucieux Sénégalais. L'architecte excelle
dans sa fonction, si bien que le totem léopard le recommande à d'autres dictateurs du continent. Il acquiert également le titre de fournisseur en marabouts émérites des
potentats et chefs de partis uniques du Cameroun, du
Gabon, du Pays aux Deux Fleuves et d'autres grands
de notre Afrique multiple et liberticide. Et dans tous
ces pays, accessoirement, il a en permanence des com-
mandes. Surchargé et surmené par les études techniques,
les sollicitations et les minutieuses recherches de compétents marabouts, l'architecte n'apparaît plus souvent dans
la cour de l'homme au totem léopard.

Un jour, le dictateur a besoin de lui : il le convoque
et l'attend dans quarante-huit heures. Un avion s'envole,
va le cueillir.

– À combien estimes-tu ce que te rapportent les services que tu rends aux autres chefs d'État ? Quel est le
montant de tes revenus ?

– Je ne le connais pas. Pas par cœur, monsieur le Président.

– Sans importance. Tu es désormais à mon service. Uni-
quement à mon service. Tu es engagé comme conseiller.
Ton salaire est le double du revenu que tu déclareras à mon
chef de cabinet, lui annonce le dictateur sur un ton de
réprimande.

Il est le conseiller chargé des affaires occultes présidentielles. Un conseiller qui dispose pour ses services
d'une dizaine de cabines du bateau et de multiples res-

ponsabilités. En talentueux architecte, le Sénégalais réussit dans les mises en scène. De temps en temps, il fait débarquer d'un hélicoptère sur le bateau des marabouts flottant dans des boubous brodés, amidonnés. Il organise les séances d'incantations confortantes. Les marabouts entourent le dictateur et lui enfilent des bagues et autres bracelets.

Le dictateur ne se déplace jamais sans une valise de fétiches. Chaque marabout augmente la collection de ses porte-bonheur.

Avant chaque voyage du dictateur, la tortue sacrée est consultée. L'architecte fait jucher le Président sur la carapace. La tortue bouge : le voyage est entrepris immédiatement. Autrement : les marabouts appliquent d'autres incantations.

– Bonjour, monsieur le conseiller des Affaires occultes. Bonjour, monsieur Gaby.

– Mes respects, Excellence Koyaga. Nous sommes très heureux de vous accueillir et de vous souhaiter un très heureux séjour parmi nous en République du Grand Fleuve.

Une large partie du bateau était réservée à la finance et au Trésor. C'était le fief du conseiller financier, le mulâtre Konga. Un mulâtre, un sang-mêlé, une race hybride. Konga est un métis. Pour le colonisateur, un métis est un Bantou amélioré mais un Blanc dégradé. Un Nègre demi-menteur, demi-idiot mais un Blanc semi-voleur et semi-intelligent. Un métis pour un Noir est à la fois un compatriote, un étranger et un traître. C'est là une loi naturelle et universelle. Dans l'Afrique du Sud de l'apartheid et dans les autres pays où de nombreux métis ont été générés, la fonction et le parti d'intermédiaire, de pont des mulâtres sont reconnus par la loi et stipulés dans la Constitution. Dans la République du

Grand Fleuve d'avant l'Indépendance, les colons blancs qui craignaient les effluves âcres des Bantous avaient su, par le pont des métis, limiter les occasions de contact entre Blancs et indigènes. Les grandes entreprises coloniales avaient toutes pour caissiers des métis. Ce fut une chose que le jeune indigène futur dictateur à la sortie de sa brousse remarqua tout de suite. Il l'apprécia quand il eut le statut d'évoluant. Le mulâtre Konga, caissier d'une importante société, aida le sous-officier futur dictateur à arrondir les fins de mois difficiles. Ce sont des choses qui ne s'oublient pas et se récompensent quand on devient le maître absolu d'un pays quatre-vingts fois plus grand que le pays colonisateur.

Le dictateur confiait la gestion de toutes les institutions financières à des métis. Konga était sur le bateau son conseiller financier. Quatre cabines jusqu'au plafond étaient pleines de billets. La valeur de la monnaie de la République du Grand Fleuve était inférieure au papier avec lequel elle était fabriquée. Et cela avait un avantage très appréciable. On n'avait pas besoin de coffre pour la garder, cette monnaie. Elle avait cessé de tenter les voleurs. La quantité de billets qu'on pourrait chaparder aurait toujours moins de valeur que les moyens qu'il aurait fallu mobiliser pour les emporter.

– Bonjour, monsieur le ministre Konga.

– Mes respects, Excellence Koyaga. Nous sommes très, très heureux de vous accueillir et de vous souhaiter un très, très heureux séjour parmi nous en République du Grand Fleuve.

La quatrième éminence grise de l'homme au totem léopard avait une responsabilité plus importante que celle du métis. C'est pourquoi c'était un Blanc, un Blanc américain, un ancien de la CIA : l'honorable Robert Maheu. Il avait à son crédit comme espion du FBI pendant la

Seconde Guerre mondiale de nombreux coups de main, de nombreux meurtres. Des meurtres dont certains, quarante ans après, n'avaient pas encore été revendiqués, ne pouvaient pas encore l'être. C'était un tueur très expérimenté.

– Mais pourquoi un Africain, chef d'un État pauvre et du tiers-monde comme le vôtre, doit-il s'épuiser à participer au combat planétaire de l'Occident ?

L'homme au totem léopard vous regarda d'un air effaré :

– Chut ! Ne répétez surtout pas de telles stupidités devant M. Maheu. Les démocrates n'aident et ne protègent que les anticommunistes. Même si la guerre froide, la lutte entre communistes et Occidentaux n'est qu'une querelle fraternelle entre Blancs, entre riches, il faut s'y mêler. Nous Africains nous nous en mêlons pour en tirer des fruits !

Maheu avait monté le système de sécurité le plus sophistiqué du monde pour la protection de l'homme au totem léopard.

– Ceux qui veulent ma peau le paieront très cher, vous a dit l'homme au totem léopard en guise de conclusion.

C'était vrai, sûrement vrai.

– Bonjour, monsieur le conseiller Maheu.

– Mes respects, Excellence Koyaga. Nous sommes très, très et très heureux de vous accueillir et de vous souhaiter un très, très et très heureux séjour parmi nous, en République du Grand Fleuve.

Ce sont cinq avions qui vous amenèrent à Labodite, la ville natale de l'homme au totem léopard. L'avion de la sécurité du colonel, du conseiller Maheu avec ses tueurs, ses hommes et ses moyens. L'avion de la propagande et du dithyrambe du ministre Sakombi, de ses animatrices et des maîtresses présidentielles. Suivait l'avion de commandement, l'avion présidentiel dans lequel vous avez voyagé avec votre hôte. Il précédait l'avion déménageant les billets de banque et celui transbahutant les marabouts. Deux heures seulement après l'accueil de l'aéroport, tout se trouva installé, chacun était à son poste. Les Pygmées dans les arbres des environs, les hommes-grenouilles dans les eaux, les marabouts dans les sacrifices et le super-argentier du pays au comptoir de la villa pleine jusqu'au toit de billets de banque.

À l'aéroport commencèrent sans cesse les rotations des hélicoptères, l'atterrissage et l'envol des avions chargés de billets de banque, de visiteurs et de prébendiers.

Labodite, c'est une lubie de dictateur. Une tragique et sinistre farce.

Un gros sentimental, il l'est, le dictateur au totem léopard, un sentimental prévenant par certaines de ses politesses. Il aime les femmes et il aimait beaucoup sa première épouse Annette ; il le disait, le montrait. Lors des cérémonies officielles – et il était le seul dictateur de notre multiple Afrique à consentir cette préséance à sa femme –, il marchait après son Annette.

Il souffrait, comme beaucoup de dictateurs de notre éternelle Afrique, d'être né, sorti des cuisses d'une Négresse illettrée. Il ne l'a jamais déclaré. Il se contentait de le démentir par une imagerie. Une imagerie qui, huit fois par jour, passait sur les écrans de télévision du pays. Dans l'imagerie, le dictateur ne coulait pas de sa mère Momo : il descendait directement du ciel ; il déchirait de laiteux nuages sur fond bleu. Dans l'imagerie, Annette n'était pas oubliée. Non elle n'était pas oubliée ! Elle ne sortait pas, elle, du néant mais se rattrapait largement sur terre en distribuant comme le Christ beaucoup de bien et de bon aux enfants et des miracles aux malheureux.

Violent est le dictateur, de naturel violent il est né. Parfois il arrive à dissimuler son tempérament sous des mises en scène burlesques. Mais, les nuits de clair de lune, il se fait rattraper par son comportement, il devient féroce comme un fauve, féroce comme son totem. Une de ces nuits, il entre en furie, en force et par fracas dans son Annette. Pour un rien, une poussière de querelle de ménage. Il la cogne des poings, de sa canne. Il lui fracture un bras. Elle crie :

— J'attends un bébé.

— Justement, je vais t'en débarrasser, réplique son époux.

Il lui fait expulser le fœtus d'un coup de soulier. Quand il la voit inanimée, demi-morte, gisant dans le sang, il arrête de la frapper et se met à hurler :

— Suis un con, un vrai. Un salaud, un criminel, un vrai. Maintenant que faire ? Que puis-je faire ?

Il s'assied, se tient la tête ; pleure, pleure à chaudes larmes. Il se penche sur elle. La prend, son Annette, dans ses bras comme ça se passe, se voit dans les feuilletons américains, la place dans un avion. L'avion l'évacue sur la clinique la plus chère du monde. Là où les chirurgiens les plus futés l'opèrent, en Suisse. Sans succès. Elle ne se relève pas. Elle meurt et laisse l'homme au totem léopard inconsolable.

Il ramène le corps à la République du Grand Fleuve et monte à Annette de grandes funérailles, des funérailles qui deviennent le plus grand événement de l'année de son pays et de l'ancien royaume colonisateur. Il décide de l'inhumer en pleine forêt, loin de toute civilisation. Il commande à l'architecte sénégalais Gaby (le fournisseur en marabouts) de concevoir une crypte. Autour de la crypte est bâtie une basilique. Autour de la basilique un palais. Autour du palais les villas des dignitaires de son régime. Puis des routes, des cinémas, des banques, des écoles, des supermarchés, un aéroport, un barrage, des ranches, des plantations. Tout et tout pour faire une ville.

Une ville, une capitale avec des immeubles à cinq étages. Tout imaginé par l'architecte féticheur. C'est Labodite. Labodite deviendra la capitale officielle de la République du Grand Fleuve quand le pape Jean-Paul XII aura le temps de venir jusqu'à Labodite pour béatifier Annette et bénir la basilique.

En attendant la visite du saint-père, Labodite est une ville fantôme. Une ville qui n'existe pas, qui ne se voit pas quand le dictateur au totem léopard n'y réside pas. En son absence, tout – sauf la crypte veillée par un pénitent espagnol habillé de rouge –, tout est fermé dans la ville de Labodite. Absolument tout. Les écoles, les hôpitaux, les cinémas, le barrage, l'aéroport, les supermarchés ne fonctionnent plus, n'existent plus.

Quand le dictateur s'annonce, tout repart, recommence, reprend. S'animent les autoroutes qui ne partent de nulle part et n'arrivent nulle part. L'aéroport ouvre sa piste et ses portes. Reviennent les religieuses allemandes et leurs malades, leurs lépreux dans les hôpitaux. Les instituteurs français et leurs élèves dans les écoles. Les enfants de chœur avec des cantiques grégoriens sur les lèvres s'installent sur les bancs de la basilique. Tous les dignitaires, ministres, anciens ministres, généraux, ambassadeurs, chefs coutumiers se pointent, apparaissent, tous reviennent occuper leur espace, leurs villas dans Labodite. Leurs place et rang dans le décor.

Évidemment, toutes les visites de Labodite commencent par la crypte de l'Annette du dictateur. C'est normal. C'est la seule institution permanente de la ville. Il est de coutume à la sortie de la crypte que le dictateur présente à ses visiteurs les membres de sa famille et du clan. Ils étaient tous là, alignés. Ils jouaient tous à pleurer la regrettée Annette. Tous les heureux bénéficiaires de la confiscation, de la nationalisation des sociétés étrangères prospères.

Vous Koyaga, vous les avez salués :

– Bonjour… Bonjour… Bonjour les riches, Bonjour les monopolisateurs.

Ah ! Tiécoura. C'était dans les mines d'or et de diamants de la République du Grand Fleuve. Les mines d'or et de diamants du Nord, du Sud, de l'Est et de l'Ouest de la vaste République du Grand Fleuve. Les handicapés portaient et transportaient sur leurs voiturettes les hommes valides. Les aveugles guidaient les voyants, tamisaient la boue, scrutaient l'eau brune, montaient des compartiments pour arrêter les pierres. Les lépreux avec les moignons creusaient, taraudaient la terre pour des bien portants ayant des mains et des doigts… C'étaient les miracles que l'homme au totem léopard avait réussi à réaliser dans sa vaste République du Grand Fleuve.

Ah ! Tiécoura. Commençons les choses par leur début. Un matin l'homme au totem léopard réfléchit et compte. Il cumule vingt ans de pouvoir et le bilan est négatif, totalement négatif.

Le pays n'a ni routes, ni hôpitaux, ni téléphones, ni avions, ni…, ni… Les médecins ne soignent plus faute de médicaments et parce qu'ils ont de nombreux mois d'arriérés de salaires. Les jeunes ne dansent plus, ne baisent plus parce que tout le pays est infecté de sida.

L'homme au totem léopard a beau se tenir la tête, beau regarder au loin, il n'entrevoit pas poindre une quelconque petite lueur d'espoir.

Les membres de sa famille et ses plus proches collaborateurs sont tous des paresseux, des jouisseurs. Ils n'ont pas su commander le développement, le décollage du pays, de la nation du Grand Fleuve.

Les militaires, les policiers sont tous des rançonneurs, des pillards. Ils n'ont pas réussi à assurer l'ordre, la sécurité du pays.

Les responsables du parti, les chefs, les hauts fonctionnaires sont tous des prévaricateurs, des corrompus. Ils ne sont pas parvenus à mobiliser, à administrer le pays.

Il ne reste qu'une voie à exploiter, une chose à essayer : le peuple. L'homme au totem léopard décide de laisser l'exploitation du pays au peuple, à l'informel, de laisser au peuple lui-même sa propre gestion. Et souverainement et en toute conscience il décide la libéralisation totale de l'exploitation minière dans le pays au sous-sol le plus riche du monde. Chaque citoyen peut creuser où il veut avec les moyens dont il dispose.

C'est la folie. Partout dans la vaste République du Grand Fleuve, partout dans les mines de pierres précieuses, les ouvriers les premiers désertent les entreprises qui les logent et les soignent. Ils commencent à creuser, à travailler à leur propre compte, à tenter leur chance. Et par miracle au fond de leurs tamis apparaissent quelques paillettes brillantes et même des pépites.

Rien ne se répand aussi vite que l'écho du bonheur. Le bruit court du Nord au Sud, de l'Ouest à l'Est de la vaste République du Grand Fleuve. La chance, l'espoir (on n'y croyait plus) existent toujours, existent encore quelque part dans la République du Grand Fleuve, le vaste pays aux trois fuseaux horaires. Par dizaines de milliers, les enseignants, les fonctionnaires abandonnent les classes et les bureaux pour aller se faire « casseurs de pierres ».

Le potentat en profite pour se conformer aux recommandations du FMI et procède à des licenciements massifs d'agents de la fonction publique. Les licenciés marchent sur les villes minières. Des classes entières d'écoliers et écolières suivent les instituteurs sur les chantiers. Les malades, les lépreux, les sommeilleux suivent leurs infirmiers et leurs médecins dans les mines. Les producteurs de café, de coton, les pêcheurs par villages entiers désertent les plantations et les pirogues pour devenir « casseurs de pierres ». Par classes, par villages,

par hôpitaux, en famille au grand complet tous s'attaquent aux collines comme des fourmis. Les lépreux avec
les moignons creusent, les aveugles tamisent.

Les femmes, à quelques mètres des creuseurs, assem-
blent des pierres, montent des foyers, cuisent des hari-
cots, des bouillies de manioc. En échange de la poudre
d'or, les creuseurs se restaurent. Plus loin les *ngandas*
(buvettes), appelés ailleurs des maquis, et des *super-
ngandas* (les supermaquis) s'installent et servent leurs
musiques tonitruantes. En échange de diamants, les creuseurs peuvent boire. Les éleveurs amènent vers les villes
minières des troupeaux entiers qui y sont dépecés en
quelques heures.

Tous les aventuriers de la terre foncent sur les villes
minières de la République du Grand Fleuve. Les marabouts, les devins, les sorciers. Les prostituées d'Europe
et du Kenya, les marchands ouest-africains avec leurs
pacotilles. Les Libanais, généralement de confession
chiite, montent des comptoirs d'achat entrant en concur-
rence avec les nationaux. Les comptoirs des Libanais
sont les plus prospères. Ce ne sont en fait que des établissements pour le blanchiment de tout l'argent sale du
monde – argent de la drogue, argent des trafics d'armes.
Ces établissements ont besoin de protection, de vigiles.
Tous les membrus, malabars et tireurs d'élite du pays
rejoignent les villes minières.

Le flot des camions transportant les passagers dans les
villes minières chamboule la vie des villageois des agglo-
mérations traversées. Eux qui, contre quelque récom-
pense, désembourbent les autos pendant les saisons des
pluies, doivent nuit et jour sortir les houes et les pioches.
Le surcroît de travail n'apporte pas le surcroît de récom-
penses espérées (les aventuriers qui vont sur les villes
minières sont pingres). Les braves villageois laissent les
camions s'embourber et même pire car des gestes rageurs

et vengeurs approfondissent les fossés des chaussées. Les routes sont coupées, totalement inutilisables. Il n'y a plus de moyens de transport conduisant dans les mines d'or et de diamants de la République du Grand Fleuve.

En temps de crise, de grève, de trouble, de pénurie ou de rupture de stock de carburant, il y a toujours, dans la capitale de la République du Grand Fleuve, trois corporations qui suppléent aux moyens habituels et assurent le transport des hommes et des marchandises. Il y a les bruyantes associations des pousse-pousseurs, les associations des handicapés qui s'organisent pour transporter des marchandises avec leurs voiturettes et les groupements des femmes avec au front un bandeau qui soutient une hotte plus haute que la porteuse.

L'écho du manque total de transport pour se rendre dans les villes minières est parvenu dans la capitale et les trois associations des jours difficiles (les pousse-pousseurs, les handicapés et les femmes avec des hottes) accourent pour assurer le transport des hommes et des marchandises sur les routes des villes minières où toute la République du Grand Fleuve s'est donné rendez-vous.

Les militaires et les policiers qui depuis des lustres ne touchent pas leurs salaires se font mettre en congé et en civil pour rejoindre les villes minières. Ils arrivent par unités et sont désireux de prélever leur part. Ils s'attaquent aux creuseurs qui défendent avec énergie leurs pactoles. Il y a des coups de feu, des batailles rangées, de nombreux morts. Le gouvernement intervient pour assurer l'ordre. Des militaires et des policiers en tenue et en service débarquent par hélicoptères, interviennent et demandent aux creuseurs de payer l'insigne du parti unique et l'effigie de l'homme au totem léopard.

C'est ce nouveau monde que votre hôte, l'homme au totem léopard, a voulu vous montrer avant de vous dire au revoir, à vous Koyaga. Il y croyait, lui, à ce nouveau Pays

du Grand Fleuve, au Pays du Grand Fleuve de l'informel.
Il a appelé cela le libéralisme, sa nouvelle politique.

Oui ! Les handicapés portaient et transportaient sur leurs
voiturettes les hommes valides. Les aveugles guidaient les
voyants, tamisaient la boue, scrutaient l'eau brune, montaient des compartiments pour arrêter les pierres. Les
lépreux avec les moignons creusaient, taraudaient la terre
pour des bien portants ayant des mains et des doigts…
C'était dans les mines d'or et de diamants de la République du Grand Fleuve. Les mines d'or et diamants
du Nord, du Sud, de l'Est, et de l'Ouest de la vaste République du Grand Fleuve.
Le maître de la République du Grand Fleuve est l'un
des hommes les plus riches de l'univers.

Parfois le frappeur de tambour s'arrête pour demander
une calebassée d'eau. Imitons-le. Un verre d'eau est servi
au sora qui se désaltère, joue pendant que le cordoua
danse. Le sora énonce trois proverbes sur le pouvoir :

On ne prend pas un hippopotame avec un hameçon.
*Si tu vois une chèvre dans le repaire d'un lion, aie peur
d'elle.*
Si le rat a mis une culotte, ce sont les chats qui l'ôtent.

18

Ah ! Koyaga. Vous avez achevé votre visite initiatique
par un pays musulman du Nord de l'Afrique, le pays
du potentat au totem chacal du désert, les Pays des Djebels et du Sable. Cet autocrate avait la charge, pendant la
guerre froide, de mater toutes les rébellions qui se présentaient en Afrique au moyen de parachutistes qu'il

dépêchait par des Transalls (les avions de transport de troupes) que la grande République du Nord méditerranéen généreusement mettait à sa disposition. Le potentat avait été choisi, pendant toute la guerre froide, comme coordinateur de la lutte anticommuniste en Afrique, comme représentant emblématique du libéralisme contre l'enveloppement de la dictature rouge en Afrique. Et cela pour deux raisons. D'abord il était un musulman blanc et non un féticheur nègre imprévisible et peu fréquentable. Ensuite, il apparaissait comme un chef d'État moderne issu d'une dynastie au pouvoir depuis des siècles dans un royaume vieux de plusieurs siècles et n'était donc pas un de ces sous-officiers qui, après l'assassinat d'un innocent chef d'État bonasse et tolérant à l'égard du communisme, s'était autopromu général et autoproclamé chef d'État. Avec ce choix, l'Occident croyait que son combat en Afrique gagnerait en honorabilité parce que sa guerre froide serait menée par un régime respectable assis sur une base multiséculaire.

Ce ne fut pas vrai. Le dictateur au totem chacal était aussi moyenâgeux, barbare, cruel, menteur et criminel que tous les autres pères de la nation africains de la guerre froide...

Il se savait perpétuellement menacé, en sursis, était perpétuellement inquiet, anxieux, tourmenté. Il avait la méfiance du singe dont un bout de la queue a été arraché par un chien et la méchanceté de la gueule du fauve dont une patte est coincée dans les dents d'un piège à loup. Ce potentat gouvernait un peuple de guerriers qui, héroïquement et continuellement depuis des siècles, cherchait à assassiner son chef et se battait pour arracher sa liberté.

Jusqu'à la fin du siècle dernier, jusqu'au partage de l'Afrique par la conférence de Berlin, le peuple des Djebels et du Sable par une guerre incessante avait empêché la constitution d'un pouvoir hégémonique et était parvenu à limiter le pouvoir de son chef au spirituel, strictement au spirituel.

Les Occidentaux méditerranéens du Nord débarquèrent sur les côtes des Djebels et du Sable et rapidement sans état d'âme et sans coup férir envahirent et conquirent les plaines. C'est quand ils voulurent poursuivre les marches triomphales dans les montagnes que les Occidentaux surent ce qu'étaient les montagnards berbères.

Les guerriers des Djebels et du Sable allèrent à leur rencontre, foncèrent sur les Espagnols, les vainquirent, arrachèrent leurs armes. Ils tournèrent les armes des Espagnols contre les autres Occidentaux qu'ils mirent en déroute et constituèrent avec leur chef une république indépendante et moderne. C'était pour l'Occident entier une humiliation et pour la France qui était auréolée de sa victoire de 14-18 un défi qui ne pouvait pas ne pas être relevé et sévèrement puni. Il était inadmissible de laisser aux portes de l'Occident une république arabe moderne exister librement. « Il faut l'écraser », avait dit le général français chargé de l'occupation des Pays des Djebels.

La France s'en alla tirer de sa retraite le plus prestigieux de ses maréchaux et mit sous ses ordres soixante généraux, sept cent mille hommes originaires de la France métropolitaine et de toutes les colonies de l'Empire : tirailleurs sénégalais, marocains, algériens, vietnamiens. Une armée dotée de tous les instruments et moyens de mort de la Première Guerre mondiale, équipée de toutes les armes modernes (l'artillerie, les tanks, les automitrailleuses) et appuyée par quarante-quatre escadrilles. Les Espagnols pour ne pas être en reste complétèrent les forces françaises par une force de cent mille hommes. Cent mille Espagnols commandés par le général Franco, le général ibérique le plus talentueux.

Au total ce furent huit cent mille Occidentaux lourde-

ment équipés qui furent chargés de réduire les vingt-cinq
mille guerriers des Djebels et du Sable armés de fusils.

Avant d'engager le combat final, le maréchal français,
le généralissime des forces d'occupation rendit une visite
au roi régnant sur les Pays des Djebels et du Sable et l'informa des moyens qu'il avait réunis pour défaire le chef
nationaliste. Le sultan lui souhaita plein succès dans la
guerre et lui tint ce langage : « Débarrassez-nous (rapidement) de ce rebelle. »

Et les Occidentaux se jetèrent dans le combat avec la
certitude d'écraser les guerriers des Djebels et du Sable
en quelques semaines. La guerre contre le chef rebelle
et ses guerriers des Djebels durera un an. Héroïquement
les combattants des Pays des Djebels et du Sable résistèrent douze lunes. Et la reddition de leur prestigieux chef
ne mit pas fin aux combats : la guerre de la conquête des
territoires des Djebels et du Sable ne se réalisa qu'au prix
d'une longue guerre de cinq ans qui coûta à l'armée française plus de trente-sept mille morts, beaucoup plus que
la guerre d'indépendance d'Algérie.

La conquête du Sud se poursuivit dix ans après l'arrestation du chef nationaliste des Djebels et fut menée par
le général Mangin, le célèbre boucher de 14-18, qui eut
recours à des représailles massives, femmes et enfants
pris en otages, et à des ruses de guerre abominables tels
ces pains de sucre bourrés d'explosifs distribués dans les
zones rebelles.

Quand, en 1934, le général résident des Djebels monta
au palais pour informer de la pacification complète du
pays, le jeune sultan régnant alors l'accueillit avec chaleur et lui exprima « sa reconnaissance pour l'excellente
action de pacification ».

Il avait raison de s'en féliciter. C'était la première fois
depuis treize siècles que le pouvoir politique du Palais
était accepté dans toutes les régions des Djebels. Mais

il s'était trop tôt réjoui, avait trop tôt félicité les Français. La France lui imposa le protectorat et le représentant de la France appelé Résident eut la réalité du pouvoir politique dans tout le Royaume. Le Palais en fut réduit à n'exercer que le pouvoir religieux, réduit à n'être qu'un symbole, qu'un joyau.

Les Français ne se contentèrent pas des seuls pouvoirs politiques, ils s'attribuèrent toutes les bonnes terres et en expulsèrent les paysans qui devinrent des errants, des ouvriers agricoles ou des travailleurs qui s'entassèrent dans d'affreux bidonvilles, dans les ports et les villes.

Pour la première fois depuis treize siècles, les terres des Djebels vivaient l'occupation étrangère. Pour la première fois depuis treize siècles, le peuple des Djebels et son souverain communiaient, avaient le même intérêt, le même ennemi, le même but. Il fallait bouter le colonisateur arrogant, raciste et exploiteur hors de leur pays. Le combat que traditionnellement le peuple des Pays des Djebels mène contre son souverain a été tourné contre l'envahisseur français. La contestation, les agitations anticoloniales commencèrent dans les villes et les ports de la plaine. Pour les freiner, les colonisateurs, par un dahir, le dahir berbère, divisèrent le pays en deux entités différentes : les Arabes et les Berbères, la plaine et les montagnes. Tous les habitants du pays derrière leur souverain virent dans la décision une mise en cause de leur unité, une amputation de leur patrie. Tous avec vigueur se lancèrent dans la lutte anticoloniale, le combat s'étendit à tout le pays et s'intensifia. Les Français répliquèrent d'abord par les brutales répressions : les tortures, les lynchages, les déportations. Sans succès, sans entamer la détermination des habitants des Djebels.

Ils décidèrent alors de déposer le roi régnant et de l'exiler dans les îles de l'océan Indien. Ce fut une erreur, une grande faute. Les habitants des Djebels, par un phénomène d'hallucination collective, virent leur roi exilé dans le ciel par clair de lune et dans les cimetières dans les nuits noires. Ils l'entendirent dans les vents et les appels à la prière des muezzins. Partout et tout le temps, l'ombre du roi leur demandait de combattre le colonisateur et les incroyants, de s'engager dans la *djihad*. Dans le Coran, Allah a dit que ceux qui meurent dans la *djihad* sont sauvés.

Les paysans expropriés des plaines et des montagnes des Djebels, les ouvriers surexploités des villes, partout, se soulevèrent. Massivement ils se joignirent aux religieux et aux nationalistes pour s'attaquer aux colons, recouvrer la liberté. Tout le pays s'engagea dans la résistance contre le protectorat.

C'était à l'époque où les Français, déjà vaincus et chassés d'Indochine, s'accrochaient à un autre pays d'Afrique du Nord. Ils n'avaient pas tout à fait oublié la guerre des Djebels après la guerre 14-18, ils se rappelaient la bravoure légendaire des guerriers des Djebels. Ils ne pouvaient pas s'offrir, tenir un autre front en Afrique du Nord. Ils n'eurent pas le choix. Ils allèrent chercher le roi exilé pour que les habitants des Djebels cessent de chercher son effigie dans le ciel et d'entendre sa voix dans les cimetières pendant les nuits noires. Les Français lâchèrent les Pays des Djebels, lui donnèrent son indépendance avec la précipitation de la bête qui crache la boule brûlante qu'il avait imprudemment happée.

Et voilà le roi et son peuple, après un demi-siècle de colonisation, encore tête à tête, encore en train de recommencer le combat qui les oppose depuis des siècles.

La perpétuelle lutte entre le peuple rétif et son roi se réengagea. Le roi régnant est l'homme au totem chacal. Le souverain au totem chacal, par la répression, la corruption et la ruse, chercha à étendre son pouvoir despotique, à le renforcer. Les sujets des Djebels par la lutte voulaient recouvrer la liberté qu'ils avaient avant la conquête européenne à l'égard du chef des croyants. Ils réclamaient plus. Ils réclamaient comme tous les autres peuples du Maghreb un État démocratique.

La plus noire, la pire des injures qu'un Arabe puisse proférer à l'endroit d'un autre Arabe, c'est de le traiter de Nègre, l'appeler le Nègre. Les sujets des Djebels qui n'aiment pas leur roi, le souverain au totem chacal, l'appellent le Nègre. Il est né d'une Négresse esclave offerte à son père par un pacha du Sud.

Le roi se sachant détesté a eu l'intelligence de faire bon usage du ressentiment des Arabes des Djebels à son endroit ; il a utilisé ce ressentiment comme stratagème. Il l'a retourné par deux fois avec succès contre les habitants des Djebels. Par deux fois le stratagème lui a permis de sortir de situations désespérées.

Une première fois, dans une ville balnéaire de la côte méditerranéenne, les cadets de l'armée des Djebels, scandalisés par le luxe et le gaspillage dans lequel vit le souverain, se révoltent, massacrent les invités du roi, arrêtent le roi, le séquestrent. La radio annonce : « Le roi est mort, vive la République. » Sur fond de marches militaires, un communiqué enregistré diffuse :

« L'armée vient de prendre le pouvoir. Le système monarchique a été balayé. L'armée du peuple a pris le pouvoir... Le peuple et son armée sont au pouvoir. Une ère nouvelle vient de poindre. »

Les habitants des Djebels se mettent à danser, à fêter la déchéance de leur roi. La fête est tellement belle, la joie si grande et si contagieuse que les mutins négligent d'achever leur œuvre. Ils oublient le roi séquestré dans un cabinet. Le souverain au totem chacal, comme dans un mauvais film de cow-boys, parvient à séduire ses geôliers, à s'échapper et à retrouver son pouvoir.

La répression fut terrible. Le roi déclara qu'Allah l'avait « placé sur le trône pour sauvegarder la monarchie » et rappela que « pour cette sauvegarde, le rite malékite qui est le mien prévoit qu'il ne faut pas hésiter, le cas échéant, à faire périr le tiers de la population habité par des idées néfastes, pour préserver les deux tiers de la population saine ». Il fit fusiller tous les conjurés, fit mettre aux fers leurs femmes, enfants, frères et sœurs et les enferma sans jugement au secret dans un fort pour le reste de leur vie.

Une deuxième fois, toujours dans les années soixante-dix, le Boeing 727 par lequel le roi rejoint les Pays des Djebels est attaqué par six avions de combat F-5. Le Boeing atteint bat des ailes ; les dégâts sont considérables ; deux réacteurs sur trois sont hors d'usage, circuits hydrauliques endommagés, tuyères d'échappement transpercées. La carlingue, percée de balles, est envahie par une fumée épaisse. Les F-5 repartent se ravitailler et reviennent pour assener le coup de grâce. Le rusé monarque fait annoncer par le mécanicien : « Le roi est tué, mon copilote aussi, j'essaie de tenir l'avion, pensez à ma femme et à mes enfants. Préservez ma vie. »

Les avions de combat, au lieu de tirer les rafales fatales, commencent la fête, se livrent dans le ciel dégagé des Djebels à des vols acrobatiques : vrille, tonneau, piqué, boucle, chandelle, glissade sur l'aile, descente en feuille morte, renversement en feuille morte, vol en rase-mottes. Dans le ciel serein et profond, les pilotes rivalisent d'acrobaties. Sur terre, la radio diffuse des marches militaires, dans les rues des fêtes commencent à s'organiser.

Le Boeing royal gravement atteint tranquillement atterrit. Surprise ! Les aviateurs en voient sortir l'homme au totem chacal. Ils arrêtent la fête, bombardent l'aéroport, le palais. C'est trop tard. Le roi a pu se cacher, se faufiler, retrouver son pouvoir.

La répression fut inhumaine. Le roi répéta encore qu'Allah l'avait « placé sur le trône pour sauvegarder la monarchie » et que « pour cette sauvegarde, il ne faut pas hésiter à faire périr le tiers de la population ». Il fit fusiller tous les conjurés, fit mettre aux fers leurs femmes, enfants, frères et sœurs et les enferma sans jugement au secret dans un fort pour le reste de leur vie…

Le monarque comprit, après cet événement, que la ruse, l'utilisation du ressentiment de son peuple, jouer au mort ne pourraient pas toujours le préserver, ne pourraient pas être employés dans un troisième complot. Il fallait inventer un autre stratagème. Il s'est rappelé le proverbe qui conseille de jeter un gros os au chien méchant (le peuple des Djebels est assurément un chien méchant) pour l'empêcher de vous mordre.

Un vendredi après la *djouma* (la grande prière publique), le monarque s'est saisi d'un drapeau vert, l'a levé et s'est mis à haranguer son peuple de croyants en montrant du doigt le sud :

– Vous êtes des sourds, des aveugles, des lâches. Vous ne voyez pas que nous sommes toujours colonisés, nous avons toujours une grande partie de notre pays, la plus importante partie de notre chère patrie occupée par les chrétiens, les infidèles, les colonisateurs racistes et arrogants. Vous n'entendez pas leurs injures, les cris de nos compatriotes qu'ils égorgent. Suivez-moi, je vais vous ouvrir les yeux, les oreilles, le cœur et l'esprit.

Tous les Pays des Djebels se dotèrent d'un livre et d'un drapeau verts et, comme un seul homme, comme un troupeau, suivirent leur roi dans le désert.

Il était le chef des croyants, il continua à les haranguer avec la même ferveur religieuse. Il était le roi et incarnait la patrie ; il continua à haranguer les sujets des Djebels avec une exaltation cocardière :

– Vous vous trompez quand vous ne cherchez qu'à

m'assassiner pour acquérir votre liberté. Vous vous méprenez quand vous me reprochez votre pauvreté. Vous avez tort de me détester comme si je n'étais pas un Arabe, un musulman, un croyant.

À la frontière de son pays, le roi s'adressa aux Espagnols et aux habitants du Sahara :

– J'arrive à vos portes avec tout mon peuple. Nous n'avons en main que le drapeau vert et le Coran. Nous sommes des hommes de paix qui haïssent la guerre. Laissez-nous entrer dans vos déserts, laissez-nous vous occuper. Joignez-vous à nous. Acceptez d'être de nos sujets. Nous vous traiterons comme des musulmans, des croyants, comme nos propres enfants.

Les originaires du Sahara, malgré les supplications, refusèrent d'ouvrir les barrières des frontières, refusèrent de se joindre aux sujets de Sa Majesté. Le roi déçu leur lança des anathèmes :

– Habitants du Sahara, vous avez rejeté nos prières, notre fraternité, notre démarche pacifique, alors que vous êtes nos compatriotes, nos coreligionnaires. Nous vous amènerons à résipiscence, contrition et componction par les armes, par la guerre. Nous vous combattrons comme nous tuons les infidèles.

Le roi dans un mouvement magnanime se retourna vers son peuple et lui parla :

– Le monde entier a vu votre démarche pacifique, a entendu vos supplications et vos prières. Le monde entier devant Allah témoignera. Maintenant faisons-leur la guerre, une guerre sans merci, une guerre totale.

Et tous les Pays des Djebels se sont engagés dans une grande guerre avec toutes les armes modernes, une guerre meurtrière, une guerre économiquement ruineuse, une guerre appauvrissante. Tous les Pays des Djebels, dans un seul élan, se sont mis à communier avec leur roi comme du temps de la colonisation.

Seul le monarque peut arrêter la tuerie. Et jamais il ne se débarrassera de cette guerre car il sait que le jour où il y mettra fin les sujets des Djebels recommenceront à le haïr, tenteront encore de l'assassiner.

C'est ce monarque que l'Occident avait choisi pour diriger la guerre froide dans les États africains. Il accomplissait avec conscience et intelligence sa mission. Chaque fois qu'un peuple en Afrique se rebellait contre son oppresseur, le roi prélevait un détachement sur les forces combattantes contre les maquisards du Sahara et l'envoyait réduire la révolution.

Le souverain au totem chacal vous a reçu, vous Koyaga, et vous a informé des raisons pour lesquelles l'Occident vous avait préféré, vous Koyaga, au président Fricassa Santos, le président Fricassa Santos qu'avec votre détachement de lycaons vous aviez assassiné et émasculé.

À votre surprise, il vous informa de la préparation d'un complot dans votre capitale. Il vous recommanda de ne point divulguer votre date de retour, d'atterrir sur un petit aéroport du Nord au lieu de l'aéroport international. Pour prendre de revers les comploteurs qui vous attendaient au bout de la piste.

Le frappeur de tambour arrête la fête quand la nuit est très avancée. Interrompons là cette veillée. Le sora exécute la partie finale. Le cordoua se livre à des danses et mouvements fébriles. Le sora demande à son répondeur de se calmer et dit les quatre maximes :

Un acacia ne tombe pas à la volonté d'une chèvre maigre qui convoite ses fruits.
Le ciel n'a pas deux soleils, le peuple n'a pas deux souverains.
Au chef il faut des hommes et aux hommes un chef.
La terre glissante ne fait pas trébucher la poule.

VEILLÉE V

Le sora pince la cora ; le cordoua se livre à une danse débridée. Calme-toi, Tiécoura, le Président et les maîtres ne se sont pas réunis pour te voir danser et blasphémer, mais pour nous écouter. Je t'apprends que le thème auquel seront liés les proverbes des intermèdes au cours de la cinquième veillée sera la trahison. Parce que :

Le feu qui te brûlera, c'est celui auquel tu te chauffes.
Un énorme éléphant n'a pas toujours d'énormes défenses.
La civette dépose ses ordures à la source où elle a bu.

19

Ah ! Maclédio, souviens-toi de votre accueil. Au loin, à l'autre bout de la piste, vous avez aperçu une silhouette surgir du gazon comme un gibier apparaît dans la plaine. C'était un homme, un tirailleur. Aux noms des âmes des ancêtres, un vrai tirailleur ! Il court, se dirige à droite, puis à gauche, hésite, se plaque, disparaît, réapparaît. Comme la bête désemparée. Et voilà un deuxième tirailleur qui émerge et détale, aussi hésitant, aussi volontaire et perdu qu'une antilope-cheval prisonnière dans un enclos. Et c'est un troisième, un quatrième, tous sortent de la terre

267

et courent à toutes jambes dans toutes les directions comme une bande de singes rouges poursuivis par une meute de chiens. Les fuyards sont suivis par une section entière de tirailleurs en tenue de combat. Des cris fusent partout. Tout le monde murmure, tout ce monde qui se trouve sur le terrain, qui est assemblé pour votre accueil bouge et s'agite. On montre du doigt les fuyards. Des fuyards qui disparaissent dans les herbes, ressortent et repartent. Chaque fuyard cherche sa direction. La garde présidentielle, votre garde rapprochée promptement fait un cercle autour de vous. Certains éléments de cette garde présidentielle se débarrassent de leurs armes (les traîtres) et disparaissent par des portes dérobées.

Vous venez d'atterrir, d'arriver de votre long voyage. Après la revue de la troupe au pied de la passerelle, vous avez rejoint le salon d'honneur, vous êtes en train de serrer les mains des ministres et ambassadeurs quand le brouhaha éclate. Votre garde personnelle se serre autour de vous pour vous protéger. Vous venez d'échapper à un attentat, à un complot militaire. On vous avait prévenu, vous n'aviez pas cru.

Une section entière s'était camouflée dans une tranchée, au bout de la piste, juste dans l'axe de l'atterrissage. La mitraillette était réglée pour prendre l'avion en enfilade. L'avion arriva juste en face, juste dans le champ de tir. Le sergent, tireur d'élite, chargé de mitrailler n'était pas dans son état normal.

— Il était soûl et drogué et il dormait. Comme un authentique paléo.

— Maladroitement et paresseusement il opéra.

Ayant pris avec un certain retard conscience de sa connerie, il s'affole, s'embrouille, la mitraillette s'enraye.

— C'est votre chance. Les coups ne partent pas. Les tirailleurs de la section, membres du commando, ne comprennent pas ce qui arrive à leur chef, s'affolent à leur

tour. Désemparés ils crient : « Il est fétiche ! On est mara-
boutés ! Perdus, envoûtés ! » Et c'est la débandade.

Sur le terrain, autour de la salle d'honneur, la confusion
est totale. Votre garde rapprochée vous pousse dans une
voiture blindée et l'encadre de chars. Le convoi, sirènes
en tête, à vive allure file en direction du palais présidentiel. La population, les danses massées le long de la route
pour vous accueillir, vous applaudir, se dispersent, s'enfuient dans le brouhaha, le désordre, la folie complète.
Toute la ville est en ébullition, tout le monde en émoi.
Pourtant, il n'y a pas eu un seul coup de feu ! Pas un seul
coup de feu n'a été entendu.

Le dimanche suivant, vous avez invité les ambassadeurs de France et des États-Unis à une partie de chasse
diplomatique.

— Excellence, monsieur l'Ambassadeur de France,
je reviens sur le dernier complot. Ce complot, comme vos
services ont pu le vérifier, est un complot qui sent la
main de Moscou. C'est un complot communiste bien
ourdi, bien agencé. Nos Nègres seraient incapables
d'agencer pareille conspiration.

— Excellence, monsieur le Président, d'abord merci pour
cette partie de chasse… C'était bien un attentat communiste et c'est là l'information que mon service du Chiffre
a donnée à Paris. Vous êtes un jeune président anticommuniste et Moscou veut vous abattre et c'est bien ce qui est
dit et compris à Paris. Répond l'ambassadeur de France.

— Excellence, monsieur l'Ambassadeur des États-Unis,
vous avez la CIA et connaissez toutes les menées du
communisme international. Nos services de renseignements ont communiqué à vos conseillers toutes les
preuves indiscutables.

— Merci, monsieur le Président et cher ami, de cette
agréable partie de chasse que vous offrez à l'ambassadeur

des USA. Nous vous en sommes très reconnaissant. Toute la presse de mon pays est unanime, ce qui est intervenu ici est un complot communiste. Nous sommes en guerre froide et Moscou veut vous abattre. Tout le monde le sait, tout le monde en est conscient. C'est pourquoi le Réarmement moral pour la lutte contre le communisme international vous envoie une délégation. Répond l'ambassadeur des USA.

La délégation arrive et vous décore de sa Grand-Croix. Elle est accompagnée du recteur d'une université américaine qui fait de vous, Koyaga, un docteur *honoris causa*.

Les comploteurs voient que les médailles et les félicitations qui vous sont adressées, les condamnations qui leur sont destinées viennent de tout le monde libre de l'Europe, de l'Amérique, de l'Afrique. Ils mesurent leur malheur, leur misère. Ils comprennent que, nulle part sur cette terre, dans ce monde, ils ne peuvent plus espérer, compter sur aucune compassion, sur aucune justice. Par désespoir certains se suicident.

– Personne n'a cru à la thèse du suicide, personne n'a cru à la version officielle. La version officielle qui a prétendu que les désespérés, pris de remords, dans une rage sanguinaire se sont d'abord amputés de la masculinité avant de mettre fin à leur vie par la pendaison. Fait remarquer le répondeur.

Que les vivants aient ou non cru importe peu. Les morts étaient morts et déjà heureux dans le ciel, très heureux près de Dieu. Le Coran n'annonce-t-il pas, ne répète-t-il pas que les braves qui meurent les armes à la main en défendant leur conviction périssent dans la *djihad* et vont directement dans le paradis ? Explique Maclédio.

– Une enquête officielle a été menée pour s'assurer des conditions vraies de leur suicide.

– Une enquête dont les résultats n'ont jamais été publiés.

Toutes les radios de l'univers ont diffusé la nouvelle annonçant que Koyaga venait d'échapper à un assassinat.

C'était le premier attentat de votre régime. Chaque despote de la vaste Afrique, terre aussi riche en potentats qu'en pachydermes, a dépêché un plénipotentiaire dans la capitale de la République du Golfe. Les avions encombrèrent le petit aéroport. Les envoyés des frères et amis – c'est ainsi que les autocrates africains surnomment leurs pairs – restèrent un jour entier.

Ils venaient pour féliciter Koyaga, lui redire leur soutien fraternel et africain et leur condamnation de la tentative scélérate. Officiellement, c'était cela la mission des plénipotentiaires. Mais, en fait, chaque tyran voulait s'assurer de la réalité, de la vérité de l'attentat. Chaque dictateur voulait vérifier que les événements s'étaient déroulés comme rapportés. Savoir qu'effectivement de vrais comploteurs s'étaient en effet trouvés dans les tranchées au bout de la piste, avec une vraie mitraillette, chargée de vraies balles.

L'envoyé de chaque autocrate se livra à sa propre et intense enquête durant un jour et une nuit. Les maîtres respectifs poussèrent des cris d'étonnement quand, de retour dans leurs pays respectifs, les plénipotentiaires confirmèrent. Tous les potentats restèrent perplexes et sceptiques. Convaincus que leur niais de diplomate avait été facilement berné. Ils étaient eux aussi despotes et savaient sur le bout des doigts ce qu'un dictateur africain était capable de monter pour embobiner son peuple et l'univers entier.

Ah Koyaga ! Vous avez échappé, survécu grâce aux pouvoirs occultes de votre maman et aux sacrifices sanglants et bénédictions du marabout Bokano. Plus tard, on le saurait à l'étranger. En République du Golfe, tout le monde le savait déjà, tout le monde se le disait. Partout dans le pays on cherchait la maman et le marabout pour les féliciter, les connaître.

Ils étaient – votre maman et le marabout Bokano – au Nord, en train de prier et d'adorer pour vous. Vous Koyaga et vous Maclédio les avez rejoints. À quatre, vous êtes enfermés dans un sanctuaire, votre maman, le marabout, Maclédio et vous-même. Les sacrifices de reconnaissance aux âmes des ancêtres fumèrent.

Votre maman et le marabout se livrèrent à différentes pratiques divinatoires. À de longues et fructueuses réflexions. Ils vous indiquèrent que tous les membres de la garde présidentielle devaient être issus de votre clan. Ils ne devaient entrer dans ce corps qu'après avoir contracté avec vous un pacte de sang dans le bois sacré.

C'est en cela que le complot de l'aéroport a été utile. Ce complot vous a permis de vous assurer une garde personnelle sûre.

Vous ne vous souvenez de rien, de presque rien. Vous dormiez, c'est certain.

– Le pilote et le copilote poussent des cris de stupeur et vous commandent d'attacher votre ceinture. Vous vous réveillez en sursaut. Vous sentez l'avion perdre de l'altitude, comprenez que les roues ne se dégagent pas, que le pilote ne maîtrise plus l'appareil. Un éclair, un fracas d'enfer, un ébranlement et l'impression que vous avez rebondi sur le sol et que vous l'avez fendu en même temps, que vous vous y êtes englouti. Puis un silence, des rêves, le repos, le néant et l'ineffable. Vous ne pouvez pas, aujourd'hui encore, vous souvenir de ce qui arriva, de ce qu'il advint de vous.

– Non, vous ne le saurez jamais.

Les secours arrivent de la ville une heure après l'accident. L'accident est survenu à l'atterrissage, à moins de cinq kilomètres de l'aéroport. Le petit aéroport de votre lieu de naissance, un aéroport qui n'a pas d'équipe de secours. Ce sont les gendarmes et les chasseurs qui accourent les premiers. Arrivent ensuite les militaires. Tous sans équipement, sans moyens.

– La carcasse enchevêtrée, à moitié consumée par un début d'incendie, gît à travers les arbres.

Vous étiez cinq à bord ; on récupère quatre corps, on les identifie. Vous n'êtes pas parmi les morts. Sans perdre de temps, avec des haches, des pioches, des chalumeaux, on s'attaque à la carlingue, la déchiquette. On cherche, fouille dans les recoins : votre corps ne s'y trouve pas.

– Tout le monde pense, tout le monde croit que vous avez été éjecté avant le crash, l'atterrissage forcé. Gendarmes, chasseurs, militaires se dispersent, fouillent, cherchent dans toute la brousse environnante. Fourré par fourré, touffe d'herbe par touffe d'herbe, tout est contrôlé. En vain.

– C'est à ce moment que j'arrive de la capitale, moi Maclédio. Je prends le commandement des opérations de recherches. Je fais reprendre, recommencer, poursuivre les perquisitions jusqu'à la nuit tombante. Moi, Maclédio. Les recherches se poursuivent à la lueur des torches de paille. Jusqu'à...

Jusqu'à ce qu'on vienne vous apprendre, à vous Maclédio et aux autres chercheurs, qu'une radio étrangère a annoncé l'accident, annoncé le décès du Président. Vous vous fâchez. En colère, vous, Maclédio, prenez la tête d'une délégation. Vous ne vouliez pas voir la vieille Nadjouma, la mère, avant d'avoir retrouvé le corps de votre homme de destin. La délégation comprend le ministre de l'Intérieur, le préfet, des officiers, des chasseurs, des religieux, des féticheurs.

– Nous arrivons devant la villa de Nadjouma. La porte est close. La vieille maman attend depuis douze heures le résultat des recherches. Certainement dans l'angoisse, dans les prières. Nous nous sommes fait ouvrir, sommes entrés avec des serrements de gorge, les poitrines oppressées. Que dire ? Quels mots inventer pour consoler ? Nous voulons seulement l'assurer de notre résolution de retrouver le corps de son fils… Quelle ne fut pas notre surprise !

— Votre stupéfaction est totale. Vous ne pouvez pas croire vos propres yeux…

— J'étais là, moi Koyaga, assis, la tête posée sur les genoux de ma mère.

— Le dictateur aux mille surnoms était là, dans les bras de sa mère, bien vivant, bien entier, le sourire aux lèvres. Les mauvaises herbes ne meurent jamais, ajoute avec son rire diabolique le cordoua.

L'homme aux mille avatars n'avait que des petites contusions, une bande autour de la tête, une autre au genou. Koyaga le maître chasseur n'était pas mort.

— Je ne puis m'empêcher, moi Maclédio, je ne puis résister au plaisir de me jeter sur vous, de vous embrasser. De pleurer de joie. Pendant que les autres membres de la délégation cherchent à croire ce qu'ils voient de leurs yeux, je sors, je cours. Je rattrape une équipe de reportage de la radio nationale. La radio nationale aussitôt dément l'information qui avait annoncé le décès. La radio annonce, clame et proclame le miracle.

— Quand le tam-tam frappe on ne se proclame pas meilleur danseur. On le prouve. Il fallait tout de suite rassurer vos amis et décourager vos ennemis. Vous faites une déclaration à la radio. Tout le monde entend votre voix. Vous proclamez tranquillement d'une intelligible voix et avec éloquence :

— Je suis bien vivant. De légères, de très légères contusions. Je suis un chasseur, un chasseur qui possède mille avatars. Ce n'est pas de sitôt, ni pour si peu de chose que j'arrêterai le combat. L'avion a été saboté. Je l'ai su. C'est mon fantôme qui l'a emprunté. Il en faut plus, beaucoup plus pour que j'arrête de défendre l'intérêt et le développement du pays. Les ennemis de la République du Golfe et de l'Afrique ne pourront jamais m'assassiner, ne parviendront jamais à leur but tant que ma mère Nadjouma est vivante. Et, dans tous les cas, ma mort sera inutile. La mort d'un seul combattant n'a jamais arrêté le combat… Je connais les commanditaires et les mains qui ont saboté l'avion. Ce sont les mêmes. Les colonialistes, les colonialistes se sont servis des communistes pour perpétrer l'attentat. Les mânes des ancêtres se sont trouvés là pour bonifier les sortilèges de ma mère. Je suis, je me considère comme un combattant au service de mon pays. Un combattant toujours prêt à mourir pour le pays et le peuple.

– Et puis… et puis vous avez crié : « Vive la République du Golfe ! Vive la lutte pour le peuple, la lutte contre le communisme international, le combat pour la liberté ! » Et puis… et puis tous les propos, toutes les déclarations qu'un chef d'État de la guerre froide peut débiter pour justifier les tortures, les assassinats d'opposants. Ajoute le répondeur.

Le discours a une grande résonance, un incroyable retentissement dans toute l'Afrique. Dans toutes les républiques africaines, la nouvelle est rediffusée plusieurs fois, le discours est repris plusieurs fois.

C'était le deuxième attentat. Chaque tyran de la vaste Afrique, terre aussi riche en violeurs de droits de l'homme qu'en hyènes, dépêcha cette fois deux envoyés, un diplomate et un militaire. Les avions, pour la deuxième fois, encombrèrent le petit aéroport. Les envoyés des frères et amis – c'est ainsi que les dictateurs africains surnomment leurs pairs – restèrent deux jours entiers.

Ils venaient pour féliciter Koyaga, lui redire leur soutien fraternel et africain et leur condamnation de la tentative criminelle. Officiellement, c'était cela, la mission des délégations. Mais, en fait, chaque despote voulait s'assurer de la réalité, de la vérité de l'attentat. Chaque tyran voulait vérifier que les événements s'étaient produits comme rapportés. Savoir qu'effectivement Koyaga était monté dans l'avion, qu'effectivement il y avait eu un crash. Connaître que tous ses compagnons étaient morts (de vrais cadavres avaient été relevés), qu'il avait été le seul, le seul effectivement survivant.

Les deux envoyés de chaque despote se livrèrent pendant deux jours et deux nuits à une minutieuse enquête. Ils apprirent que Koyaga avait deux protecteurs : une mère sorcière et grande magicienne et un marabout qui ne fermait pas les yeux la nuit.

De retour dans leurs pays respectifs, leurs maîtres respectifs poussèrent des cris d'étonnement quand les envoyés exposèrent leurs découvertes, mais confirmèrent les faits. Les dictateurs parurent intéressés, perplexes et sceptiques. Ils s'estimèrent insuffisamment informés et crurent plutôt que leurs envoyés – le militaire et le diplomate – avaient été manipulés. Ils étaient dictateurs et connaissaient tout ce qu'un dictateur africain sait monter pour escroquer.

En République du Golfe, tout le monde savait, tout le monde se disait que vous étiez capable de l'incroyable. Dans les villages d'abord, il avait été compris, admis et dit que vous étiez mort, définitivement mort et enterré. Le Koyaga qui parlait, celui qu'on entendait à la radio était un ressuscité. Vous êtes considéré comme ressuscité, un homme ressuscité par votre sorcière de mère.

Des fêtes spontanément s'organisent dans les villages. Chacun veut voir, toucher le ressuscité, le chasseur, le Président.

– Des délégations spontanément partent de toutes les régions du pays. Elles convergent dans votre village natal pour vous féliciter. De nuit, de jour, de tous les villages

elles arrivent. Elles occupent, envahissent le village, les
rues, les places, les environs. Il faut arrêter le flot, la
foule. Vous déclarez que vous avez décidé de visiter tout
le pays, village par village. De traverser tout le pays de
haut en bas, des montagnes septentrionales à la mer.

– Et ce fut ce qu'on appelle dans votre geste, dans
votre hagiographie, « la marche triomphale ». La marche
triomphale fut un mythe, un mensonge qui augmenta
votre prestige, donc votre privilège de tuer, émasculer,
voler impunément.

Pour descendre des montagnes kakolo et paléo jusqu'à
la capitale côtière de la République du Golfe, il faut
parcourir tout le pays de haut en bas, marcher près de
quatre cents kilomètres, traverser des centaines de villes
et villages, des communautés, de multiples ethnies. Des
ethnies qui, du point de vue des coutumes et pratiques,
se regroupent en deux races, deux sociétés, deux civilisations. Au nord, les communautés de civilisations
kakolo, de paléos, et, au sud, les civilisations de la forêt,
du vaudou.

À la première halte, les chasseurs accueillent votre
cortège cinq kilomètres avant le village. Le cortège se
déplace encadré par des chasseurs. Il avance dans le
nuage et la fusillade bien nourrie d'une gigantesque fan-
tasia. À l'entrée du village, vous descendez de la voiture.
Le sacrificateur du village égorge une chèvre et deux
poulets à vos pieds. Il énonce des prières, des paroles
sacramentelles. Il observe le vermeil du sang, les ébats
des victimes : elles meurent les pattes en l'air. Le sacrificateur interprète et conclut : les mânes des ancêtres
du village ont accepté les libations. Les mânes sont heureux de vous accueillir sur leurs terres ; ils vous gratifient
de chaudes bénédictions.

La solennité, le silence des libations achevés, la bruyante

association des femmes s'empare de vous. Des groupes de femmes criaillant, chantonnant vous entourent, se saisissent de vous. D'autres vous essuient, vous éventent avec leurs fatras, étalent leurs pagnes sous vos pas. Elles ne veulent pas que vos pieds frôlent le sol. Elles vous soulèvent, vous déchaussent, lavent vos pieds et s'abreuvent de l'eau avec laquelle vos arpions ont été rincés. Enfin, vous arrivez à l'ombre de l'arbre sacré, de l'arbre à palabre au centre de la place du village, transbahuté sur les épaules et le dos de femmes torses et têtes nus. On prononce les paroles de bienvenue. Le chef de village demande des choses que vous ne pouvez pas donner et que vous ne donnerez jamais.

– La politique est illusion pour le peuple, les administrés. Ils y mettent ce dont ils rêvent. On ne satisfait les rêves que par le mensonge, la duperie. La politique ne réussit que par la duplicité.

« Vous répondez aux habitants, sous des applaudissements, par des promesses mensongères de président fondateur de parti unique. Vous justifiez le coup d'État, l'assassinat du président démocratiquement élu. L'armée est intervenue, vous avez pris le pouvoir pour sauver le pays de la catastrophe qui le menaçait, pour l'arracher aux mains des racistes, des voleurs, des népotismes.

« Les mêmes discours, toujours les mêmes balivernes… Vous terminez votre oraison par d'autres fausses promesses ; celles de restituer par des élections libres le pouvoir au peuple à qui il appartient. Explique le répondeur.

Les villageois vous présentent les cadeaux qu'ils offrent au frère et père que vous êtes. Ces présents, dans le premier village, se limitèrent à un bœuf et un mouton. Et vous avez poursuivi votre route.

Mais, dès le deuxième et le troisième village, le cérémonial de l'accueil se complique. Chaque village dans sa fête veut être original, réussir un accueil différent, plus chaleureux. Et c'est souvent en y mettant trop de condiments qu'on finit par gâter les meilleures sauces. Trop de revenants gâtent le meilleur des rêves.

Les chasseurs viennent à votre rencontre de plus en plus loin en amont de leur village et vous accompagnent en aval de plus en plus loin. Jusque sur les terres des communautés voisines. Il en résulte des conflits de territorialité. Des chasseurs de deux villages voisins en viennent aux fusils de traite, à une véritable bataille rangée. Il y a plusieurs morts. L'ordre est signifié que les chasseurs d'un village ne doivent plus franchir les limites des terres de leur communauté. Les conflits de territorialité sont résolus.

À l'entrée d'un village lointain, les chasseurs prennent l'initiative de vous offrir, parce que vous êtes un *sinbo*, un donsoba (un maître chasseur), une épaule de bubale. À l'entrée du village suivant, ce sont des épaules, des hanches, des têtes. À l'entrée du village d'après, le troisième, c'est un amoncellement puant de carcasses d'animaux de toutes espèces : biches, singes, et même des éléphants. Au-dessus de l'amoncellement, les feuillages des arbres sont noirs de vautours. Dans le ciel, des charognards se battent avec des croassements terrifiants. Des bandes d'hyènes, de lycaons, de lions suivent et menacent.

L'ordre est signifié aux chasseurs de ne plus t'offrir, ne plus gratifier le maître chasseur hôte, des épaules des gibiers abattus par les chasseurs dans la semaine comme l'exige le code de la confrérie.

Dans un autre village, pour se distinguer, le sacrificateur ne se contente pas des deux poulets et de la chèvre, il offre aux mânes des ancêtres quatre poulets, deux chèvres et un bœuf. Les sacrificateurs des villages suivants l'imitent, font plus que lui, exagèrent. On atteint une vingtaine de bœufs et autant de chèvres et une quarantaine de poulets. Les libations deviennent interminables, c'est une véritable hécatombe. Un appel est fait à ce que le nombre des victimes pour les libations soit limité.

Les femmes des premiers villages s'étaient contentées de se débarrasser des mouchoirs, des camisoles, de divers dessus. Pour renouveler, surpasser ces femmes, celles du village suivant se mettent nues mais conservent les caleçons. À l'arrêt d'après, les caleçons tombent. Et vous vous trouvez trimbalé par des groupes de femmes totalement à poil. Elles ne portent d'autres tenues que les perles des hanches.

– Les femmes paléos à qui l'obligation a été faite après l'Indépendance – parce que les femmes de peuples indépendants ne peuvent pas avoir le sexe aux mouches – de se couvrir les fesses supportaient mal le pagne. Elles voulurent profiter de l'occasion pour retrouver la nudité originelle et tribale. Soutient le répondeur.

Rapidement, rappel est fait que le port du pagne reste obligatoire. Il y a des journalistes étrangers. Les citoyennes d'une république indépendante doivent éviter de se faire photographier les fesses nues.

Dans les villages de tradition vaudou l'accueil est différent. À chaque arrêt, les anciens des villages vous coiffent d'un bonnet orné de motifs dorés, de corail et de verreries anciennes. Ils vous drapent dans un pagne multicolore, enfilent vos bras et avant-bras dans des boucles et vous chaussent de sambaras dorés. Ils égorgent des sacrifices aux mânes des ancêtres, vous intronisent chef de tribu.

Dans un village, un chef innove en vous offrant en mariage une de ses filles. Dans le village suivant, on vous en offre trois, puis ce sont cinq et même sept filles qu'on vous offre en mariage. C'est trop ! Vous remerciez les donateurs de femmes pour leur générosité. Mais êtes obligé de les prier de retenir les filles dans les villages jusqu'à nouvelles instructions.

À un autre arrêt, dans un village, une femme prend l'initiative de vous demander d'adopter son fils, d'en faire votre propre enfant. Le village suivant, ce sont trois garçons puis quatre et sept qui vous sont proposés. Vous arrêtez l'escalade en demandant aux parents de conserver leurs garçons et leur promettez des aides. Ce fut une vraie marche triomphale !

– Une vraie marche triomphale qui devint une des paroles importantes de la geste du maître chasseur paléo, du dictateur grand émasculateur des hommes et des bêtes. Termine le cordoua.

La marche triomphale ne permit de visiter qu'une poignée de villages privilégiés, les seuls situés sur l'axe central de la République. Tous les autres de l'Est, de l'Ouest du pays, tous les innombrables petits hameaux inaccessibles, perdus dans les montagnes, dans les lointaines brousses, dans les profondes forêts, dans la misère, l'ignorance, la maladie et l'obscurantisme s'estimèrent, se trouvèrent frustrés, oubliés. Ils crièrent haut leur indignation. Ils avaient eux aussi à voir, à toucher le Président ressuscité, avaient eux aussi des félicitations à présenter de vive voix au miraculé, avaient eux aussi des revendications à exposer au puissant chanceux. Chaque village envoya une délégation.

Il fallait beaucoup de jours pour recevoir toutes ces délégations dans le respect strict des règles de la bonne et interminable palabre africaine. Beaucoup de patience, de salive et de mensonges pour accepter les dons, répondre à toutes les bénédictions, procéder à toutes les libations. Le Président ne pouvait pas, pendant ses heures habituelles de réception, pendant ses heures de bureau, y consacrer le temps nécessaire sans être contraint de renoncer à toutes autres obligations de chef d'État, de dictateur, de père de la nation.

– Et aussi de gros coureur de femmes d'autrui, les femmes des citoyens. Ajoute malicieusement le répondeur.

Vous ne pouviez pas renoncer à l'impératif, à l'indispensable pendant de si longues semaines. Ce n'était ni concevable ni faisable. Vous avez décidé, en ancien tirailleur, en chasseur, en homme de devoir, de prendre le temps de l'accueil des délégations sur vos heures de loisirs, votre temps de sommeil. Vous vous êtes organisé pour les recevoir le matin, de bonne heure le matin, à partir de 4 heures du matin.

Ces audiences matinales ont duré trois lunes. Ces trois mois de rencontre, de palabre avec votre peuple a créé une habitude, un besoin... et vous a donné des idées.

Vous ne pouviez plus commencer votre tâche journalière sans cette vivante plongée dans les palabres oiseuses quotidiennes du sous-développement, sans les interminables procès de 4 heures à 6 heures du matin.

Vous vous êtes aperçu que les rencontres très tôt le matin étaient bénéfiques et utiles. Vous en avez fait une méthode originale de gouvernement direct. Vous avez découvert dans la méthode de gros avantages. Parfois on trouve une grosse biche dans le piège tendu à des agoutis.

Vous, Maclédio, ministre de l'Intérieur et de l'Orientation nationale, avez tout de suite compris tous les avantages démagogiques que le régime pouvait tirer de la méthode. Les règles des audiences ont été codifiées, les audiences matinales sont devenues une institution. Tout le peuple a été informé de la procédure à suivre. Le citoyen qui avait des réclamations ou des requêtes se présentait aux audiences, aux palabres publiques de la Présidence de 4 heures du matin. Le Président écoutait avec la patience d'un maître chasseur les requérants. Sur-le-champ, dans la nuit, le Président convoquait le ministre ou le haut fonctionnaire mis en cause. La discussion s'engageait, le procès s'instruisait, se jugeait sur place.

Malheureusement, tout villageois sous-développé nègre est un palabreur et lui offrir l'occasion de plaider quand il veut défendre sa cause c'est présenter une plaine à un fleuve en crue. Les Nègres envahirent, occupèrent la Présidence comme le fleuve se répand, se libère dans la plaine.

La cour du palais présidentiel, dès 3 heures du matin, est grouillante de requérants. Une procédure est codifiée. Tous les requérants sont entendus au préalable par des huissiers avant d'être sélectionnés et couchés sur une liste. Les huissiers les classent par date d'arrivée, par thème, par ministre ou selon le fonctionnaire mis en cause ou simplement concerné. Les huissiers font un choix à la tête du requérant ou, très souvent, aux moyens mis en œuvre par celui-ci pour mouiller leurs barbes.

Dès 3 heures du matin, les élus sont appelés par ordre. Ils rentrent au palais présidentiel – mais jamais seuls : ils sont accompagnés par des parents ou des témoins, soit deux à trois personnes. Requérants et accompagnateurs attendent dans le bureau présidentiel.

À 4 heures sonnantes (il n'est pas rare que vous attendiez sur l'escalier une ou deux minutes pour ne pas arriver en avance), vous faites votre entrée en levant les bras et en saluant.

Debout, l'assistance applaudit. Sans autre cérémonie, la palabre publique commence. Les requérants un à un exposent leurs litiges.

– Il y a de tout dans ce dont un Nègre sous-développé peut se plaindre… Les abus les plus criards, les vols de poulets, de femmes, les lancements de mauvais sorts.

Tous les litiges sont instruits et jugés sur place et à la satisfaction de tous. Tout le monde sourit, rit dès que vous commencez à parler. Toute l'assistance applaudit vos conclusions, vos reparties, vos mots d'esprit.

À 6 heures du matin, aux palabres succède la prière

publique œcuménique. Musulmans, catholiques, protes-
tants, féticheurs tous ensemble, chacun selon sa liturgie
adresse à Dieu une chaude prière de grâces. Tous terminent par des bénédictions pour le pays, pour vous, Koyaga,
la pérennité de votre pouvoir, pour votre santé et longue
vie.

La prière terminée, tous remontent dans la salle de
réception du palais. Tous partagent avec leur président
de la République le chaud petit déjeuner du matin. Avant
de se séparer et de rejoindre leurs villages respectifs, les
requérants et leurs accompagnateurs assistent au lever
du drapeau sur le terre-plein du palais présidentiel.

Les requérants venaient de tout le pays, parfois de plus
de huit cents kilomètres. Ils demeuraient dans la capitale
parfois près de trois mois : trois mois pendant lesquels,
chaque matin à 3 heures, ils se rendaient à la Présidence.
Le Nègre sous-développé est d'abord une fibre, une misère
de patience.

– Ces audiences publiques constituèrent tout compte
fait une des solides originalités de votre régime dictatorial et sanguinaire. Elles l'adoucirent d'une certaine
manière, le rendirent populaire. Tout n'est pas négatif,
totalement négatif, même dans un autoritarisme émasculateur. Même dans l'anus de l'hyène, on trouve des
taches blanches. Conclut le cordoua.

Ce matin-là, vous avez examiné dix litiges et les avez
bien instruits et jugés à la satisfaction de tous. Comme
tous les matins – sauf les dimanches – après la grande
prière œcuménique, vous avez partagé votre café, vos
croissants chauds avec les ministres, les fonctionnaires,
les plaignants et leurs accompagnateurs. Vous êtes ce
matin-là descendu dans le jardin et avez commandé en
chef suprême des armées la cérémonie de lever des couleurs sur le terre-plein de la Présidence. C'était excep-

tionnel ; habituellement, vous suiviez la cérémonie de lever des couleurs du balcon du palais. Il y avait autour de vous trois ministres, deux préfets, cinq directeurs de sociétés d'État ou de ministères et une cinquantaine de requérants et leurs accompagnateurs. Vous étiez ce matin-là particulièrement jovial. Vous avez écouté religieusement l'hymne national qui vous glorifie, vous et votre parti unique.

C'est quand vous commencez à passer en revue la section chargée du salut aux couleurs que le coup éclate. Il est parti d'une dizaine de mètres de vous. À neuf mètres soixante-dix exactement – précisera plus tard le procès-verbal. Le soldat Bedio tire sur vous. Presque à bout portant, il tire sur vous… et vous rate.

– Bien raté, à moins de dix mètres !

Les membres de votre garde personnelle le désarment. Ils ne lui laissent pas le temps de viser une seconde fois. Ils le maîtrisent, vous l'amènent et vous le présentent. Votre premier mouvement est d'être généreux, chevaleresque. Vous prenez votre temps, tranquillement votre temps. Tranquillement vous lui allongez une gifle à toute volée. Votre visage s'éclaire d'un sourire sinistre et ironique, vous crachez des injures au visage du soldat.

– Con de tirailleur raté. De très mauvais tirailleur ! Je ne te gifle pas, je ne te sanctionne pas pour avoir tiré sur moi. Ce sera le travail de la justice. Comme chef suprême des armées, je te fous les quinze jours de gnouf réglementaire pour le motif que tu es un mauvais tireur, le plus maladroit du régiment. On ne loupe pas une cible de ma taille et de ma surface à dix mètres !

Et avec flegme, le flegme d'un maître chasseur, vous revenez sur vos pas. Vos gardes du corps se pressent autour de vous, vous entourent. Devant les accompagnateurs médusés, en silence vous repartez vers vos bureaux de la Présidence. Vous arrivez aux escaliers, vous les montez. Vous êtes sur le perron. C'est à ce moment, à ce moment seulement qu'éclatent spontanément les hourras et de très bruyants applaudissements.

– Vous avez continué à monter.

Même au fleuve qui inexorablement descend vers la mer, il arrive de se reposer quand il parvient dans une plaine. Interrompons nous aussi cette veillée, dit le sora. À son répondeur qui danse et multiplie les gestes désordonnés, il commande : cesse de danser et réfléchis à ces proverbes :

C'est celui dont tu as soigné l'impuissance qui te prend ta femme.

Si les batteurs de mil se cachent mutuellement les poils de leurs aisselles, le mil ne sera pas propre.

C'est souvent l'homme pour qui tu es allé puiser l'eau dans la rivière qui a excité le léopard contre toi.

20

Ah ! Koyaga. On est en guerre froide et, naturellement, votre première préoccupation est de prouver au monde libre, à l'Occident que c'est encore un coup des communistes, un complot organisé par le communisme international. Le voleur réputé paie la poule qu'il n'a pas chapardée.

– Rapidement et facilement, vos preuves, vous les avez construites et exposées. L'Occident ne s'attarde pas, ne regarde pas trop la méthode et le raisonnement non plus.

Le soldat Bedio, le mauvais tireur, n'est qu'un exécutant. Le pauvre et maladroit exécutant d'un complot ourdi par des politiciens communistes jaloux et lâches. On arrête à tour de bras. Sous la torture, beaucoup de prévenus se mettent à table. Les aveux sont multiples et concordants. La vérité comme le soleil de midi éclate.

Le soldat Bedio a un cousin étudiant en France. L'ami de ce cousin également étudiant est à son tour le cousin d'un vétérinaire qui figure parmi les arrêtés. Ce vétérinaire possède une exploitation agropastorale à dix kilomètres de la capitale. Au milieu de cette exploitation, une paillote. Une paillote à dix mètres d'un fromager aux racines gigantesques. On s'affaire dans le creux des racines du fromager, creuse avec beaucoup de patience et d'efforts devant la presse, les caméras et les radios. Les trouvailles sont au-delà de toutes les espérances. Une cantine pleine de livres marxistes. Du Marx bien sûr, mais aussi des traités de Lénine, de Staline, de Mao. Entre les pages d'un bouquin, un pistolet, un vrai, et cinq balles bonnes à abattre n'importe quel vivant. Au-dessous, des livres de projets de constitution, un texte de proclamation, les noms des ministrables, la liste d'un cabinet, d'un gouvernement complet. Des lettres de Conakry et de Moscou. Un incontestable arsenal et équipement de communistes subversifs. Le tout corroboré, agencé et arrosé par des déclarations, des témoignages de prisonniers enchaînés sortant des salles de torture. Des déclarations qui perturbent les plus incrédules.

– Un réel et bon complot communiste !

L'Occident, le monde libre et toutes les organisations anticommunistes de la guerre froide en conviennent. Ils font le compte, le récapitulatif, arrivent à des conclusions.

En moins de trois ans, trois tentatives perpétrées par le communisme international visant à la suppression physique de Koyaga ont été ourdies. Une persévérance ! Un réel acharnement qu'une seule et bonne signification pouvait justifier. Koyaga constitue un verrou important qui arrête le déferlement du communisme international sur l'Afrique. Koyaga est une pièce maîtresse de la lutte contre le communisme liberticide. L'Occident doit le savoir, le reconnaître, aider et secourir, soutenir beaucoup plus, beaucoup mieux son rempart, son bouclier.

Deux universités américaines vous accordent des titres de docteur *honoris causa*. Trois organisations, dont deux européennes, viennent sur place et vous attribuent dans votre palais et devant votre peuple les décorations les plus élevées attribuées aux plus méritants. Et ce n'est pas tout ! Témoignages suprêmes de la compréhension de l'Occident, le ministre de la Défense française en personne, accompagné du chef d'état-major et du chef du contre-espionnage vous rendent une visite de trois jours entiers.

Vous voilà considéré comme le roc sur lequel se brisent les vagues du communisme international montant sur l'Afrique. Les médias et l'opinion publique du monde libre n'ont plus le droit de vous critiquer. On ne démoralise pas un soldat au front avec des critiques sur sa méthode et sa technique de maniement du fusil.

C'était le troisième attentat. Chaque dictateur de la vaste Afrique, aussi riche en chefs d'État effrontés menteurs qu'en vautours, dépêcha cette fois trois envoyés, un diplomate, un militaire et un policier. Les avions pour la troisième fois encombrèrent le petit aéroport. Les envoyés des frères et amis – c'est ainsi que les dictateurs africains se surnomment en s'embrassant sur la bouche – restèrent trois jours entiers. Ils venaient pour féliciter Koyaga, lui redire leur soutien fraternel et africain et leur condamnation de la tentative criminelle. Officiellement, c'était cela la mission des délégations. Mais, en fait, chaque dictateur voulait s'assurer de la réalité, de la vérité de l'attentat. Chaque dictateur voulait vérifier que les événements s'étaient déroulés comme rapportés.

Savoir qu'effectivement le soldat avait effectivement tiré sur Koyaga avec des balles réelles et à portée de fusil. Connaître qu'effectivement les balles n'avaient pas pu pénétrer. Entendre qu'effectivement leur compère dictateur ne portait pas de gilet antiballes. Les trois envoyés de chaque potentat africain se livrèrent à trois jours et trois nuits de minutieuse enquête. Ils poussèrent jusqu'au village natal de Koyaga. Rendirent une visite de courtoisie à la vieille et lui remirent les cadeaux proposés par leurs maîtres. La vieille en retour prononça des bénédictions, des prières et des paroles sacramentelles pour les autocrates. Les envoyés allèrent aussi dans le campement du marabout Bokano. Ils offrirent au marabout les somptueux présents que seuls des potentats peuvent donner. Le marabout récita des sourates pour chaque dictateur, des bénédictions et recommanda à chaque tyran le sacrifice qu'il devait tuer pour se protéger.

De retour dans leurs pays respectifs, leurs maîtres respectifs poussèrent des cris d'étonnement quand les envoyés confirmèrent que le soldat, avec une balle réelle, avait fait feu à moins de dix mètres. La balle avait effectivement ricoché sur les médailles. Les dictateurs prièrent à leur tour afin que les bénédictions et paroles sacramentelles de la vieille et du marabout soient acceptées par Allah et les mânes des ancêtres. Ils tuèrent les sacrifices. Mais s'estimèrent insuffisamment informés et demeurèrent tous perplexes et sceptiques. Ils crurent plutôt que leurs envoyés – le militaire, le diplomate et le policier – avaient été manipulés. Ils étaient despotes et connaissaient tout ce que les compères de leur race savaient manigancer pour tricher.

Dans les villages de la République du Golfe, dans tous les villages… dans les capitales de la multiple Afrique, dans tous les palais des impénitents dictateurs, tout le monde voyait, suivait les événements. Et tout le monde comptait et récapitulait. En moins de trois ans, des ensorcellements avaient produit trois vrais miracles.

L'avion de Koyaga à son retour du Maghreb se pointe dans le champ de tir d'une DCA. Les serveurs de la mitrailleuse, au moment d'appuyer sur la détente, se trouvent frappés d'inertie. Leurs doigts sont ankylosés, leur vue se trouble, les souffles sont saccadés. Ils détalent.

– Cela fait un et n'avait jamais été vu ou entendu dans un autre pays.

L'avion par lequel Koyaga regagne son village est saboté. Savamment saboté. L'inévitable accident se produit. Koyaga n'est pas retrouvé dans la carcasse.

– Cela fait deux et n'avait jamais été vu ou entendu ailleurs.

À bout portant, un tirailleur fait feu sur Koyaga. La balle n'égratigne même pas votre costume.

– Dans quel pays a-t-on entendu ou vu une telle chose ?

La sorcellerie de Nadjouma, la maman de Koyaga, est la plus puissante de notre continent. Elle est la plus inspirée des magiciennes de notre époque. Son fils est invulnérable.

Dans tous les villages de la République du Golfe on se le dit et le répète. On le chante le soir au clair de lune.

On le pense et le murmure aussi dans les bureaux climatisés des riches palais des dictateurs de notre vaste continent.

De nombreuses arrestations ont été opérées pendant et après les trois complots. Beaucoup d'hommes politiques sont derrière les fils de fer barbelés ou en résidence surveillée. Ils sont dans une situation inconfortable ; dans leurs prisons, eux aussi font le compte, eux aussi arrivent à des conclusions. Ils ne voient pas comment s'en sortir.

Rien à entendre ni à attendre des défenseurs patentés

des droits de l'homme de l'Occident dès lors qu'ils sont traités de communistes. Les communistes pendant la guerre froide sont exclus de la commisération, de la pitié, de l'humanisme du prochain en Occident.

Rien non plus à espérer des sorciers, des sacrifices, des mânes. Koyaga a la protection, la faveur de tous les dieux africains ; ils l'ont rendu invulnérable.

Rien à attendre non plus de la palabre africaine. La maman de Koyaga possède le plus puissant sortilège du continent ; toute l'Afrique la redoute.

Les prisonniers politiques comprennent qu'ils sont abandonnés par les hommes, les dieux et les religions. Ils paniquent et se suicident.

– Dans leur rage suicidaire et sanguinaire, ils s'amputent des sexes avant de passer à l'action, ironise le répondeur.

– Dans tous les cas le suicide n'est pas la meilleure solution pour le pays. Maclédio le dit aux hommes politiques et leur suggère d'autres voies.

– Vous, Maclédio, leur conseillez de satisfaire plutôt un désir secret de Koyaga… et la mort cessera de rôder parmi eux. Vous les adjurez de saborder tous leurs partis et d'adhérer tous au Rassemblement du Peuple du Golfe. Le parti unique que Koyaga secrètement ambitionne de fonder.

Tous spontanément s'unissent et, ensemble, disent des paroles fortes et sincères. Les larmes aux yeux, les lèvres tremblantes, ils votent des motions. Ces motions ne demandent pas autre chose que la clémence de Koyaga, sa pitié, son humanisme. Ils renoncent comme à leur cache-sexe de *bilakoro,* de garnement incirconcis, à leur idées, leurs amis, leur croyance, leur parti. Ils comprennent, s'exécutent. Ils sabordent leurs partis, les enterrent, les oublient comme un mauvais rêve d'une nuit d'orage. Successivement, ils jurent sur leur honneur, sur Allah du ciel et sur les mânes des ancêtres dans les tombes. Solennellement, ils entrent dans le bois sacré du parti unique, deviennent des initiés, les enfants, les adeptes du parti unique : eux, leurs femmes, leurs progénitures, leurs parents, leurs amis et connaissances, tous avec leurs chiens et leurs poulets.

Le soleil commence à briller dans le ciel de notre République et des sourires se dessinent sur les pommettes de Koyaga quand il entend les nombreuses voix tremblantes et voit les yeux larmoyants des arrêtés ou autres suppliciés le glorifier.

– Je dis au nom d'Allah que la mort est la plus affreuse des choses. La peur de la mort fait dire et accomplir les sottises et les renonciations les plus abjectes aux prisonniers.

La date de la tenue de l'assemblée constitutive du parti unique fut avancée.

La création de son parti unique et sa nomination comme président-fondateur et président à vie n'apportent qu'un éphémère moment de joie à Koyaga. Elles ne parviennent pas à lui faire retrouver sa jovialité d'avant l'accident, il continue à maugréer, il continue à se plaindre de l'ingratitude des hommes, de la nature du soldat qui a tiré sur lui. Il faut faire quelque chose, il faut éviter de le décourager. C'est encore vous, Maclédio, qui intervenez, c'est vous encore qui trouvez la solution. Vous puisez dans la riche expérience acquise au cours de votre inoubliable voyage en République du Grand Fleuve, vous décidez de créer des groupes de choc qui partout et toute la journée griotteront, louangeront Koyaga. Sans cesse lui rappelleront ce qu'il fait pour le pays, sans cesse lui rappelleront qu'il est pour le pays une chance, une chance égale à celle que constitue le Nil pour l'Égypte. Sans lui, le pays retomberait dans la misère, l'Afrique retournerait à la colonisation, à l'esclavage, à sa sauvagerie congénitale.

Des jeunes filles et garçons dans tous les villages s'inscrivent à la Ligue de la jeunesse révolutionnaire, organisent des groupes de choc. Ces groupes montent des soirées de danses au cours desquelles ils rivalisent en griotterie, en hymnes en honneur de leur Guide suprême. Cela vous fait du bien.

Les groupes de choc vous donnent à vous, Koyaga, le moral ; ils vous font retrouver votre jovialité. Vous aimez les entendre chanter pour vous, danser pour vous. Chaque matin, après les audiences publiques, le lever des couleurs, les groupes de choc dans le jardin de la Présidence dansent et chantent vos éloges, vous griottent. Leurs poèmes, leurs discours, leurs musique et chants vous donnent de la force, de la fougue pour toute la journée. Vous devenez heureux. Tout le temps radieux.

Dans la République, la dictature de Koyaga, deux personnes jouent des rôles très importants : la maman et le marabout.

Nous les avons évoqués et les avons chantés la dernière fois – le marabout Bokano et Nadjouma la maman de Koyaga – dans la première veillée, à la fin de la première veillée. Ils sont alors à Hairaidougou, le campement, l'exploitation agricole du marabout, à une dizaine de kilomètres de Ramaka. Le marabout Bokano vient d'exorciser, désensorceler Nadjouma avec ses méthodes particulières et infaillibles : les gifles et la flagellation. Il vient de découvrir qu'elle a des dons pour la magie, la divination, la géomancie. Il vient de découvrir que, de ses entrailles, est sorti un garçon fendeur des brousses. Fendeur de la brousse sociale parmi les hommes ; fendeur de la brousse de la nature parmi les champs. Un grand nom. Il a une inclination, plus qu'une tendresse pour Nadjouma. Elle a une beauté du corps qui le trouble dans l'évocation des sourates du Coran. Il demande à la jeune femme de rester à côté de lui dans l'exploitation pour connaître les volontés d'Allah, apprendre les paroles d'Allah, se convertir à l'islam. Il ne prononce pas les mots d'amour, de mariage. Mais Nadjouma ne se méprend pas sur l'intention inavouée. Nettement elle refuse. Elle veut retourner dans son hameau de Tchaotchi. Elle veut continuer à cultiver, à se consacrer aux mânes de son mari pour protéger, construire le devenir de son fils. Tchaotchi se situe après les montagnes et pas à plus de quinze kilomètres de Ramaka. Donc séparé de près de vingt-cinq kilomètres de Hairaidougou, le campement exploitation agricole du marabout. La jeune femme et le marabout continuent à se voir. Ils continuent à veiller sur l'avenir du tirailleur Koyaga.

La nuit, elle pense souvent à son fils, évoque le double de son mari, et son sommeil est très souvent traversé par des rêves maléfiques. Elle continue à pratiquer la géomancie et, parfois, émergent du sable sous ses doigts de mauvais augures pour son fils. Chaque fois, elle marche jusqu'à Hairaidougou, expose songes et vaticinations. Le marabout les interprète, les juge. Il cherche et indique les sacrifices susceptibles de conjurer les maléfices. La recherche des sacrifices pour annihiler, conjurer les gros maléfices peut prendre plusieurs jours et nuits. Et plusieurs pratiques combinées. Bokano se livre à l'*achoura,* le jeûne expiatoire, se retire, se cloître dans une case fermée à clé. Il prie nuit et jour pendant qu'autour de la case ses talibets, ses disciples chantent le *sama,* le concert spirituel de la confrérie et exécutent le *djadb,* la danse extatique.

Par deux fois le marabout envoie chercher Nadjouma dans des nuits orageuses pour de pressants sacrifices. C'est pour écarter les deux mauvaises fortunes auxquelles par miracle Koyaga échappe.

Dès que vous devenez maître sans partage de la République du Golfe, votre première préoccupation est de réaliser dans votre village natal des montagnes, à Tchaotchi, un ensemble vaste, un ensemble aussi vaste que ce que vous avez visité en République des Ébènes. Construire un ensemble aussi somptueux que ce que le dictateur au totem caïman a bâti dans son village natal.

— Mais on ne change pas sa nature. Vous êtes un ancien combattant d'Indochine. Ce n'est pas les palais, les villas, les jardins bourgeois et luxueux qui vous intéressent. Votre première préoccupation est sécuritaire.

Vous ne parvenez à réaliser qu'un camp retranché. Le souci sécuritaire, chez l'ancien tirailleur, vicie le projet, prévaut sur toute autre considération. Vous faites clôturer au flanc d'une colline un terrain de près de quatre cents hectares, clôturer par un mur aussi haut que celui de la résidence de Fasso.

— Mais avec un enclos hérissé de chevaux de frise et surplombé sur tout le pourtour, tous les cent mètres, d'inesthétiques miradors en fer flanqués de puissants projecteurs. Un vrai camp retranché. Un camp retranché ressemblant beaucoup plus à un poste avancé dans les rizières d'Indochine, à la cour impériale de l'homme au totem hyène, qu'à la résidence secondaire du dictateur au totem caïman qui sert de modèle.

Il y a, au milieu de la réalisation, un rond-point autour d'une haute statue de bronze sur un très monumental piédestal. Une statue de Koyaga en général d'armée face à l'est et indiquant du doigt la voie à suivre. Le rond-point est à la croisée de deux boulevards en croix. Partent donc du centre quatre voies. Elles sont toutes bordées, de chaque côté, des monuments de Koyaga ou de sa maman. La première voie, celle allant au nord, conduit à la résidence du Guide suprême. Un immeuble à trois étages ;

le style et la tristesse d'une HLM. En face, au sud, la cour de sa maman, une vraie concession familiale, la cour familiale semblable à celles qui existent dans toutes les banlieues de toutes les capitales africaines. Un agglomérat de villas, d'entrepôts, de guérites, de chenils, de poulaillers, de chèvreries et de latrines apparemment se chevauchent et remplissent les restes des carrés. Les portails de l'est et de l'ouest sont surplombés de hauts arcs de triomphe auxquels sont accrochées des banderoles portant des slogans glorifiant Koyaga et sa maman.

Dans la capitale aussi, ce qui est appelé pompeusement la résidence privée de Koyaga n'est en fait qu'une maison bourgeoise fortifiée à laquelle est accolée la villa de la maman.

Nadjouma est respectueusement appelée dans tout le pays la vieille ou la maman. Quand ils sont tous les deux – le dictateur et sa maman – à Tchaotchi ou dans la capitale, Koyaga rend deux visites journalières à sa mère : avant le déjeuner et le soir avant le coucher. Chaque nuit, l'attend sur une table chez sa maman un des petits plats mijotés à la mode paléo. Koyaga les aime et s'en régale, même après les dîners officiels les plus copieux du palais.

Loin d'elle quand ils ne sont pas dans la même ville, Koyaga téléphone à la maman au moins deux fois par jour : en fin de matinée et le soir au coucher.

Les relations entre vous Koyaga et votre maman sont trop étroites. On vous accuse d'amour incestueux. Accusation à laquelle vous ne répondez jamais. Accusation à laquelle le maître chasseur ne trouve pas digne de répondre. Mais l'accusation se justifie par votre comportement. Elle s'assoit souvent sur vos jambes ou vous vous asseyez sur ses jambes. Très souvent, vous vous couchez dans le lit de votre mère. Chaque fois que des soucis importants vous tenaillent, vous entrez dans

la chambre de votre maman, vous vous débarrassez
de votre képi de général, de votre veste lourde d'une
vingtaine de décorations, de votre cravate, de vos chaussures et plongez dans le lit de votre mère. Pour réfléchir.

– Et je ne sors jamais de la chambre de ma maman
sans des solutions à mes préoccupations.

Quand la maman ne prépare pas pour son fils – c'est
elle-même et personne d'autre qui cuisine pour Koyaga –,
n'expose pas de sacrifice pour son fils, ne prie pas pour
son fils, ne géomancie pas pour son fils, elle reçoit. Oui
elle reçoit. Il y a toujours eu une longue liste de femmes
et d'hommes souhaitant la rencontrer. La priorité est donnée aux envoyés des chefs d'État étrangers. Les dictateurs
africains, impressionnés par les miracles par lesquels
Koyaga chaque fois échappe aux attentats, cherchent
à recueillir ses vaticinations sur leur avenir.

Elle a aussi à recevoir tous les ministrables, tous
les candidats à des postes de responsabilité en République du Golfe. Elle prédit leur avenir et informe son fils
des résultats de ces consultations. Encombrent la salle
d'attente de la maman les innombrables demandeurs de
prébendes.

– Nadjouma est la racine qui pompe la sève qui nourrit
le régime du maître chasseur Koyaga.

Koyaga a aussi des contacts quotidiens avec le marabout Bokano. Bokano possède une concession dans la
capitale. Une concession bâtie à la sortie de la ville,
à cinq kilomètres au nord. Comme à Ramaka, les bâtiments proprement dits sont entourés d'un enclos très haut
avec une seule porte d'entrée. La cour est le cœur, le
centre d'une exploitation agricole, d'une ferme modèle.
La ferme est cultivée, exploitée par les talibets, les disciples du marabout. Ce sont d'excellents et compétents
agriculteurs qui ne réclament pas de rémunération. Le

marabout les pourvoit en nourriture, habillement, logement, femmes et même et surtout en prières. Dans la confrérie, la prière n'est pas un acte individuel. Elle est laissée au marabout qui prie pour tous les disciples, lave les péchés de tous les disciples, sauvera tous les disciples par l'intensité de ses prières. D'après le credo de la confrérie, atteindre Dieu par ses prières appartient à quelques individus, quelques élus. Bokano est de ceux-là.

Pourtant Bokano n'est plus l'ascète qu'il était en arrivant à Ramaka. Depuis que son protégé a le pouvoir suprême, il a beaucoup changé. Il y a dans sa vie plus de luxure que d'ascétisme. Le marabout vit dans un luxe insolent. Il est l'homme ou l'un des hommes les plus riches du pays. On prétend qu'il est l'homme d'affaires, l'homme de paille de Koyaga et de sa mère. Il sort dans de grosses Mercedes, voyage très souvent en avion et en première classe. Aime les grands palaces. Est propriétaire d'une centaine de concessions et villas dans la capitale, des appartements à Paris, New York et Bruxelles. Et aussi des maîtresses dans toutes ces villes. Il va deux fois par an à La Mecque pour le *hadj* et le *umra*.

Il prétend, on dit qu'il est toute l'année en jeûne et passe toutes ses nuits en prière.

Les relations du marabout avec la maman sont très ambiguës. Il rend des visites à la vieille quotidiennement vers 10 heures du matin quand ils sont dans la même ville. Il entre dans la chambre privée ; la maman ferme sa porte. Ils restent seuls tous les deux dans une chambre à la porte close parfois plus d'une heure. Que peuvent-ils faire ou se dire une heure durant ?

Dans toutes les capitales des dictatures africaines, le marabout est considéré comme l'inspirateur de la maman. On vient de loin pour le consulter. On lui offre des voitures – généralement des Mercedes –, des appartements et surtout beaucoup d'argent.

298

Il pratique la géomancie et la caractérologie. Après la visite à la maman, le ministrable, le désigné, le coopté pour un poste de responsabilité dans la République du Golfe se rend chez le marabout. L'accueil du marabout Bokano est toujours chaleureux. Il serre la main au visiteur. Il lui fait servir un thé que le visiteur est obligé de consommer. Il s'excuse de ne pouvoir trinquer avec son hôte à cause du jeûne continuel qu'il est obligé d'observer. Le court contact suffit. Sa science en caractérologie est telle qu'il lui faut seulement quelques minutes pour connaître tous les défauts cachés du visiteur.

C'est surtout de la démarche du visiteur qu'il tire le plus d'enseignements. Il se cache, s'arrange derrière un judas pour voir arriver le visiteur par un dédale de chemins, se donne suffisamment le temps d'étudier la démarche, l'allure générale de l'arrivant. Au moment de se séparer, il l'accompagne jusque sur le perron, lui serre la main, le bonifie de longues bénédictions. Un disciple le prend en charge, le fait déambuler par un dédale de chemins permettant au marabout de le suivre jusqu'au parking. Il est admis qu'après cette visite, le contact, la causerie, l'étude de la démarche, de l'allure, rien dans le caractère, dans l'avenir, dans les intentions cachées du visiteur n'échappe à la science du marabout.

Que penser, dire, chanter, danser des relations, du commerce de Koyaga avec les femmes pendant son règne ?

D'abord dire qu'il en fréquente beaucoup, en consomme énormément.

– Il est paléo d'une race, d'une peuplade chez laquelle le mariage, le compagnonnage n'implique pas fidélité.

Koyaga donc aime, pratique, use les femmes à la manière paléo. Des toquades, des passades, généralement pas plus. Il s'efforce d'appliquer des enfants à ses partenaires. Le chasseur, l'ancien tirailleur pense que la fonction, la principale fonction des femmes est la reproduction. Il s'estime déshonoré, se le reproche publiquement, quand il se couche plusieurs semaines avec une femme sans parvenir à l'engrosser. Il recrute ses amantes parmi les jeunes filles des groupes de choc. Les groupes de choc sont ces brigades de jeunes filles qui l'accueillent, chantent et dansent ses louanges, sa geste. Elles sont partout où il va ou réside. Ces jeunes filles se disputent les faveurs du Président et les plus délurées enchaînent des figures cochonnes, des démonstrations lascives au cours des parties.

Quand l'une d'elles parvient à se faire remarquer, à attirer l'attention, parvient à plaire, un clignement, un clignotement des yeux, un geste imperceptible d'un doigt sont vite saisis, interprétés par un garde du corps, un rabatteur. Immanquablement le soir la distinguée se trouve dans votre lit à vous, Koyaga. Vous l'honorez, vous vous en régalez comme de la chair du gibier abattu dans la journée. Elle devient alors une des femmes du Président. Même dans une telle débauche débridée, les préoccupations de haute politique ne sont pas absentes. Vous pensez que bien diriger votre République vous demande d'être un peu de toutes les ethnies du pays, d'être allié à toutes les ethnies du pays. Vous vous attribuez au moins une femme de chacune des quarante-trois ethnies de la République.

Une femme du Président est comblée matériellement. Mais étroitement surveillée. Comme tout maître chasseur, Koyaga a la jalousie du lion. La jeune fille est surveillée jusqu'à la gestation, jusqu'à l'enfantement. Ensuite, Koyaga ne l'appelle plus ou raréfie les visites chez elle. Il reconnaît toujours ses œuvres. Nadjouma, la maman de Koyaga, s'occupe des soins du bébé et de sa mère, organise et paie le baptême, Koyaga assure le logement et la nourriture des mères de ses enfants jusqu'à ce qu'elles décrochent un mari capable de décemment les entretenir. Il finance et préside les cérémonies de remariage de ses anciennes maîtresses. Quand le prétendant ne lui paraît pas assez sérieux, il va jusqu'à le récuser. Les anciennes maîtresses ont facilement accès à des crédits bancaires ; elles terminent « mamies Benz ». C'est ainsi que sont appelées ces riches commerçantes plantureuses circulant sur les banquettes arrière des grosses Mercedes Benz. Koyaga n'abandonne jamais une ancienne maîtresse. La gestion de l'attribution des subsides et du paiement des loyers des maisons habitées par les anciennes maîtresses de Koyaga se révèle une des gestions les plus difficiles et ruineuses de la République. C'est par cette gestion que la micro-informatique pour la première fois fait son entrée en République du Golfe. Elle est maîtrisée par cinq puissants micros en réseau. À la satisfaction de tous et de Koyaga en premier lieu.

La progéniture de Koyaga ne traîne jamais. Son enfant est toujours récupéré et envoyé à l'École des enfants de troupe de la Présidence. Ainsi est appelé un ensemble inséré entre la résidence privée du Président et l'habitation de la maman Nadjouma. Un ensemble réservé principalement aux progénitures du Président. Un ensemble comportant une crèche, un jardin d'enfants, un internat et une école primaire. Le collège, prévu à l'origine, ne fonctionne pas : il n'y a pas assez d'enfants pour les classes de sixième, de troisième et de terminale. C'est un autobus complet qui, chaque matin, quitte la résidence privée du Président pour procéder à la distribution des enfants de la Présidence dans les établissements secondaires de la capitale. Tous les enfants du Président sont préparés aux métiers des armes. Les filles se marient à des officiers. Pas d'état-major d'une arme ou d'un régiment qui n'ait au moins un fils ou un gendre de Koyaga.

C'est ce lien de sang, de famille qui assure la cohésion de l'armée du pays.

Que dire, chanter, danser encore du commerce, des relations de Koyaga avec les femmes ?

Comme pour tous les paléos, tous les chasseurs, sa maman est une femme à part, une femme sacrée, estimée comme une prophétesse, comme une femme gourou.

Comme tous les paléos, il a acquis sa première femme par le mariage-rapt. Elle aussi a une place à part. Elle est respectée, elle a fait neuf enfants. Ces enfants vivent comme les petits bâtards à l'École des enfants de troupe de la Présidence. Il n'y a aucune différence de traitement entre les enfants légitimes et les bâtards chez Koyaga. Il ne voit pas, ne sent pas cette différence.

Vous fréquentez très peu de femmes mariées. Une fois, une femme mariée parvient à vous séduire. Le mari complaisant obtient un poste à l'étranger dans une ambassade. Une autre fois, vous êtes séduit par une femme mariée. Le mari jaloux, vindicatif, est contraint à l'exil…

Il est difficile, sous la férule de Koyaga, au citoyen de pousser un soupir, murmurer un demi-mot, siffler un air en privé, même chez soi, sans que le Président en soit informé. Très difficile de sortir le soir, changer d'habit, boire et manger avec des amis, des parents sans que vous en soyez informé. Vous seulement, vous seul connaissez le nombre de réseaux de renseignements qui fourmillent, grouillent dans ce pays de cinquante-six mille kilomètres carrés et de moins de quatre millions d'habitants.

Il y a la police, les services de renseignements de l'armée, de la Présidence. Ils ont les moyens que leur confèrent les dictatures et opèrent avec la méthode particulière dont ils usent chez tous les pères de la nation africains. Il y a l'Association des devins, des voyants, des géomanciens. La maman est présidente de l'association et tous les adhérents courent rapporter à la Présidence les confidences de leurs clients.

Bokano préside l'Union des marabouts et chaque marabout file chez Bokano pour se faire rémunérer la moindre information insolite. Il y a vos anciennes maîtresses, les mères de vos enfants, qui continuent à posséder leur entrée à la Présidence. Il y a les anciens combattants d'Indochine, les chasseurs. Tout citoyen peut se faire payer un renseignement important en le rapportant directement à un proche du Président ou directement au Président à 4 heures du matin en marge des séances publiques. Et il n'est pas rare qu'un cadre, un homme politique, s'entende répéter le matin au téléphone par le Président lui-même des propos qu'il a imprudemment tenus le soir en privé à des amis sûrs. Le Président termine généralement ses appels téléphoniques par un rire sarcastique ou un lourd silence… C'est une menace : le cadre panique. Il se sent traqué et cesse d'avoir confiance en son entourage, en ses amis. Dans votre République, tout le monde épie et tout le monde est espionné. L'hyène dit que si elle est en permanence en éveil c'est parce qu'elle sait qu'elle a très peu d'amis sincères sur cette terre.

Il est donc certain que quelque chose a été éventé sur la préparation du complot des beaux-parents. Comment expliquer, comprendre autrement ce qui est survenu ce vendredi soir à 13 h 35, à moins de deux kilomètres de la résidence privée du Guide suprême ?

Comment a-t-il pu sortir indemne d'un attentat aussi bien ficelé ? Comment croire qu'il a été tiré vivant de cette Mercedes mitraillée à bout portant et sur laquelle on a relevé trente-deux impacts de balles ? Tiré indemne de cet amas de fer gisant dans le fossé ?

Par l'avenue portant votre nom, vous arrivez comme tous les vendredis à 13 heures de l'état-major des forces armées. Vous vous dirigez vers votre résidence privée.

Vous n'avez pas roulé plus de trois minutes que les premières fusillades éclatent. Les motocyclistes encadrant votre voiture sont arrosés, balayés. Ils volent des sièges, les motos font des embardées et terminent leur course dans les fossés, les roues en l'air. Votre voiture, celles vous précédant et vous suivant, les trois voitures constituant votre cortège sont touchées par des roquettes. Une embuscade dans le style que les Viets montaient dans les rizières d'Indochine ! Et une hécatombe ! Treize morts, six blessés graves. Vous, vous le seul rescapé, relevé indemne, sans la moindre égratignure. Encore un prodige. Un prodige attribué à la vieille et au marabout.

L'attentat a été monté et exécuté par deux officiers : le capitaine Sama, votre gendre, et le commandant Tacho, votre beau-frère. L'attentat est appelé « le complot des beaux » (beaux-parents).

Le malheur, le maléfice frappe les deux factieux dans la même journée. Officiellement, le commandant Tacho, dans sa fuite après l'attentat, provoque un accident de circulation. Il est grièvement blessé. Évacué sans connaissance sur une clinique. Des chirurgiens l'opèrent. Un appel téléphonique – le standardiste soutiendra qu'il venait de la Présidence – demande des nouvelles du blessé. Le chirurgien répond que tout s'est bien passé, que les chances de survie du commandant Tacho sont bonnes. Mais voilà : moins d'une demi-heure après, comme dans un mauvais film policier, des hommes en blouses blanches investissent la clinique. De dessous leurs blouses sortent des mitraillettes, ils maîtrisent chirurgiens et infirmières, achèvent le blessé et l'émasculent. Cet assassinat, vous le déplorez et promettez une enquête.

– Elle continue toujours. Le résultat de l'enquête sur l'assassinat du commandant Tacho, votre beau-frère, ne sera jamais publié.

Le capitaine Sama, votre gendre, est repêché de la lagune, mort par noyade. Il a une lourde pierre attachée à ses genoux. Officiellement, il s'est lesté avec la pierre avant de se jeter à l'eau, de se suicider par honte.

– Mais avant il s'est émasculé. Il s'est librement émasculé. Personne ne l'a surpris en train de s'amputer sur le quai avant le suicide.

C'était le quatrième attentat. Chaque autocrate de la vaste Afrique, aussi riche en dictateurs kleptomanes qu'en catastrophes, dépêcha cette quatrième fois quatre fonctionnaires : un diplomate, un militaire, un policier et un professeur. Les avions pour la quatrième fois encombrèrent le petit aéroport. Les émissaires des frères et amis – c'est ainsi que les pères des nations africaines se surnomment en se tapant sur l'épaule au cours de leurs innombrables rencontres – demeurèrent quatre jours entiers chez leurs hôtes.

Ils venaient pour féliciter Koyaga, lui répéter leur soutien fraternel et africain et leur condamnation de la tentative scélérate. Officiellement, c'était la mission qui avait été dévolue aux émissaires. Mais, en fait, chaque tyran voulait s'assurer de la réalité, de la vérité de l'attentat. Chaque autocrate voulait connaître que les événements s'étaient déroulés comme rapportés. Vérifier qu'effectivement une embuscade avait été montée par de vrais officiers, authentiques beaux-parents de leur frère et ami. Que des roquettes réelles avaient été tirées sur l'escorte. Qu'une vraie hécatombe s'en était suivie et que de vrais cadavres avaient été relevés. Entendre qu'effectivement leur compère Guide suprême avait été le seul survivant.

Les quatre messagers de chaque dictateur se livrèrent à quatre jours et quatre nuits d'intenses activités. Ils poussèrent jusqu'au village natal de Koyaga. Rendirent une visite de courtoisie à la vieille et lui remirent les sompteux cadeaux que seuls de riches despotes pouvaient offrir. Les émissaires apprirent que Nadjouma était dépositaire d'une météorite. Un aérolite qu'elle vénérait et qui protégeait son fils. Les émissaires se rendirent aussi au campement du marabout Bokano. Ils comblèrent le marabout de sompteux présents que seuls des despotes pouvaient distribuer. Les plénipotentiaires apprirent que le marabout était le dépositaire d'un Coran sacré qui protégeait également Koyaga.

De retour dans leurs pays respectifs, leurs maîtres respectifs poussèrent des cris d'étonnement quand les envoyés confirmèrent que l'embuscade avait été ourdie et exécutée par de vrais officiers. Des roquettes réelles tirées sur la limousine Mercedes blindée de leur frère et ami. Que les tués étaient de vrais cadavres. Ils furent intéressés, très intéressés de savoir qu'il y avait des cachotteries. Des mystères, de l'ésotérisme, de la magie, de la sorcellerie. Ils voulaient eux aussi être protégés par la météorite et le Coran. Mais ils craignaient que leurs émissaires – le militaire, le diplomate, le policier et le professeur – n'aient été manipulés. Ils étaient despotes menteurs et connaissaient tout ce que les personnes de leur espèce savaient inventer pour berner le peuple et l'opinion internationale.

Dans sa République, le Guide suprême était partout et en tout temps omniprésent. Tous les fonctionnaires responsables du parti, tous les dépositaires d'un petit bout d'autorité dans la République portaient son effigie en médaillon. Le plus insignifiant hameau, aussi perdu soit-il, avait sa place et sa maison de Koyaga. Dans chaque agglomération d'une quelconque importance, trônait au milieu de la place Koyaga une statue de Koyaga.

Un monument, un mémorial était édifié dans tous les lieux où il avait échappé à un attentat.

Avant de créer une chute, le fleuve se calme et crée un petit lac. Imitons-le. Annonce le sora Bingo. Il s'interrompt et pince la cora. Le répondeur joue de la flûte et danse. Le sora donne trois proverbes sur la trahison :

Si quelqu'un t'a mordu, il t'a rappelé que tu as des dents.

Si tu portes un vieillard depuis l'aube et que le soir tu le traînes, il ne se souvient que d'avoir été traîné.

Qui est souvent à la cour du roi finit toujours par trahir ses amis.

21

L'assassinat, la liquidation du commandant Tacho et du capitaine Sama, conjurés qui, les armes à la main, ont perpétré l'attentat, est un cas unique, une exception. Koyaga habituellement fait traduire devant la justice les exécutants des attentats. Ils ont droit à des procès corrects et publics et à des condamnations à mort méritées. Et, par magnanimité, le Père de la nation commue la peine. Vous avez toujours pensé, vous Koyaga, que le conjuré qui, l'arme à la main, a l'audace de vous affronter, mérite la considération des garçons, des mâles qui assument la plénitude de leur responsabilité, le respect des braves, des hommes de foi, le sort et la condition du combattant, du guerrier. Les conspirés que vous tuez sans rémission, sans état d'âme, sans pitié sont les complices et les commanditaires des attentats. Ils voulaient en être les gros bénéficiaires, les profiteurs, sans s'être exposés, sans avoir risqué leur vie. Ce sont des cafards. Les cafards s'écrasent de tout le pied. Ceux-là vous ne les arrêtez point, ne les faites point juger : vous les liquidez directement, les émasculez immédiatement. Ils ne méritent ni l'arrestation ni l'interrogatoire, ni l'instruction ni le procès public. Ils ont opéré dans l'ombre, vous les zigouillez en cachette. Vous avez donc assassiné le commandant Tacho et le capitaine Sama pas parce qu'ils avaient tiré sur vous. Non. Vous les avez assassinés pour avoir été des proches, des alliés. Des alliés et amis qui avaient trahi le clan.

– Les exécutants des attentats contre votre personne qui ne sont pas des parents, des alliés, ont toujours eu la vie sauve. Vous les entretenez pour les fêtes. Ils deviennent des participants actifs à vos nombreuses et interminables fêtes nationales.

Dans votre République, le peuple est toujours sur la brèche. Il faut toujours occuper les enfants avec des jeux pour éviter qu'ils ne se livrent à des bêtises. Pour les empêcher de s'éloigner, de se perdre dans la brousse, la lionne toute la journée s'amuse avec les lionceaux. Le peuple de votre République est ou en fête ou en préparation de commémorations. Vos administrés n'ont jamais le temps de réfléchir. Pendant tout votre règne, ils se perdent, se soûlent dans les réjouissances publiques.

Le pays célébrait les dates de vos initiations, celles des initiations de votre père et de votre mère. Les dates des initiations au lieu des anniversaires, parce que votre date de naissance n'est pas connue. La commémoration du décès de votre père est appelée la fête des victimes de la colonisation, une des plus importantes rejouantes de l'année. Vous participez très activement à toutes les fêtes religieuses fétichistes, catholiques, musulmanes et juives – vous les présidez toutes. Elles sont toutes chômées et payées. Les nombreuses visites de vos pairs, dictateurs et pères de la nation mobilisent les écoliers, les fonctionnaires et les groupes de choc. Elles sont toutes chômées et entraînent toutes des réjouissances publiques.

Les commémorations des conspirations, des attentats, sont des fêtes importantes et caractéristiques de votre régime. Ces fêtes ont des dénominations à résonance biblique ou coranique : fêtes de la bonté divine, de la sanctification, du troisième miracle, de la nuit du destin. Des fêtes qui se déroulent selon un rite et un cérémonial consacrés.

Elles commencent à 4 heures du matin à la maison du parti par une prière collective, musulmane, protestante et catholique, une prière œcuménique que vous présidez personnellement. Elles se poursuivent dans le mémorial. Il existe un mémorial dans chaque endroit où vous avez échappé à la mort.

Tous les dignitaires du régime se présentent en boubou blanc devant le mémorial. Une gerbe de fleurs est déposée au pied de votre statue. La sonnerie aux morts est exécutée et écoutée religieusement par les assistants. Elle est suivie par la diffusion de l'enregistrement d'un de vos discours.

Ces fêtes se poursuivent au palais présidentiel par un petit déjeuner auquel sont conviés les personnalités du régime, les diplomates mais surtout des prisonniers. Vous trinquez publiquement avec ces prisonniers. Avec les prisonniers condamnés pour avoir perpétré les attentats que vous – précisément – êtes en train de commémorer. Vous prononcez un discours. Discours dans lequel vous expliquez le sens de la fête. Vous expliquez directement et longuement la signification et la portée de la journée à vos assassins. Une journée mémorable, une faste journée pour eux et vous. Votre chance commune, la leur et la vôtre, a résulté de leur maladresse, maladresse voulue par les mânes, gaucherie obtenue par la sorcellerie et les sacrifices. Leur réussite, votre assassinat, aurait entraîné la riposte des gardes du corps qui sur-le-champ les auraient abattus et émasculés. Les invités, les animateurs et les danseurs applaudissent. Les condamnés vous embrassent et se jettent dans les cercles de danse, twistent et jerkent.

La fête se poursuit en dehors du palais par le défilé militaire, les ballets des groupes de choc et, très tard dans la nuit, dans les quartiers populaires, par des rejouantes publiques. Au clair de lune, dans les villages, les danses sont organisées et les échos des tam-tams remplissent les montagnes et les brousses.

Vous êtes, Koyaga, avant tout paléo et maître chasseur ; vous resterez après tout chasseur et paléo. Or il n'y a pas de paléo digne de sa tribu qui ne participe chaque année aux luttes initiatiques dans les montagnes. Il n'y a pas de porteur de fusil digne du nom de chasseur qui ne participe chaque année à la fête de la confrérie. Parce que le chef d'État est paléo et chasseur, les luttes initiatiques et la fête des chasseurs constituent dans la République du Golfe les deux plus importantes réjouissances nationales de l'année.

Elles ont lieu à Tchaotchi, le village natal du Président, dans les montagnes en pays des hommes nus. Elles se déroulent l'une à la suite de l'autre et durent quatre semaines. Pendant un mois, la capitale de la République du Golfe se vide, se transfère dans votre village natal de Tchaotchi. Le Conseil des ministres se réunit dans le bureau de votre résidence, les cérémonies de l'accréditation des ambassadeurs se déroulent dans votre salon, les réceptions officielles ont lieu dans votre jardin. À 4 heures du matin, vous recevez sous l'apatame les requérants, les solliciteurs et les prébendiers. Les quatre semaines de fête, de rejouantes se révèlent pour vous les seuls jours de loisirs, les seuls jours de vacances que vous preniez dans l'année. Vous restez en tenue décontractée pendant ces semaines. Et tout le monde, ministres, ambassadeurs, hauts fonctionnaires, officiers supérieurs vous imitent. Ils restent tous en bras de chemise.

Le mois de réjouissance commence par la rencontre des chasseurs, le *dankun*. Le dankun nous réunit tous (vous, chasseurs et nous, griots de chasseurs), tous les ans, dès les premiers frissons de la bonne saison.

Koyaga avait subi la formation de chasseur à Kati quand il était à l'école des enfants de troupe de Kati. Son voisin de chambre – il s'appelait Birahima Niaré et devint pour lui un inséparable ami – était natif, originaire de Kati. Son père, Sakouna Niaré était un maître chasseur, le chef de la confrérie des chasseurs de la ville, le donsoba des chasseurs de Kati, un des plus prestigieux donsobas de la vallée du Niger et du grand Mandingue. On le surnommait « le père des pauvres et des orphelins ». Il distribuait généreusement aux nécessiteux la plus grande partie des produits de sa chasse. Sakouna était, comme tous les grands chasseurs, un devin, un caractérologue et un thaumaturge. Quand il ne chassait pas dans la lointaine et impitoyable brousse, il restait assis silencieux toute la journée sur le seuil de sa case.

Il voit Koyaga entrer et sortir deux fois dans sa cour, l'observe. Il compte ses pas, étudie son allure, sa démarche. Un éclair, tout se dévoile sur l'avenir du jeune ami de son fils. Ses caractères, son destin de futur chasseur et d'exceptionnel dictateur. Il décide aussitôt d'en faire un néophyte chasseur, un de ses élèves chasseurs.

Sakouna donnait ses leçons sur le terrain, sur les pistes, dans les vallées, sur les montagnes. Il chassait loin de Kati dans la vallée du Niger et sur les collines de Koulouba. Koyaga et quatre autres néophytes l'accompagnaient dans les parties de chasse, les nuits et jours pendant les week-ends. Sakouna leur a enseigné par la pratique la technique de la chasse, les rites, les mythes, l'idéologie et l'organisation de la confrérie des chasseurs malinkés et sénoufos, le *donso-ton*.

Le donso-ton est en fait une franc-maçonnerie, une religion.

Elle a été créée à l'époque pharaonique par une mère, Sanéné, et son fils chasseur Kointron. Sanéné et Kointron étaient paléos. La confrérie a été fondée pour résister à l'oppression des gouvernants et combattre l'esclavage. Elle prêche l'égalité, la fraternité entre tous les hommes de toute race, toute origine sociale, de toutes les castes, de toutes croyance et fonction. Elle reste depuis cinquante siècles le lieu de ralliement de tous ceux qui, sous tous régimes, disent deux fois non : non à l'oppression, non au renoncement devant l'adversité.

Les grands mythes de la confrérie, les mânes de Sanéné et de Kointron, les mânes de quelques grands chasseurs sont toujours évoqués, toujours présents, toujours associés aux rencontres et rites. Les membres de la confrérie sont appelés « enfants de Sanéné et Kointron ». Ils sont groupés en communautés.

En tête de chaque communauté de chasseurs, un *donso kuntigi*, le chef garant de l'intégrité des lois et de la morale de la confrérie. Il gère, entouré d'un collège de vieux chasseurs, d'anciens grands chasseurs ayant cessé toute activité. Les maîtres chasseurs ou simplement maîtres ont des chasseurs qui leur sont attachés, des chasseurs appelés les *donsos-denw* qu'ils continuent à initier à la technique de la chasse et au culte de Sanéné et Kointron. Les futurs postulants, comme vous l'étiez Koyaga, sont appelés les *donsos-degé*, les enfants imitateurs des chasseurs. Certains membres de la communauté, nous les chantres des chasseurs, les aèdes, les griots des chasseurs, sommes appelés soras. Nous sommes assimilés hiérarchiquement aux grands chasseurs, sommes considérés comme de grands chasseurs, sommes de grands chasseurs. Nous sommes les musiciens et les historiens de la confrérie. Nous animons les manifestations, disons les gestes des grands chasseurs disparus et vivants au cours des manifestations. Au cours des fêtes, nous clamons les gestes et les exploits du chasseur qui entre dans le cercle de danse, chantons et jouons sur la harpe, la cora, l'hymne de son rang et de sa catégorie dans la confrérie.

À l'intention des jeunes chasseurs, est entonné le *Nyama tutu*, le chant des coqs de pagode. Sakouna a appris à Koyaga l'air et les paroles du couplet de cet hymne :

Grands coqs des pagodes !
Débarrassez, libérez la place, le cercle de danse,
Des forces maléfiques, des mauvaises gens !
Voilà les jeunes chasseurs qui s'ébattent, qui dansent.

Aux chasseurs initiés, membres de l'association, est chanté et joué le *Bibi mansa,* l'hymne de l'aigle royal. Koyaga, vous connaissez l'air et le couplet de cet hymne :

Ô aigle !
Ô aigle royal !
Tu fonds sur la proie et ne reprends jamais l'ai
Les serres vides.

Pour les grands chasseurs, est entonné et joué le *donso baw ka dunun Kan,* la voix du tambour des grands chasseurs :

Ô gens d'ici !
Entendez-vous l'hymne ?
Entendez-vous l'hymne du maître des buffles ?
Entendez-vous l'hymne du maître des éléphants ?
Entendez-vous l'hymne du maître des grands chasseurs ?

Le *dayndyon*, qui signifie force d'âme, sang-froid, est l'hymne de la valeur, du courage, de la vaillance, de la témérité. Il se chante et se joue pour le chasseur ayant un gibier noir à son tableau de chasse. C'est-à-dire ayant abattu au moins un des six gros gibiers appelés noirs : éléphant, hippopotame, buffle, lion, hippotrague noir ou python chasseur.

À la longue, le dayndyon est devenu chez les peuples malinkés et sénoufos l'hymne de l'héroïsme en toutes circonstances. On l'entonne pour les héros de toutes épopées. Mais il ne peut être dansé que par les héros dont les exploits sont connus. Et malheur, malheur à celui qui enfreint cette règle ! Il se danse avec des pas fauves. Tout chasseur paléo, malinké et sénoufo connaît le chant de la vaillance :

Danse, écoute le dayndyon,
L'hymne des héros,
L'hymne du malheur.
Il retentit quand le chasseur frappe de malheur,
Ou que le malheur l'a frappé.
Il est l'hymne de Kointron et de Sanéné.
Il ne se joue pas pour quelqu'un
Parce que celui-ci jouirait d'une grande fortune.
Il ne se joue pas pour quelqu'un
Parce qu'il serait un monarque tout-puissant.
Il est dansé par des tueurs de fauves intraitables. Il est
dansé par des tueurs de fauves irréductibles.

Le dayndyon, l'hymne du courage, n'est pas seulement un air pour les chasseurs. Il a été l'hymne des grands empires parce que les grands empereurs furent tous des héros chasseurs. Il reste encore de nos jours l'hymne des grands événements heureux ou malheureux. Il retentit pour saluer les exploits des héros, leur décès, la survenue des catastrophes. Le dayndyon n'est jamais un hymne de complaisance.

Le rituel d'adhésion fit de Koyaga un membre de la confrérie, un enfant de Sanéné et de Kointron. Son maître insista sur l'importance de la confrérie chez les peuples de la savane de l'Afrique de l'Ouest. Tout ce qu'il y a de grand et de noble dans le monde de culture malinké, bambara, voltaïque, sénégalaise, nigérienne, sénoufo a été sécrété par la confrérie des chasseurs. La musique malinké, la divine musique du Mandingue a son origine dans les airs des chasseurs. L'art des Malinkés et des Sénoufos, Dogons, Bambaras est une imagerie animalière, un art de chasseurs. Toutes les révolutions, toutes les luttes pour la liberté dans le monde bambara, malinké, sénoufo des peuples de la savane ont été initiées par les chasseurs.

Sakouna vous a recommandé d'organiser ou d'assister au moins une fois par an à une commémoration du dankun. Et c'est une recommandation que vous, Koyaga, comptez respecter toute votre vie.

Koyaga, vous avez des défauts, de gros défauts. Vous fûtes, vous êtes autoritaire comme un fauve, menteur comme un écho, brutal comme une foudre, assassin comme un lycaon, émasculateur comme un castreur, démagogue comme un griot, prévaricateur comme un toto, libidineux comme deux canards. Vous êtes… Vous êtes… Vous avez encore d'autres défauts qu'à vouloir présenter en entier, à aligner en toute hâte, on se déchirerait sans nul doute les commissures des lèvres. Énumère le répondeur cordoua en multipliant des lazzis – qui arrachent un sourire bon enfant à celui qu'ils paraissent injurier.

– Koyaga, vous avez de grandes qualités, de très grandes. Vous êtes généreux comme le fondement de la chèvre, bon fils comme une racine, réveille-tôt comme un coq, fidèle en amitié comme les doigts de la main. Vous êtes… Vous êtes… Vous avez encore des qualités, d'autres mérites qu'à vouloir nécessairement crier on se romprait les cordes vocales. Répond Maclédio en souriant lui aussi.

Mais il y a une constance, une vérité dans la personne du maître Koyaga et dans son sac de défauts et de qualités – et très souvent il la clame cette vérité-là et s'en vante. Si, le jour de la résurrection, Allah, dans son infinie miséricorde, lui commande de se définir par une seule particularité, de s'aligner dans un seul rang, sans la moindre hésitation il se dirait membre de la confrérie des chasseurs. Vous vous estimez d'abord chasseur. Et, en second lieu, le fils de votre mère aimée Nadjouma.

Nous avons dit que le code de la confrérie des chasseurs confère le titre de maîtres chasseurs avec droit de danser le dyandyon (la musique de la vaillance) aux chasseurs dont le tableau comporte au moins un des six gibiers noirs. Le tableau de Koyaga contient trente-trois éléphants, vingt et un hippopotames, vingt-sept buffles, dix-sept lions, trente-huit hippotragues noirs ou solitaires et dix-neuf pythons chasseurs. Koyaga a donc tué plus de cent cinquante-cinq gibiers noirs. Il a abattu des requins pèlerins, des requins taureaux, toutes les baleines qui ont échoué depuis trente ans sur les côtes de la République du Golfe. Depuis trente ans, chaque fois que dans les brousses inhospitalières d'un canton des fauves deviennent tueurs ou mangeurs d'humains, deviennent impénitents destructeurs des récoltes, les habitants du village n'hésitent pas. Ils font tout de suite appel au maître chasseur Koyaga. Vous avez sans nul doute le tableau de chasse de l'histoire le plus fourni et le plus diversifié d'Afrique et du monde après le pharaon Ramsès II.

Vous êtes plus qu'un sinbo (un maître chasseur), vous êtes un donsoba (la mère et le père des chasseurs). Vous avez doté votre village natal d'un bois sacré et d'un dankun pour chasseurs.

De votre village vous avez fait un paradis, un refuge pour les animaux. Une Mecque pour les chasseurs. Vous avez bâti un hôtel entier pour recueillir les vieux chasseurs nécessiteux. Vous avez doté votre pays de la plus grande réserve de chasse de l'Afrique de l'Ouest, du plus grand parc d'animaux de la région.

– Il est vrai que vous les avez réalisés avec vos méthodes à vous, votre façon à vous.

– Brutalement, inhumainement et avec cruauté.

Sur des milliers d'hectares, le long du fleuve, les villages ont été rasés. Les paysans ont été expulsés de leurs terres, ont été contraints d'abandonner les tombes de leurs ancêtres, leurs bois et lieux sacrés. Sans que le moindre souffle d'une pitié vous ait touché le cœur et sans qu'en vous, dans vos paroles, ait apparu un instant l'éventualité d'une petite compensation pour les malheureux.

Vous avez protégé les animaux, fait gérer la réserve et la chasse. Avec les mêmes méthodes drastiques et inhumaines – poursuit le cordoua. Des brigades, sans sommation, ont tiré sur les braconniers, en ont abattu. Aux heures des repas, des patrouilles ont parcouru les villages limitrophes de la réserve. Elles ont fouillé dans leurs canaris, leurs calebasses, ont examiné entre les dents des mangeurs. Les consommateurs de viande de gibier ont été arrêtés sur place, jugés et lourdement condamnés. Aussi votre chasse et votre réserve sont-elles devenues les plus giboyeuses de la savane africaine.

Les chasseurs célèbrent trois cérémonies dont la plus importante est le *dankun son* (sacrifices et offrandes au carrefour rituel), appelé aussi « offrandes aux termitières ou à Kointron ». La cérémonie réitère symboliquement les rites de l'implantation du premier autel de chasse, commémore la naissance de la confrérie et rend grâce aux ancêtres mythiques de l'association. Le dankun a – nous le répétons – en République du Golfe rang de fête officielle. Une fête importante dont les cérémonies se déroulent sur sept jours entiers dans les montagnes.

Trois jours durant, du lever du jour au coucher du soleil, le village natal de Koyaga est secoué par des salves de fusils. Elles retentissent aux portes de la petite cité et annoncent l'entrée dans l'agglomération des groupes de chasseurs venus participer au dankun de Koyaga.

Les chasseurs arrivent des villages proches, des provinces éloignées, des pays étrangers. Ils arrivent par tous les moyens. À pied, à cheval, à vélo, par des transports en commun, cars et camions, et par avion. Ils arrivent nuit et jour et à toutes les heures, mais ils attendent aux portes de la ville et patientent jusqu'au lever ou coucher du soleil pour faire éclater la salve d'arrivée et pénétrer dans l'agglomération. Ils sont pris en charge et guidés vers des camps de tentes, vers la caserne ou vers des écoles. Ils occupent très peu de place : des pieux pour accrocher leurs fusils de traite et leurs accoutrements au sol, pour étendre leurs nattes, des espaces étroits comme des peaux de mouches.

La rencontre, la fête proprement dite se développe sur trois jours ; du samedi au lundi. Les vraies cérémonies ont lieu le dimanche.

Le samedi matin, dès 10 heures, nous soras, nous nous installons sur les dernières places des tribunes de la place, chantons et jouons des harpes. Les chasseurs défilent, dansent et revêtent les pièces appelées *duga kaman,* les ailes de vautour.

Les ailes de vautour sont les épaules boucanées ou

séchées de tous les animaux abattus par les chasseurs un mois avant la célébration du dankun du grand maître Koyaga. Les chasseurs les ont apportées dans leurs gibecières. C'est pourquoi les groupes de chasseurs puent comme dix cadavres de dix jours et sont suivis et enveloppés par des essaims de grosses mouches noires.

Pendant que les ailes de vautour sont réparties entre les différentes cantines, nous, soras, jouons et déclamons les récits initiatiques de chasse et la geste du maître chasseur Koyaga. Les chasseurs dansent et continueront de danser le reste de la matinée, tout l'après-midi et même très tard dans la nuit.

Le dimanche matin, les membres de la confrérie affluent vers la résidence de Koyaga, tous en tenue et armes. Habits et coiffures de chasseurs, sifflets de chasse, fusils, cornes à poudre, chasse-mouches, couteaux, et parfois grand coutelas à la ceinture et hache de jet sur l'épaule. Certains tiennent en laisse leurs chiens. Ils occupent les allées des jardins de la résidence de Koyaga, débordent sur les parterres. Nous, soras, continuons à déclamer les récits initiatiques et la geste de Koyaga. Nous nous regroupons autour du maître sora, l'aveugle Djiguiba Djiré, le plus ancien et le plus talentueux des aèdes de chasseurs des temps modernes. À son signal, nous arrêtons la musique, les danseurs arrêtent les pas. Le court silence est rompu par une salve nourrie de plus de sept cents fusils de traite. Un grand nuage monte de l'agglomération et l'enveloppe comme si toutes les cases étaient en feu et se consumaient à la fois. La salve salue votre sortie, la sortie du grand maître Koyaga.

Vous sortez de votre villa, stationnez sur le perron. Vous êtes en tenue de chasseur, non une tenue de chasseur traditionnelle comme les autres, mais une tenue de chasseur européen. Le petit chapeau avec la plume, le jacquet, la carabine à lunettes, les longues-vues, le pan-

talon de cavalier et les guêtres. Vous descendez les escaliers. Le maître sora Djiré se place devant vous. Vous traversez une longue haie d'honneur de chasseurs qui vous
présentent les armes comme des soldats.

À la grille du jardin, vous attendent les grands chasseurs, les grands chasseurs qui, comme vous, ont le droit
de danser le dayndyon, l'hymne de la vaillance. Ils vous
accueillent et s'alignent après vous. Une très longue procession s'organise. Une procession qui s'étire dans un
couloir au cœur d'une foule immense, une foule venue
de tout le pays. En tête de la procession, vous et Djiré.
Vous êtes suivis par les dignitaires de la confrérie qui
sont talonnés par les soras auxquels des colonnes de chasseurs emboîtent le pas. Les chasseurs dansent et balancent
leurs fusils. Les longues colonnes de chasseurs, de loin
en loin, sont entrecoupées de pelotons de soras. La procession conduit les chasseurs à la forêt, au bois sacré des
chasseurs. Seuls y entrent les chasseurs et leurs chiens.
Et, quand tous y ont pénétré, quelques dizaines de
minutes de silence sont observées avant que les chants
et les danses reprennent de plus belle.

À midi le soleil atteint le zénith, les chasseurs s'alignent. Vous et le maître Djiré venez vous placer en tête
de la colonne et conduisez les chasseurs au dankun.
Nous, les soras, chantons et jouons jusqu'à ce que tous
les chasseurs se trouvent assemblés autour du lieu de
culte, jusqu'à ce que chaque chasseur ait réussi à cueillir
des branches d'arbres feuillues et à les offrir comme
siège à son maître. Parce que, devant le dankun, le lieu
du culte, le code de la confrérie demande que chaque
chasseur offre comme acte de reconnaissance un siège
à son parrain. Nous, soras, observons un moment de
silence, moment pendant lequel tout entre dans l'ordre.
Koyaga avance seul devant le dankun, le lieu de culte,
la termitière du carrefour. Il avance seul parce qu'il est

le sacrificateur. Après lui, nous, les soras, puis les maîtres chasseurs, leurs élèves et anciens élèves. Dans la forêt rassemblés les membres de la confrérie. Autour du bois sacré, dans la plaine, la foule immense des curieux.

Djiré, le maître des soras, entonne le dayndyon qui est repris en chœur. Un jeune chasseur, un apprenti chasseur se détache, vous tend à vous, Koyaga, une calebasse. Vous la saisissez de vos deux mains, psalmodiez des prières et versez le contenu de lait et de mil au sommet de la termitière-autel. Trois autres apprentis chasseurs apportent une gazelle, une gazelle capturée dans la journée même, ils la couchent, la maîtrisent par les pattes et les cornes. Vous dégainez votre coutelas et égorgez la bête. Le sang gicle. Les soras en chœur hurlent plutôt qu'ils ne le chantent le dayndyon. Vous psalmodiez en silence la prière du sacrificateur devant le dankun :

Ô ancêtre Kointron !
Ô ancêtre Sanéné !
Voici les libations de vos enfants chasseurs.
Prenez notre gazelle, acceptez, agréez-la.
Nous vous gorgeons, abreuvons de son sang,
Afin que vous nous ouvriez le secret et l'étendue de la brousse,
La totalité de l'infinie brousse,
Afin que vous nous combliez de gibier, de gibier en quantité.
Nous en distribuerons aux pauvres,
Aux orphelins, aux handicapés,
Nous en offrirons aux veuves des chasseurs,
Nous en offrirons à nos familles, à nos alliés et amis.
Épargnez-nous, préservez-nous du malheur,
La fatalité de l'éclat du fondement du fusil de traite.

Épargnez, préservez nos pieds des méchantes blessures,
Les vicieuses lésions des souches.
Préservez vos enfants, prémunissez-les
Contre piqûres et crachats des serpents,
Et assommements des pythons.
Gardez vos enfants dans la fraternité de la confrérie,
Dans la solidité de l'union qui est notre autorité.
Faites-nous rencontrer et vaincre le gibier noir
À satiété.
Faites-nous surprendre et abattre le gibier blanc
À profusion.
C'est la seconde visée de ce sacrifice,
Ô ancêtre Kointron,
Par la position finale des pattes de la victime,
Dis-nous sans ambiguïté le gibier de cette année,
Beaucoup de gibier, certes,
Mais aussi et avant tout la longue vie, la bonne santé
Pour tous vos enfants chasseurs.
Faites qu'ils tiennent encore sur les jambes
De multiples saisons encore.

Les prières, chants et musiques se poursuivent tant que la victime se bat contre la mort en se traînant, en lançant les pattes, en tentant de secouer la tête. Ils s'arrêtent et crient leur joie si la bête expire dans le sang les pattes en l'air. Un vieux maître chasseur péremptoirement annonce :

– Les positions des pattes de la bête immolée sont sans ambiguïté, nos sacrifices sont acceptés. Confrères chasseurs, vous tuerez cette année beaucoup de gibier.

Lui répliquent un brusque ébranlement de la terre et de la forêt, un tonnerre, un nuage âcre. La salve des chasseurs, des centaines de chasseurs, avec des armes chargées à blanc. Un nuage de fumée enveloppe toute la vallée. Pendant de longues minutes, arbres, hommes et bêtes sont perdus dans un brouillard.

Les maîtres chasseurs qui sont proches de vous, Koyaga, se ruent à vos pieds et murmurent :

– Merci pour ton action. Merci, toi le perceur de la brousse, pour ton action.

Le calme revenu, une autre procession s'organise. Elle conduit les chasseurs dans la forêt sacrée. Dans le bois sacré où trois cercles concentriques ont été préalablement délimités. Dans le premier, se groupent les apprentis chasseurs, les chasseurs néophytes. Dans le second, les membres initiés. Au centre, au cœur de la forêt, les grands maîtres chasseurs, les donsobas s'asseyent autour de Koyaga.

Un repas de communion est partagé, pris par les membres de la confrérie des trois groupes. Un repas cuit avec les « ailes de vautour », les pièces séchées ou boucanées apportées par les chasseurs. Le repas est copieusement arrosé de vin rouge, bière et liqueur. Il est partagé dans la joie et l'allégresse des franches amitié et fraternité de la confrérie.

Koyaga n'attend pas la fin du repas, il s'éclipse.

Dès que le soleil décline, une quatrième procession conduit les chasseurs sur la place publique. Sur les marches des tribunes de la place publique et entre les installations, des foules compactes, remuantes et impatientes attendent les enfants de Kointron. Des chants et des danses, entrecoupés de temps en temps par des salves, s'organisent et se poursuivent sur la place publique et dans les rues environnantes. Jusqu'au crépuscule.

Au lever du jour, une nouvelle procession amène les chasseurs, accompagnés par une foule compacte, au domicile de Koyaga. Le dictateur chasseur fait une brève apparition qui est saluée par une assourdissante salve.

Après le dîner, commence la veillée, une veillée suivie

par une assistance nombreuse de villageois, de notabilités et personnalités politiques et militaires du pays.

Toute la nuit, les célébrants chantent, dansent et s'enivrent. Les soras déclament les louanges des ancêtres mythiques de l'association et la geste particulière de Koyaga. Toute la nuit, danses et rondes effrénées se succèdent, accompagnées ou suivies de fusillades nourries. Agapes, beuveries et déclamations ferventes se poursuivent jusqu'au premier chant des coqs, 4 heures du matin.

À l'aurore, deux camions militaires viennent embarquer une dizaine de maîtres chasseurs, quelques personnalités et invités importants du maître chasseur. Ils vous rejoignent, vous Koyaga, dans la réserve de chasse. Et commence la partie de chasse du dankun.

Les autres chasseurs, l'ensemble des autres chasseurs et des néophytes chasseurs avec les armes chargées à blanc se dirigent vers la plaine, le vaste champ de manœuvre des militaires. Ils sont suivis de joueurs de tambour et des chantres soras. Dans la plaine, s'organise, se joue la pantomime de chasse du dankun.

Dans les bosquets, les ont devancés et se sont cachés d'autres chasseurs novices masqués de peaux. Ces masqués jouent le rôle des bêtes. Le chasseur qui les découvre fait feu avec son arme chargée à blanc. Les masqués bondissent, courent à toute allure, s'arrêtent, virevoltent, jouent leurs rôles de bêtes, de bêtes méchantes en lacérant de coups de fouets les agresseurs.

Les jeunes chasseurs, surtout les jeunes, rivalisent de souplesse et de mimiques. Avant de tirer à blanc sur les masqués, ils esquissent des pas de danse. La pantomime s'effectue dans une atmosphère d'excitation collective soutenue par des nuages de poussière, l'odeur de la poudre, les cris d'encouragement et d'admiration. La pantomime commence à l'ouest du champ de manœuvre pour se terminer à l'est. Chaque chasseur tente de s'emparer de l'une des peaux dont les masqués sont affublés. La légende veut que le chasseur qui parvient à enlever une peau est assuré d'abattre un gibier noir dans l'année.

À midi, sur la place publique, Koyaga et ses invités présentent les gibiers abattus dans la réserve. Ils les offrent aux pauvres et aux veuves des chasseurs. Les chasseurs qui ont participé à la pantomime présentent eux aussi les peaux enlevées. Présentations et distributions sont suivies par des fusillades. Danses, agapes et beuveries se poursuivent tout le reste de la journée. Jusqu'à mardi matin à l'aurore.

Ah ! Tiécoura, Tchao, le père de Koyaga fut un évélema (un champion de la lutte initiatique). Sa maman Nadjouma fut une évélema (une championne de lutte initiatique). Koyaga fut champion, beaucoup d'officiers furent des évélemas, les membres de la garde présidentielle, les lycaons le furent aussi. Tous les proches en qui Koyaga place sa confiance sont d'anciens évélemas. Les luttes initiatiques, les évélas, les dernières réjouissances des bonnes saisons sont les plus importantes des manifestations de l'année ; elles sont les seules à être plus imposantes et sérieuses que les rencontres des chasseurs.

Elles sont organisées dans toutes les montagnes du pays paléo. Des concours de lutte sont montés au niveau de chaque village paléo, de tous les villages habités par des hommes de l'ethnie du Président. Les champions des villages s'affrontent au niveau de leur canton ; les meilleurs des cantons au chef-lieu de la subdivision ; les champions des subdivisions luttent au chef-lieu du cercle ; les meilleurs des cercles – moins de cent cinquante – sont convoqués et se retrouvent devant la résidence personnelle de Koyaga, dans son village natal.

Devant la Résidence, sont échafaudées des tribunes. Dans les tribunes, se trouvent réunis tous les ministres, tous les ambassadeurs, tous les officiers supérieurs, tous les hauts fonctionnaires, tous les chefs traditionnels du pays. Entre les tribunes et autour du terrain de lutte, s'agglutine le peuple avec les tambours, les danseurs et les chanteurs qui hurlent comme des possédés. Pour encourager son champion, chaque communauté l'a fait accompagner par ses meilleures danses et meilleurs sorciers. Toute la journée, devant le Président et tous ses invités, les champions engagent les combats éliminatoires. Les trente meilleurs sont retenus.

Pour vous assurer que les retenus sont de solides champions, vous, vous Koyaga en personne, en tenue de sport, descendez dans l'arène et engagez vous-même la lutte avec les cinq superchampions des champions. Chaque fois, sous les applaudissements et les cris d'admiration du peuple et des personnalités des tribunes, en un tourne-main vous les mettez l'un après l'autre à terre, les éliminez. Les champions ont tous la politesse de ne pas vous résister. Vous restez seul invaincu sur le terrain. Vous êtes comme votre père le meilleur lutteur.

Pendant trois jours et trois nuits, vous et quelque six vieux sorciers du pays, vous vous retirez avec les trente champions retenus dans les montagnes, dans des caves. Les non-initiés savent très peu de chose sur ce que vous faites pendant cette retraite. Très peu de chose sinon que, pendant ces trois jours, vous consommez ensemble de la viande de chien et buvez ensemble des macérations préparées par votre mère et son marabout. La consommation en commun de la viande de chien et des macérations préparées par votre mère ainsi que l'exercice, toujours en commun, d'autres pratiques comme le pacte de sang, ne peuvent pas être révélés dans les détails à des non-initiés. Le pacte de sang assure, garantit la fidélité des champions à votre personne. Ces champions de lutte, après le séjour des montagnes, sont recrutés et affectés

dans le corps des lycaons, le corps de la garde présidentielle. Les meilleurs deviendront des officiers.

C'est ainsi que sont recrutés les membres de votre
garde personnelle. Ils sont tous de grands champions de
lutte. Tous ont vécu trois nuits et trois jours entiers avec
vous dans les montagnes. Tous ont partagé avec vous
la viande de chien. Bu avec vous les macérations cuites
par votre mère. Mélangé leur sang au vôtre, et tous ont
pratiqué avec vous d'autres gestes non révélables à des
non-initiés. Rien à dire, ce sont des hommes fidèles, plus
dévoués que des chiens. Ils ne peuvent pas vous trahir.

Le fleuve finit toujours dans la mer. Arrêtons là nous
aussi cette cinquième veillée. Explique le sora. Le cordoua se déchaîne à sa manière c'est-à-dire en multipliant
les lazzis, les grossièretés de langage et de gestes.

Calme-toi donc Tiécoura, et laisse les auditeurs réfléchir à ces proverbes :

*La buse qui plane ne se doute pas que ceux qui sont en
bas devinent ses intentions.*

*On n'oublie pas l'arbuste derrière lequel on s'est
caché quand on a tiré sur un éléphant et qu'on l'a touché.*

*Le palétuvier d'eau douce danse mal parce qu'il a de
trop nombreuses racines.*

VEILLÉE VI

Tout a une fin sera le thème sur lequel porteront les proverbes de cette sixième veillée. Parce que :

Il n'y a pas qu'un jour, demain aussi le soleil brillera.
Si tu supportes la fumée, tu te réchaufferas avec la braise.
Une petite colline te fait arriver à une grande.

Annonce le sora Bingo.
Il chante et pince quelques notes. Le répondeur cordoua, particulièrement enthousiaste, se déchaîne.
– Arrête, arrête, répondeur !

22

Ah ! Tiécoura qu'est-ce qui ne fut pas engagé pour que la commémoration du trentième anniversaire fût une belle fête pleinement réussie ?
Pendant deux années entières, des économies avaient été réalisées sur les budgets de toutes les fêtes et de toutes les manifestations. Les fonds recueillis avaient été crédités aux comptes du trentième anniversaire ouverts au Trésor et dans toutes les banques commerciales du pays. Ces comptes de la commémoration

329

du trentième anniversaire de la prise du pouvoir par le Père de la nation, comme le précisaient les nombreuses affiches patriotiques, étaient appelés les tirelires de la nation entière et du parti. Des appels publics avaient été lancés aux commerçants, des souscriptions publiques avaient été faites dans les écoles, dans les bureaux de poste, les dispensaires et au cours des manifestations sportives. Les écoliers avaient cassé leurs tirelires pour envoyer leurs économies au Père de la nation pour fêter dignement le trentième anniversaire. Des prisonniers avaient renoncé à un jour de repas, des fonctionnaires, des employés, des ouvriers à des jours de salaires. Toute cette épargne avait été créditée au fonds de la grande fête du trentième anniversaire. Des médailles, des pagnes, des casquettes avaient été vendus sur toute l'étendue du territoire et à toutes les occasions. Des particuliers avaient personnellement adressé des mandats au président de la République pour participer au fonds de la grande fête du siècle, la commémoration du trentième anniversaire. Jamais pour une fête dans la République du Golfe un budget aussi conséquent n'avait été réuni. Les sommes réunies devaient être rondelettes. Mais leur montant n'était pas connu. Les comptes des souscriptions publiques étaient rarement publiés en République du Golfe.

Six mois avant la date, dans le moindre hameau, les paysans, après les durs labeurs de la journée, s'étaient livrés à des exercices de défilés à pas cadencés pour se préparer au défilé du trentième anniversaire. Des comités d'organisation de la grande fête avaient vu le jour au sein de chaque canton, de chaque préfecture.

Plus la date s'approchait, plus la tension, la fièvre montaient. Les constructions des tribunes avaient été accélérées ; nuit et jour des ouvriers à coups de marteau agençaient des tribunes géantes tout le long de la Marina (la

Marina est le nom qu'en République du Golfe on donne à l'avenue de bord de mer). Bientôt, il ne resta qu'une semaine et l'on vit des wagons, des convois de camions partant de toutes les régions, converger sur la capitale pour y décharger des manifestants pour le grand défilé.

Et enfin arriva le matin tant attendu.

Comme pour toutes les fêtes, la journée commença à 4 heures du matin par des prières collectives œcuméniques présidées par vous, Koyaga.

C'est vous, Maclédio, vous-même qui au micro commentiez le défilé.

Le soleil se leva sur une Marina grouillant de monde. Des paysans venus souvent de très loin s'entassaient depuis trois nuits sous des tentes dressées à perte de vue sur la plage. D'autres participants et les curieux envahissaient les rues du centre-ville.

Perché sur son car de commandement, Koyaga passe en revue les troupes, s'arrête devant la tribune officielle. La chorale entame un cantique.

Et voilà un sorcier, dans tout son attirail de sacrificateur, qui avance au milieu du boulevard sur lequel, au loin, le défilé se prépare. Il tire un bouc par un licou et marche jusqu'au pied de la tribune officielle. Il s'arrête. Aidé par un militaire il couche le bouc entre les tribunes et le car de commandement sur lequel Koyaga reste debout. Il maîtrise la bête. Puis se tourne vers le soleil levant, agite son chasse-mouches, prononce des paroles sacramentelles, se penche sur le bouc qui se débat et bêle. Et l'égorge. Le sang gicle sur les pneus de la Jeep de commandement et les pieds des tribunes officielles.

Les cérémonies de décorations pouvaient commencer.

Il y en eut deux : la cérémonie au cours de laquelle une cinquantaine de décorations furent remises à Koyaga qui déjà au cours de sa longue carrière avait accumulé une centaine de distinctions. Il était là debout. Debout dans sa tenue de maréchal. Des jeunes filles en blanc tenaient dans les mains des couffins rouges auxquels étaient agrafées des décorations sur deux rangs. Les donneurs de décorations étaient venus de tous les continents, de tous les pays, de toutes sortes d'organisations. Les ambassadeurs ou envoyés de Kim Il Sung (Corée du Nord), de Nicolae Ceausescu (Roumanie), de François Duvalier (Papa Doc de Haïti), du général Augusto Pinochet (Chili), du Chah (Iran), de Muammar Kadhafi (Libye), de Mengistu Hailé Mariam (Éthiopie) et d'autres sauveurs de cette terre, l'un après l'autre énoncèrent des tirades dithyrambiques sur les mérites du Guide suprême avant de lui accrocher au cou un cordon de couleurs très vives.

Puis ce furent les prix décernés par des organisations pour ses efforts en faveur de la paix, de la lutte contre le communisme, de la protection de la vie et de l'environnement, de la solidarité et de la coopération internationale : le prix de la Paix (Pax Mundi) fondé par Dag Hammarskjöld, ancien secrétaire général de l'ONU ; le prix Chevalier de l'humanité de l'ordre de la Croix blanche internationale ; le prix de l'ordre de Malte, ordre souverain de Saint-Jean-de-Jérusalem ; le prix de l'Étoile de l'Asie de l'université internationale pour la médecine complémentaire fondée par l'Organisation mondiale de la santé. Suivirent des distinctions : le prix Simba pour la paix, décerné par l'Académie Simba ; le prix de l'Homme de la paix (croix d'Académie avec palme d'or) attribué par l'Institut des relations diplomatiques de Bruxelles ; le prix international du Progrès, décerné par l'Organisation Artefici del Lavano del Mondo. Sont encore décernés les prix d'autres organisations : l'emblème du Mercure d'or international ; le grand collier de l'ordre des Chevaliers du Sinaï ; le trophée de la Paix décerné par l'Institut international du droit privé ; le grand prix de la Pléiade attribué par l'Assemblée interparlementaire de langue française ; la médaille d'or de l'Excellence européenne et la statue de renommée de Mérignac décernées par le Comité de l'excellence européenne ; le grand compagnon de la paix de l'ordre Abdoulaye Mathurin Diop décerné par l'Association sénégalaise pour les Nations unies…

Le soleil monte, tout ce monde qui, depuis deux ans, attend la libération s'impatiente. Koyaga le comprend, regarde son bracelet. Il y a déjà du retard sur le pro gramme officiel. Il fait arrêter la cérémonie. Les représentants d'insignifiantes et petites organisations comme celles des femmes non voyantes ou des chasseurs des montagnes Dekélé et autres ligues ou croix internationales n'auront qu'à attribuer leurs décorations au cours du dîner à l'état-major.

La deuxième partie de la cérémonie de remise des décorations commence. Rapidement Koyaga, accompagné du chef d'état-major et du grand chancelier se porte devant deux rangées de près de deux cents personnes. Des « Ouvrez le ban ! » succèdent aux « Fermez le ban ! ». Entre les sonneries des clairons, des noms et des exploits incroyables sont dits et commentés. Cette mère qui obtient le grade de chevalier de l'ordre du Golfe pour avoir dénoncé le mari avec lequel elle avait quatre enfants. En feignant de dormir, elle avait écouté à minuit le discours subversif que son mari et ses compagnons de poker tenaient dans le salon. Ce courageux paysan du Nord, fait commandeur de l'ordre du Golfe pour n'avoir pas hésité à marcher à pied huit cents kilomètres pour venir informer le Président d'un rêve. L'interprétation de ce rêve avait permis aux sorciers et magiciens du Président de déjouer un complot. Ce poète qui avait mérité le grade de chevalier de l'Ordre national pour avoir écrit et illustré des poèmes dont il ressortait nettement que Koyaga était un envoyé de Dieu.

La cérémonie d'attribution de décorations, malgré les

commentaires suffisamment fournis et agrémentés de Maclédio, ne semble plus intéresser le peuple. Un murmure sourd qui s'élève le démontre. Koyaga le comprend. La cérémonie est écourtée. Elle se poursuivra le soir au mess des officiers de l'état-major, après le bal public et la retraite aux flambeaux.

Un brouhaha ébranle la foule immense le long de la Marina sur plus de cinq kilomètres. Des éclats de rire communicatifs ; tout le monde rit et applaudit. De minute en minute, le brouhaha se rapproche de la tribune. Enfin débouchent, s'approchent des groupes d'enfants.

En tête de la troupe, on lit ostensiblement sur une pancarte : « Koyaga et son gouvernement. » Maclédio tout en pouffant de rire lui aussi commente. Les défilés commencent toujours par des enfants, filles et garçons, tous de moins de douze ans. Ce sont tous des enfants de Koyaga, les enfants de sang de Koyaga, légitimes ou bâtards. Ils sont au nombre de soixante-six. C'est une pantomime du régime, du pouvoir. Ouvre la marche le garçon le plus âgé des participants ; il a douze ans. Il est serré dans une tenue de maréchal coupée sur mesure, copie exacte de celle que porte son père Koyaga, le Guide suprême. Sa poitrine est chargée d'un rang de médailles en chocolat. Il mime avec talent et humour les gestes du dictateur et arrache au dictateur lui-même des sourires amusés.

Il est suivi par un groupe de seize enfants, garçons et filles, représentant les seize ministres. Chacun des enfants du groupe imite un ministre ; il l'imite à la perfection, dans ses gestes et manies. Depuis des mois, chaque enfant a appris et répété son rôle. Le Conseil des ministres – c'est ainsi que le speaker appelle le groupe des seize enfants – est suivi par l'équipe mimant les dignitaires du comité directeur et du bureau politique.

Au bureau politique succède la troupe mimant les dignitaires religieux. Un garçon avec mitre, bâton pastoral, rochet, grande croix pectorale, sandales et gants marche avec, à sa droite, un de ses frères enrubanné dans un burnous et, à sa gauche, un autre couvert de kaolin et balançant un fétiche. Les imitateurs des chefs religieux sont accompagnés par des filles parodiant des religieuses et des féticheuses du vaudou.

Chaque catégorie, classe, organisation importante du pays, du régime est représentée, mimée par une troupe d'enfants.

Maclédio, dans ses commentaires, décrit la pantomime. Il en donne la signification et l'intérêt. La pantomime représente d'abord une reproduction réduite du défilé qui commence ; chaque groupe d'enfants représente une des parties importantes du grand défilé du trentième anniversaire qui suivra. Elle a une fonction humoristique, critique, cathartique. Il n'est pas vrai que le régime ne tolère pas la critique, n'accepte pas la caricature. Dans quel autre régime voit-on les propres enfants du chef de l'État parodiant en public leur père, le pouvoir et le pays entier ?

La soudaineté, la violence et l'intensité des rugissements, rauquements, jappements, des hurlements font passer un effroi sur toute la Marina. La foule se retient, s'interroge. La musique sur le rythme de laquelle le défilé se déroule tombe decrescendo, s'exécute en sourdine. Le speaker dans le micro baisse le ton. À peine l'entend-on indiquer, préciser que les cris de fauves annoncent les commandos de la garde présidentielle.

Koyaga se lève, se met au garde-à-vous. Toute la tribune présidentielle comme un seul homme l'imite, se tient debout. Les invités occupant les autres tribunes font de même, se lèvent aussi. Le Guide suprême fait signe, avec courtoisie, prie tout le monde de se rasseoir. Il le demande aux invités de la tribune présidentielle, aux conviés et curieux des autres tribunes. Le défilé sera long. Personne ne sait le temps qu'il durera. Vous, Koyaga, voulez éviter un pénible et très long maintien sur les jambes à vos invités. Vous resterez seul debout pendant tout le déroulement du défilé, vous estimez que c'est la moindre des politesses que vous devez aux centaines d'habitants qui sont venus de tout le pays pour vous rendre hommage.

D'abord une meute de râblés, musculeux, tout nus – de simples cache-sexe serrés entre les fesses –, barbouillés de kaolin blanc et rouge, couverts d'armes hétéroclites primitives et modernes : arcs, carquois, dagues et kalach- nikovs. Ils trottinent, furètent comme des meutes de chiens sauvages sur les traces d'une bande de gibiers traqués. Ce sont les éléments de la garde présidentielle, ceux qui ont partagé la viande de chien avec le Guide suprême, ceux qui ont mélangé leur sang au sang du Guide suprême. On les appelle les lycaons, les chiens sauvages, du Guide suprême. Ils ont fait le serment de donner leur vie au Guide suprême, ils sont toujours prêts à se sacrifier pour le Guide suprême.

Maclédio, le commentateur, dans ses propos tout à la fois mystérieux et enthousiastes, raconte des faits qui soulignent l'attachement des lycaons à la personne du Président. Les nuits, ils s'enterrent dans des tranchées creusées dans les brousses environnant la résidence du Président. Il arrive que pendant quelques jours les lycaons refusent les rations qui leur sont servies, que pour mieux s'aguerrir ils vivent du cru : viande et sang des animaux sauvages qu'ils attrapent et fruits verts qu'ils gaulent. Nul ne connaît leurs repaires. Trois impru- dents comploteurs une nuit s'aventurèrent jusqu'au pied des murs de la résidence présidentielle. Ils tombèrent sur les lycaons et furent sur place égorgés et découpés en quartiers. Et ce n'est qu'après de longues palabres – les interventions personnelles du Président – que les membres, têtes et différentes autres parties des suppliciés, furent rendus, assemblés et mis en bière pour être ensevelis. Un des lycaons dont le frère avait participé à un attentat contre le Président a pensé que sa famille était définitivement déshonorée et a décidé de supprimer tous les siens. De ses propres mains, le lycaon a tué son frère, tous les enfants et épouses du traître et se suicida.

À la section des lycaons, succède celle des commandos parachutistes en tenue et équipement modernes. Ils ont la barbe abondante, une démarche de fauves. Ils chantent haut et fort. La musique s'interrompt pour qu'on les entende partout. Eux aussi sont attachés à la personne du Président, nombreux parmi eux se sont sacrifiés en diverses occasions pour le Président et ils sont tous prêts à le faire. Ils le disent dans leur chanson. Ils n'ont d'autre père et mère que le Guide suprême. Ils ne connaissent pas en dehors de Koyaga d'autres fétiches et prières.

Viennent après les commandos les régiments des différents corps d'armées qui se succèdent, interminables. Infanterie, artillerie, cavalerie, génie, marine, aviation. Des armes, toutes sortes d'armes modernes. La République du Golfe est un dépôt d'armes, un arsenal. Le Guide suprême est très fier de la parade de son armée.

Depuis une heure et demie, bientôt deux heures, sans bouger, comme un pilier vous êtes debout, la main droite collée à l'oreille. Vous fascinez. Beaucoup de vos invités, de vos voisins de la tribune ont cessé de s'intéresser à la procession des armes de mort sur la Marina pour river les yeux sur vos mains et votre pantalon. Ils veulent déceler un petit tremblement de vos jambes, un léger signe de fatigue dans votre maintien, une petite défaillance dans votre regard. C'est en vain ; vous restez un roc !

Les engins de guerre, de mort, interminablement se suivent.

– Vous consacriez trop d'argent à l'armement, beaucoup plus d'argent à la Défense qu'aux ministères de la Santé et de l'Éducation réunis.

– C'est faux, ce sont des journalistes malintentionnés et menteurs qui font circuler de telles fausses nouvelles. Répond Maclédio.

Un défilé de mode… Ce qui suivait ressemblait à un grand défilé de mode en habits traditionnels ! Près d'une centaine de jeunes femmes, sur trois rangs, toutes élégamment vêtues. Elles chantent. Chacune porte le costume traditionnel de son terroir natal. Ce sont les héroïnes de la révolution et de l'authenticité. Le speaker, dans ses commentaires, explique que les héroïnes de l'authenticité sont des femmes qui, par des actes héroïques et positifs, ont montré leur attachement au Président, au pays et à la révolution de l'authenticité. Des femmes qui permettront à notre société d'être un jour la Suisse de l'Afrique, un pays développé dans lequel règne la sécurité.

– Vous le saviez bien, vous ne le dites pas, Maclédio. En fait, les héroïnes de la révolution et de l'authenticité ne sont que d'anciennes maîtresses du Président, des jeunes femmes à qui il a eu à appliquer des enfants. Certaines lui ont été offertes par des chefs de villages dans le but de s'allier au Guide suprême, dans le but d'avoir dans son village un rejeton du Père de la nation. Ces jeunes femmes restent des espionnes, des agents de renseignements du régime.

– Il n'y a pas que cela. Elles sont aussi des héroïnes de la révolution de l'authenticité, de grandes commerçantes, de grandes cultivatrices, de grandes militantes du parti

unique. De respectables épouses, d'honnêtes et tra-
vailleuses mères. Elles n'ont pas toutes passé par le lit du
Président. Réplique Maclédio.

Succède aux héroïnes un groupe hétéroclite de femmes
et d'hommes. Une cinquantaine. Bizarrement habillés
et équipés, ils avancent en esquissant des gestes extrava-
gants, vociférant des prières, des évocations. Ce sont
les féticheurs et les sorciers qui travaillent dans les cantons et dans les villages pour la sécurité du Président,
sa protection et le bonheur du pays.

Maclédio commente. Aucun de ces sorciers ou féticheurs ne dort la nuit. Du coucher du soleil au premier
chant des coqs, ils se livrent au combat nocturne contre
les mauvais esprits, tous les envoûtements qui entravent
les bonnes actions du Président. Les mauvais sorciers
n'ont pas le temps d'agir ; ils sont systématiquement
découverts et dénoncés dès que naît en eux un mauvais
esprit.

Un champ de cheveux blancs sur près de deux cents
mètres. Des rangs de femmes et d'hommes qui tous
avancent difficilement et en silence en s'appuyant sur
de longs bâtons. Une pancarte précède le groupe : « Les
sages bénisseurs du Guide suprême. » Maclédio explique
pourquoi ceux qui attentent à la vie de Koyaga perdent
leur temps, leurs moyens. Pourquoi continuellement
ils échoueront, ne rencontreront que le malheur et la
malédiction. Il n'y a pas que le marabout Bokano et son
Coran secret qui protègent notre Président. Il n'y a pas
que la maman Nadjouma et sa météorite qui le sauvent.
Il y a autour de lui comme un rempart la bénédiction des
milliers de vieux et de vieilles qui tous les soirs dans des
prières implorent Allah pour lui. Il a pour lui comme
autant de génies protecteurs, autant de talismans, les

paroles, les invocations de tous ces anciens. Ils évoquent les mânes des ancêtres et les mânes des ancêtres seront toujours là pour annihiler les mauvaises intentions des comploteurs.

Depuis quatre heures, cinq heures, le défilé continue, se poursuit. Le soleil, implacable, la chaleur étouffante aussi. Tout le monde a faim et soif. Chacun se demande quand prendra fin l'écoulement du flot d'hommes et de femmes. Personne à présent parmi vos invités de la tribune ne suit ce qui passe sur la Marina. Tous ne regardent que vous, Koyaga et vous le savez. Vous êtes le seul spectacle. Vous et vos kyrielles de médailles sur le plastron. Votre bras gauche le long de votre flanc, les doigts gauches sur la couture du pantalon et votre main droite collée à votre oreille droite. Debout comme un rônier dans la plaine, qu'aucun vent ne peut ébranler.

– Vous appréciez d'être l'objet de tous les regards. Cela flatte votre orgueil. Vous vous êtes préparé pour le défilé, vous vous êtes dopé. Au petit déjeuner, vous ne vous êtes pas contenté de votre tasse de café habituel ; vous vous êtes alourdi de foutou au gibier et avez absorbé deux calebassées de bissap. Vous voulez montrer à tout le monde, à vos invités et à votre peuple, que vous êtes resté le tirailleur.

Voici qu'arrivent et se succèdent les délégations des provinces, de toutes les provinces. Les autorités en tête de chaque section. Les suivent les élèves des écoles, les étudiants des collèges et des instituts, les jeunes des associations et des danses, les militants des cellules du parti unique, les animateurs des groupes de choc, les agriculteurs, les artisans, les forestiers, les pêcheurs, les initiés des bois sacrés… Les groupes sont précédés de pancartes. Les artisans et les producteurs exhibent des échantillons de leur œuvre ou de leur moisson. Maclédio commente. Il est

15 heures ; depuis huit heures, le flot coule sans interruption. Officiels, invités, curieux, tout le monde en a assez. Chacun, intérieurement, pensait que la nécessité de satisfaire certains besoins allait vous vaincre, vous obliger à bouger, à trembler, à vous retourner, à faire des signes, à donner des ordres. On peut bien, des heures et des heures, résister à la faim et à la soif, mais pas, jamais, à la satisfaction de certains besoins naturels. Encore une fois, on se trompait sur votre nature ! Voilà qu'imperturbable dans ses commentaires Maclédio indique que le défilé n'en est encore qu'à sa moitié.

À cette annonce, c'est le découragement, l'exaspération qui éclatent. De hautes exclamations jaillissent des poitrines qu'une sourde clameur prolonge le long de la Marina. Vous feignez de tout ignorer, de ne rien entendre. Toujours haut et immobile comme un rônier, silencieux comme un roc, un fauve à l'affût…

Heureusement, c'est à ce moment que l'incident survint, l'incident qui libéra tout le monde.

Les danses, les tam-tams et les groupes, quand ils arrivent au pied de la tribune officielle, se produisent pendant quelques minutes devant le Guide suprême. Les exécutants montrent l'excellence de leur talent pour le bref show. C'est pour cette démonstration qu'ils sont venus parfois de loin, qu'ils attendent, certains depuis 4 heures du matin, depuis douze heures d'horloge.

Le *pokti* est une danse athlétique et guerrière qui s'exécute avec sabres et tam-tams. Le pokti arrive au pied de la tribune, devant le dictateur. Le meneur de la troupe se jette, se perd dans un one-man-show aussi trépidant que tourbillonnant ; très spectaculaire. Un sabre à la lame tranchante glisse et siffle sur le dos et le ventre du danseur sans le taillader. Tour à tour il se couche, roule en tournoyant et balançant le sabre avec une adresse de diable. Il lance le sabre à un partenaire, se courbe, marche sur les mains en soutenant et roulant le tam-tam avec les orteils. Il se relève ; on lui renvoie le sabre. Il l'attrape, saute haut, très haut, entame le numéro, la figure qui consiste à balancer le sabre entre les jambes. Mais, au lieu du rebondissement habituel, espéré sur les jambes – ô malheur ! – il s'effondre comme une liane fauchée et tombe raide mort. Raide mort – ô dérision ! – dans son accoutrement multicolore de guerrier sur le macadam au milieu de la Marina. À la tribune c'est la consternation, des cris, des soupirs d'indignation, de protestation.

Le ministre d'État – le seul à pouvoir se le permettre dans le pays – s'approche de vous et vous fait remarquer que votre défilé se poursuit depuis huit heures…

C'est alors seulement que vous décollez les doigts de l'oreille, soulevez le bras et consultez votre bracelet. Il est 16 heures. Vous faites un signe : le défilé est suspendu, seulement suspendu. Les délégations d'une dizaine de provinces n'ont pas pu paraître et vous estimez qu'il est de votre devoir, de votre politesse que de voir défiler tous ceux qui sont venus de loin pour participer à la commémoration du trentième anniversaire de votre prise du pouvoir. Le lendemain à 10 heures, le défilé reprend au camp de l'état-major.

Pendant quatre heures, debout, les doigts collés à l'oreille, vous avez assisté au défilé des délégations qui n'avaient pas pu se produire sur le macadam de la Marina.

Imitons les pileuses de mil. De temps en temps elles arrêtent de piler pour souffler et vider le mortier. Suspendons nous aussi ce récit et marquons une pause. Explique le sora.

Il chante et joue de sa cora. Son répondeur cordoua se livre à des lazzis aussi grossiers qu'interminables. Son maître énonce des proverbes sur le thème de la précarité :

Qui vit longtemps voit la danse de la colombe.
Le destin souffle sans soufflet de forge.
La vache qui reste longtemps en place s'éloigne avec une fléchette.

23

Ah ! Tiécoura. La fête du trentième anniversaire fut trop belle. Les fonctionnaires et les salariés des entreprises et sociétés d'État, après l'interminable défilé, s'estimèrent fatigués et ne rejoignirent pas les bureaux et les ateliers le lendemain. Ils se donnèrent deux semaines de congé dans les champs et les villages. Ils ne pensèrent à leurs postes de travail qu'à la fin du mois, le jour du paiement des soldes. Une surprise les attendait. Ils n'en crurent pas leurs oreilles quand les directeurs financiers leur annoncèrent : « Pas d'argent pour régler les salaires. »

Les responsables syndicaux se fâchent et directement montent à la Présidence. Le président de la République les reçoit au cours de l'audience publique de 4 heures du matin, les écoute et convoque sur-le-champ le président-directeur général de la Caisse de stabilisation des produits agricoles. La fonction de cet organisme est de régulariser, équilibrer les prix des matières premières. Mais, comme dans tous les pays africains, la réserve de la Caisse constitue une cagnotte que le Président utilise à discrétion ; elle permet de résoudre tous les petits soucis d'argent.

Le P-DG de la Caisse se présente avec un visage de fondement de chèvre fatigué et agacé par les mufle et barbiche d'un bouc, et poliment vous dit, à vous Koyaga :

– Les cours du coton, du café et du cacao ont chuté sur le marché international. La sécheresse sévit dans les champs, les vallées et les montagnes. La Caisse a beaucoup décaissé pour soutenir les prix. Elle a raclé les derniers fonds pour financer les manifestations du trentième. Elle ne peut plus faire des avances au Trésor public et aux entreprises et sociétés d'État.

C'est un langage qu'on ne vous avait jamais tenu. Vous ne l'avez cru et n'avez compris que lorsqu'il vous a présenté les extraits des comptes. Tous au rouge, tous profondément débiteurs !

Tout de suite, vous organisez une partie de chasse avec l'ambassadeur de France et attendez qu'il abatte une antilope cheval avant de lui exposer vos préoccupations. Sa réponse vous étonne. En des termes emberlificotés, il vous explique.

À La Baule, au cours d'un sommet des chefs d'État, le président de la République française, le président Mitterrand, a recommandé aux chefs des États africains de changer de politique, de cesser d'être des dictateurs pour devenir des démocrates angéliques. La France a utilisé cette déclaration comme prétexte et comme date pour arrêter de régler automatiquement les émoluments des fonctionnaires des dictatures francophones dont les trésors publics sont en cessation de paiement. La France exige du dictateur qu'il signe au préalable un PAS avec le FMI.

Qu'est-ce qu'un PAS (abréviation de programme d'ajustement structurel) ? Le Président convoque le représentant résident du FMI (Fonds monétaire international), pose la question. Mais le diplomate-banquier, au lieu de répondre simplement à une question aussi lumineuse et de donner le sens de l'expression, tire de sa serviette avec une lenteur infinie un cahier épais. Sans lever les yeux, il le feuillette et se met à commenter d'interminables tableaux dans un embrouillamini à donner la colique. Il faut tout cesser, tout arrêter, interrompre ou suspendre, réduire ou rogner, couper ou tronquer, alléger ou abandonner, renoncer ou sacrifier, fermer ou déloger. Cesser de subventionner les fêtes, les danses. Réduire le nombre d'instituteurs, d'infirmiers, de femmes en couches, d'enfants à la naissance, d'écoles, de policiers, de gendarmes et de gardes présidentiels. Arrêter de subventionner le riz, le sucre, le lait aux nourrissons, le coton et les compresses aux blessés, les comprimés aux lépreux et aux sommeilleux. Sacrifier les constructions des écoles, des routes, des ponts, des barrages, des maternités et des dispensaires, des palais et des préfectures. S'abstenir de secourir les aveugles et les sourds, de payer du papier, de forer des puits, de manger du beurre et du cacao. Compresser les effectifs, fermer des entreprises, etc.

– Interrompez cette litanie et sortez ! Rapidement, sinon je vous romps le cou, vous étrangle ! lui avez-vous crié.

Le diplomate sursaute, se lève, sort précipitamment du bureau en oubliant son cahier sur la table. Il se retourne la queue entre les fesses comme un chien surpris en train de voler du *soumahara*. Il dévale les escaliers, rattrape sa voiture, s'y engouffre, toujours en regardant derrière.

Mais ce n'est pas une injure ou un affront qui empêche le soleil de se coucher. Il n'y avait pas d'argent, les salaires n'étaient pas payés.

Une indispensable médiation et des excuses permettent la reprise des négociations avec le diplomate-banquier du FMI. Après de nombreuses nuits blanches et d'interminables palabres, un accord minimal est conclu.

Le secrétaire général du syndicat unique a participé aux négociations, approuvé les mesures drastiques adoptées et a assisté à la signature du PAS.

Jusqu'ici, les choses en République du Golfe avaient été bipolaires et limpides ; tout se traitait, se combinait, se jouait entre deux partenaires. Le pouvoir autoritaire et le peuple résigné. En haut, vous le dictateur arrogant, votre armée, votre parti, vos caudataires, vos agents de renseignement. En bas, les paysans abrutis par leurs croyances et leurs misères, patients et muets. Le dictateur dédaigneux, émasculateur et sanguinaire que vous étiez s'était déclaré anticommuniste et avait pour protecteur tout l'Occident. Le peuple n'avait pour alliés que des politiciens prévaricateurs et bavards, de mensongers curés, marabouts, féticheurs.

C'est ce vis-à-vis de près d'un demi-siècle qui prit fin avec l'apparition d'un troisième danseur dans le cercle. Saluons-le très bas, ce tiers, cet intrus – un sora ne parle d'un héros qu'après lui avoir rendu un hommage appuyé. Salut à vous, nouveaux oiseaux des orageux cieux de la République du Golfe ! Salut à vous qui êtes de la race qu'on peut tuer sans amoindrir ni supprimer !

Ce troisième partenaire possède plusieurs noms : jeunesse perdue, régiment des déscolarisés, désœuvrés, pickpockets, cambrioleurs. Vous Koyaga, dans un de vos discours effarants et haineux, vous les avez traités devant les députés de brigands bilakoros, de drogués et d'homosexuels. Nous les appellerons bilakoros, déscolarisés ou lanceurs de pierres.

Qu'est-ce qui les engendra et les jeta dans les rues et sur les marchés ?

Dès que vous prîtes le pouvoir, vos conseillers blancs vous inculquèrent la pensée que le salut des têtes crépues devrait être recherché dans l'alphabétisation de la masse. Ils vous répétaient sans cesse qu'un peuple instruit était un peuple développé. Vous les avez crus. Ce fut plus qu'une erreur, ce fut une faute. Vous ne pouviez pas imaginer que ce serait de la forêt des arbres que vous plantiez avec la scolarisation que sortiraient les fauves qui vous abattraient.

Dès les premiers jours de votre règne, vous avez fait

bâtir des écoles élémentaires dans tous les villages et campements. Les élèves étaient pléthoriques dans les classes, nuit et jour affamés, miséreux à la maison, et leurs maîtres, souvent sans idéal, étaient incompétents, prévaricateurs et paresseux. Beaucoup d'enfants ne purent tenir jusqu'au certificat d'études. Ils quittèrent les bancs mais refusèrent de retourner dans les champs – il faut reconnaître que les travaux champêtres africains sont parmi les plus pénibles et plus ingrats de toutes les activités humaines. Ils se répandirent dans les marchés et les rues des villes, devinrent les premiers déscolarisés, constituèrent les premiers éléments des bandes, les premiers oiseaux des volées.

Nombre de ceux qui parvinrent au certificat d'études n'eurent pas de places dans les collèges ni de poste de coursier dans l'administration publique. Ils ne voulurent pas entendre parler de la machette, du daba, du filet de pêche et préférèrent rejoindre leurs camarades des marchés et des rues.

Vinrent la crise et la réduction des budgets. Nombre de brevetés n'eurent pas de places dans le second cycle ni de chaises de gratte-papier dans la fonction publique. Ils s'ajoutèrent aux déscolarisés des marchés et des rues.

Des bacheliers ne furent pas orientés et la fonction publique n'organisa pas les concours d'enseignants et de commis ; ils furent obligés et forcés de prendre les chemins des marchés et des rues.

Des licenciés et des maîtrisards n'obtinrent pas de bourse de stage pour l'étranger. L'École nationale d'administration (ENA), l'École normale supérieure (ENS) ne prévirent pas de concours d'entrée. Et, comme leurs parents ne pouvaient pas continuer à les entretenir, les universitaires descendirent dans les marchés et les rues pour encadrer les déscolarisés.

La crise s'aggrava. Au dernier moment, à ceux qu'un

enseignement inadapté avait jetés dans la rue et les marchés, se joignirent tous les jeunes travailleurs que les
compressions de personnel, la fermeture et les restructura-
tions des entreprises avaient chassés des ateliers et des
bureaux. C'est ce monde hétéroclite et mûri par les
épreuves, les injustices et les mensonges qui – quand
l'heure de sauter de la dictature à la démocratie sonna
– prit en charge le destin de la République du Golfe et de
toute la vieille Afrique, berceau de l'humanité.

Les déscolarisés sont des besogneux prêts à tout et
à tout faire. Sans morale ou principes. Ils avaient été avec
les jeunes chômeurs d'abord au service du parti unique
et du pouvoir. C'étaient eux qui chantaient vos louanges
de Père de la nation, se chargeaient de toutes les viles
besognes de votre régime tyrannique. Ce sont eux qui
dans les rues aident les automobilistes à stationner et gardent les voitures. Eux qui vendent des pacotilles aux feux
rouges. Eux qui sont les pickpockets dans les marchés et
les bus. Eux qui braquent et assassinent.

Quand les premiers vents de la démocratie soufflèrent,
ils quittèrent leur activité habituelle pour se jeter dans
la révolution et hâter la chute de la dictature, l'avènement
de la démocratie.

Quand les tracts sortirent de l'inconnu et jonchèrent
les trottoirs, quand les murs se couvrirent de graffiti, se
produisirent des collisions entre les déscolarisés et les
forces de l'ordre. Nos rues et marchés devinrent des
shows permanents d'escarmouches et échauffourées.

La garde présidentielle changea de fonction, eut une
nouvelle mission. Mission pour laquelle elle n'était pas
préparée. Les armes en bandoulière, les seaux de peinture
à la main, les farouches commandos paras, les lycaons du
Président badigeonnent les murs pour faire disparaître les
graffiti et inscriptions injurieuses. Dès qu'ils tournent le
dos, des déscolarisés foncent sur les murs, sur la peinture

fraîche avec des crayons-feutres. Des courses-poursuites s'engagent dans lesquelles les militaires sont rapidement semés. Courses-poursuites accompagnées de cris, d'injures. Tout cela sous l'intenable soleil d'Afrique et dans une atmosphère d'éclats de rires et d'applaudissements très bon enfant.

Là, des déscolarisés surgissent d'un coin de rue, des étals des marchés ou des portes d'une concession, chargés de photocopies de tracts et de publications interdites, les proposent, les vendent aux passants au nez de la police et de la gendarmerie. Les policiers furieux, gourdins à la main, veulent les arrêter, les poursuivent et ne parviennent en fin de compte qu'à se ridiculiser dans une course-poursuite toujours perdue. Quand le policier est essoufflé, trois autres déscolarisés sortent d'on ne sait où pour le narguer.

Aux abords et dans les couloirs du ministère de l'Intérieur, c'est un autre attroupement, un autre brouhaha, un autre spectacle. Se bousculent des demandeurs d'autorisation de création de nouveaux partis politiques, de nouveaux syndicats, de nouvelles publications. Les policiers, à forts coups de sifflets, essaient en vain de les aligner, les faire patienter.

À l'Assemblée nationale, se poursuit la session exceptionnelle et urgente, les députés nuit et jour discutent, mènent un incroyable combat d'arrière-garde. Comme dans toutes les dictatures africaines, Koyaga avait son Assemblée nationale. Tous les députés étaient issus de son parti unique. C'était Koyaga seul qui les avait élus, choisis avant de les confirmer par les bulletins de son peuple. C'étaient des vieillards, de vieux chefs traditionnels amis à qui Koyaga avait voulu faire plaisir ou à qui il avait voulu assurer des revenus, et des caciques du parti unique.

La session extraordinaire, exceptionnelle et urgente de l'Assemblée nationale avait été convoquée pour examiner les projets de loi sur le multipartisme et le multisyndicalisme. Depuis deux semaines, la session se poursuivait sans désemparer.

Les premiers jours de la session avaient été particulièrement mortels, suicidaires, tragiques. Le multipartisme et le multisyndicalisme constituaient pour beaucoup de députés la fin du pays. Deux députés étaient morts d'infarctus du myocarde, deux avaient été pris de crise de folie et deux autres s'étaient suicidés. Par patriotisme. Les rapports d'autopsie des médecins légistes étaient formels : aucun des suicidés n'avait été émasculé. Les médecins avaient trouvé en entier et en place leurs masculinités.

Comme si tous ces malheurs et désordres ne suffisaient pas, on constata d'autres phénomènes : la rumeur publique, la désinformation par la rumeur, les règlements de compte et les vendettas.

Les déscolarisés vivaient des produits de la vente des photocopies et des tracts. Ils passaient toute leur journée à jouer à cache-cache avec les policiers pour placer et faire circuler les tracts. Quand les tracts se raréfièrent, les déscolarisés, pour poursuivre leur sport quotidien avec la police, se firent producteurs de tracts.

Leurs tracts racontent les affabulations les plus fantaisistes. Celles-ci sont reproduites et commentées par les publications, les journaux, les feuilles. Leurs reproductions dans les journaux leur donnent de la crédibilité, en font une vérité, une réalité.

Le Nègre est un peuple sans écriture. Ce sont les colonisateurs, les curés et les marabouts qui l'ont alphabétisé. Ses maîtres lui ont inculqué le respect de l'écrit ; le papier est un fétiche, une croyance. Une croyance qui, comme les textes des livres sacrés ou les ordres du colonisateur blanc, dépasse l'entendement du Nègre, ne se vérifie pas, ne se contredit pas.

Donc, pour le peuple, les calomnies les plus fantaisistes, les médisances, les dénigrements les plus odieux qui s'impriment et circulent sont vraisemblables. Et le désordre général fait que les dénigrés, diffamés, discrédités et vilipendés n'ont pas la possibilité de démentir, de se défendre, de se justifier. Ils ne peuvent pas le faire près des tribunaux. Les policiers, leurs chefs, les juges et les ministres sont inopérants, silencieux parce qu'ils sont eux aussi salis chaque jour, diffamés, discrédités.

Chacun devient un justicier. Les règlements de compte, les vendettas se multiplient. Des responsables de publications en pleine rue sont agressés. Diffamés et journalistes se battent dans les lieux et places publics. La nuit, les imprimeries et les sièges des journaux sont plastiqués, incendiés.

Vous Koyaga minutieusement avez sélectionné tous les tracts demandant la nationalisation des biens des étrangers, les avez présentés aux ambassadeurs de France, des USA et du Royaume-Uni. Ces tracts étaient des preuves certaines que les déscolarisés étaient au service du communisme international. Le désordre était institué pour faire basculer la République du Golfe dans le camp communiste.

Ce fut en vain : il n'y eut aucune réaction, aucun écho. La guerre froide était morte, bien finie. Les ambassadeurs se contentèrent de vous le rappeler. Comme ceux de Ramsès II, d'Alexandre le Grand et de Soundiata, tous les régimes finissent par s'en aller. Le mur de Berlin s'était écroulé ainsi que le monde communiste. La guerre froide s'en était allée.

Les discussions avec les représentants du FMI traînent, les arriérés de salaires s'accumulent. Les représentants du syndicat unique demandent à vous rencontrer. Vous les recevez. Ils vous déclarent qu'une grève générale de tous les travailleurs est en préparation. Il vous faut prévenir cette grève par le paiement des arriérés de salaires. Vous êtes donc obligé d'accéder à toutes les demandes du FMI pour obtenir le déblocage de la première tranche de crédits.

Les premières mesures de restructuration des entreprises d'État exigées par le FMI sont appliquées. Les premières mises à la retraite anticipée sont décidées dans les chemins de fer. Elles frappent beaucoup de cheminots dont Dalmeda.

Dalmeda était un personnage bien connu dans le pays. Son père, un de ses oncles et un de ses frères avaient été mêlés à plusieurs complots. Ils avaient été tués et émasculés. Lui-même avait été plusieurs fois emprisonné avant de bénéficier de votre grâce. Dalmeda avait déposé une demande de création d'un syndicat indépendant. Ce syndicat indépendant, en attendant l'obtention de l'autorisation, avait constitué un bureau provisoire qui avait nommé son secrétaire général provisoire en la personne de Dalmeda. Il y avait, en plus du secrétaire général, six autres membres du bureau provisoire qui étaient invités à prendre leur retraite anticipée.

Les cheminots considérèrent ces mesures comme une véritable provocation et décidèrent d'empêcher son application. Ils votèrent une motion de grève avec occupation des bureaux et ateliers.

Les déscolarisés viennent se joindre aux piquets de grève pour interdire l'entrée des ateliers et des bureaux aux non-grévistes. La police, la gendarmerie et l'armée interviennent pour faire respecter le droit au travail.

Toute la matinée, collisions, échauffourées et escarmouches se produisent entre forces de l'ordre, grévistes et déscolarisés. La confusion est générale. Les déscolarisés lancent des pierres, pillent, incendient, détruisent. Les forces de l'ordre interviennent d'abord en tirant en l'air. Mais des gendarmes sont blessés et tués. Pour se dégager, les forces de l'ordre usent de balles réelles.

L'après-midi, la gare et des bureaux sont en flammes, des nuages de fumées âcres couvrent la ville. Il y a vingt et un morts : trois policiers, un gendarme, dix cheminots et sept déscolarisés.

C'était un mardi, un 10 octobre.

Toute la nuit de mardi, les déscolarisés veillèrent leurs morts à la Bourse du travail et à la Maison de l'étudiant. En violation du couvre-feu. Les forces de l'ordre n'avaient pas osé s'opposer à la veillée ; il y avait eu déjà trop de morts. De nombreux déscolarisés étaient morts, de nombreux militaires, policiers et gendarmes aussi. La presse internationale avait largement couvert les événements. Le monde entier avait été choqué par les brutalités et les massacres. Il fallait cesser de verser le sang des jeunes. Les forces de l'ordre, pour éviter d'autres affrontements, ne s'attaquèrent pas aux veillées funèbres, elles ne cherchèrent pas à les disperser. Elles laissèrent les amis et parents prier, chanter et danser pour les tués.

À l'aurore, aux premiers appels des muezzins, les manifestants clôturent les veillées, se glissent entre les concessions, se disséminent, se répartissent dans les quartiers, dans toute la ville. Chaque groupe connaît son poste, sa mission et son objectif.

Dès que le soleil point, les déscolarisés réattaquent, passent à l'action. Des incendies s'allument aux quatre coins de la ville, des fumées montent, obscurcissent le ciel. Les éclats de grenades et les coups de fusil retentissent comme la veille. Les pillages reprennent, le sac des maisons de commerce, des établissements publics, des biens des personnalités du régime recommence.

Les déscolarisés opèrent par bandes, en fourmis magnans,

en termites. Ils abordent une maison par tous les angles, par toutes les issues à la fois, portes, fenêtres, toits. Tout ce qui n'est pas consumé par les flammes est immédiatement enlevé, récupéré. Tout, même les fils électriques, les carreaux et les briques, tout se vend, se brade sur place. Les habillements, l'électroménager, les bijoux, les radios passent de main en main sur place. Les forces de l'ordre dispersent les attroupements avec les grenades lacrymogènes, en tirant avec des balles réelles sur les pilleurs, les casseurs, les incendiaires. Les manifestants répondent par des jets de pierres, de briques, des flèches, de dérisoires fusils de chasse. Malgré les nombreux morts, les déscolarisés ne se débandent que pour se regrouper ailleurs. Ils sont innombrables, intrépides, enivrés, drogués. Les militaires, les policiers ne peuvent pas être partout à la fois. La progression des voitures blindées et des chars dans les artères est ralentie, entravée par les barricades hâtivement constituées et courageusement défendues. Les vieux pneus enflammés plongent toute la ville dans une épaisse fumée âcre. On n'y voit pas à plus de dix mètres. Les mêmes scènes de pillages, d'incendies, de tueries ont lieu dans différents quartiers de la capitale toute la matinée. Ce n'est que vers 14 heures qu'un calme précaire s'établit. Les déscolarisés sortent de leurs cachettes avec leurs morts sur les épaules. Ils portent les corps, avec les prières sur les lèvres, aux ambassades de France et des États-Unis, les exposent dans les jardins et les rues adjacentes de ces ambassades.

Les représentants des grands pays occidentaux depuis deux jours sont harcelés par Koyaga. Koyaga en vain sollicite leur aide, leur compréhension. Il menace de changer de camp, de devenir rouge, de faire venir en Afrique des Cubains, des Chinois de la Chine continentale, des Coréens de Pyongyang si l'Occident ne court pas à son secours. Tranquillement les diplomates lui demandent de faire arrêter les massacres et de proposer, d'engager le dialogue avec les manifestants et l'opposition. La guerre froide est morte, bien finie. Les ambassadeurs se contentent de vous le rappeler. Comme ceux de Ramsès II, d'Alexandre le Grand et de Soundiata, tous les régimes finissent par s'en aller. Le mur de Berlin s'est écroulé ainsi que le monde communiste. La guerre froide s'en est allée.

Koyaga décide de calmer les esprits, le jeu.

Vous avez demandé à votre Assemblée nationale de se réunir. Les députés avaient été chassés de leurs luxueuses villas et privés de leurs biens. Leurs habitations avaient été saccagées, brûlées et les matériaux vendus pièce par pièce. Ils n'avaient en définitive eu la vie sauve qu'en se réfugiant au camp militaire ou à la Présidence. C'est en ces lieux que les forces de l'ordre les avaient récupérés un à un et dans les véhicules blindés, sous bonne escorte, les avaient conduits à l'Assemblée nationale. Le président de l'Assemblée avait réussi à constituer un quorum qualifié pour décider une session exceptionnellement extraordinaire.

Tous les projets de lois qui traînaient depuis des mois sur les bureaux de l'Assemblée sont votés dans la précipitation.

La Constitution est modifiée. Les lois instituant le multipartisme et le multisyndicalisme sont adoptées. Celle proclamant l'amnistie générale est approuvée par acclamation. L'amnistie est étendue à tous les condamnés et bannis politiques.

Tous les agréments pour des publications, des visas, imprimatur demandés sont accordés.

Ces importantes mesures ne suffisent pourtant pas à satisfaire les manifestants et les déscolarisés. Ils ont d'autres revendications, ils demandent d'autres mesures. Les déscolarisés, les syndicalistes et les opposants politiques ont constitué la Ligue de coordination des forces démocratiques, une organisation qui s'érige en porte-parole des révolutionnaires. Les représentants de cette nouvelle organisation sont conduits au palais. Les discussions s'engagent avec le Président. Les autorités religieuses servent de médiateurs. L'accord est obtenu sur la dissolution de l'Assemblée nationale et la convocation d'une Conférence nationale.

L'islam est une religion née dans la chaleur et le sable du désert ; l'islam est une foi des hommes et des femmes du désert. Le paradis, la céleste demeure, le royaume éternel auquel il fait rêver, qu'il fait rechercher aux élus, aux sauvés, est un salut, une espérance pour des assoiffés du désert. Sa morale et son éthique sont des vertus pour des nomades du désert. Le bien suprême, la grande charité, chez le musulman, recommande d'alimenter, d'approvisionner le prochain en eau potable. Le Coran le dit plusieurs fois. Le marabout Bokano, qui se nommait lui-même esclave du Coran, aurait, s'il en avait eu les moyens, pourvu tous les humains et animaux de cet univers en eau. Il avait fait élever des fontaines publiques dans les rues et les quartiers des villes. Il payait les factures de consommation et d'entretien de ces fontaines publiques. Dans beaucoup de villages et campements, il avait fait forer des puits, les avait dotés de pompes et payait les frais d'entretien des équipements en puits. Procurer de l'eau potable à l'humain était sa grande charité, l'essentiel de ses œuvres.

Nadjouma, la maman de Koyaga, n'avait enfanté et accouché qu'une seule fois. La parturition avait été faite dans d'atroces douleurs. Elle en conservait de terribles souvenirs. Pour elle, la maternité était le pire des supplices. Le paroxysme de la douleur voulue et infligée par Dieu à la femme. Nadjouma consacrait l'essentiel de son temps et de sa fortune à soulager les femmes en grossesse, à bâtir et entretenir des centaines de maternités. Si elle en avait eu les moyens, elle aurait couvert l'univers entier de maternités dotées d'excellentes accoucheuses. C'étaient ses œuvres, sa grande charité à elle.

La fureur destructrice des déscolarisés, au cours des échauffourées, s'était exercée sur les commissariats de police isolés, certains établissements publics, mais surtout elle s'était attaquée aux maternités de la maman et aux fontaines de Bokano. Les bilakoros (les déscolarisés) arrivaient devant une maternité, y pénétraient, sortaient les lits avec les mères et les bébés, pillaient l'établissement avant d'y mettre le feu. Les fontaines étaient systématiquement saccagées, anéanties. Les bilakoros ne furent pas les seuls pris par le vandalisme, l'annihilation. Les écoliers s'en prirent à leurs bancs, leurs tableaux noirs, leurs classes et leurs maîtres. Des lépreux libidineux violèrent les religieuses qui les soignaient.

Vous avez signé l'accord comportant la réunion d'une Conférence nationale malgré vous et avec la conviction de ne jamais avoir à l'appliquer. Vous êtes un chasseur, vous connaissez les vertus de la patience. Celui qui supporte la fumée a en définitive le plaisir de se chauffer avec la braise. Vous voulez laisser pourrir la situation et vous savez que l'éléphant ne se décompose pas en un jour. Malheureusement, un événement allait tout bousculer.

C'est le 5 juillet que le terrible accident se produisit.

Au cours des journées insurrectionnelles, les déscolarisés avaient pu pénétrer dans l'imposant amphithéâtre de la maison du parti unique et avaient pris possession d'une grande partie de l'établissement. Ils en avaient fait leur lieu de réunion, le siège de leur mouvement, le siège de la Convention des forces vives et démocratiques. La maison du parti était couverte de banderoles et de graffiti. Les forces de l'ordre avaient fini par tolérer cette occupation sauvage. C'est dans la maison du parti qu'étaient confectionnés et multipliés tous les tracts et papiers diffamatoires et injurieux. Les bilakoros, les déscolarisés traînaient avec eux, comme les mouches qui fredonnent après le boa, tous les enfants des rues qui, habituellement couchaient en plein air dans les halls, sous les vérandas des maisons de commerce, les étals des marchés. Dans la maison du parti, dormaient, mangeaient et vivaient plusieurs centaines de déscolarisés et tous ces enfants de la rue dont la plupart avaient moins de douze ans. La maison du parti était une vraie ruche.

C'est cette ruche qui fut la proie des flammes dans la nuit du 5 juillet. Quel fut le nombre exact des victimes ? On ne le saura jamais. Personne ne possédait une liste d'enfants et de jeunes gens vivant dans l'établissement. La presse internationale fera des reportages sur l'incendie criminel, des reportages avec des images insupportables qui indigneront le monde entier. Des corps d'enfants calcinés, recroquevillés, des centaines. Des centaines d'autres brûlés ou blessés.

Les déscolarisés n'ont pas attendu ces témoignages. Dès le 5 au matin, l'insurrection éclate et embrase la ville entière. Les bilakoros en colère pillent, incendient, saccagent, volent. Les forces de l'ordre les attaquent, les dispersent, les font fuir. À coups de grenades et de fusils tirant à balles réelles. Avec des camions blindés, des chars d'assaut. Les bilakoros, les déscolarisés font face, se défendent avec des jets de pierres, la fumée de vieux pneus enflammés, les carcasses de voitures, les briques, les barricades. L'insurrection, la rage, le massacre, les cris, les détonations, la folie meurtrière des uns et destructrice des autres se poursuivent toute la journée.

À la nuit tombante, une petite accalmie apparaît. Les médiateurs – chefs religieux et traditionnels, le doyen du corps diplomatique, les ambassadeurs de France et des

États-Unis – en profitent pour conduire les représentants de la Convention des forces vives et démocratiques à la Présidence de la République. Une table ronde est organisée. Une longue discussion s'engage. D'un côté bilakoros, syndicalistes et représentants de la société civile ; de l'autre le Président, ses ministres, son armée. Elle dure toute la nuit et aboutit à l'aurore à un accord en trois points. Les militaires responsables de l'incendie de la maison du parti seront recherchés, arrêtés, jugés et sévèrement condamnés.

L'Assemblée nationale est dissoute. La Conférence nationale est convoquée. Elle sera ouverte dans six semaines – le temps de mettre au point les modalités pratiques de son organisation. Elle sera ouverte le troisième lundi du mois prochain.

Vous ne pouvez pas cette fois, Koyaga, la retarder.

Quand les poules de la basse-cour deviennent trop nombreuses autour du mortier et harcèlent les pileuses, celles-ci suspendent leur action. Faisons comme les ménagères et réfléchissons à ces sentences :

Le jour éloigné existe mais celui qui ne viendra pas n'existe pas.

Quand l'incendie de brousse traverse le fleuve, c'est une cause d'embarras grave pour celui qui voulait l'éteindre.

La limite du mauvais coucheur, c'est l'intérieur de la tombe.

24

Ah ! Maclédio. Je vous rappelle que la Conférence nationale s'ouvrit un matin, mauvais présage ! un matin pluvieux... Elle devait être ouverte à 9 heures par le président de la République en personne. On attendit jusqu'à midi pour voir arriver un remplaçant, l'ancien secrétaire général du parti unique. Pour des raisons de sécurité, Koyaga se faisait excuser. La réunion fut ouverte dans la salle de conférence d'un grand hôtel de la capitale. Hôtel et salle avaient pour noms, comme toutes les réalisations du pays, les dates de deux des attentats auxquels Koyaga avait échappé. Les conférenciers ne pouvaient pas accepter que le lieu de leur réunion ait ces dates comme dénominations.

De sorte que la première question importante qui se posa à la Conférence fut de débaptiser et d'attribuer de nouvelles appellations à l'hôtel et à la salle où se déroulaient les travaux. Après deux jours et deux nuits de bruyantes discussions, l'accord put être obtenu sur le nom à donner à la salle de la réunion – « salle des martyrs » ; mais pas sur celui de l'hôtel. Les travaux se poursuivirent dans un hôtel sans nom.

La deuxième question qui passionna les participants fut de préciser les qualificatifs de la Conférence. Était-elle simplement nationale ou nationale et souveraine ? La question enrôla tous les meilleurs orateurs pendant trois nuits et quatre jours. En dépit de l'opposition du représentant du gouvernement, la Conférence se proclama souveraine et nationale.

La décision de la Conférence de se proclamer, se qualifier de souveraine et nationale fut considérée comme un événement d'une grande portée. Il fallait la fêter et, pour la célébrer, on fit entrer un orchestre dans la salle des martyrs et les participants jerkèrent, twistèrent tout un après-midi.

À l'issue de la fête, certains participants constatèrent qu'ils avaient été délestés de leur portefeuille pendant qu'ils se trémoussaient et gigotaient. Les bilakoros déscolarisés n'avaient pas renoncé à leur habitude – le chien a beau devenir riche, il n'arrête jamais de fouiner avec le nez. Ils n'avaient pas cessé de se livrer aux petits larcins à la tire, leur activité favorite. Des participants, des religieux et des psychologues avouèrent leur compréhension ; les pickpockets avaient raison.

La Conférence aurait dû commencer par l'essentiel : fixer des indemnités journalières à payer aux délégués. Faute d'en avoir fait une priorité, beaucoup de participants – pour la honte de la Conférence souveraine et nationale – se débrouillaient comme ils pouvaient pour survivre et dormaient à la belle étoile.

On s'aperçut qu'on ne pouvait pas attribuer des indemnités sans avoir vérifié les mandats, sans avoir accrédité chaque participant.

L'accréditation exigeait une représentation équitable de toutes les couches sociales, de toutes les provinces, de toutes les ethnies, toutes les tribus du pays. Et cela posait un problème insoluble en République du Golfe, pour des raisons historiques.

On se rappelle que les colonisateurs avaient tenté une expérience originale d'exploitation des terres du Golfe. Ils étaient allés au Brésil racheter des esclaves nègres christianisés. Ces affranchis christianisés devaient servir de modèles aux Nègres nus, anthropophages et imbéciles. Ils devaient encadrer leurs frères de race sauvages, leur apprendre à planter des cocotiers, à creuser des mines, à adorer le Saint-Esprit et à se signer. Les affranchis ne comprirent pas, n'acceptèrent pas ce rôle de pionniers, ils voulaient poursuivre la traite des esclaves nègres, activité autrement rentable. Les colonisateurs catégoriquement leur interdirent la capture et la commercialisation de leurs frères de race. Pour exploiter le pays, les Blancs furent forcés et obligés de conquérir, pacifier d'abord les terres les armes à la main et de les mettre en valeur par les travaux forcés et les triques.

Les affranchis qui étaient chrétiens ne pouvaient pas être considérés comme des indigènes ; ils furent exemptés des corvées du travail forcé. Leurs enfants furent admis à l'école et à l'église. Ces enfants devinrent les premiers Nègres lettrés du pays. Des Nègres évolués qui, naturellement, constituèrent une classe intermédiaire entre le Blanc chrétien civilisé et le Nègre nu, sauvage et imbécile. Des cadres qui s'estimaient, se sentaient chez eux, supportaient mal l'arrogance, le mépris du Blanc à l'égard du Nègre, l'exploitation du Nègre par le Blanc. Ils se firent ardents nationalistes et combattirent héroïquement la colonisation quand la décolonisation arriva sur le continent. Les indépendantistes boutèrent les colonisateurs hors du pays à l'ère des indépendances.

Et, tout naturellement et évidemment, ils entrèrent dans les meubles de leurs anciens maîtres blancs après l'embarquement de ceux-ci, occupèrent les postes abandonnés avec les privilèges, les habitudes, les manières, toute la mentalité des anciens titulaires.

On sait que Koyaga, le chasseur émasculateur des bêtes et des hommes, après avoir débarrassé les montagnes paléos de quelques monstres était descendu au Sud et les avait chassés du pouvoir. Les descendants des affranchis n'acceptèrent jamais la défaite, ne s'estimèrent jamais vaincus et les trente années d'indépendance du pays furent trente années de continuelle lutte entre les descendants des indigènes (avec, à leur tête, le Guide suprême) et les descendants des affranchis. Sans relâche les descendants des affranchis s'attaquèrent au pouvoir dictatorial, corrompu et sanguinaire du chasseur émasculateur des hommes et des animaux. C'étaient eux qui fomentaient les multiples attentats auxquels Koyaga avait échappé et survécu grâce à la maman et sa météorite et au marabout et son Coran. Les descendants des affranchis qui, après les attentats, parvenaient à s'enfuir et à échapper à la torture et à la mort, restaient à l'étranger, vivaient en exil. En France où ils obtenaient la nationalité française. C'est en tant que doubles nationaux qu'ils rejoignirent la terre des aïeux après l'amnistie générale votée par le parlement provisoire. Ils étaient professeurs, médecins, avocats, ingénieurs… Des intellectuels, d'efficaces cadres et modernes civilisés. Ce furent eux qui rédigèrent les tracts, publièrent les journaux que les bilakoros déscolarisés reproduisaient et vendaient à la criée. Tout aussi naturellement qu'ils s'étaient approprié le pays après le départ des Blancs ils prirent la direction de l'insurrection contre la dictature du maître chasseur quand ils revinrent de l'exil et débarquèrent sur le sol africain.

Dès leur arrivée, ils avaient créé des dizaines d'associations philanthropiques, politiques, sportives, professionnelles et religieuses ; des dizaines d'organisations non gouvernementales pour le développement. Ces associations et organisations furent conviées et admises à la Conférence souveraine et nationale. La conséquence fut que la majorité, la grande majorité des participants à la Conférence nationale souveraine était constituée des cadres nègres de nationalité française vivant en France et ayant tous leurs biens et familles en France. Des étrangers, des personnes extrinsèques aux hommes et aux mœurs du pays et de l'Afrique. On leur fit remarquer qu'ils étaient loin des réalités africaines et ne pouvaient pas représenter toutes les provinces, toutes les tribus et ethnies du pays.

Ils rétorquèrent que, pendant leur long exil, ils avaient nuit et jour vécu avec ces réalités et étaient farcis, bourrés d'humanisme et d'universalisme, donc capables de tout pénétrer, de comprendre toute l'Afrique, de représenter valablement toutes les ethnies et régions de la République du Golfe. Péremptoires et sûrs d'eux-mêmes, ils s'accréditèrent entre eux. On compta jusqu'à trois délégués-députés dans la même famille : le père, la mère et le fils.

Ils constituèrent un bureau de la Conférence souveraine nationale, élurent les membres de ce bureau. Le président et tous les membres du bureau furent désignés parmi les personnalités ayant subi des exactions de Koyaga. Des personnalités qui avaient souffert de la dictature dans leur chair. Des hommes aveuglés par le ressentiment et le feu de la vengeance. Des personnalités fermées à tout compromis avec le Guide suprême. Des gens entre lesquels et vous il y avait eu des morts, des personnalités avec lesquelles vous ne pouviez pas et vous ne vouliez pas dialoguer.

La Conférence démarra. Elle se donna pour mission de faire le procès de trente années de dictature et d'assassinats. Exorciser le pays, ses hommes, ses animaux, ses choses, tous ensorcelés et envoûtés par Nadjouma et sa météorite, par Bokano et son Coran. Elle voulait construire un nouveau pays sur un nouveau socle. Un socle ferme, propre et sain.

Le règlement de la Conférence, au début, fixa une durée à l'intervention de chaque orateur – une demi-heure maximum. Rapidement, cette limite s'avéra insuffisante, très insuffisante ; les intervenants s'en plaignirent. Comme il fallait tout dire, tout déballer, ne rien laisser dans l'ombre, recueillir tous les témoignages et confessions, une rectification fut votée – chaque intervenant pouvait s'il le désirait parler jusqu'à une demi-journée de séance, trois heures d'affilée.

On commença par les témoignages. Les assassinats, exactions, dépouillages et prévarications qui avaient été réellement perpétrés par le dictateur pendant son règne sans partage de trois dizaines d'années. Rapidement, les intervenants habillèrent de vraisemblance les calomnies, fables et mystifications que pendant des mois les tracts avaient fait circuler dans les rues. Tout cela ne suffisait pas. Il fallait à chaque intervenant, pour soutenir l'intérêt de la salle, inventer de nouvelles révélations. Les premiers intervenants dénoncèrent les camps de concentration où les prisonniers enchaînés mouraient de faim et de soif dans leurs merde et urine. Ils dénoncèrent des tortures à la bestialité ineffable ; des prisonniers qui avaient été tailladés morceau par morceau ou brûlés à petit feu. Les suivants, toujours pour soutenir l'attention de l'auditoire, diabolisèrent encore plus le dictateur : ils l'accusèrent d'anthropophagie et le démontrèrent. Par sorcellerie et pour des motifs rituels – augmenter sa force vitale –, il consommait chaque jour à ses petits déjeuners les testicules rôtis des opposants morts. C'étaient des affabulations qui dépassaient l'entendement, le vraisemblable. Elles lassèrent et laissèrent la presse nationale et internationale sceptique. Il faut savoir s'arrêter. Quand on a dit que l'anus de l'hyène sent mauvais, on a tout dit. Rien ne peut être plus pourri que l'anus de cet animal. En rajouter n'apporte rien.

Pendant six mois entiers, les délégués se défoulèrent en mensonges vengeurs. Des discours qui finirent par ennuyer. Il n'y eut plus les derniers jours que les amis et parents de chaque orateur pour écouter celui-ci, l'encourager et l'applaudir.

Devant ce désintérêt de la presse et du public, un samedi soir, le prélat qui présidait demanda instamment à tous les délégués d'être présents à la séance solennelle du dimanche matin qui se tiendrait après la messe dominicale.

À une majorité écrasante – trois cent douze pour, trente abstentions et quatorze contre –, la Conférence nationale souveraine, à l'issue de la séance du dimanche 6, décida la déchéance, la destitution du dictateur. Les délégués, debout, par des applaudissements et des hourras nourris, saluèrent la résolution. Le prélat président invita tous les délégués à se retrouver le soir à partir de 9 heures à l'hôtel accompagnés de leurs épouses, enfants et amis. Pour célébrer la fête nationale. La Conférence nationale et souveraine et toute la nation allaient fêter la déposition de leur oppresseur et l'avènement de la nouvelle ère pour notre pays. C'est celui qui ne connaît pas la vipère des pyramides qui la prend par la queue.

Les difficultés financières apparues à la veille de l'inoubliable défilé du trentième anniversaire étaient toujours là quand avait éclaté l'insurrection. L'insurrection et toutes les malédictions qui l'ont suivie ont aggravé le chaos, rendu le pays exsangue.

Les descendants des affranchis brésiliens ne s'en étaient pas beaucoup préoccupés ; ils n'avaient d'abord pensé qu'à eux, à leur confort. Ils étaient français, avaient le niveau de vie des développés. Ils se fixèrent, en tant que membres de l'assemblée provisoire, des indemnités d'Européens : soixante mille francs par jour. Dans un pays où le SMIG mensuel était plafonné à trente mille francs et la solde du soldat à vingt mille ! C'était scandaleux ! Les moult prolongations de la Conférence nationale souveraine apparurent pour tous les citoyens comme de la combine, de la magouille pour continuer à se mouiller la barbe.

Les bilakoros déscolarisés qui avaient mis la dictature à genoux avaient présenté des revendications précises à la Conférence. Ils réclamaient le retour au système d'aide à l'école existant sous la colonisation.

Sous la colonisation, l'écolier qui n'avait pas de parents dans le lieu qu'il fréquentait était logé et nourri par l'Administration. Tous les collégiens, de la sixième à la terminale, étaient boursiers et internes. Tous les étudiants avaient des bourses équivalant à des salaires de fonctionnaires. La Conférence avait bien enregistré ces revendications et les avait inscrites dans le cahier des charges du futur gouvernement du renouveau qui serait issu de la Conférence.

Les délégués des déscolarisés, bilakoros avec les soixante mille de *per diem* s'étaient trouvés riches, trop riches du jour au lendemain. Ils n'avaient consenti par solidarité de rétrocéder à leurs mandants qu'une avaricieuse partie de leur manne. On ne peut pas dire que les représentants des déscolarisés avaient totalement oublié leurs collègues. Non, les délégués des bilakoros courageusement s'étaient battus et avaient obtenu que des enfants des rues soient engagés comme garçons de course de la Conférence et un certain nombre comme miliciens chargés du service d'ordre de la Conférence. La lutte, l'insurrection n'avaient profité qu'aux délégués, aux garçons de course et aux miliciens ; somme toute une minorité, une poignée de bilakoros. Les autres, les centaines ou milliers d'autres déscolarisés continuaient à se débrouiller comme ils pouvaient dans les rues et les marchés. Et la nouvelle situation était que les marchés et les rues – avec les interminables grèves et le désordre social – étaient devenus difficiles, radins, sans cœur pour les enfants des rues. Ce qui avait obligé certains, pour ne pas crever de faim, à rejoindre les places qu'ils occupaient, avant l'insurrection, sur les trottoirs des rues conduisant à votre résidence privée de Guide suprême, de dictateur riche. Vous vous êtes, vous Koyaga, montré à leur égard plus généreux, plus dépensier que vous ne l'aviez jamais été. Leur misère vous avait fendu le cœur.

– Ce n'est pas vrai, c'était par calcul, pour les détourner qu'il avait eu de grands gestes. On a informé toute la ville de vos largesses. Des centaines de déscolarisés affamés s'étaient rués vers les trottoirs des rues condui-

sant à la résidence privée du dictateur. À ces centaines
s'étaient joints tous les chômeurs que les grèves et le
désordre social avaient chassés de leur emploi. Une foule
compacte qui faisait de chacune de vos sorties ou retours
une manifestation de sympathie, une vraie fête. Les gens
guettaient votre arrivée. Ils applaudissaient bruyamment
et vous accueillaient avec des slogans dès que votre cortège passait. Vous les arrosiez de pièces et parfois même
de billets de cinq cents francs. Ils chantaient vos éloges
et dansaient longtemps après que vous aviez disparu.

La fête battait son plein depuis trois heures d'horloge ;
il était minuit. La soirée avait été solennellement ouverte
par le prélat président de la Conférence nationale souveraine. Il avait prié et fait prier les fidèles. La soirée avait
été mise sous la protection de la sainte Marie, mère de
Dieu. Le nouvel hymne national du pays avait retenti,
exécuté par deux orchestres et chanté par toute la salle
debout. Des larmes avaient perlé sur certains visages. À
la fin de l'hymne, spontanément des applaudissements
et des hourras avaient éclaté. Trois vibrants discours
lourds d'émoi avaient été prononcés. Ils avaient insisté
sur l'importance historique de la décision de destitution
que la Conférence avait prise dans la journée. La nouvelle
ère de liberté, de fraternité, de respect de la personne
humaine qui s'ouvrait. Le dîner au champagne avait été
pris sur fond de musique en sourdine interprétée par les
orchestres. La tenue recommandée pour la soirée avait
été précisée. Les descendants des affranchis brésiliens
portaient smokings et nœuds noirs. Ils s'étaient fait
accompagner par leurs dames en robes longues. Leur par-
fum embaumait la grande salle remplie de près de deux
mille invités.
Même les délégués des déscolarisés avaient respecté
l'événement, les consignes en se séparant de leurs cras-

seux pantalons jean. Il n'y avait pas que les membres de la Conférence nationale et souveraine dans la salle ; les diplomates et toutes les personnalités du pays avaient été conviés. Les officiers, les ministres et les proches de Koyaga n'avaient pas répondu à l'invitation. Le bal était ouvert ; les danseurs biguinaient sur la piste.

C'est à ce moment, à minuit précis, que les détonations des premières rafales de mitraillette ont éclaté à l'entrée de l'hôtel, suivies aussitôt par les déflagrations de plusieurs grenades. La panique générale ! les cris ! Dans la salle, ce furent des hurlements et l'affolement, l'épouvante, le sauve-qui-peut. Les coups de feu pendant cinq minutes encore continuèrent à crépiter ; ils étaient tirés tout autour de l'hôtel.

Le fouillis, le pêle-mêle, le chaos, les hurlements ne s'arrêtèrent dans la salle que lorsque deux officiers accompagnés de six soldats lourdement armés surgirent et s'emparèrent de la tribune. Les soldats tirèrent en l'air ; les officiers commandèrent le silence. Ce fut un silence de sous-bois à midi au fort de l'harmattan. On entendait les frémissements des lèvres des grandes dames en larmes.

Les officiers expliquèrent et justifièrent l'opération. L'armée, les soldats avaient quatre mois d'arriérés de salaires. Les membres de la Conférence nationale se faisaient payer des indemnités mirobolantes, donnaient des fêtes, organisaient des dîners au champagne. Le pays en avait assez de voir une Conférence nationale et souveraine qui n'en finissait pas alors que tout allait à vau-l'eau. L'armée ne pouvait pas accepter que des étrangers à ce pays viennent destituer le fondateur, le Père de la nation. L'armée, accompagnée par des bilakoros déscolarisés repentis, a bousculé les miliciens, a tué les fortes têtes et fait prisonniers les autres.

L'hôtel est encerclé, entièrement cerné. Tous les

membres de la Conférence nationale doivent rester dans la salle. Seuls les diplomates et les femmes non déléguées sont autorisés à sortir. Les députés resteront dans la salle en otage jusqu'à ce que les arriérés de salaires de l'armée soient totalement réglés. Puis jusqu'à ce que la décision de destitution du Père de la nation soit annulée. Et enfin jusqu'à ce que les menteurs, les ténors, les fortes gueules soient dénoncés. Ceux-là seront arrêtés et jugés et, s'il le faut, fusillés sur place.

Avorton d'assemblée ! une assemblée sans pouvoir ni moyens ! C'était un simulacre d'assemblée qui avait désigné le Premier ministre provisoire et agréé son gouvernement.

Les revendications présentées par les militaires lors de la prise en otage de la Conférence nationale et souveraine avaient été quasi entièrement satisfaites. Les cinq principaux ténors de la Conférence, tous des descendants des affranchis, avaient pu sortir de la salle assiégée, pu échapper à la soldatesque. Ils l'avaient réussi en se travestissant en femmes : ils s'étaient affublés de perruques, de lunettes, de robes et avaient pu sortir avec les dames en robes longues. En ville, ils avaient voulu vivre dans la clandestinité, organiser une résistance à la dictature. Le projet avait fait long feu. Rapidement les militaires avaient découvert leurs cachettes. Deux des clandestins avaient été trouvés assassinés, affreusement mutilés et émasculés. Les trois autres avaient fui, réussi à franchir la frontière de nuit dans une pirogue, par un bras de la lagune. Ils s'étaient envolés pour la France où ils poursuivent leur exil.

Près du tiers des représentants, des députés de l'assemblée provisoire, avaient été inquiétés, avaient craint pour leur vie et s'étaient enfuis. Les autres avaient constitué cet avorton d'assemblée, ce bout, tronçon d'assemblée qui avait nommé le Premier ministre provisoire. Ils l'avaient choisi parmi les descendants des indigènes, en dehors des descendants des affranchis. La mission du Premier ministre provisoire et de son gouvernement avait été précisée et limitée. Ils devaient en dix-huit mois au plus confectionner une nouvelle constitution, la faire approuver par le pays et organiser des élections présidentielles et législatives.

Le gouvernement provisoire avait voulu aller un peu plus loin, appliquer quelques décisions de la Conférence souveraine et nationale. Réorganiser la gestion financière du pays, procéder aux remplacements du directeur général du Trésor et du président-directeur général de la Caisse de stabilisation des produits agricoles. Le Président considérait que la gestion de ces deux organismes était de son domaine réservé. Les décisions n'avaient pu être suivies d'effet. La soldatesque, les lycaons, avaient, dans la nuit, pris d'assaut, par surprise, la primature. Ils avaient bousculé les gendarmes chargés de la protection du Premier ministre et de ses bureaux, en avaient tué huit et avaient arrêté le Premier ministre.

Le motif, le prétexte de l'opération avait encore été la réclamation de trois mois d'arriérés de salaires. Ils amenèrent le Premier ministre devant le président Koyaga comme on conduit en le tirant par les oreilles devant son père le garnement qui a fauté. Vous les avez reçus en Père de la nation, en sage. Vous avez joué au médiateur entre la soldatesque et le Premier ministre. Le Premier ministre avait renoncé à ses projets de réorganisation des circuits financiers, s'était engagé à faire régler les arriérés de salaires de la troupe avant la fin du mois courant.

Vous avez retrouvé toute votre popularité. Les abords du palais, les rues conduisant à votre résidence privée ne désemplissaient pas. Nuit et jour s'y bousculaient des quémandeurs, des flatteurs, des chanteurs, des danseurs, des handicapés et des bilakoros déscolarisés. Avec des hommes à votre dévotion à la tête des deux grandes caisses de l'État vous êtes redevenu opulent, donc avez retrouvé les moyens d'être généreux, bon cœur et grand distributeur de prébendes et d'aumônes.

La crise économique aggravée par le désordre social avait asséché le pays, rendu l'argent rare, plus difficile que jamais à acquérir pour les pauvres. Et toutes les petites gens commençaient à regretter la période de la dictature.

Les déscolarisés commencèrent à se repentir, les pauvres à pleurer. Les journaux de l'opposition furent contraints d'atténuer l'âpreté des injures, des calomnies à votre endroit. Les plumitifs qui ne le comprirent pas assez tôt et qui continuèrent à élucubrer des articles trop critiques, trop injurieux et orduriers contre le Président étaient malmenés dans les rues par des inconnus. Parfois, ils étaient assassinés dans la nuit par de paisibles citoyens écœurés, dégoûtés, révoltés. Beaucoup de ces victimes se ramassaient émasculées. Même les organismes internationaux, l'ONU, le FMI, Amnesty International, la Ligue internationale des droits de l'homme modérèrent eux aussi leurs critiques à l'égard du régime et du président de la République.

La misère engendrée par la démocratisation du pays devenait insupportable. Les hôpitaux étaient dans le délabrement, les écoles étaient fermées, des routes étaient coupées ; la famine sévissait dans les villes alors que les récoltes pourrissaient dans les villages de brousse.

À coup sûr, même avec des élections non truquées, vous étiez assuré d'être plébiscité comme chef de l'État lors des prochaines consultations. Vous étiez redevenu le Guide suprême. Vous aviez tout retrouvé : vos lycaons, votre arrogance, votre hypocrisie, vos mensonges, vos flatteurs, votre maman et sa météorite, votre marabout Bokano et son Coran. Tous vos prestige et effroi d'antan.

C'est après l'événement que les enquêtes le relèveront. L'existence permanente d'une foule de quémandeurs aux alentours de votre résidence avait facilité l'organisation de l'attentat. Les conjurés pendant des mois avaient pu patiemment, sérieusement, tout placer, planter, poster, disposer. Ils avaient pu observer, noter pendant des semaines les habitudes, usages et manières du dictateur. Ils avaient pu, avec la complicité de deux des gardes rapprochés, la nuit de l'opération, suivre à la trace le dictateur, connaître, surveiller tous ses gestes et déplacements dans son palais. Ils avaient su par des messages codés que l'émasculateur des hommes et des bêtes allait bien ce soir-là passer la nuit dans sa résidence et même la chambre dans laquelle il allait dormir.

Habituellement personne ne pouvait en être sûr. Chaque nuit, on lui préparait six chambres dans le bâtiment principal et ses dépendances et il disposait de portes dérobées qui lui permettaient à la dernière minute de sortir de la Résidence. Cette nuit-là, ils ont cru avoir bien vu son ombre à travers les vitres des fenêtres de la chambre du premier de l'aile gauche du bâtiment principal. Et ils ont attendu qu'il ait éteint les lumières de la chambre. Il était 2 heures et demie du matin. Ils ont tiré l'un après l'autre ; les obus ont pulvérisé la chambre. Il y eut un début d'incendie qui fut rapidement maîtrisé. Des rafales de mitraillette ont été tirées dans la direction d'où étaient partis les obus. Des agitations, des voitures blindées de la garde présidentielle sont sorties à vive allure de trois postes de garde et ont disparu dans la ville. Puis ce fut le silence, un lourd silence.

Les détonations des roquettes et les crépitements de rafales des mitraillettes avaient réveillé plusieurs dormeurs mais ils s'étaient aussitôt tranquillement rendormis comme les autres soirs. Ils en avaient l'habitude. Rares s'écoulaient les nuits depuis l'avènement de la démocratie sans les mystérieuses et lointaines détonations des armes de guerre.

C'est à 6 heures du matin que la radio des opposants émettant de l'autre côté de la frontière annonça la nouvelle. Aussitôt après l'indicatif, le speaker déclara : « Koyaga est mort cette nuit, tué par des patriotes. Cette fois bien mort, bien tué. »

Le chef de l'opposition à l'étranger lui succéda au micro. Il demanda à tout le peuple de la République du Golfe de fêter la mort de son oppresseur, la fin du sanguinaire, la libération de la terre des aïeux, l'avènement d'une nouvelle ère pour le pays. Il commanda à tous les chers parents et patriotes de sortir dans les rues pour manifester leur joie, pour occuper les bâtiments publics, les résidences des prévaricateurs.

Il fallait être vigilant et empêcher les collaborateurs du dictateur de s'enfuir, les arrêter ; les retenir pour qu'ils n'échappent pas à la justice et au châtiment qui les attendaient.

Malgré la chaleur que le speaker avait dans la voix, malgré la certitude avec laquelle il affirmait, les appels ne convainquirent pas. Beaucoup d'habitants poussèrent les portails, fermèrent les portes et, entre proches, murmurèrent et se posèrent mille questions sur l'événement. Une fébrile inquiétude agitait les rares personnes qui avaient osé sortir pour voir dans les rues. Mais personne, absolument personne n'osa manifester ostensiblement sa joie dans les lieux publics

Depuis trente ans, au rythme de deux à trois fois par an, des attentats étaient perpétrés contre le Guide suprême. Les conjurés chaque fois annonçaient la mort du dictateur. Des imprudents sortaient dans les rues, affi chaient leur joie, exprimaient haut leur haine. Koyaga ressuscitait, réapparaissait. Et ceux qui s'étaient ainsi découverts, avaient exprimé tout leur sentiment, étaient pourchassés, arrêtes, torturés et assassinés. Ils payaient cher, très cher, leur précipitation. Rien de surprenant à ce que, cette fois, chacun voulût attendre dans une prudente réserve.

Ce qui créa une situation d'incertitude, de fausse rumeur qui se maintint toute la journée. Nul ne savait ce qui se passait à la Résidence et au palais, nul n'était autorisé à s'approcher du palais et de la Résidence. La deuxième journée, quarante-huit heures après l'attentat, ne paraissait toujours pas le communiqué, attendu et espéré, de la Présidence.

À l'étranger, la grande presse internationale reproduisait et commentait dans ses émissions les déclarations de la Radio-liberté des opposants émettant de l'autre côté de la frontière. La Radio-liberté était la seule source d'information que le monde avait sur la situation dans la capitale de la République du Golfe. Nuit et jour et vingt-quatre heures sur vingt-quatre, cette Radio-liberté confirmait, garantissait et jurait que cette fois Koyaga avait été tué, bien liquidé.

C'est le troisième matin après l'attentat que vous avez appris ce qui se passait dans votre village natal. Des avions provenant de toutes les capitales africaines atterrissaient sur son petit aéroport. Des groupes de chasseurs partant de toutes les régions du pays affluaient vers votre domicile. Vous avez alors compris que vous vous étiez trompé, que votre stratégie avait été vicieuse. Vous avez alors décidé de mettre fin à l'incertitude. Vous avez démenti, fait diffuser le communiqué annonçant encore une fois que la nouvelle tentative s'était soldée par un nouvel échec.

Les conjurés ignoraient que vous ne dormiez pas plus de trois heures d'affilée dans la même chambre. Ils ne savaient pas que vous changiez de chambre, de lit, de maîtresse trois fois par nuit. Une demi-heure avant l'attentat, vous aviez heureusement quitté la chambre de l'aile gauche du bâtiment principal au premier. Vous aviez donc encore miraculeusement échappé, vous étiez donc bien vivant.

Mais vous avez monté une ruse, tenu ce raisonnement : « Je serai bientôt démocratiquement élu, j'aurai tout mon pouvoir d'antan. Mes ennemis n'ont pas désarmé. Ils sont sûrs d'avoir cette fois réussi. Je vais laisser planer le doute pendant deux jours sur ma survie pour amener beaucoup d'irréductibles opposants à se déclarer, se découvrir. Nous utiliserons avec mes lycaons la période d'interrègne, d'incertitude pour assassiner, nous débarrasser de tous les opposants qui se seront démasqués. »

Et on ramassa en effet, dans les fossés, pendant ces deux jours d'incertitude et de confusion, de nombreux morts affreusement émasculés.

Mais la feinte, en définitive, se révéla une mauvaise ruse parce que vous êtes le dictateur le plus envié d'Afrique. Vos pairs despotes avaient fini par croire eux aussi que l'attentat avait réussi. Chaque dictateur africain voulait hériter de l'immunité, de la sorcellerie qui vous avaient toujours sauvé. Chacun voulait s'approprier la maman et sa pierre aérolitique, le marabout et son Coran et chacun avait dépêché dans votre village natal, le matin du troisième jour après l'attentat, le plus haut responsable de ses services de renseignement et le directeur général de sa police.

Quand vous avez débarqué, c'était déjà trop tard. Le spectacle était apocalyptique. Un spectacle semblable à ceux qui se sont produits à la fin du règne de tous les grands maîtres chasseurs de jadis : Ramsès II, Alexandre le Grand et Soundiata Keita.

D'abord, à l'horizon, voilant les chaînes de montagnes et le soleil couchant, un gigantesque feu de brousse. Au premier plan, l'aéroport. Entre l'aéroport et le feu de brousse, la plaine, la réserve dans laquelle pêle-mêle chasseurs armés de fusils de traite, paysans balançant coupe-coupe, houes et fourches, et animaux (tous les genres d'animaux de l'univers) traqués et pris de panique. Bêtes, paysans et chasseurs se pourchassaient, se combattaient et se massacraient dans les plaines, les marécages.

Sur le terrain de l'aéroport, l'aire du réduit aérodrome était occupée par des petits avions frappés chacun de sa couleur et de son emblème. Avions zaïrois, ivoirien, centrafricain, marocain, guinéen, tchadien, libyen, ghanéen, nigérien, nigérian, camerounais, gabonais, égyptien, éthiopien, congolais, voltaïque, algérien, tunisien, etc. Tous les dictateurs africains – l'Afrique est de loin le continent le plus riche en pauvreté et en dictatures – avaient dans le lieu son équipe en action, une équipe chargée de récupérer la météorite, le Coran et leurs porteurs. Et tous ces agents secrets du renseignement grouillaient autour de votre résidence et les maisons de votre maman et du marabout. Ils trifouillaient, furetaient, ratissaient buisson par buisson, touffe par touffe, termitière après termitière.

Après l'aéroport, la réserve s'étendait jusqu'aux montagnes à l'horizon. Dans la réserve affluaient, provenant de toutes les régions de tous les pays, les délégations des associations de chasseurs. Les groupes étaient précédés des tam-tams, des coras et des danses, des danseurs et des musiciens.

Les chasseurs de toute l'Afrique avaient cru eux aussi à la mort de leur prestigieux maître, le plus grand sinbo de tous les temps après Ramsès II et Soundiata. Ils venaient pour participer aux funérailles de trois mois qu'ils lui devaient. Ils venaient de partout, d'aussi lointains pays que le Wassoulou, le Konian, le Horodougou, le Kabadougou, et de proches régions comme le Bafilo, le Bassar, le Kabou, le Bafoulé, le Tamberma, le Gourma et le Moba, le Kabié et d'autres encore.

Les chasseurs avaient été stupéfaits de constater que tous les animaux de la réserve allaient comme eux en direction de la Résidence. Se mêlaient à eux, les accompagnaient ou les suivaient, les colonies d'antilopes : bubales, hippotragues, situtongas, bongos, céphalophes de rutilatus, noirs, de dorsalis, de Maxwell, à dos jaune et de Jentink. Se mêlaient à eux, les accompagnaient ou les suivaient les troupeaux de grands buffles des savanes, d'éléphants, des bandes de phacochères, de lions, de léo pards, de cynhyènes, de servals. Toujours se mêlaient à eux, les accompagnaient ou les suivaient les colonies d'anomalures, de lièvres d'Égypte, de crocidures, d'or vetéropes, de potamogales et de pangolins. Encore et toujours, se mêlaient à eux, les accompagnaient ou les suivaient les bandes de chimpanzés, de cynocéphales, de palas, callitriches, mones, mangabeys, caloches magistrats et bais.

Rampaient sous les arbres et dans les chemins toujours en partance pour la résidence du plus grand de tous les maîtres chasseurs de notre ère les tortues (testudos, kinixys, trionyx, gyclanorchis, éretmochelys imbricata, palusios subnigers) ; les serpents (typhlops punctotus, najas meloanaleuco, bitis gaonicas, astractaspis irregularis, causus chombeatus) ; les crocodiles (crocodylus cotophractus, ostéolaemus) ; les lézards (caméléons, varans, margouillats).

Survolaient les reptiles, les animaux à pattes et les chasseurs, les nuages et volées de mouettes, sternes, guifettes, de pélicans, cormorans, anhingas, fous, phaétons, hérons, ibis, marabouts, comatibis ; de canards,

oies ; de flamants roses ; de rhynchées, pluviers, van-
neaux, chevaliers, courlis, glaréoles, œdicnèmes ; de râles,
poules d'eau ; de francolins, pintades, cailles ; de pigeons,
tourterelles ; de serpentaires, vautours, faucons, aigles,
milans, buses, busards, éperviers, autours ; de ducs,
hulottes ; de coucous, turacos ; de barbas, indicateurs,
pics ; de martinets, engoulevents ; de rolliers, guêpiers,
moqueurs, calaos ; de calious huppés ; de merles, tisse-
rins, serins, fauvettes, gobe-mouches, hirondelles, grives,
souimangas, corbeaux et d'autres encore.

Les bêtes venaient de la réserve. Mais où allaient-elles
et pourquoi ?

Les chasseurs s'étaient mépris et avaient d'abord cru
que les animaux de la réserve pleuraient comme eux le
prestigieux sinbo, leur plus grand ami, protecteur et bien-
faiteur, que la gent animale partait prendre part aux funérailles. Ce n'était pas la raison et la motivation.

Au fond, un gigantesque incendie de brousse embrasait
l'horizon, masquait les montagnes et le coucher du soleil.
Ce sont les brasiers de flammes que les bêtes fuyaient.
Les animaux étaient interceptés ou poursuivis par des
milliers de paysans équipés d'armes hétéroclites ; des
paysans se livrant à la plus grande battue du siècle.

Ces paysans étaient les anciens cultivateurs proprié-
taires des terres qui avaient été occupées par la réserve.
Ils avaient été *manu militari* expropriés, dépossédés
et expulsés des terres ancestrales. Ils n'étaient pas partis
loin ; ils s'étaient réinstallés à la périphérie de la réserve
où, depuis trente ans, ils attendaient patiemment. Ils
avaient eux aussi cru à la mort du dictateur et avaient
aussitôt allumé des feux de brousse, monté la battue pour
capturer, égorger les animaux, les consommer avant de
récupérer leurs champs.

Les chasseurs n'avaient pas hésité quand ils avaient su
la raison de la sortie, de la fuite et de la panique des ani-

maux de la réserve : ils s'étaient portés au secours des bêtes. Ils avaient essayé de circonscrire le feu et s'opposaient avec leurs fusils aux hordes de paysans braconniers. C'est pourquoi, entre l'aéroport et les flammes, dans toute la plaine, régnait une confusion indescriptible dans laquelle bêtes, chasseurs et braconniers se pourchassaient, se combattaient et se tuaient.

C'est le spectacle qu'il vous a été donné d'observer de votre avion de commandement. C'est ce spectacle que vous avez trouvé sur le terrain quand vous avez atterri. Le fouillis à terre était indescriptible.

Vous avez tenté de frayer votre chemin jusqu'à votre résidence. Il y avait des dizaines d'avions sur le terrain. Autour de votre résidence, aux environs des maisons de votre maman et du marabout, des centaines d'agents secrets fouillant et trifouillant chaque touffe ou parcelle. Dans la plaine, la réserve, des milliers de chasseurs, des milliers de paysans braconniers, des milliers d'animaux à pattes, de reptiles, d'oiseaux dans une mêlée, dans un combat impitoyables. Et, à l'horizon, au fond, un gigantesque incendie obstruant le ciel, voilant les montagnes.

Inquiet, vous vous êtes arrêté, retourné et avez interrogé :
– Où sont ma maman Nadjouma et le marabout Bokano ? Où sont la météorite et le Coran ?

Personne n'a pu vous répondre ; personne ne le savait ; personne ne les avait vus ou trouvés. Ils avaient subitement disparu. Sans avoir prononcé un mot, esquissé un signe, laissé une petite trace.

Vous avez alors souri, votre inquiétude s'est dissipée. Vous vous êtes souvenu. Votre maman et le marabout vous avaient plusieurs fois et depuis longtemps enseigné ce qu'il fallait aussitôt entreprendre le jour que vous les perdriez : faire dire votre geste purificatoire de maître chasseur, votre donsomana cathartique par un sora, un griot des chasseurs et son répondeur.

Le répondeur devra être un cordoua. Un cordoua est un initié en phase cathartique. Vous savez que lorsqu'ils auront tout dit, que vous aurez tout avoué, tout reconnu, qu'il n'existera plus aucune ombre dans votre parcours, la météorite et le Coran vous révéleront eux-mêmes où ils se sont cachés. Vous n'aurez qu'à les récupérer.

Quand vous aurez recouvré le Coran et la météorite vous préparerez les élections présidentielles démocratiques. Des élections au suffrage universel supervisées par une commission nationale indépendante. Vous briguerez un nouveau mandat avec la certitude de triompher, d'être réélu. Car vous le savez, vous êtes sûr que si d'aventure les hommes refusent de voter pour vous, les animaux sortiront de la brousse, se muniront de bulletins et vous plébisciteront.

Le cordoua Tiécoura se déchaîne, danse, marche à quatre pattes, tour à tour imite la démarche et les cris de différentes bêtes. Quand le mil est pilé les pileuses posent les pilons et vident les mortiers. Elles commencent ou recommencent tant qu'il reste des grains avec du son. Tant que Koyaga n'aura pas récupéré le Coran et la météorite, commençons ou recommençons nous aussi le donsomana purificatoire, notre donsomana. .

Calme-toi Tiécoura… Le cordoua refuse d'obtempérer aux injonctions du sora qui, dans des aboiements, énonce les proverbes :

On ne met pas des vaches dans tous les parcs que l'esprit construit.
Au bout de la patience, il y a le ciel.
La nuit dure longtemps mais le jour finit par arriver.

TABLE

VEILLÉE VI

GROUPE CPI

Achevé d'imprimer en janvier 2002 par
BUSSIÈRE CAMEDAN IMPRIMERIES
à Saint-Amand-Montrond (Cher)
N° d'édition : 41637/6. - N° d'impression : 020097/1.
Dépôt légal : janvier 2001.
Imprimé en France
RÉALISATION : PAO ÉDITIONS DU SEUIL

Collection Points